Brave New World

푸 른 숲
징 검 다 리
클 래 식
0 4 2

멋진 신세계

Brave New World

올더스 헉슬리 지음

이혜인 옮김

푸른숲주니어

'푸른숲 징검다리 클래식'을 펴내며

어린 시절, 할머니께서 조근조근 들려주시던 옛날이야기는 새로운 세상과 통하는 작은 창이었다. 상상의 날개를 달고 떠나는 창 너머 세상으로의 여행은 들어도 들어도 질리지 않는 재미와 마음속 깊은 곳을 울리는 감동을 선사해 주곤 했다. 그뿐 아니라 우리의 삶을 어떻게 꾸려 가야 하는지 곰곰이 생각해 보게 하는 지혜를 가르쳐 주었다. 말하자면 우리는 그 이야기들을 통해 '삶'을 배운 셈이다.

우리가 문학 작품을 읽어야 하는 까닭 또한 '삶을 배운다'는 점에서 크게 다르지 않다. 우리는 한 편 한 편의 문학 작품을 만나 사랑을 배우고, 우정을 배우고, 진실을 배우고, 지혜를 배운다.

그런 점에서 '푸른숲 징검다리 클래식'은 참 의미가 깊다. 오랜 세월을 거치며 각 나라의 문학사에 확고히 자리매김한 작품들을 한데 모았기 때문이다. 문학을 사랑하는 사람들이 즐겨 읽어 세계적인 명저로 일컬어지는 작품들……. 이를테면 우리 부모 세대, 아니 그 이전 세대부터 즐겨 읽었던 작품들로 많은 이들에게 삶의 의미와 가치를 일러주고, 또 '인생'이란 망망대해에서 등대 역할을 담당했던 것들이다.

세월이 흘러 사람들이 사는 모습도 달라지고 생각도 달라졌다. 그러나 시대와 장소를 뛰어넘어 변하지 않는 것이 있다. 바로 '삶'이다. 사람이 있는 곳이라면 어디든지 존재하는 삶은 항상 저마다의 무게를 떠안고 있다. 그 무게는 진실이라는 옷을 입고 문학 작품 속에 영원한 생명을 불어넣는다. 우리는 그것을 '고전'이라 부른다.

그러나 제아무리 훌륭한 고전이라 해도 독자가 읽고 소화할 수 없다면 아무런 소용이 없다. 지나치게 방대한 분량과 길고 어려운 문장은 책을 읽으려는 청소년들의 의지를 꺾을 뿐 아니라 좌절감마저 불러일으킨다.

'푸른숲 징검다리 클래식'은 바로 그러한 점을 염두에 두고 기획된 세계 명작 시리즈이다. 작품이 본디 지닌 맛과 재미를 고스란히 살리면서 우리 청소년들이 읽고 소화하기 쉽게 글을 다듬었다.

그리고 본문 뒤에는 현직 국어 교사들이 직접 쓴 해설을 붙였다. 작가나 작품에 대한 풍부한 설명은 물론, 그 작품들이 지니고 있는 현재적 의미까지 상세하게 짚어 보이고 있다. 아울러 해설 곳곳에 관련 정보를 담은 팁과 시각 자료를 배치해, 읽는 재미를 넘어 보는 재미까지 만끽할 수 있도록 했다.

아무쪼록 '푸른숲 징검다리 클래식'을 통해 우리 청소년들의 삶이 더욱더 깊고 풍성해지기를…….

2006년 4월

기획위원 강혜원·전종옥·송수진

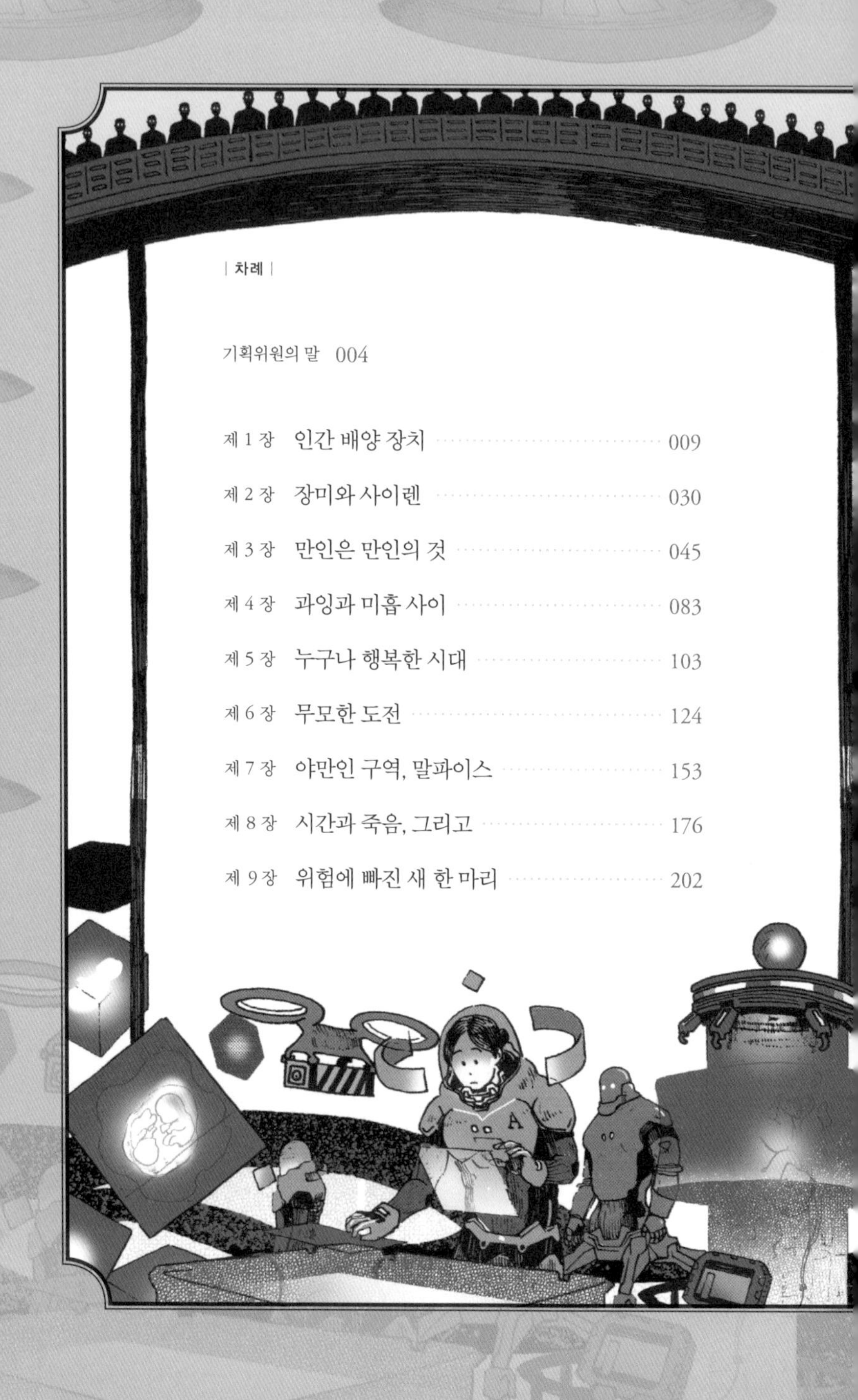

| 차례 |

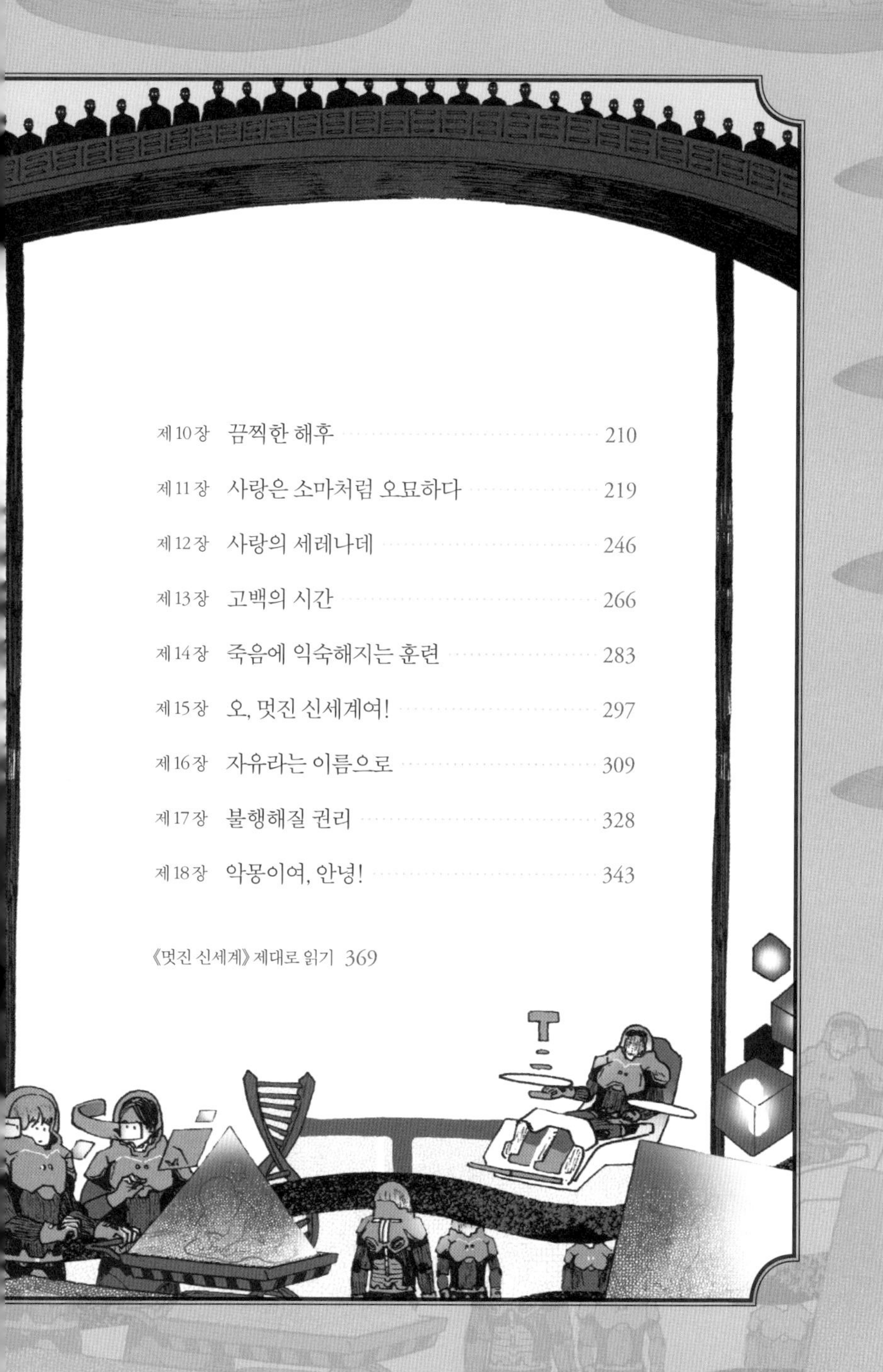

제 1 장

인간 배양 장치

그리 높지 않은 34층짜리 잿빛 건물 중앙 출입구 위에 '배양 및 사회 기능 훈련 런던 센터'라는 현판이 걸려 있었다. 방패 모양의 문장 안에 적힌 '동일성, 안정성, 공동체'라는 세계 연합국의 표어가 가장 먼저 눈에 띄었다.

1층에 있는 북쪽 방향의 거대한 방에는 창밖의 한여름 무더위와 방 안의 후끈한 열기가 무색할 만큼 싸늘한 기운이 감돌았다. 가늘지만 강렬한 빛이 유리창으로 쏟아지고 있는 방 안에 옷을 걸친 마네킹이나 파리하고 예민한 학자의 모습은 보이지 않았다.

플라스크와 니켈, 유리 등을 비롯해 음산하게 번뜩이는 실험용 자기 그릇뿐이었다. 한마디로 싸늘함 그 자체였다. 일하는 사람들은 죄다 새하얀 방제복을 입고 송장의 살빛처럼 허연 고무장갑을 꼈다.

빛은 유령처럼 죽어서 차갑게 얼어붙었다. 그나마 현미경의 노란 경통에만 풍요로운 생명의 기운이 감돌았다. 반짝반짝 윤이 나는 원통을 따라 줄줄이 늘어선 현미경들이 매혹적인 빛을 뿜어냈다.

"이곳이 바로 수정실이다."

배양 및 사회 기능 훈련 소장이 방문을 열며 말했다.

방 안에는 삼백 명쯤 되는 수정원들이 실험 도구에 코를 박은 채 작업에 열중해 있었다. 쥐 죽은 듯 고요한 가운데 일에만 온전히 몰두하는 그들의 모습은 마치 넋이 나간 것처럼 보였다.

곧이어 발그레한 얼굴에 풋내를 폴폴 풍기는 학생들의 무리가 수정실로 들어섰다. 학생들은 바짝 언 표정으로 소장의 뒤꽁무니를 졸졸 따라다녔다. 저마다 공책을 한 권씩 손에 들고서 위대한 소장이 한마디씩 할 때마다 필사적으로 받아 적었다. 정통한 권위자의 말을 직접 듣는다는 것은 그야말로 대단한 특권이었다. 소장은 종종 학생들을 직접 데리고 다니면서 각 부서를 견학시켰다.

그는 자주 이렇게 말하곤 했다.

"너희에게 전반적인 개념을 알려 주려는 거다."

그들이 똑 부러지게 제 몫을 해내게 하려면 전반적인 개념을 똑바로 파악해 두는 편이 수월했다. 물론 이 사회의 올바르고 행복한 구성원이 되기 위해서는 지극히 최소한의 개념만 깨쳐야 하겠지만. 최소한의 개념만 아는 사람은 행복하고 만족스럽지만 모두 다 아는 사람은 사회의 필요악이다. 사회의 주축을 이루는 계층은 사상가가 아니라 공예가나 우표 수집가 같은 사람들이기 때문이다.

소장은 권위적이면서도 온화함이 배인 미소를 지으며 말을 계속했다.

"너희는 내일부터 아주 중대한 일을 맡게 될 것이다. 전반적인 개념 따위에는 신경 쓸 겨를도 없겠지. 그렇지만……."

그렇지만, 그것은 엄연한 특권이었다. 권위자의 말을 직접 듣고 필기할 수 있는 특권……. 학생들은 소장의 말을 미친 듯이 받아 적었다.

소장이 방 한가운데로 걸어 나갔다. 키가 크고 호리호리한 체형의 소장은 언제나 자세가 꼿꼿했는데, 긴 턱에 두툼하고 불그스름한 입술이 인상적이었다. 소장이 말을 하려고 입을 열면 툭 튀어나온 커다란 앞니가 도드라져 보였다. 나이가 많을까, 적을까? 서른? 쉰? 쉰다섯? 겉모습으로는 나이를 가늠하기가 어려웠다. 어차피 궁금해할 필요도 없었다. 안정의 해, 포드 기원 632년에는 그런 질문을 할 사람이 아무도 없으니까.

소장이 다시 입을 열었다.

"처음부터 차근차근 이야기를 시작하겠다."

부지런한 학생들은 이런 말까지도 공책에 다 옮겨 썼다. 소장이 손가락을 들어 무언가를 가리키며 말을 이었다.

"이게 바로 인공 배양 장치다."

소장은 꽉 닫혀 있던 인공 배양 장치의 문을 열더니, 번호표를 붙인 채 받침대에 줄줄이 꽂혀 있는 시험관을 보여 주었다.

"이번 주에 생산된 난자들이지. 난자는 혈액과 같은 온도에서 보관한다."

소장이 다른 문을 열며 설명을 이어 나갔다.

"반면에 정자는 37도가 아니라 35도를 유지해야 한다. 혈액 온도까지 올리면 생식 기능이 사라지니까."

숫양의 생식기를 발열 물질로 꽁꽁 싸 놓으면 새끼를 낳지 못하게 되는 것과 같은 원리였다.

소장이 인공 배양 장치에 몸을 기댄 채 현대식 수정 방식에 대해 설명하는 동안, 학생들은 연필을 바삐 놀리며 공책에다 허겁지겁 내용을 휘갈겨 썼다. 소장은 먼저 외과 수술에 대해 간략하게 소개했다.

"난소 수술은 사회의 이익을 도모하기 위해 자발적으로 이루어진다. 육 개월치 급여에 해당하는 상여금이 지급되지."

몸에서 도려낸 난소를 안전하게 보존하는 기술에 대해서도 이야기했다. 난소가 계속 성장하기 위해서는 온도와 염도, 점도를 모두 최적의 상태로 유지해야 한다고 했다. 또, 다 자란 난자를 분리하여 보존하는 용액에 대해 설명할 때는, 학생들을 작업대로 데리고 가 시험관에서 용액을 추출하는 과정을 실제로 보여 주었다.

수정원은 시험관에서 뽑아낸 용액을 따뜻하게 데운 현미경 재물대 위에 한 방울씩 떨어뜨린 후, 정상적인 난자만 가려내어 구멍이 숭숭 뚫린 그릇에 옮겨 담는다. 이 그릇을 정자들이 활발하게 헤엄쳐 다니는 따뜻한 액체에다 푹 담그면 바야흐로 수정이 시작된다.

이 액체에는 1세제곱센티미터당 10만 개 이상의 정자가 들어 있다. 십 분 후 그릇을 들어 올려 내용물을 꼼꼼히 살피고, 하나라도 수정되지 않은 난자가 있으면 수정이 될 때까지 몇 번이고 액체에 다시 담근다.

수정란은 인공 배양 장치에 넣어 보관한다. 알파와 베타의 수정란은 한동안 이 상태를 유지하지만, 감마와 델타, 엡실론의 수정란은 서른여섯 시간이 지난 후 꺼내서 보카노프스키 처리에 들어간다.

"보카노프스키 처리를 한다. 알았나?"

소장이 다시 한 번 강조하자 학생들은 그 단어에 밑줄을 그었다.

난자 하나에 배아 하나……. 그래서 한 명의 사람이 되는 것. 보통은 그것이 정상이다. 하지만 보카노프스키 처리를 거치면 난자는 발아하고 성장하고 분열한다. 적게는 8개에서 많게는 96개의 싹이 생겨나고, 그 싹은 하나하나의 태아가 되어 어른으로 성장한다. 예전에는 하나의 난자에서 한 명의 사람이 생겨났지만, 지금은 아흔여섯 명의 사람이 동시에 만들어진다. 이것이 바로 '발전'이다.

소장은 이렇게 마무리했다.

"보카노프스키 처리란 본질적으로 성장을 억제하는 과정이다. 굉장히 역설적인 이야기지만, 억지로 성장을 막으면 그에 대한 반작용으로 난자가 싹을 틔우게 된다."

여기저기서 연필들이 바쁘게 움직였다.

'반작용으로 난자는 싹을 틔우게 된다.'

그때 소장이 손짓을 했다. 손끝을 따라가 보니, 시험관이 잔뜩 꽂힌 받침대가 컨베이어를 타고 커다란 금속 상자 안으로 들어가고 있었다. 시험관이 잔뜩 꽂힌 받침대가 줄줄이 뒤를 이었다. 윙윙, 기계 돌아가는 소리가 희미하게 들렸다.

시험관이 금속 상자를 완전히 통과하는 데는 팔 분이 걸린다. 난자가 강력한 엑스선을 견딜 수 있는 시간이 딱 팔 분이기 때문이다. 이 과정에서 몇 개는 죽고, 살아남은 난자 가운데서 영향을 가장 적게 받은 것은 둘로 나뉜다. 대부분은 4개의 싹을 틔우는데, 간혹 8개의 싹을 틔우는 경우도 있다. 이것을 인공 배양 장치에 넣으면 다시 자라기 시작한다.

이틀 뒤, 온도를 급격히 낮춰 성장을 방해하면 다시 2, 4, 8개씩 싹을 틔우는데, 이때 난자가 거의 죽기 직전까지 알코올을 들이붓는다. 이어서 다시 싹이 트고 그 싹에서 또 싹이 난다. 여기서 더 억제를 하면 치명적인 결과가 나올 수 있으므로 이제부터는 마음껏 자라나도록 내버려 둔다. 여기서 난자는 여덟 명 내지 아흔여섯 명의 태아로 성장하기 위한 단계에 접어들게 된다.

아주 오래전, 어머니가 직접 자식을 낳던 시절을 생각해 보면 정말이지 경이로운 발전이라 할 수 있다. 그때는 어쩌다 수정란이 분열되어 가뭄에 콩 나듯 두세 명의 일란성 쌍둥이가 태어나곤 했는데, 지금은 한꺼번에 수십 명의 일란성 쌍둥이가 태어나는 것이다.

소장은 마치 학생들에게 대단한 상이라도 베풀 듯이 두 팔을 휘저으며 강조했다.

"수십 명씩 말이다, 수십 명씩."

그때 한 학생이 그걸로 무슨 이득을 보게 되느냐는 어리석은 질문을 던졌다. 소장은 그 학생을 향해 휙 돌아서며 언성을 높였다.

"이봐, 그걸 몰라서 묻나? 정말로 몰라서?"

소장은 짐짓 근엄한 표정을 지으며 한 손을 높이 들었다.

"보카노프스키 처리는 우리 사회의 안정을 유지하기 위한 주요 수단 가운데 하나다!"

'사회 안정을 유지하기 위한 주요 수단.'

표준형 남자들과 표준형 여자들로 이루어진 획일적 집단. 보카노프스키 처리를 거친 단 하나의 난자에서 생산된 인력으로 운영되는 작은 공장.

"아흔여섯 명의 일란성 쌍둥이가 아흔여섯 대의 기계에서 일한다! 너희는 인류 역사상 처음으로 자신이 처한 상황을 똑똑히 알게 된 셈이다. 그것이 바로 동일성, 안정성, 공동체이다!"

세계 연합국의 거창한 표어를 말하는 소장의 목소리가 감격에 겨운 나머지 설핏 떨리는 듯했다.

"보카노프스키 처리를 무한 반복할 수 있는 단계에 이른다면 우리가 해결하지 못할 문제는 아무것도 없을 것이다."

표준형 감마들과 통일성을 지닌 델타들, 그리고 획일적인 엡실론들이 그 모든 문제를 해결하게 된다. 수백만 명에 달하는 일란성 쌍둥이. 대량 생산의 원칙이 마침내 생물학에도 적용되는 것이다.

그때 소장이 고개를 절레절레 저었다.

"그러나 보카노프스키 처리는 무한 반복할 수가 없다."

아흔여섯 명이 최대치이고 일흔두 명이 평균이었다. 난자 하나와 정자 하나로 쌍둥이를 그만큼 생산하는 것은, 아쉽지만 현재로선 그들이 이룬 최선의 결과였다. 사실 그마저도 쉬운 일은 아니었다.

"자연 상태에서는 난자 200개가 완전히 성숙하기까지 꼬박 삼십 년이 걸린다. 하지만 인구의 안정은 우리의 코앞에 닥친 당면 과제이다. 이십오 년에 걸쳐 쌍둥이를 찔끔찔끔 낳아서야 무슨 도움이 되겠는가?"

당연히 아무런 도움이 되지 않을 것이다. 그러나 포드 스냅 기술로 난자의 성숙 속도는 놀라울 정도로 빨라졌다. 이 기술을 적용하면 이 주일 안에 성숙한 난자를 150개나 생산해 낸다. 난자를 정자와 수정한 다음 보카노프스키 처리를 하면, 이 년 내외로 일란성 쌍둥이 백오십 명에 평균 일흔두 명을 곱했을 때 대략 11,000명의 형제 또는 자매가 태어나는 셈이었다.

소장이 말을 이었다.

"물론 아주 특별한 경우에는 하나의 난소에서 무려 15,000명이나 되는 사람을 생산해 내기도 하지."

마침 그때 옆으로 지나가던 혈색 좋은 금발 청년을 소장이 손짓해 불렀다.

"포스터 군, 난소 하나가 생산해 낸 최고 기록을 알려 주겠나?"

헨리 포스터였다.

"저희 본부에서는 16,012명입니다."

헨리는 한 치의 망설임도 없이 대답했다. 매우 빠른 말투와 초롱초롱한 파란색 눈동자에서 노골적으로 자신감이 묻어났다. 그는 자신이 알고 있는 수치를 줄줄 읊어 댔다.

“일란성 배아 189개에서 16,012명을 생산해 냈습니다. 몇몇 열대 지역 센터에서는 이보다 높은 기록을 세웠죠. 싱가포르에서는 16,500명 이상을 기록했고, 케냐 남부의 몸바사 섬에서는 무려 17,000명이라는 목표를 달성했습니다. 그쪽 환경이 더 유리하니, 애초부터 저희에겐 불공평한 게임이죠. 흑인의 난소가 뇌하수체에 어떻게 반응하는지 직접 확인해 보면 그 이유를 금방 알아차릴 겁니다! 유럽산 원료만 다뤄 본 사람이라면 아마도 깜짝 놀라게 될걸요.”

바짝 치켜든 턱과 반짝이는 눈빛에 호전적인 기운이 서려 있었다. 헨리는 짐짓 여유롭게 웃으며 이렇게 덧붙였다.

“그들을 이기기 위해 최선을 다하겠습니다. 지금 저는 델타 마이너스의 고품질 난소로 실험을 진행하고 있습니다. 생후 18개월밖에 되지 않았는데 벌써 12,700명을 생산해 냈지요. 게다가 아직도 한참 쓸 만하니 그들을 곧 따라잡을 겁니다.”

소장이 헨리의 어깨를 톡톡 두드리며 외쳤다.

“난 자네의 그 패기가 마음에 들어! 자, 우리하고 같이 가서 이 친구들에게 자네의 해박한 지식을 아낌 없이 나눠 주게.”

헨리는 미소를 지으며 겸손하게 답했다.

“기꺼이 그러겠습니다.”

그들은 천천히 자리를 옮겼다.

저장실에서는 평화로운 분위기 속에서 저마다 바쁘게 움직이며 작업이 착착 진행되고 있었다. 갓 잡은 암퇘지의 싱싱한 복막 조각이 지하 장기 저장고에서 엘리베이터에 실려 차례로 올라왔다. 휘익, 철커덕! 엘리베이터 문이 열리면 유리병 담당자는 복막 조각을 집어다 주름을 편 다음 유리병에 넣었다. 유리병이 컨베이어를 타고 멀어지기가 무섭게 다시 휘익, 철커덕! 저 깊은 곳에서부터 새 복막 조각이 올라와 느릿느릿하게 끝없이 돌아가는 컨베이어 위의 유리병에 들어갈 순서를 기다렸다.

그다음은 배아 담당자 차례였다. 유리병의 행렬이 지나간 뒤, 시험관에 담긴 난자들은 큰 그릇으로 하나씩 옮겨진다. 배아 담당자는 유리병 속의 복막 조각에 칼집을 낸 뒤 그 자리에 발육 초기의 배아를 넣는다. 그리고 염류 용액을 부으면 유리병은 분류표 붙이는 사람에게로 넘어간다.

분류표 담당자는 어떤 형질이 유전되는지, 수정된 날짜는 언제인지, 어느 보카노프스키 집단에 소속되어 있는지 등의 내용을 자세히 확인한다. 그 전까지 이름 없는 배아였던 존재는 이제 명칭과 함께 정확히 분류되어 천천히 앞으로 나아가다가 벽에 뚫린 구멍을 지나 '사회 기능 설정실'로 들어간다.

헨리가 사회 기능 설정실로 들어서며 흡족한 얼굴로 말했다.

"색인표가 88세제곱미터나 됩니다."

소장이 덧붙였다.

"색인표에는 모든 관련 정보가 담겨 있지. 어디 그뿐인가? 매일 아침 최신 데이터로 업데이트되지."

"오후에는 그날그날 얻은 자료를 새롭게 조직화하고요."

"그러면 그 자료를 토대로 계산을 하지."

헨리가 덧붙였다.

"특정 자질을 지닌 사람이 얼마나 되는지 말입니다."

"그러면 각각의 자질이 어떤 비율로 분포되었는지도 알 수 있지."

"언제라도 바로 그 순간의 최적 수정률을 확인할 수 있습니다."

"예기치 못한 손실은 즉각 보완되고."

"예, 즉각적으로요."

헨리가 소장의 말을 그대로 되뇌었다. 그러고는 고개를 설레설레 흔들며 유쾌하게 웃어젖히고서 이렇게 덧붙였다.

"지난 일본 대지진 때는 야근을 얼마나 오래 했는지!"

"사회 기능 설정원들은 필요한 배아의 수량을 수정원들에게 알려 주지."

"그러면 수정원들이 그만큼의 배아를 제공합니다."

"그러는 사이에도 사회 기능 설정실에는 유리병이 속속 도착하지. 아주 세밀한 기능까지 미리 설정하기 위해서."

"그다음에 유리병은 '태아 저장실'로 보내집니다."

"이제 그곳을 견학할 차례다."

헨리는 문을 연 뒤 학생들을 지하실로 내려가는 계단으로 이끌었다. 열대 지방처럼 뜨거운 열기는 여전했다. 아래로 내려갈수록 어둠이 짙어졌다. 두 개의 문과 이중으로 꺾인 복도가 한낮의 햇살을 완벽하게 차단하고 있었다.

헨리가 두 번째 문을 열며 사뭇 우쭐대는 태도로 말했다.

"태아들은 빨간 불빛 말고는 아무것도 견디지 못해요. 마치 인화하기 직전의 필름 같다고나 할까요."

학생들은 헨리를 따라 후덥지근한 어둠 속으로 걸어 들어갔다. 뜨거운 여름 한낮에 눈을 감았을 때처럼 사방이 진홍빛에 잠겨 있었다. 층층이 이동하는 불룩한 유리병들이 루비처럼 붉게 빛났다. 무수히 많은 루비 사이로 움직이는 여자와 남자들의 모습은 꼭 희미한 유령 같았다. 피부병 환자들처럼 불그죽죽한 얼굴에 눈알은 진홍빛을 띠었다. 윙윙, 달칵달칵, 기계음이 저장실 안에 나지막이 울려 퍼졌다.

"포스터 군, 자네가 설명 좀 해 주게."

학생들을 이끄느라 피로해졌는지 소장이 헨리에게 설명을 미뤘다. 헨리는 좀처럼 지친 기색 없이 신나게 설명을 이어 나갔다. 길이가 220미터, 너비가 200미터, 높이가 10미터. 헨리가 천장을 가리키자, 학생들은 물 마시는 닭처럼 일제히 고개를 쳐들었다.

태아 저장실은 모두 세 개의 층으로 나뉘어 있었다. 1층 위로 2층과 3층의 통로가 보였다. 강철로 얼기설기 얽은 건물의 뼈대가 거미다리처럼 가늘고 긴 복도를 이루며 어둠 속으로 서서히 사라져 갔다. 각 층의 입구에서는 붉은 유령 같은 모습을 한 세 사람이 에스컬레이터에 실려 내려오는 기다란 유리병들을 분주하게 내려놓았다. 에스컬레이터는 사회 기능 설정실로 연결되어 있었다.

유리병은 하나하나 분류를 한 뒤, 15개의 받침대 중 한 곳에 올려놓는다. 비록 눈에 보이지는 않지만, 이 받침대들은 모두 한 시간에

33과 3분의 1센티미터씩 유리병을 운반한다. 하루에 8미터씩 267일이니, 총 2,136미터를 이동하는 셈이다. 유리병들은 받침대를 타고 1층을 한 바퀴 돈 다음, 2층을 돌고 나서 3층을 반 바퀴 돌아 267일째 되는 날 아침, 마침내 출생실에서 햇빛을 보게 된다. 이른바 태아가 '독립된 존재'가 되는 순간이다.

헨리가 말했다.

"그러는 동안 우리는 태아에게 온갖 정성을 다 쏟습니다. 온 힘을 다해서요."

헨리가 잘난 체하며 기세등등하게 웃었다. 소장이 다시 입을 열었다.

"역시 자네의 그 패기가 마음에 든다니까! 자, 이제 한 바퀴 둘러보기로 하지. 자네가 하나하나 잘 가르쳐 주게."

헨리는 아주 꼼꼼히 설명을 이어 나갔다.

태아가 암퇘지 복막에 칼집을 낸 자리에서 자란다는 설명을 할 때는 학생들에게 태아가 먹고 자라는 고영양 대체 혈액을 직접 맛보게 했다. 그리고 태반 추출물과 갑상선 호르몬으로 태아를 자극해야 하는 이유를 설명하고, 황체 추출물에 관해서도 자세하게 얘기해 주었다. 0에서 2,040미터에 이르기까지 12미터마다 자동으로 각종 추출물을 분사하는 장치도 보여 주었다. 마지막 96미터를 이동하는 동안은 뇌하수체의 공급량을 점차 늘린다고 했다. 112미터 간격으로 유리병에 공급되는 인공 모체 혈액 순환 과정에 대해서도 들려주었다.

그 외에 저장고에 비축된 대체 혈액을 펌프로 태반에 보낸 다음 인공 폐를 거쳐 폐기물 여과 장치로 보내는 과정을 보여 주었다. 이렇게 만들어진 태아는 빈혈에 걸릴 확률이 꽤 높아서, 수퇘지 위장과 망아지 간의 추출물을 다량 공급해야 한다고 했다.

8미터를 이동할 때마다 후반부 2미터 동안에는 태아가 움직임에 익숙해지도록 한꺼번에 흔들어 준다고 했다. 인공 배양과 출생 과정에서 생기는 트라우마를 최소화하기 위해 유리병에 든 태아를 여러 가지 방법으로 적절히 훈련시킨다는 것이다.

200미터 부근에 가서는 성별 검사를 실시했다. 남성은 T, 여성은 동그라미로 표시하는데, 생식 능력이 없는 여성의 경우는 흰 바탕에 검은색으로 물음표를 붙였다.

헨리가 말했다.

"임신은 매우 귀찮은 일입니다. 난자 1,200개 가운데 하나만 임신을 해도 우리는 목적을 충분히 달성하고도 남지요. 그래도 우린 언제나 최선의 선택을 해야 합니다. 사람들이 항상 안전하게 살아갈 수 있도록 여분을 확보해 두는 것이죠. 여성 태아 가운데 30퍼센트는 정상적으로 발육하도록 내버려 두고, 나머지 70퍼센트에게는 24미터에 한 번씩 남성 호르몬을 투여합니다. 결국 70퍼센트의 여성 태아는 불임이 됩니다. 구조적으로는 정상이지만 임신은 하지 않게 되지요."

헨리는 그 여성 태아들 가운데서 간혹 수염이 자라는 일도 있다고 덧붙였다.

"어쨌든 불임은 보장되는 거예요. 우리는 노예처럼 단순히 자연을 모방하는 데 그치지 않고 인간의 발명이라는 창의적이고 독창적인 세계로 나아가는 것입니다."

헨리는 두 손을 마주 비볐다. 단순히 수정란을 배양시키는 것만으로는 만족할 수 없다는 것이다. 그것은 개나 소나 다 하는 일이니까.

헨리가 다시 말을 이었다.

"우리는 알파에서 엡실론까지 태아의 사회적 기능을 미리 설정하고 훈련시킵니다. 태아를 사회적 인간으로 길러 낸 뒤, 하수도 청소부나 미래의……."

헨리는 '미래의 세계 지도자'라고 하려다 얼른 고쳐 말했다.

"미래의 배양 및 사회 기능 훈련 센터 소장을 육성하기도 하지요."

그러자 소장이 흐뭇한 미소로 화답했다.

일행은 다시 걸음을 옮겼다. 11번 받침대의 320미터 지점을 지날 때였다. 베타 마이너스 정비공이 드라이버와 스패너로 대체 혈액 펌프를 조정하느라 여념이 없었다. 정비공이 나사를 조일 때마다 기계에서 나는 진동 소리가 아주 조금씩 낮아졌다. 조이고, 또 조이고……, 마지막으로 한 번 더 조인 다음 펌프의 회전수를 확인하면 끝이었다. 정비공은 그 과정이 끝나면 두 발짝을 옮겨 다음 펌프에서 똑같은 작업을 시작했다.

헨리가 설명했다.

"분당 회전수를 줄이는 겁니다. 그러면 대체 혈액이 천천히 순환해서 폐를 통과하는 시간의 간격이 더 벌어지게 되거든요. 그만큼 태아는 산소를 덜 공급받게 됩니다. 태아를 표준 이하의 상태로 유지하려면 산소 공급을 줄이는 것만큼 쉬운 방법이 없죠."

그때 눈치 없는 학생이 물었다.

"굳이 태아를 표준 이하의 상태로 유지하는 이유가 뭔가요?"

여태껏 입을 꾹 다물고 있던 소장이 벌컥 화를 냈다.

"미련하기는! 엡실론 태아면 엡실론의 유전 형질뿐만 아니라 엡실론의 환경까지 갖춰야지. 이 당연한 게 머릿속에 재깍 떠오르지 않는다는 거냐!"

순간 몹시 혼란스러운 표정을 지은 걸 보면, 그 학생은 미처 거기까지 생각하지 못한 게 분명했다. 헨리가 말을 받았다.

"낮은 계급일수록 산소 공급을 적게 합니다."

그렇게 되면 가장 먼저 타격을 받는 기관은 뇌였다. 그다음은 골격. 정상적인 수준의 70퍼센트만큼만 산소를 공급하면 난쟁이가, 그 아래로 떨어지면 눈이 없는 괴물이 태어난다.

헨리가 딱 잘라 말했다.

"그런 인간들은 아무 쓸모가 없죠."

인간의 성숙에 필요한 시간을 줄이는 방법을 찾을 수만 있다면 그 얼마나 위대한 승리요, 사회에 크나큰 이득이 될 것인가! 헨리는 은밀하면서도 열띤 어조로 말했다.

"말을 떠올려 보세요."

학생들은 헨리의 말대로 머릿속에 말을 떠올렸다.

말은 여섯 살이면 다 자라고, 코끼리는 열 살이면 다 자란다. 반면에 인간은 열세 살이 되어도 성적으로 미숙하며 스무 살이 되어야만 온전히 어른이 된다. 물론 그렇게 더딘 발육의 보상으로 맺어진 열매가 바로 인간의 높은 지능이다.

헨리는 아주 당연하다는 듯이 덧붙였다.

"하지만 엡실론에게는 인간의 지능이 필요하지 않습니다."

필요하지 않으니 주어지지도 않는다. 하지만 엡실론의 사고 능력이 열 살에 완성된다고 해도 신체는 열여덟 살이 될 때까지 일을 하기에 적합하지 못하다. 미성숙하기 때문에 기나긴 세월이 낭비되는 것이다. 만일 인간의 신체 발육 기간을 소만큼만 단축시킬 수 있다면, 이 사회를 위해 얼마나 큰 공헌이 되겠는가!

여기저기서 학생들이 중얼거렸다.

"굉장하겠군요!"

헨리의 의욕과 야망이 모두를 들뜨게 했다.

헨리는 이제 조금 더 전문적인 영역으로 접어들어 설명을 이어갔다. 그는 인간의 성장이 이토록 더딘 이유를 비정상적인 내분비계 상호 작용에서 찾고는, 발생 초기 단계에 일어나는 돌연변이가 그 원인일 거라고 추측했다. 그렇다면 이 발생 초기의 돌연변이가 끼치는 악영향을 어떻게 제거할 수 있을까? 개별적인 엡실론 태아의 성장 속도를 개나 소의 발육 과정처럼 만들 수는 없을까? 바로 그것이 문제였다. 그러나 이 또한 머잖아 해결이 될 터였다.

이미 몸바사에서 필킹턴은 네 살에 성적으로 성숙하고 여섯 살하고 6개월이면 완전히 자라는 인간을 생산해 냈다. 한마디로 과학의 승리였다. 그러나 사회적으로는 무용지물이었다. 여섯 살 난 남자와 여자는 너무나 아둔해서 엡실론 수준의 일도 혼자서 처리하지 못했다. 게다가 태아 생산 과정 역시 모 아니면 도였다. 실패하든지 성공하든지 둘 중 하나였다. 그래서 지금도 꾸준히 스무 살짜리 어른과 여섯 살짜리 어른 사이에서 절충안을 찾으려 애쓰고 있었다. 아쉽게도 지금까지는 실패를 거듭하고 있지만.

헨리가 한숨을 쉬며 고개를 가로저었다.

진홍빛 어둠 속을 이리저리 돌아다니다 보니, 어느덧 9번 받침대의 170미터 지점에 이르렀다. 여기에서부터 9번 받침대는 외부와 차단되었다. 9번 받침대의 유리병들은 여기저기 구멍이 뚫린 너비 2~3미터의 터널을 통과해 여행을 계속했다.

헨리가 말했다.

"열기에 대한 훈련 과정입니다."

유리병들은 뜨거운 터널과 차가운 터널을 번갈아 오갔다. 태아들은 강력한 엑스선이 쏟아지는 차가운 터널에 들어가면 혹독한 추위를 경험하면서 한파에 대한 공포를 갖게 된다. 이들은 훗날 열대 지방으로 보내져 광부나 방직공, 철강 노동자로 일하도록 사회적 기능이 설정된 인력이었다. 훗날 이들의 이성은 육체가 내리는 판단에 순순히 따르게 될 것이다. 헨리가 입을 열었다.

"우리는 이 태아들이 열기 속에서 활력을 찾도록 훈련합니다. 위층에 가면 열기를 좋아하도록 가르치는 훈련도 하고 있어요."

그때 소장이 짐짓 무게를 잡고 근엄한 목소리로 말했다.

"그것이 바로 행복의 열쇠요 미덕의 비밀이다. 자신이 해야 할 일을 정말로 좋아하게 만드는 것. 그것이야말로 이 모든 훈련의 진정한 목표다. 피할 수 없는 사회적 숙명을 스스로 좋아하게 만드는 것."

두 개의 터널 사이에서 간호사가 아주 섬세한 작업을 하고 있었다. 병에 담긴 젤리 같은 물질에 길고 가느다란 주사기 바늘을 조심스레 찔러 넣었다. 일행은 잠깐 멈춰 서서 간호사를 지켜보았다. 마침내 간호사가 바늘을 뽑고 똑바로 일어섰다. 헨리가 말했다.

"잘했어요, 레니나."

간호사가 깜짝 놀라 뒤를 돌아보았다. 불빛을 받아서 진홍빛 눈에 피부병 환자 같은 모습을 하고서도 아주 보기 드문 미인이었다.

"헨리!"

레니나 크라운이 헨리를 보며 환하게 웃음을 지었다. 가지런한 치아가 발간 산호처럼 반짝였다.

소장이 간호사를 두세 번 토닥이며 중얼거렸다.

"좋아, 아주 좋아."

레니나는 공손한 미소로 소장의 칭찬에 답했다. 헨리는 목소리에 한껏 힘을 주고선 전문가 같은 어조로 물었다.

"어떤 주사를 놓고 있었나요?"

"아, 늘 똑같아요. 장티푸스와 수면병 예방 접종이에요."

헨리가 학생들에게 설명했다.

"열대 지방 노동자가 될 태아들은 150미터부터 예방 접종을 시작합니다. 태아에게는 아직 아가미가 남아 있어요. 말하자면 우리는 미래의 인간이 걸릴 질병에 대비해 미리 물고기의 면역력을 강화하는 셈이지요."

그러고는 레니나에게로 돌아서서 말했다.

"이따 오후 4시 50분에 옥상에서 만나요, 여느 때처럼."

소장이 다시 한 번 더 레니나를 토닥이고는 학생들을 따라 걸음을 옮겼다.

"아주 좋아."

10번 받침대에서는 미래의 화학 공장 노동자들이 납과 수산화나트륨, 타르, 염소에 대한 저항 훈련을 받고 있었다. 3번 받침대에서는 장차 로켓 조종사가 될 태아 이백오십 명이 특별히 고안된 기계의 도움을 받아 공중 1,100미터 지점을 쉬지 않고 회전하며 통과했다.

헨리가 입을 열었다.

"균형 감각을 기르는 훈련이에요. 공중에 떠서 로켓을 수리한다는 건 결코 쉬운 일이 아니니까요. 태아가 똑바로 서 있을 때는 혈액 순환을 늦춰 반쯤 굶주린 상태로 만들고, 거꾸로 서 있을 땐 순환 속도를 두 배로 올려서 쾌적한 상태로 만듭니다. 무의식중에 거꾸로 서 있는 것을 더 좋아하도록 만드는 셈이지요. 이 태아들은 어른이 되어서도 거꾸로 서 있을 때 진정한 행복을 느끼게 된답니다."

헨리가 설명을 이어 갔다.

"자, 이제 가장 뛰어난 알파 플러스는 얼마나 재미있는 훈련을 받는지 살펴보러 가죠. 알파 플러스는 5번 받침대에 모여 있습니다."

두 학생이 1층으로 내려가려 하자 헨리가 곧장 불러 세웠다.

"2층으로 가야 해요. 900미터 부근에 있습니다. 사실 태아의 꼬리가 없어지기 전까지는 할 수 있는 지적 훈련이 별로 없습니다. 이리로 와요."

마침 그때 시간을 확인한 소장이 헨리에게 말했다.

"벌써 2시 50분이야. 아쉽지만 알파 플러스 태아까지 둘러볼 시간이 없겠는걸. 아이들이 낮잠에서 깨기 전에 육아실로 올라가야 하니까."

헨리의 얼굴에 실망한 기색이 역력했다. 그러더니 소장에게 간곡히 부탁했다.

"출생실만 잠깐 보고 가면 안 될까요?"

소장이 너그러운 미소를 지으며 답했다.

"정 그렇다면 뭐……. 좋아, 아주 잠깐만 둘러보도록 하게."

제 2 장

장미와 사이렌

헨리는 출생실에 그대로 남았다. 소장과 학생들은 가장 가까이에 있는 엘리베이터를 타고 5층으로 올라갔다.

5층에는 유아 양육실이 있었다. 안내판에는 '신(新) 파블로프 조건 반사 실험실'이라고 적혀 있었다.

소장이 문을 열자 가구 하나 없이 휑한 방이 나왔다. 남쪽 벽 전체가 통유리로 되어 있어서 눈이 부시도록 밝고 환했다. 인견으로 만든 새하얀 제복을 아래위로 갖춰 입고 흰 모자 속으로 머리카락을 말끔히 감춘 양육사 여섯 명이 마룻바닥에 장미 화분을 가지런히 늘어놓느라 여념이 없었다.

커다란 화분에 담긴 탐스럽고 화려한 꽃송이들. 비단같이 매끄럽고 탐스러운 꽃잎들이 아기 천사의 통통한 뺨을 닮아 있었다. 하지만 햇빛이 너무 눈부신 탓일까. 꽃잎이 발그스름한 아리아인 천사뿐만 아니라 반드르르한 중국인 천사나 멕시코인 천사의 뺨을 닮은 것 같기도 했다. 혹은 천국의 나팔을 너무 세게 불어 졸도하기 직전에 이른 천사나 생명의 빛이 아예 사라져 대리석처럼 창백해진 천사의 뺨처럼 보이기도 했다.

소장이 들어서자 양육사들은 잔뜩 긴장을 하고서 차려 자세를 취했다. 소장이 퉁명스럽게 말했다.

"책을 펼쳐 놔!"

양육사들은 잠자코 소장의 지시에 따랐다. 곧 장미 화분 사이사이로 책이 놓였다. 활짝 펼친 책장마다 짐승과 물고기, 새의 그림이 알록달록하게 그려져 있었다.

"자, 아기들 데려와."

양육사들은 서둘러 방에서 나가 저마다 네 칸짜리 커다란 식기 운반용 수레를 끌고 돌아왔다. 생후 8개월 남짓 된 아기가 칸마다 한 명씩 실려 있었다. 과연 같은 보카노프스키 집단에 속한 아기들답게 생김새가 똑같았다. 황갈색 옷을 입고 있는 걸로 보아 델타 계급 아기들이었다.

"바닥에 내려놔."

양육사들이 아기들을 바닥에 내려놓았다.

"아기들의 시선이 꽃과 책 쪽으로 향하게 해."

갑자기 몸의 방향이 바뀌자 아기들이 옹알이를 뚝 그쳤다. 하지만 이내 화려한 빛깔의 장미 꽃송이와 알록달록한 책 속에서 경쾌하고 화려한 그림을 발견하고는 그쪽으로 엉금엉금 기어가기 시작했다. 순간, 구름 뒤로 잠시 숨었던 해가 고개를 빤히 내밀었다. 장미는 꽃송이 깊숙이 감춰 두었던 열정을 한순간에 터뜨리기라도 하는 듯 한층 더 붉게 활활 타올랐다. 뭔가 새롭고 신비로운 의미라도 감추고 있는 것처럼 책장에서도 반짝반짝 빛이 뿜어져 나왔다. 부지런히 기어가던 아기들은 까르륵까르륵 웃음을 터뜨리며 신이 나서 어쩔 줄 몰라 했다.

소장이 두 손을 마주 비비며 말했다.

"좋아! 딱 짜 맞춘 것처럼 완벽해!"

몸놀림이 빠른 몇몇 아기는 벌써 결승선에 이르렀다. 아기들은 자그마한 손을 뻗어 장미 꽃잎을 어루만지거나 따기도 하고, 반짝거리는 책 속의 그림을 구기거나 찢기도 했다. 소장은 아기들이 꽃과 책에 정신이 온통 팔릴 때까지 기다렸다가 나직이 말했다.

"잘 봐라."

이윽고 소장이 손을 들어 신호를 보냈다. 그러자 건너편에 서 있던 수석 양육사가 작은 손잡이를 잡아 밑으로 당겼다. 별안간 엄청난 폭발음이 터져 나왔다. 날카로운 사이렌 소리에 귀청이 찢어질 것만 같았다. 곧이어 비상벨이 미친 듯이 울려 댔다.

깜짝 놀란 아기들은 너나없이 비명을 지르며 울부짖었다. 자그마한 얼굴이 금세 공포심에 사로잡혀 잔뜩 일그러졌다.

소장은 귀가 멀어 버릴 것 같은 소음 너머로 고래고래 악을 쓰며 소리쳤다.

"자, 이제 전기 충격으로 넘어가!"

소장이 다시 손짓하자 수석 양육사가 두 번째 손잡이를 내렸다. 아기들의 비명 소리가 순식간에 달라졌다. 이번에는 광란에 가까울 정도로 절박하고 발작적인 울음소리였다. 작은 몸뚱이를 마구 뒤틀며 뻣뻣하게 굳어 갔다. 보이지 않는 철사로 잡아당기기라도 하듯 팔다리가 제멋대로 버둥거렸다.

소장이 수석 양육사에게 신호를 보내며 말했다.

"아예 바닥에 전류를 흐르게 할 수도 있지만 오늘은 이쯤에서 그만하도록 하지."

마침내 폭발음이 그치고 경보음도 멈췄다. 사이렌 소리도 차츰차츰 줄어들다가 완전히 조용해졌다. 이윽고 뻣뻣하게 굳어 팔딱거리던 작은 몸들이 축 늘어졌다. 나지막이 흐느끼던 소리가 곧 공포에 찬 아우성으로 바뀌었다.

"아기들에게 다시 꽃과 책을 줘 봐."

양육사들이 소장의 지시에 따라 장미와 책을 들고 아기들에게 다가갔다. 아기들은 귀여운 고양이와 병아리 그림을 보고서도 질겁을 한 채 움츠러들며 크게 울부짖었다.

소장이 의기양양하게 말했다.

"잘 봐, 잘 보라고!"

책과 폭발음, 꽃과 전기 충격. 아기들의 머릿속에는 이미 이 조합 사이에 연결 고리가 생겼다. 앞으로 이와 유사한 훈련을 약 200회가량 더 받게 되면 이 조합은 불가항력적으로 강력해질 것이다. 인간이 만든 결합은 자연도 결코 갈라놓지 못한다.

“이 아기들은 자라면서 꽃과 책을 보기만 해도, 심리학에서 ‘본능적 혐오’라고 일컫는 반응을 보이게 된다. 유아기에 훈련된 조건 반사 작용은 평생토록 변하지 않으니까. 이 아기들은 죽을 때까지 책과 식물로부터 안전해질 것이다.”

소장이 양육사들에게 명령했다.

“다시 데려가.”

황갈색 아기들은 채 울음을 그치지 못하고 식기 운반용 수레에 실려 밖으로 나갔다. 방에는 시큼한 우유 냄새와 간만에 찾아온 고요만이 남았다.

그때 학생 하나가 손을 들었다. 낮은 계급 사람들이 독서로 공동체의 시간을 낭비하게 둬서는 안 되는 것쯤은 잘 알고 있었다. 그들이 책을 읽게 되는 날에는 이 조건 반사 훈련이 말짱 도루묵이 되어버린다는 사실도. 그래도…… 꽃에 대해서는 도무지 이해가 가지 않았다. 델타 계급 사람들이 꽃을 좋아하지 않도록 하기 위해 굳이 이런 수고까지 해야 하는 걸까?

소장은 인내심을 발휘해 차근차근 설명했다. 아기들이 장미를 보고 기겁을 하며 벌벌 떨게 만드는 것은 고등 경제 정책에 기반을 둔 전략이었다. 기껏해야 백 년쯤 되었을까. 그리 오래된 일도 아니었다. 그 전까지는 감마와 델타, 심지어 엡실론 계급 사람들까지도 꽃을, 그중에서도 특히 들꽃을 좋아하도록 훈련시켰다. 그렇게 하면 그들이 기회가 있을 때마다 시골로 나가기 위해 교통수단을 이용할 거라는 계산에서였다.

"그런데 그 사람들이 교통수단을 이용하지 않던가요?"

학생이 묻자 소장이 대답했다.

"꽤 많이 이용했지. 그런데 딱 거기까지였다."

달맞이꽃과 경치에는 한 가지 중대한 결점이 있다고 했다. 바로 쓸모가 없다는 것. 자연을 사랑하는 마음 따위로는 결코 공장을 돌아가게 할 수가 없었다. 그래서 낮은 계급 사람들에게서만이라도 자연을 동경하는 마음을 없애기로 결정했다.

단, 교통수단을 이용하려는 성향은 그대로 남겨 둬야 했다. 그러니까 자연을 싫어하면서도 계속해서 찾아다니도록 만들어야 했던 것이다. 결국 교통수단을 이용하는 데 있어서, 달맞이꽃이나 경치에 대한 동경보다 훨씬 더 경제적이고 바람직한 동기를 찾아내야 했다. 그리고 마침내 답을 찾았다.

"우리는 그들이 시골을 아주 싫어하도록 훈련시킨다. 그러나 시골에서 벌어지는 운동 경기는 모두 좋아하도록 설정하고 있지. 또한 시골에 가서 운동을 마음껏 즐기려면 복잡한 장비를 사용해야만 하도록 만들었다. 그 결과 그들은 교통수단뿐만 아니라 대량 생산된 제품까지도 소비하게 되었지. 이것이 바로 조금 전과 같은 전기 충격 훈련을 하는 이유이다."

"오, 그렇군요."

학생은 너무나 감격한 나머지, 더 이상 말을 잇지 못했다.

잠시 침묵이 흐른 뒤, 소장이 목청을 가다듬고 말했다.

"아주 오래전, 위대하신 포드님께서 아직 살아 계시던 시절에 루벤 라비노비치라는 꼬마가 있었다. 루벤은 폴란드어를 쓰는 부모 밑에서 태어났지."

소장이 잠시 말을 끊고 물었다.

"폴란드어가 뭔지는 다들 알고 있겠지?"

"죽은 언어입니다."

몇몇 학생들이 우쭐대며 대답했다.

"프랑스어나 독일어처럼 말입니다."

그러자 소장이 물었다.

"그렇다면 '부모'는 뭐지?"

학생들 사이에 거북한 침묵이 흘렀다. 몇몇 학생은 얼굴이 붉어지기까지 했다. 학생들은 아직 순수 과학과 음담패설 사이의 아주 미묘한 차이를 구분하는 능력을 갖고 있지 못했다. 마침내 한 학생이 용기를 내어 손을 들었다.

"인간은 한때……."

그는 우물쭈물하며 얼굴을 발갛게 물들였다.

"……한때 모체 태생 동물이었습니다."

소장이 고개를 끄덕이며 대꾸했다.

"잘 맞췄다."

"그리고 아기들이 배양되면……."

소장이 학생의 말을 바로잡았다.

"'태어나면'이라고 해야지."

"음, 그러고 나면 부모가 되는 겁니다. 물론, 아기들이 아니라 다른 쪽이 그렇다는 뜻입니다."

학생은 두서없이 이야기를 이어 가느라 진땀을 뺐다.

소장이 명확하게 결론을 지어 주었다.

"간단히 말해, 부모란 아버지와 어머니다."

지극히 과학적인 단어임에도 불구하고 출생과 얽혀 있기 때문에 외설스럽게 느껴지는 건 어쩔 수가 없었다. 학생들은 민망함에 어찌할 바를 모른 채 입을 꾹 다물고 서로의 눈길을 피했다. 소장은 그런 학생들에게 과학적 사실을 가르치기 위해 의자에 등을 기대며 일부러 더 큰 소리로 말했다.

"그래, 어머니. 너희에게 매우 불편한 진실이라는 것은 나도 잘 안다. 역사적인 사실이란 원래 다 그렇게 알고 보면 불편한 법이지."

소장은 다시 꼬마 루벤의 이야기로 말머리를 돌렸다. 어느 날 저녁, 루벤의 아버지와 어머니는 실수로 아들 방에 라디오를 켜 놓은 채로 나왔다.

"이미 알고들 있겠지만, 모체 태생이라는 역겨운 방식으로 생식이 이루어지던 시절에는 아이들이 훈련 센터가 아니라 부모 밑에서 자랐다."

루벤이 잠든 사이, 라디오에서 런던 방송이 나오기 시작했다. 다음 날 아침, 루벤의 아버지와 어머니는—이 대목에서 비교적 대담한 녀석들은 서로 눈을 맞추며 히죽거렸다.—깜짝 놀라고 말았다. 잠에서 깬 루벤이 지난밤에 라디오에서 흘러나온 긴 강연을 토씨 하나 틀리지 않고 줄줄 외었던 것이다.

그것은 오늘날까지 작품이 전해 내려오는 몇 안 되는 작가 중 한 명인 괴짜 늙은이 조지 버나드 쇼의 강연이었다. 조지 버나드 쇼는 그날도 여느 때와 마찬가지로, 라디오에서 자신의 천재성에 대해 주절주절 떠들어 대었다.

루벤은 키득거리면서 조지 버나드 쇼의 흉내를 내었지만, 영어를 전혀 모르는 부모는 그 내용을 조금도 짐작하지 못한 채 아들이 갑자기 미쳐 버린 줄 알고 당장 의사를 불러들였다. 다행히 의사는 영어를 할 줄 아는 사람이어서, 루벤의 말이 전날 밤에 방송된 조지 버나드 쇼의 강연 내용이라는 것을 금방 알아채었다.

의사는 이 일을 몹시 신기하게 여긴 나머지, 곧장 루벤의 이야기를 글로 써서 의학 신문사에 보냈다.

"최면 학습, 즉 수면 학습의 원칙은 처음에 이렇게 발견되었다."

소장은 극적인 효과를 노리기 위해 한동안 입을 다물었다.

원칙은 아주 우연하게 찾아냈지만, 그것을 실제 상황에 적용하기까지는 아주 오랜 시간이 걸렸다.

"루벤의 사례가 밝혀진 것은 위대하신 포드님께서 세계 최초로 T형 자동차(헨리 포드가 대량 생산했던 T형 포드)를 세상에 내놓은 지 고작 이십삼 년 만의 일이었다."

이 대목에서 소장은 가슴에 커다랗게 T자를 그렸다. 학생들도 경외심 가득한 얼굴로 똑같이 따라 했다. 소장이 다시 입을 열자, 학생들은 악착같이 공책에 받아 적었다.

"수면 학습은 포드 기원 214년이 되어서야 처음 공식적으로 쓰였지. 그 전에는 왜 안 썼을까? 두 가지 이유에서다. 첫째, 초기의 실험들은 방향을 영 잘못 잡았다. 당시 사람들은 수면 학습을 지적 교육을 위한 수단으로 활용하고 싶어 했거든."

소년이 오른쪽으로 누운 채 깊은 잠에 빠져 있다. 침대 밖으로 삐져나온 오른손은 힘없이 축 늘어져 있다. 상자에 뚫린 동그란 구멍에서 나지막한 목소리가 흘러나온다.

"나일 강은 아프리카에서는 첫 번째로, 전 세계를 통틀어서는 두 번째로 긴 강이다. 미시시피-미주리 강보다 길이는 짧지만 위도 35도를 향해 뻗은 유역의 길로 보자면 단연 모든 강 가운데 으뜸이다……."

이튿날 아침 식탁에서 누군가가 소년에게 묻는다.

"토미, 아프리카에서 가장 긴 강 이름이 뭐지?"

토미는 힘없이 도리질을 한다.

"토미, 이런 얘기 기억나지 않니? 나일 강은 아프리카에서는 첫 번째로……."

토미의 입에서 갑자기 말이 술술 쏟아져 나온다.

"나일, 강은, 아프리카에서는, 첫, 번째로, 전, 세계를, 통틀어서는, 두, 번째로, 긴, 강이다, 미시시피-미주리, 강보다, 길이는, 짧지만……."

"자, 그럼 아프리카에서 가장 긴 강의 이름이 뭘까?"

토미가 멍한 눈으로 말한다.

"모르겠어요."

"방금 나일 강 얘기했잖아, 토미."

"나일, 강은, 아프리카에서는, 첫, 번째로, 전, 세계를, 통틀어서는, 두, 번째로……."

"그래서 제일 긴 강이 뭐냐니까?"

토미는 결국 눈물을 흘리며 울부짖는다.

"정말 몰라요. 모른다고요."

초기 연구자들은 그 울부짖음 때문에 번번이 낙담했다고 한다. 끝내 실험은 실패로 돌아갔다. 그 후로 잠든 아이에게 나일 강의 길이를 가르치려는 시도는 더 이상 일어나지 않았다. 당연한 결과였다. 전체적인 내용을 이해하지 않고서는 그 어떤 지식도 받아들일 수 없으니까.

소장이 문 쪽으로 학생들을 이끌며 말했다.

"초기 연구자들이 도덕 교육을 먼저 시작했다면 어땠을까? 얘기가 달라졌겠지."

학생들은 소장의 뒤를 따라 엘리베이터까지 걸어가면서도 한 자도 놓치지 않기 위해 필사적으로 받아썼다.

"어떤 경우에도 도덕 교육은 합리적이어서는 안 된다."

엘리베이터가 14층에서 멈췄다. 문이 열리자 확성기에서 나지막한 경고음이 흘러나왔다.

"정숙하십시오, 정숙하십시오."

복도마다 띄엄띄엄 걸려 있는 확성기는 집요하게 같은 말을 반복했다.

"정숙하십시오, 정숙하십시오."

어느새 학생들뿐만 아니라 소장까지도 까치발을 하고서 사뿐사뿐 걸었다. 제아무리 알파 계급이라고 해도 규칙을 잘 따르도록 철저히 훈련되어 있었던 것이다.

"정숙하십시오, 정숙하십시오."

집요하고도 절대적인 명령이 14층 복도를 가득 메웠다.

까치발로 45미터쯤 가다 보니 문이 하나 나왔다. 소장이 조심스레 문을 열었다. 일행은 문턱을 넘어 어스름한 방 안으로 발을 내디뎠다. 간이침대 여든 개가 벽을 따라 죽 늘어서 있었다. 아기들의 얕으면서도 규칙적인 숨소리가 들려왔다. 그리고 멀리서 속삭이듯 나직한 목소리가 끝없이 새어 나왔다.

양육사가 소장 일행을 보고는 자리에서 벌떡 일어나 차려 자세를 취했다. 소장이 물었다.

"오늘 오후 수업은 뭐지?"

"처음 사십 분 동안은 기초 성교육을 했고, 지금은 기초 계급 의식을 학습하는 중입니다."

소장은 길게 줄지어 선 간이침대를 따라 천천히 걸음을 옮겼다. 볼이 장밋빛으로 발갛게 물든 아기들이 색색거리며 깊은 잠에 빠져 있었다. 아기들의 베개 밑에서는 귓속말이 계속 들려왔다. 소장은 걸음을 멈추고 작은 침대 위로 몸을 숙이며 귀를 기울였다.

"기초 계급 의식이라고 했나? 자, 다 같이 확성기로 들어 보도록 하지."

방 끝 쪽의 벽에 커다란 확성기가 달려 있었다. 소장은 그쪽으로 다가가 확성기의 전원 버튼을 눌렀다. 곧바로 나긋나긋하면서도 또렷한 목소리가 흘러나왔다. 계급 의식 학습의 중간 부분인 듯했다.

"……초록색 옷을 입고요. 델타는 황갈색 옷을 입어요. 아, 난 델타 어린이들하고는 놀지 않을 거예요. 엡실론은 더 싫어요. 엡실론은 너무 멍청해서 글을 읽고 쓸 줄도 모르거든요. 엡실론은 우중충한 검은색 옷을 입어요. 내가 베타여서 정말로 행복해요."

잠시 침묵이 흐르더니 같은 목소리가 다시 이어졌다.

"알파 어린이들은 회색 옷을 입어요. 알파는 무서울 정도로 똑똑해서 우리보다 훨씬 더 열심히 일하죠. 내가 베타여서 얼마나 다행인지 몰라요. 그렇게까지 열심히 일하지 않아도 되니까요. 그래도 우리는 감마나 델타보다는 훨씬 낫답니다. 아둔한 감마는 초록색 옷을 입고요. 델타는 황갈색 옷을 입어요. 아, 난 델타 어린이들하고는 놀지 않을 거예요. 엡실론은 더 싫어요. 엡실론은 너무 멍청해서……."

소장이 전원 버튼을 다시 눌렀다. 목소리가 순식간에 사라졌다. 곧이어 80개의 베개 밑에서 환영처럼 희미한 중얼거림이 들려왔다.

"오늘 이 아기들은 자는 동안 저 소리를 40번 듣게 된다. 그리고 목요일과 토요일에 반복하게 되지. 일주일에 3일, 그러니까 총 120번씩 듣기를 30개월 동안 되풀이하는 거다. 그러고 나서 심화 학습에 들어가지."

장미와 전기 충격, 황갈색 델타와 미나리의 진한 향기. 이런 이미지들은 말을 배우기도 전에 아기들의 머릿속에 이미 강력한 연결고리를 형성한다. 그러나 언어를 이용하지 않는 훈련은 빈틈이 많고 허술하기 짝이 없어서 세밀한 특성을 인지시키지 못할뿐더러 복합적인 행동 양식을 각인시키지도 못한다. 그렇기 때문에 반드시 언어가, 무엇보다 이성이 배제된 언어가 필요하다. 따라서 수면 학습만이 해답인 것이다.

"지금까지 밝혀진 것 중에서 언어를 이용한 수면 학습은 인간을 도덕화하고 사회화하는 데 가장 강력한 수단이라고 할 수 있지."

학생들은 공책에 소장의 말을 전부 받아 적었다. 권위자의 입에서 나오는 말 그대로.

소장이 다시 한 번 전원 버튼을 눌렀다.

"……무서울 정도로 똑똑해서 우리보다 훨씬 더 열심히 일하죠. 내가 베타여서 얼마나 다행인지 몰라요. 그렇게까지 열심히 일하지 않……."

나지막하지만 교묘하고 끈질긴 목소리가 계속해서 중얼거렸다. 똑똑 떨어지는 빗방울이 모이면 단단한 바위도 뚫는다고 했던가. 이 목소리는 빗방울이라기보다는 끈적끈적한 밀랍에 가까웠다. 끈질기게 달라붙어 표면을 덮어 버리고 결국은 바위와 한 덩어리가 되어 버리는 밀랍.

"시간이 흐르면 아기의 마음과 이 암시가 하나가 되는 순간이 온다. 결국 암시의 총체가 아기의 이성이 되는 거지. 물론 어른이 되어서도 평생토록 이 암시의 지배를 받는다. 생각하고 욕망하고 결정하는 이성적 행위는 바로 이 암시들로 이루어지는 것이다. 이 암시는 바로 우리가 만들어 주는 거지!"

소장은 승리감에 도취된 나머지 거의 소리를 지르다시피 했다.

"다시 말해 국가가 내리는 암시! 그러므로……."

소장은 가까이 있는 탁자를 손으로 쾅 내리쳤다. 그때 무슨 소리가 들리자 소장이 잽싸게 고개를 돌렸다.

소장이 착 가라앉은 목소리로 중얼거렸다.

"포드님, 맙소사! 내가 아기들을 깨우고 말았군."

제 3 장

만인은 만인의 것

정원에서는 놀이 시간이 한창이었다. 발가벗은 어린아이 육칠백 명이 유월의 따뜻한 햇살 아래 마음껏 소리를 지르며 잔디밭 위를 뛰어다니고 있었다. 아이들은 공놀이를 하기도 하고, 꽃 덤불 사이에 두세 명씩 옹기종기 쪼그려 앉아 놀기도 했다. 장미꽃은 활짝 피었고, 우거진 수풀에서는 밤꾀꼬리가 지저귀었다. 보리수나무 위에 앉은 뻐꾸기가 막 노래 한 곡을 마친 참이었다. 꿀벌과 헬리콥터가 붕붕대는 소리가 공중에 나른하게 울려 퍼졌다.

소장과 학생들은 잠시 그곳에 멈춰 서서 원심력을 이용한 '범블퍼피 경기'를 구경했다. 아이들 스무 명이 크롬강으로 만든 탑을 둥글게 에워싸고 서 있었다. 탑 꼭대기에 설치된 평평한 판 위로 공을 던지면, 탑 안쪽으로 굴러 내려가 빠르게 회전하는 원반 위로 떨어진다. 원반을 맞고 튕긴 공은 원통형 덮개에 뚫린 구멍 가운데 하나로 튀어나온다. 이때 공을 잡으면 되는 놀이였다.

일행은 다시 걸음을 옮겼다. 소장은 골똘히 생각에 잠겼다가 입을 열었다.

"참 이상한 일이지. 위대하신 포드님 시대에도 대부분의 경기는 기껏해야 공 한두 개에 막대기 몇 개, 거기에 그물 쪼가리만 가지고 치러졌다는 게……. 소비를 부추기지도 못하는 경기를 허용하다니! 이게 얼마나 어리석은 일인지 이해가 되는가? 그건 미친 짓이야. 요즘 같으면 어림도 없는 일이지. 그 시절의 가장 복잡한 경기에 필요한 장비를 갖추거나 그보다 더한 걸 제시해야 통제관들의 허가가 떨어질걸."

소장은 말을 멈추고 손가락으로 어딘가를 가리켰다.

"얼마나 귀여운 한 쌍인지 봐라."

키가 큰 지중해 에리카 덤불 사이, 후미진 풀밭에서 일고여덟 살쯤 되어 보이는 남자아이와 여자아이가 새로운 발견에 열중하는 과학자라도 되는 양 진지하게 기초적인 성교 놀이를 하고 있었다.

소장은 감상에 젖어 같은 말을 반복했다.

"좋아, 아주 좋아."

"좋습니다."

학생들도 덩달아 맞장구를 쳤다. 하지만 그들의 미소에는 깔보는 듯한 표정이 스며 있었다. 자신들은 진작에 집어치운 놀이에 열중하고 있는 아이들을 보고 있자니 경멸감이 일었던 것이다. 저게 좋다고? 그래 보았자 어린애들 장난 수준에 지나지 않았다. 아무것도 모르는 코흘리개들의 장난질.

소장은 감상에 젖어든 듯한 목소리로 입을 열었다.

"난 이런 생각을 자주 해 왔지."

바로 그 순간, 누군가 크게 흐느껴 우는 소리가 들렸다. 근처 수풀에서 양육사가 떼를 쓰며 울부짖는 남자아이를 끌고 나왔다. 여자아이가 초조한 얼굴로 그 뒤를 따랐다.

소장이 물었다.

"무슨 일이지?"

양육사는 어깨를 으쓱하며 대수롭지 않다는 듯 대답했다.

"별일 아닙니다. 이 남자아이가 성교 놀이를 피해서요. 전에도 그런 낌새를 보이기는 했는데 오늘 또 그러네요. 방금도 갑자기 소리를 질러 대는 바람에……."

초조한 표정의 여자아이가 말을 보탰다.

"정말이에요. 전 괴롭히려고 한 게 아니라고요. 정말이에요."

양육사가 여자아이를 달랬다.

"그렇고말고. 네 잘못이 아니란다."

양육사는 소장을 향해 돌아서며 말을 이었다.

"이 아이를 심리부 부감독관에게 데려가 볼까 합니다. 혹시 어디가 잘못된 건 아닌지 확인해 보려고요."

소장이 말했다.

"그래야지. 어서 데려가."

양육사가 울부짖는 남자아이를 데리고 갔다. 그사이에 소장이 여자아이에게 말했다.

"넌 그대로 있거라. 이름이 뭐지?"

"폴리 트로츠키예요."

"참 예쁜 이름이구나. 어서 가서 같이 놀 만한 다른 남자아이를 찾아보렴."

아이는 덤불 속으로 후다닥 뛰어 들어가더니 순식간에 시야에서 사라졌다. 소장이 그 모습을 바라보며 말했다.

"깜찍한 것 같으니라고."

그러고는 학생들을 향해 돌아서며 이야기를 시작했다.

"내가 지금부터 하려는 얘기는 믿기 어려울지도 모른다. 역사를 잘 모를 때는 과거의 진실이 흔히 그렇게 느껴지곤 하는 법이지."

소장이 들려준 이야기는 과연 놀라웠다. 위대한 포드님의 시대를 맞이하기 전까지 아주 오랫동안, 그리고 그 후로도 여러 대에 걸쳐 사람들은 어린이들의 성교 놀이를 비정상적인 것으로 간주했다고 한다. 학생들은 너나없이 웃음을 터뜨렸다. 비정상적일 뿐 아니라 부도덕하다고까지 여겼다는 데에는 놀라움을 감출 수가 없었다. 과거에는 어린이들의 성적 유희가 엄격히 금지되어 있었다는 것이다.

학생들은 도무지 믿을 수 없다는 표정을 지었다. 세상에! 그런 즐거움을 누리지 못했다고? 상상조차 할 수 없는 일이었다.

소장이 말을 이었다.

"심지어 너희 또래의 청소년조차 그랬다……."

"그럴 수가!"

"남모르게 하는 자위 행위나 동성 연애 외에는 아무것도 할 수 없었지."

"아무것도요?"

"스무 살이 되기 전까지는 공식적으로 금지했으니까."

학생들 사이에서 외마디 소리가 터져 나왔다.

"스무 살이요?"

소장이 침착하게 반복했다.

"그래, 스무 살. 믿지 못할 거라고 미리 말했잖아."

"그래서 어떻게 되었는데요? 그렇게 해서 얻은 결과는 무엇이었습니까?"

바로 그 순간, 아주 굵고도 쩌렁쩌렁한 목소리가 불쑥 끼어들었다.

"아주 끔찍했지."

학생들은 깜짝 놀라 뒤를 돌아보았다. 낯선 남자가 서 있었다. 중간 키에 검은 머리카락, 매부리코에 두툼하고 붉은 입술, 그리고 사람을 꿰뚫어 보는 듯한 짙은 눈동자. 그는 다시 한 번 말했다.

"진짜 끔찍했어."

그때 소장은 정원 곳곳에 설치해 둔, 강철과 고무로 만든 의자에 걸터앉아 있었다. 낯선 남자를 보자마자 벌떡 일어나더니 팔을 쭉 뻗은 채 감격한 표정으로 허둥지둥 달려갔다. 잇몸이 다 드러날 정도로 과장된 웃음을 지으며.

"오, 통제관님! 이렇게 기쁠 수가! 뭐 하고 있나? 이분이 바로 그 유명한 무스타파 몬드 통제관님이시다."

센터에 있는 4,000개의 방에서 4,000개의 전자 시계가 일제히 4시를 알렸다. 이내 확성기에서 형체 없는 목소리가 흘러나왔다.

"주간 근무 1조 작업 종료, 주간 근무 2조와 교대, 주간 근무 1조 작업……."

탈의실로 올라가는 엘리베이터 안에서 헨리와 사회 기능 설정 보조원은 심리부의 버나드 마르크스에게 대놓고 등을 돌리고 있었다. 버나드는 비도덕적인 인물로 평판이 자자해서 기피 대상이었다.

태아 저장실의 진홍빛 공간 속에서 희미한 기계 진동음과 달가닥대는 소리가 나지막이 울렸다. 한 개의 근무 조가 자리를 떠나면 다른 근무 조가 교대를 하러 왔다. 비슷비슷하지만 어딘가 모르게 조금씩 다른 피부병 환자 같은 얼굴이 시간에 맞춰 순서대로 바뀌었다. 컨베이어는 미래의 남자와 여자를 싣고 끝없이 앞으로 나아갔다.

레니나는 활기차게 문 쪽으로 걸어갔다.

"영예로우신 무스타파 몬드 님!"

경례를 붙이는 학생들의 눈이 거의 튀어나올 지경이었다. 무스타파 몬드라니! 서유럽 주재 통제관이 아니던가. 세계 통제관 열 명 가운데 한 사람! 세계 10대 통제관 가운데 한 사람……, 바로 그 대단한 사람이 배양 및 사회 기능 훈련 센터 소장과 벤치에 나란히 앉아……. 그렇다, 나란히 앉아 자신들과 얘기를 나누고 있다니! 그 고귀한 사람의 말을 직접 들어 보는 것이다. 영예로운 사람의 입에서 나오는 말을.

햇볕에 온몸이 새우처럼 발갛게 익은 아이 둘이 덤불에서 불쑥 나오더니 깜짝 놀라서 눈을 휘둥그레하게 떴다. 뜻밖에 맞닥뜨린 사람들을 물끄러미 바라보다가 이내 덤불 속에서 즐기던 놀이로 돌아갔다.

통제관이 낮고 굵은 목소리로 입을 열었다.

"너희는 모두 기억할 것이다. 위대하신 포드님께서 들려주시던 아름답고 감동적인 말씀을 말이다. 역사는 허무맹랑한 것이다."

통제관은 천천히 마지막 말을 되풀이했다.

"역사는 허무맹랑한 것이야."

통제관이 가볍게 손을 내저었다. 마치 눈에 보이지 않는 먼지떨이로 작은 먼지를 쓸어 내는 것 같은 손짓이었다. 통제관이 쓸어 낸 먼지는 하라파(인도의 인더스 강 유역으로, 인더스 문명의 유적지)였고 칼데아(티그리스 강과 유프라테스 강 하류 지역으로, 기원전 6세기 전성기 때의 바빌로니아)의 우르(메소포타미아의 남부 도시)였다.

그가 휙 걷어치운 거미줄은 테베와 바빌론이요 크노소스와 미케네였다. 탁탁, 탁탁, 오디세우스가, 욥이, 주피터와 석가모니, 예수가 온데간데없이 사라졌다. 휙휙, 찬란하던 아테네와 로마와 예루살렘과 중앙 왕국(고대 이집트의 왕국)이라는 먼지 조각도 사라졌다. 탁탁, 한때 이탈리아가 자리하고 있던 곳이 텅 비었다. 휙휙, 성당들이, 휙휙, 〈리어 왕〉과 파스칼의 〈팡세〉가, 휙휙, 예수의 수난이, 휙

훽, 진혼곡이, 훽훽, 교향악이, 훽훽…….

사회 기능 설정 보조원이 물었다.

"오늘 저녁에 촉각 영화 보러 안 갈래, 헨리? 알람브라에서 상영하는 새 작품이 최고 등급을 받았다는데, 곰 가죽 양탄자 위에서 사랑을 나누는 장면이 끝내준다더라고. 털을 한 가닥 한 가닥 모두 재생해서 촉각 효과를 극대화시켰대."

통제관이 말했다.

"그것이 바로 너희에게 역사를 가르치지 않은 이유다. 그러나 이제 때가 되었으니……."

소장이 초조한 눈빛으로 통제관을 바라보았다. 언제부터인가 통제관의 서재에 있는 금고에 오래된 금서가 들어 있다는 이상한 소문이 돌았다. 그것이 성경인지 시집인지 아무도 모를 일이었다.

소장의 불편한 기색을 알아챘는지, 무스타파 몬드가 불그스름한 입술을 냉소적으로 비틀더니 조롱이 담긴 어조로 말했다.

"안심하시오, 소장. 난 학생들을 타락시키려는 게 아니니까."

소장은 혼란에 빠진 나머지 어찌할 바를 몰라 했다.

누군가 자신을 경멸한다고 느낀 사람이 상대에게 똑같은 태도를 보이는 것은 지극히 당연하다. 버나드의 얼굴에 떠오른 미소에도 두 사람을 경멸하는 기색이 역력했다. 곰의 털을 한 가닥씩 재생시켰다니!

헨리가 대답했다.

"꼭 가 봐야겠네."

무스타파 몬드는 앉은 자리에서 학생들을 향해 몸을 앞으로 기울이며 손가락을 흔들었다. 통제관의 목소리에는 횡격막까지 떨리게 만드는 묘한 힘이 스며 있었다.

"머릿속으로 한번 그려 보게. 아기가 어머니의 자궁에서 나온다면 어떨지 말이야."

또 그 지저분한 말을. 하지만 이번에는 그 어느 누구도 실실 웃을 엄두를 내지 못했다.

"가족과 함께 산다는 것이 뭘 의미하는지 생각해 보라고."

학생들은 시키는 대로 해 보려 애썼지만 도무지 상상할 수조차 없었다.

"혹시 집이 뭔지는 알고 있나?"

학생들은 다 같이 고개를 저었다.

어둑어둑한 진홍빛 방에서 나온 레니나는 곧장 엘리베이터를 타고 17층으로 올라간 뒤 오른쪽으로 난 복도를 따라 걸었다. '여자 탈의실'이라고 적힌 문을 열고 들어서자 여자들의 가슴과 팔뚝, 속옷이 한데 뒤엉킨 채 그녀를 맞이했다. 100개의 욕탕에서 뜨거운 물이 폭포처럼 쏟아져 내리다가 밖으로 철철 흘러넘쳤다. 80개의 진공 안마기가 덜컹덜컹 쉭쉭 소리를 내며 구릿빛으로 그을린 최우수 여성 표본 여든 명의 탄탄한 피부를 부지런히 주무르고 두드렸다. 여자들은 저마다 목소리를 한껏 높여 떠들어 댔다. 합성 음악 기기에서는 코넷 독주가 흘러나왔다.

레니나가 바로 옆 사물함을 사용하는 젊은 여자에게 반갑게 인사를 건넸다.

"안녕, 패니."

포장실에서 일하는 패니도 성이 크라운이었다. 20억 인구가 사는 이 행성에 성씨는 고작 만 가지뿐이니 그리 놀랄 일도 아니었다.

레니나는 옷에 달린 지퍼를 차례로 내렸다. 먼저 상의의 지퍼를 내린 다음, 양손으로 바지에 달린 지퍼 두 개를 동시에 내렸다. 마지막으로 속옷의 지퍼를 내린 뒤, 스타킹과 구두를 신은 채 욕실로 걸어갔다.

집. 집이란 한 남자와 주기적으로 애를 낳는 여자와 서로 다른 나이의 사내아이와 계집아이들이 몇 개 되지 않는 좁아터진 방에 숨 막히게 모여 사는 것을 말한다. 마음껏 숨 쉬고 편안히 쉴 공간도 없으니 소독도 제대로 되지 않은 감옥이나 다를 바 없다. 한마디로, 집은 어둠과 질병과 악취의 온상이다.

통제관의 묘사가 어찌나 생생하고 살벌하던지, 유난히 예민한 성격의 학생들은 얘기만 듣고도 토할 것마냥 얼굴이 창백해졌다.

욕탕에서 나온 레니나는 수건으로 몸을 닦은 다음, 벽에 붙은 기다란 고무관의 분사구를 가슴에 갖다 댔다. 그러고는 자살이라도 하려는 듯 방아쇠를 당겼다. 따뜻한 바람이 훅 끼치면서 곱디고운 분가루를 레니나의 가슴에 흩뿌렸다.

세면대 위의 작은 수도꼭지에는 각기 다른 향수와 화장수 여덟 가지가 구비되어 있었다. 레니나는 왼쪽에서 세 번째 수도꼭지를 열어 시프레 향을 콕콕 찍어 바른 뒤 스타킹과 구두를 벗어 들고 비어 있는 진공 안마기를 찾아 밖으로 나갔다.

집은 육체적으로 불결한 것을 넘어 정신적으로도 추잡한 곳이었다. 비좁은 공간에서 붐비며 생활하다가 일어나는 여러 가지 마찰로 숨통을 조이고, 온갖 감정이 뒤섞여 악취를 풍기는 토끼 굴과도 같았다. 그야말로 누추함 그 자체였다.

게다가 가족간의 친밀함이란 또 얼마나 답답한 것인가? 위험하고 음란하고 정신 나간 짓이다! 어머니는 미친 사람처럼 자식들을 품었다. 마치 새끼 고양이를 품는 어미처럼 '자기' 자식들을 말이다……. 말까지 할 줄 아는 그 고양이는 계속해서 이런 말을 중얼거렸다.

"우리 아가, 우리 아가. 오, 우리 아가야, 배가 고픈 모양이구나. 고사리 같은 손으로 엄마 가슴에 매달려 있네. 이루 말로 다 할 수 없을 만큼, 가슴이 아플 정도로 기쁘구나! 우리 아기가 잠이 들 때까지, 작은 입가에 하얀 거품을 물고 잠들 때까지 젖을 물려야지. 예쁜 우리 아기가 잠들 때까지…….”

무스타파 몬드가 고개를 끄덕이며 중얼거렸다.

“그래, 너희가 그렇게 몸서리치는 것도 무리는 아니지.”

진공 안마를 받고 돌아온 레니나에게서는 진주처럼 말간 광채가 났다. 레니나가 패니에게 물었다.

“오늘 밤엔 누구랑 데이트할 거야?”

“아무랑도 안 해.”

레니나가 깜짝 놀라 눈을 동그랗게 떴다. 패니가 덧붙였다.

“요즘 컨디션이 영 별로야. 웰스 박사님이 임신 대체제를 처방해 줬어.”

“패니, 넌 아직 열아홉 살밖에 안 됐잖아. 스물한 살까지는 임신 대체제를 복용할 의무가 없어.”

“나도 알아, 안다고. 하지만 일찍 시작하는 게 더 나을 수도 있어. 웰스 박사님이 그러는데, 나처럼 흑갈색 머리에 골반이 넓은 여자는 열일곱 살 때부터 그 약을 먹어야 한대. 그렇게 보면 나는 이 년이나 늦은 셈이지, 이 년 이른 게 아니라.”

패니는 사물함 문을 열어 위쪽 선반을 가리켰다. 선반 위에는 이름표가 붙은 유리병과 상자가 줄지어 놓여 있었다.

레니나가 병에 적힌 글씨를 소리 내어 읽었다.

“황체 시럽, 난소 알약, 신선도 보장, 유통 기한 포드 기원 632년 8월 1일, 유선 추출물, 하루 세 번, 식전에 물과 함께 복용, 태반 추출물, 사흘에 한 번씩 정맥 주사로 5cc씩 투여……. 악!"

레니나가 진저리를 치며 말했다.

"난 정맥 주사 진짜 싫어. 넌 안 그래?"

"나도 싫어. 그래도 꼭 필요한 거니까……."

패니는 유달리 이성적인 성격이었다.

무슨 이유에서인지는 몰라도, 위대하신 포드님은 심리학적 문제에 대해 얘기할 때마다 자신을 '프로이트'라고 불렀다. 프로이트는 가족생활의 끔찍한 위험성을 최초로 폭로한 사람이었다. 세상에는 무수히 많은 아버지가 있었고, 그 수만큼의 비극이 존재했다. 또한 수많은 어머니가 있어서 가학적 성애부터 순결을 지키려는 집념에 이르기까지 온갖 도착증이 들끓었다. 수많은 형제자매와 삼촌, 숙모로 말미암아 광기와 자살이 넘쳐나는 세상이었다.

"뉴기니 연안의 사모아 제도에 살던 야만인들은 말이지……."

히비스커스 꽃 사이를 발가벗은 채 뛰어다니며 자유롭게 성적 유희를 즐기는 어린아이들의 몸 위로 열대의 햇살이 따끈한 꿀처럼 쏟아져 내렸다. 야자나무로 지붕을 이은 스무 채의 집은 어디나 다 가정이었다. 뉴기니 지역의 트로브리안드 제도에서 임신은 조상신들이 주관하는 일이었기에, 아버지라는 말은 어느 누구도 들어 본 적이 없었다.

통제관이 말했다.

"극과 극은 통하기 마련이다. 반드시 서로 만나게 되어 있지."

"웰스 박사님 말로는 임신 대체약을 3개월만 먹으면 삼사 년 사이에 건강이 아주 좋아질 거래."

레니나가 대답했다.

"그래, 그래야지. 그런데 패니, 너 혹시 앞으로 3개월간 아무하고도……."

"그럴 리가! 한두 주면 충분해. 대신에 저녁마다 뮤지컬 카지노에 가서 음악을 들으며 쉴 생각이야. 너는 오늘 데이트가 있나 보지?"

레니나가 고개를 끄덕였다.

"누구랑?"

"헨리 포스터."

"또?"

패니의 보름달처럼 둥글고 다정한 얼굴이 탐탁지 않다는 듯 금세 일그러졌다. 패니가 물었다.

"너, 설마 아직도 헨리 포스터랑 사귀는 거야?"

어머니와 아버지, 형제자매만 있는 것이 아니었다. 남편과 아내, 연인도 있었다. 그 외에도 일부일처제와 연애가 존재했다.

통제관이 말했다.

"너희는 그게 무슨 말인지도 모르겠지."

학생들이 고개를 끄덕였다.

가족과 일부일처제, 그리고 연애. 두 사람 사이에는 어디를 가나 다른 이성에게 한눈팔면 안 된다는 약속이 존재했고, 그 때문에 충동과 정력을 분출할 방법은 아주 제한적일 수밖에 없었다.

통제관은 수면 학습에 나오는 구절을 인용해 단호하게 말했다.

"만인은 만인의 것이다."

학생들은 의심의 여지가 없다는 듯 고개를 끄덕였다. 어둠 속에서 자그마치 62,000번이나 반복해서 들었으므로, 학생들에게 그 구절은 단순한 사실을 넘어 너무나 당연해서 증명할 필요도, 부인할 수도 없는 절대적 진리였다.

레니나가 따지듯 말했다.

"우리는 데이트한 지 4개월밖에 안 됐어."

패니는 레니나를 꾸짖듯 손가락질까지 하며 잔소리를 했다.

"고작 4개월이라니? 애고, 잘하는 짓이다. 지금 그게 다가 아니잖아? 그 기간 동안 헨리 말고는 아무도 안 만났다는 거잖아. 내 말이 틀렸어?"

레니나는 얼굴이 새빨개졌지만, 당당한 눈빛을 잃지 않은 채 뾰족한 목소리로 대꾸했다.

"맞아. 그런데 난 왜 꼭 여러 사람을 만나야 하는지 모르겠어."

패니는 마치 누구에게 고자질이라도 하듯, 레니나의 왼쪽 어깨에 대고 그 말을 똑같이 따라 했다.

"얘 좀 봐! 왜 여러 사람을 만나야 되는지 모르겠단다."

그러더니 갑자기 어조를 바꾸어 아주 진지한 목소리로 말했다.

"농담 아니야. 너, 정말 조심해야 돼. 그렇게 한 남자만 쭉 만나는 건 정말 좋지 않다고. 네가 마흔이나 서른다섯 살쯤 됐으면 그럴 수도 있지. 하지만 지금 네 나이엔 아니야, 레니나! 그럼, 안 되고말고. 소장님이 너무 깊거나 오래가는 관계를 얼마나 경계하시는지 너도 잘 알잖아. 다른 남자는 전혀 만나지 않고 내리 4개월 동안 헨리하고만 사귀다니! 소장님이 아시면 난리가 날걸……."

"수도관에 물이 가득 차 있다고 생각해 보거라."

학생들은 통제관의 말에 따라 그 장면을 떠올리려 애썼다.

"그 수도관에 구멍을 하나만 뚫으면 물이 엄청난 세기로 뿜어져 나오겠지!"

그러나 구멍을 스무 개 정도 뚫으면 여기저기서 가느다란 물줄기가 졸졸 새어 나올 것이다.

"우리 아기, 우리 아기……!"

"어머니!"

광기에는 전염성이 있다.

"사랑하는, 세상에 단 하나뿐인, 귀하디 귀한……."

어머니, 일부일처제, 그리고 연애. 거품을 부글부글 일으키며 세차게 솟구치는 물줄기. 욕구를 분출할 데가 단 한 곳뿐일 때는 그럴 수밖에 없다. 사랑하는 우리 아기. 구시대의 가엾은 인류가 그토록 비참하고도 광기 어린 삶을 살았다는 것은 전혀 놀랍지 않다.

그들이 살던 세상은 심리적 안정이 허용되지도, 말짱한 정신으로 도덕적이고 행복한 삶을 누리도록 허락되지도 않았다. 어머니와 연인들, 그리고 갖가지 금기 때문에 복종을 훈련받지 못했고, 온갖 유혹에 따르는 양심의 가책과 질병에서 비롯된 고통, 그리고 자신을 둘러싼 불확실성과 가난 때문에 사람들은 억지로 강한 척해야만 했다. 그렇게 강한 척하면서 어떻게 안정된 삶을 누릴 수가 있겠는가? 아무 희망도 없이 고독하게 홀로 고립된 상태에서.

패니가 말했다.

"그렇다고 헨리를 아예 만나지 말라는 얘기는 아니야. 다른 사람도 가끔 만나 보라는 거지. 헨리도 다른 여자 사귀잖아. 안 그래?"

레니나가 그렇다고 대답하자, 패니가 다시 말을 이었다.

"그것 봐. 헨리처럼 완벽한 남자는 언제나 옳은 행동을 하는 법이지. 그리고 소장님을 잊지 마. 얼마나 엄격한 분인지 너도 잘 알잖아."

레니나는 고개를 끄덕이며 대꾸했다.

"그분이 아까 내 엉덩이를 토닥여 주셨어."

패니는 의기양양해져서 목소리를 높였다.

"거봐! 소장님이 뭘 원하시는지 알겠지? 바로 규칙을 엄격히 지키는 거라니까."

통제관이 말했다.

"안정, 또 안정! 사회의 안정 없이는 문명도 없다! 개인의 안정 없이는 사회의 안정도 없다!"

통제관의 목소리가 쩌렁쩌렁 울렸다. 그 소리를 듣자 학생들의 가슴이 뜨겁게 부풀어 올랐다.

기계는 돌아가고, 돌아가고, 쉼 없이 계속 돌아가야 한다. 한순간이라도 멈춘다면 그것은 죽음이나 다름없다. 예전에는 10억 인구가 지구에 바글바글 모여 살았다. 그러던 어느 날 바퀴가 돌아가기 시작했다. 백오십 년이 지나자 인구가 두 배로 불어났다. 갑자기 바퀴가 멈춰 버린다면? 백오십 주 만에 인구는 다시 반 토막이 나고 말 것이다. 천 명×천 명×천 명의 남자와 여자들이 굶주려 죽을 것이므로.

그래서 바퀴는 끝없이 돌아가야 한다. 그러나 결코 저절로 굴러가지 않기에 바퀴를 관리할 사람이 필요하다. 축에 달린 바퀴처럼 성실하고 꿋꿋하며 순종적인 사람, 그리고 안정을 통해 만족감을 얻는 사람이 필요한 것이다.

우리 아기, 나의 어머니, 세상에 단 하나뿐인 나의 사랑을 부르짖고, 내가 저지른 죄 때문에 목 놓아 신을 부르면서 신음하고 고통의 비명을 내지르고, 열에 들떠 헛소리를 뇌까리고, 늙은 나이와 가난을 한탄하는 사람이 어찌 바퀴를 관리할 수 있겠는가? 그들이 끝내 바퀴를 굴리지 못하게 되면…… 천 명×천 명×천 명만큼의 남자와 여자들의 시체를 땅에 묻거나 태우는 일조차 힘들게 될 것이다.

패니는 이제 레니나를 살살 구슬렀다.

"헨리를 만나면서 다른 남자 한두 명을 더 사귀어도 되잖아. 썩 힘들거나 불쾌한 일도 아닌걸. 넌 좀 더 자유분방한 삶을 즐길 필요가 있어……."

통제관은 단호히 말했다.

"안정, 바로 안정을 추구해야 한다. 안정은 가장 근원적이며 궁극적인 필수 요소다."

통제관은 배양 및 사회 기능 훈련 센터의 웅장한 건물과 너른 정원과 수풀 속에서 발가벗고 은밀한 놀이를 즐기는 아이들을 가리키며 말했다.

"안정. 모든 것은 안정 때문에 필요한 것이다."

레니나는 골똘히 생각에 잠기는 듯하더니 천천히 고개를 저으며 말했다.

"왠지는 모르겠지만, 너무 자유분방하게 즐기고 싶지가 않아. 누구나 그럴 때가 있잖아. 너는 그런 적 없어?"

패니는 공감한다는 듯 고개를 끄덕이면서도 훈계조로 답했다.

"그래도 노력해 봐야지. 누구나 유희를 즐겨야 한다니까. 어찌 되었든 만인은 만인의 것이니까."

"그래, 만인은 만인의 것이지."

레니나는 패니의 말을 되풀이하더니, 깊은 한숨을 내쉬며 잠시 입을 다물었다. 그러다 패니의 손을 마주 잡으며 이렇게 말했다.

"네 말이 맞아, 패니. 나도 노력해 볼게."

억눌린 충동은 흘러넘친다. 그렇게 흘러넘친 충동은 감정이 될 수도, 열정이 될 수도, 심지어 광기가 될 수도 있다. 어떤 것이 될지는 범람하는 물줄기의 유속과 장벽의 높이, 그리고 저항의 세기에 따라 좌우된다. 물줄기를 가로막지 않으면 물은 정해진 수로를 따라 흘러 고요한 상태로 돌아간다.

태아는 항상 배가 고프다. 따라서 대체 혈액 펌프는 일 분에 800회씩 쉬지 않고 회전한다. 그렇게 배양된 아기가 울부짖으면 양육사가 즉각 나타나 외분비물이 든 병을 입에 물린다. 감정이라는 것은 욕구와 해소 사이에 늘 도사리고 있다. 따라서 그 간격을 좁히고 불필요한 장벽을 허물어뜨려야 한다.

통제관이 말했다.

"너희는 참 운이 좋은 아이들이다! 우리가 너희의 삶에서 감정적인 부담을 덜어 주기 위해 온갖 노력을 아끼지 않고 있으니 말이다. 우리는 너희가 그 어떤 감정도 느끼지 않도록 보호하기 위해 매 순간 최선을 다하고 있다."

소장이 나지막이 중얼거렸다.

"이게 다 포드님 덕분이지. 지금이야말로 진정한 태평성대로군."

헨리는 바지 지퍼를 올리며 사회 기능 설정 보조원의 질문에 대답했다.

"레니나 크라운? 굉장한 여자지. 정말 탱글탱글하다니까. 네가 아직 그 여자를 경험해 보지 않았다니 놀라울 뿐인데?"

"그러게, 어쩌다 그렇게 됐는지 모르겠네. 기회가 생기면 얼른 만나 봐야겠어."

탈의실 통로 건너편에 있던 버나드는 우연히 두 사람이 나누는 이야기를 듣고는 얼굴에서 핏기가 싹 가셨다.

레니나가 왼쪽 스타킹을 끌어올리며 말했다.

"솔직히 말하면 매일같이 헨리만 만나니까 싫증이 좀 나려던 참이야."

레니나는 지나치게 자연스러운 척하려다 오히려 어색해진 말투로 물었다.

"근데 너, 버나드 마르크스라는 사람 알아?"

패니가 깜짝 놀라며 되물었다.

"설마 너……?"

"안 될 게 뭐야? 버나드는 알파 플러스잖아. 나한테 야만인 보호구역에 같이 가 보지 않겠느냐고 묻던데? 사실은 전부터 가 보고 싶었거든."

"너, 그 사람 소문 못 들었어?"

"소문이 무슨 상관이야?"

"사람들 말로는, 장애물 골프도 싫어한다던데?"

패니의 말에 레니나가 빈정거리듯 대꾸했다.

"넌 맨날 입버릇처럼 '사람들 말로는, 사람들 말로는' 그러더라."

"게다가 그 사람은 거의 혼자서 지낸대."

패니의 목소리에 두려운 기색이 서렸다.

"뭐, 나랑 같이 있으면 혼자는 아니겠네. 그나저나 다들 왜 그렇게 그 사람을 못 잡아먹어서 안달이야? 내 눈에는 꽤 귀엽던데."

레니나는 자기 앞에서 터무니없을 정도로 수줍어하던 버나드의 모습이 떠올라서 배시시 웃음이 새어 나왔다. 누가 보면 세계 통제관 앞에 선 감마 마이너스 기계공인 줄 알 정도로 주눅이 든 모습이었다!

무스타파 몬드가 말했다.

"너희가 지나온 삶을 돌이켜 보거라. 지금껏 극복할 수 없는 장애물을 맞닥뜨려 본 사람이 있는가?"

학생들은 그런 적이 없다는 뜻에서 침묵으로 응답했다.

통제관이 다시 물었다.

"욕망이 채워지지 않아서 오래도록 괴로워해 본 사람은?"

한 학생이 머뭇거리며 대답했다.

"저……."

소장이 끼어들었다.

"어서 말해 봐. 통제관님 기다리시게 하지 말고."

학생이 서둘러 대답했다.

"어떤 여자아이랑 자고 싶어서 한 달 가까이 애타게 기다린 적이 있습니다."

"그때 어떤 감정을 느꼈나?"

"아주 끔찍했어요."

통제관이 말했다.

"끔찍하다? 바로 그거야. 우리 조상들은 얼마나 우매하고 근시안적이었는지, 그런 끔찍한 감정에서 자유롭게 해 주겠다는 선구자들의 말을 들은 척도 하지 않았지."

버나드가 이를 갈며 중얼거렸다.

"레니나를 무슨 고깃덩이처럼 말하는군. 양고기를 이리저리 뜯고 맛보고 즐기자는 듯이. 참, 레니나가 이번 주 안에 답을 주겠다고 했지? 오, 포드님이시여."

버나드는 당장 달려가서 그자들의 얼굴에 주먹을 휘갈겨 주고 싶었다.

그때 저쪽에서 헨리의 목소리가 들렸다.

"그래, 그 여자랑은 꼭 한 번 해 볼 만하다니까."

"체외 생식(어머니 몸 밖에서 인공적으로 수정에서 출생까지의 과정을 거치는 것)을 예로 들어 보겠다. 당시 피츠너와 가와구치는 이를 실현할 기술을 완벽하게 갖추고 있었다. 하지만 정부가 거들떠보지도 않았지. 아니, 기독교 교리라는 것이 문제였어. 기독교에서는 아이는 반드시 어머니 몸으로 낳아야 한다며 모체 태생을 집요하게 강요했거든."

패니가 말했다.

"그 사람은 너무 못생겼잖아!"

"그런대로 괜찮던데, 왜?"

"키는 또 얼마나 작은지."

패니가 오만상을 찌푸렸다. 작은 키와 왜소한 몸은 낮은 계급의 전형적인 특성이었다. 레니나가 대꾸했다.

"그래서 더 귀여운걸. 왜 있잖아, 고양이처럼 살살 쓰다듬어 주고 싶은 느낌."

패니가 충격받은 얼굴로 말했다.

"사람들이 그러는데, 버나드가 병 속에 있을 때 감마 계급인 줄 착각하고서 실수로 알코올을 부었대. 그래서 그렇게 덜 자랐다더라."

레니나가 벌컥 화를 냈다.

"말 같지도 않은 소리 하지 마!"

"실제로 영국에서는 수면 학습이 금지되기도 했다. 이른바 자유주의라는 명분 때문이었지. 너희는 들어 본 적 없는 집단일 텐데, 의회라는 데서 수면 학습 금지법을 기어이 통과시켰지. 그 당시 기록이 지금도 남아 있다. 바로 국민의 자유에 관한 연설문이지. 비능률적이고 비참한 삶을 살아갈 자유, 맞지 않는 옷을 입고 불편하게 살아갈 자유를 주장하는 내용이다."

헨리가 사회 기능 설정 보조원의 어깨를 두드리며 말했다.

"그러니까 어서 자 보라고, 친구. 꼭! 만인은 만인의 것이니까."

수면 학습 전문가 버나드는 곰곰 생각에 잠겼다.

'하룻밤에 100번, 일주일에 사흘씩 사 년을 반복했지. 62,400번을 반복하면 그게 결국 진리가 되는 거야. 어리석은 것들!'

"계급 제도 역시 저항이 심했다. 제안하는 족족 퇴짜를 맞았지. 바로 민주주의라는 것 때문이었다. 인간이 물리적·화학적으로 동일한 존재라는 걸 깨닫지 못한 채 저마다 다르다고 착각했던 거지."

"어쨌든 나는 버나드의 초대를 받아들일 생각이야."

버나드는 그들을 끔찍이 증오했다. 그러나 그들은 둘인 데다, 몸집으로 보나 힘으로 보나 자신보다 훨씬 더 우월했다.

"포드 기원 141년에 9년 전쟁이 시작되었다."

"만에 하나, 버나드의 대체 혈액 속에 알코올이 들어갔다 한들 뭐 어때?"

"포스겐이나 클로로피크린, 아이오딘, 아세트산에틸, 디페닐시아노아르신, 트리클로로메틸, 클로로포름산, 황화디클로로에틸 등 독성 물질이 동원되었다. 시안화수소(청산)는 물론이고."

레니나는 딱 잘라 말했다.
"그런 말 따위는 믿지도 않지만."

"14,000대의 비행기가 넓게 흩어져 창공을 가르며 고막을 찢을 듯한 굉음을 냈다. 그러나 쿠르퓌르스텐담과 파리의 제8구역에서 울리는 탄저균 폭탄의 폭음은 기껏해야 종이봉투를 터뜨리는 소리만큼 조그마했지."

"난 진심으로 야만인 보호 구역에 가 보고 싶다고."

$CH_3C_6H_2(NO_2)_3+Hg(CNO)_2$는? 자, 과연 뭐였을까? 거대한 구덩이와 무너져 내린 돌무더기, 지천에 흩어진 살점과 점액 덩어리, 군화째 동강이 난 발목이 포물선을 그리며 날아가 다홍색 제라늄 꽃밭에 털썩 떨어졌다. 그해 여름은 정말이지 멋진 쇼 한 편을 보는 것 같았다.

"넌 정말 구제 불능이다, 레니나. 두 손 두 발 다 들었어."

"상수도를 오염시키는 기술은 러시아가 단연 으뜸이었다."

패니와 레니나는 서로 등을 돌린 채 입을 꾹 다물고 옷을 갈아입었다.

"9년 전쟁과 경제 대공황. 세계를 통제하느냐 파괴하느냐, 둘 중 하나의 선택만이 남아 있었지. 안정이냐, 아니면……."

사회 기능 설정 보조원이 말했다.

"패니 크라운도 꽤 쓸 만한 여자야."

기초 계급 의식 강의를 마친 양육실에서는 이제 미래 산업의 공급량에 맞춰 수요량을 조절하고 있었다. 확성기에서 나직하게 속삭였다.

"나는 하늘을 날아다니는 게 좋아요. 나는 하늘을 날아다니는 게 좋아요. 나는 새 옷을 좋아해요. 나는……."

"물론 자유주의는 탄저균 폭탄으로 종말을 맞았다. 그렇다 해도 무력으로 강행할 수는 없었지."

"어림없는 소리! 그래 봤자 레니나만큼 탱탱하지는 않을걸."

속삭임은 지치지도 않고 계속되었다.

"헌 옷은 초라해요. 낡은 옷은 버려야지요. 꿰매 입느니 버리는 게 나아요. 꿰매 입느니 버리는 게 나아요. 꿰매 입느니……."

"통치란 점잖게 앉아서 하는 것이지 주먹을 휘두르는 게 아니다. 두뇌와 엉덩이로 다스려야지, 결코 주먹을 써서는 안 되지. 예를 들면, 한때 의무 소비제라는 것이 시행되었다."

"자, 난 준비 다 됐어."

레니나가 말했다. 하지만 패니는 대꾸를 하기는커녕 짐짓 눈길을 피할 뿐이었다.

"우리 화해하자, 패니."

"남자, 여자, 아이 할 것 없이 해마다 정해진 양만큼 의무적으로 소비해야 하는 제도였다. 물론 기업에 이윤을 남기기 위해서였지. 그러나 그 결과는 고작……."

"꿰매 입느니 버리는 게 나아요. 꿰맬수록 초라해져요. 꿰맬수록 초라해져……."

패니는 음울한 얼굴로 경고하듯 말했다.

"너, 계속 그러다간 정말 큰일나."

"곳곳에서 의무 소비제를 반대하는 양심선언이 터져 나왔다. 아무것도 소비하지 않겠다고들 했지. 자연으로 돌아가겠다나."

"나는 하늘을 날아다니는 게 좋아요. 나는 하늘을 날아다니는 게 좋아요."

"문화를 되찾고 싶어 했지. 그래그래, 그들은 실제로 문화를 되찾으려 노력했어. 그런데 그렇게 방 안에 가만히 앉아서 책이나 읽고 있으면 무슨 소비를 할 수 있겠나?"

옷깃과 소매에 초록빛 인견을 덧댄 암녹색 재킷을 차려입은 레니나가 물었다.

"나 어때?"

"골더스 그린(영국 런던 북부의 지명)에서는 소박한 삶을 꿈꾸던 팔백 명이 기관총에 맞아 죽어 나갔다."

"꿰매 입느니 버리는 게 나아요. 꿰매 입느니 버리는 게 나아요."

녹색 코듀로이 반바지와 흰색 인견 모직 스타킹이 무릎 바로 아래까지 내려와 있었다.

"그다음에 그 유명한 영국 박물관 대학살이 벌어졌지. 문화 애호가 이천 명이 황화디클로로르에틸 가스로 처형되었다."

레니나는 초록색과 흰색이 어우러진 승마 모자를 깊숙이 눌러썼다. 산뜻한 초록빛 구두에서는 반짝반짝 윤이 났다.

무스타파 몬드가 말했다.

"결국에는 통제관들도 무력이 통하지 않는다는 사실을 깨달았다. 체외 생식이나 신파블로프 훈련, 수면 학습처럼 좀 더디더라도 보다 효과적인 방식이……."

레니나는 은장식이 돋보이는 녹색 대체 염소 가죽 허리띠를 둘렀다. 허리띠에 달린 주머니에는 레니나처럼 임신이 가능한 여성에게 정기적으로 배급되는 피임약이 잔뜩 들어 있었다.

"피츠너와 가와구치가 발견한 생식 기술이 마침내 실생활에 적용되기 시작했다. 어머니를 통한 임신과 출산에 반대하는 선전 활동이 대대적으로 시작되었지……."

"완벽해!"

패니가 흥분한 목소리로 외쳤다. 레니나의 모습이 어찌나 예쁜지 시샘조차 하기가 힘들 정도였다.

"그 맬서스(저서《인구론》을 통해 인위적 인구 조절을 주장했던 영국의 경제학자) 허리띠, 정말 예쁘다!"

"그와 함께 과거 청산 운동이 본격적으로 시행되었다. 박물관 폐쇄도 그중 하나지. 거의 모든 문화재가 9년 전쟁 때 파괴되었고, 역사적 기념물 역시 남김없이 폭파되었다. 포드 기원 150년 이전에 출간된 책들은 금서로 지정해 더 이상 읽지 못하게 했다."

패니가 말했다.
"나도 하나 사야겠어."

"대표적인 예로, 피라미드라는 건축물이 있었다."

"내 건 너무 낡았어. 검정색 에나멜 허리띠는 말이야……."

"셰익스피어라는 작가도 있었지. 너희는 그 이름을 한 번도 들어 본 적 없겠지만."

"창피해서 더 이상 메고 다니지도 못하겠어. 그 허리띠는……."

"이게 다 너희가 참된 과학 교육을 받고 자란 덕분이지."

"꿰맬수록 초라해져요. 꿰맬수록 초라해져요……."

"위대하신 포드님의 T형 자동차가 처음 세상에 소개된 날을……."

"그런데도 그 허리띠를 벌써 석 달이나 메고 다녔다니까."

"새로운 시대가 시작된 날로 지정했다."

"꿰매 입느니 버리는 게 나아요. 꿰매 입느니 버리는 게 나아요……."

"아까도 말했다시피, 예전에는 기독교라는 종교가 있었다."

"꿰매 입느니 버리는 게 나아요."

"소비량을 줄여야 한다고 주장하는 윤리와 철학 사상은……."

"나는 새 옷을 좋아해요. 나는 새 옷을 좋아해요. 나는 새 옷을……."

"생산량이 턱없이 부족하던 시절에는 반드시 필요한 것이었다. 그러나 기계 생산과 질소 고정(질소를 이용해 유용한 화합물을 만들어 내는 과정) 시대에는 사회에 대한 범죄일 뿐이었다."

"헨리가 선물한 거야."

"십자가는 윗부분을 쳐 내 T자로 만들었지. 그와 함께 '하느님'이라는 개념도 사라져 버렸다."

"이거, 진짜 대체 염소 가죽으로 만든 거야."

"우리는 이제 세계 연합국을 이루었다. 포드의 날을 기념하고 찬가를 부르며 예배를 올리지."

버나드는 속으로 이렇게 중얼거렸다.
'저 자식들, 생각할수록 끔찍해!'

"구시대 인류는 천국을 믿으면서도 흥청망청 술을 퍼 마셨지."

'어떻게 사람을 가지고 고깃덩이 말하듯이 하냐고! 레니나가 고깃덩이야?'

"심지어 영혼과 불멸이라는 개념도 있었다."

"헨리한테 그 허리띠 어디서 구했는지 꼭 물어봐 줘."

"그러면서도 모르핀과 코카인을 남용했다."

'하긴, 레니나도 한심한 건 마찬가지야. 저 자식들처럼 스스로를 고깃덩이쯤으로 여기고 있으니…….'

"포드 기원 178년에는 약리학자와 생화학자 이천 명에게 보조금을 지급했다."

사회 기능 설정 보조원이 버나드를 손가락질하며 헨리에게 속삭였다.
"저 녀석 표정 좀 봐. 심사가 잔뜩 뒤틀린 모양인데?"

"육 년 뒤, 완벽한 약이 개발되어 대량 생산을 했지."

"저 자식, 골탕 좀 먹여 볼까?"

"짜릿한 쾌감을 느끼게 해 주는 도취제, 꿈같은 행복을 선사하는 환각제, 안락한 잠에 빠져들게 하는 수면제."

"왜 그리 심통이 났을까, 버나드 마르크스? 아주 단단히 뿔이 나셨군."
버나드는 누군가 어깨를 탁 치는 바람에 화들짝 놀라 고개를 번

찍 들었다. 세상에, 망할 놈의 헨리 포스터였다!

"아무래도 소마 한 알 먹어야겠는데?"

"기독교와 술이 지닌 장점을 다 갖추었지만 결점은 전혀 찾아볼 수 없는 약이지."

'정말이지 죽여 버리고 싶어!'

버나드는 가까스로 울분을 누른 뒤, 헨리가 내민 약통을 물리치며 이렇게 말했다.

"아냐, 됐어."

"마음만 먹으면 언제든 현실을 떠나 휴식을 취할 수 있어. 돌아올 때도 쓸데없이 두통이나 죄책감에 시달릴 필요가 없지."

헨리는 물러서지 않았다.

"먹어 봐, 먹으라고!"

"그렇게 해서 안정을 찾았다."

사회 기능 설정 보조원까지 어쭙잖게 나서서 최면 학습 때 얻은 어설픈 지식을 주절거렸다.

"소마 한 알이면 우울한 기분이 싹 가신다니까."

"이제 우리에게는 노화를 극복하는 일만 남았다."

버나드가 소리를 버럭 질렀다.
"나쁜 자식, 이 나쁜 자식!"

"쯧쯧."

"성호르몬, 젊은 피, 마그네슘염……."

"그렇게 성질을 부리느니 소마 한 알을 삼키는 게 백배는 더 나을 걸."
두 사람은 큰 소리로 껄껄껄 웃으며 밖으로 나갔다.

"노화에 따른 생리학적 징후는 이미 제거되었다. 물론 그와 함께……."

"그 맬서스 허리띠 어디서 구했는지 꼭 물어봐 줘."
패니가 말했다.

"노인들이 보이는 정신적 이상 징후도 말끔히 제거했지. 그 결과 아무리 나이가 들어도 개인의 특성은 전혀 변하지 않게 되었다."

"해 지기 전까지 장애물 골프를 두 번은 쳐야 해. 서둘러야겠어."

"사람들은 일을 하든 놀이를 하든, 예순이 되어도 열일곱 살 때의 체력과 취향을 유지하게 되었다. 예전에는 나이가 들면 은퇴한 뒤 삶에 대한 희망을 포기하고 종교에 의지하거나 책을 읽으면서 시간을 보냈지. 심지어는 사색이라는 걸 하면서 얼마나 많은 시간을 헛되이 낭비했는지……. 한심하기 짝이 없었다!"

"한심한 머저리, 짐승 같은 놈들!"

버나드는 엘리베이터를 향해 걸어가면서 혼잣말을 중얼거렸다.

"눈부신 발전 끝에 지금은 노인도 일을 하고 성적 쾌락을 즐기지. 삶을 즐기는 데만 해도 시간이 모자랄 지경이랄까. 가만히 앉아서 생각에 잠길 여유도, 필요도 없어졌다. 오락으로 꽉 찬 생활 중에 어쩌다 운이 나빠서 잠시 짬이 난다 해도 걱정할 필요가 전혀 없어. 그야말로 환상적인 효력을 지닌 소마가 있으니까.

한나절이면 0.5그램, 주말을 통째로 편안하게 보내려면 1그램으로 충분하지. 2그램을 먹으면 이국적인 여행지로 훌쩍 떠날 수도 있고, 3그램을 먹으면 달나라의 어스름한 영원 속을 비행할 수도 있다. 소마가 선사하는 휴식에서 깨어난 뒤에는 다시 일과 오락으로 가득 찬 견고한 일상으로 돌아와 촉각 영화를 보거나 탄력 넘치는 여자와 함께하거나 전자 골프를 치러 이리저리……."

소장이 사나운 목소리로 외쳤다.

"저리 가, 요년! 저리 가, 요놈! 지금 통제관님께서 한창 바쁘신 게 보이지 않느냐? 다른 데 가서 놀라고."

통제관이 말했다.

"내게 오려는 아이들을 막지 말게!"

웡웡거리는 희미한 기계음과 함께 컨베이어는 한 시간에 33센티미터씩 꾸준하게 천천히 앞으로 나아갔다. 붉은 어둠 속에서 무수히 많은 유리병이 반짝반짝 빛났다.

제 4 장

과잉과 미흡 사이

1

엘리베이터는 이제 막 알파 탈의실에서 나온 남자들로 만원을 이루었다. 레니나가 엘리베이터 안에 들어서자, 많은 남자들이 친근한 고갯짓과 미소로 인사를 건넸다. 레니나는 워낙 인기가 많아서 그들 중 대부분과 적어도 한 번 이상 밤을 보냈다.

레니나는 그들의 인사에 일일이 답하며 생각에 잠겼다.

'다들 친절하고 멋진 남자들이었어.'

정말로 하나같이 매력이 넘쳤다! 그때 불현듯 조지 에드젤의 귀가 그렇게까지 크지 않았다면 더 좋았을 거라는 생각이 들었다. 유리병이 328미터 지점을 지날 때 부갑상샘 호르몬이 너무 많이 주입된 게 아닐까? 베니토 후버와 눈이 마주쳤을 때는 북슬북슬한 가슴털이 떠올랐다. 베니토의 시커먼 털에 대한 기억 때문에 절로 기분이 착 가라앉았다. 레니나는 애써 시선을 돌리다가 한쪽 구석에 우울한 얼굴로 서 있는 버나드를 보았다.

레니나는 버나드에게 바짝 다가서며 말을 건넸다.

"버나드! 그렇잖아도 당신을 찾고 있었어요."

윙윙거리며 빠르게 상승하는 엘리베이터 안에 레니나의 맑은 목소리가 울려 퍼졌다. 남자들은 무슨 일인가 싶어서 일제히 그들을 돌아보았다. 레니나는 버나드에게 계속해서 말을 걸었다.

"전에 말했던 뉴멕시코 여행 있잖아요? 그 여행에 대해 얘기를 나눠 보고 싶었거든요."

베니토가 깜짝 놀란 듯 입을 쩍 벌렸다. 그 모습을 보자 레니나는 괜히 심사가 뒤틀렸다.

'흥, 자기더러 만나자고 조르지 않아서 놀란 모양이지?'

레니나는 일부러 아까보다 더 다정하게 말했다.

"칠월에 일주일 정도 시간을 낼 수 있어요. 당신과 여행할 생각을 하니까 벌써부터 마음이 들떠요."

어쨌든 레니나로서는 자신이 헨리하고만 사귀지 않는다는 것을 공개적으로 떠벌린 셈이었다. 이 정도면 상대가 아무리 버나드라 해도 패니가 더 이상 잔소리를 해 대지는 않을 듯했다. 레니나는 버나드에게 짐짓 매혹적이면서도 의미심장한 미소를 지어 보이며 덧붙였다.

"그러니까 당신이 아직도 나를 원한다면 말이에요."

순간, 버나드의 창백한 얼굴이 붉게 달아올랐다.

'대체 왜 저러는 거지?'

레니나는 버나드의 태도에 의아한 생각이 들면서도, 한편으로는 자신의 매력이 불러일으킨 이 신선한 반응이 꽤 마음에 들었다.

버나드가 몹시 쑥스럽고 불편한 기색으로 더듬거리며 말했다.

"이런 얘기는 다른 곳에서 하는 게 좋지 않을까요?"

'누가 보면 내가 욕이라도 한 줄 알겠네. 설령 어머니가 누구냐는 식의 더러운 농담을 했다 해도 저렇게까지 당황해할 건 없잖아.'

"그러니까 사람들이 이렇게 많은 곳에서 굳이……."

레니나는 우물쭈물하는 버나드를 보고 그만 웃음을 터뜨리고 말았다. 그렇다고 악의가 있는 건 아니었다. 그저 솔직한 웃음이었다.

"당신, 정말 재미있는 사람 같아요!"

이 말은 진심이었다. 레니나는 곧 어조를 바꾸어 덧붙였다.

"적어도 일주일 전에는 알려 줘야 해요. 알겠죠? 그럼 우린 푸른 태평양호 로켓을 타고 가는 건가요? 채링 광장의 T 타워에서 출발하는 거? 아니면 햄프스테드에서?"

버나드가 뭐라고 대답을 하기 전에 엘리베이터가 멈춰 섰다.

그러자 끽끽거리는 목소리가 외쳤다.

"옥상입니다!"

엘리베이터 안내원은 키가 매우 작은 데다 외모는 원숭이처럼 생겼다. 엡실론 마이너스로 어딘가 약간 모자라 보였다. 그들 전용 복장인 검은색 통옷을 걸치고 있었다.

"옥상입니다!"

안내원이 엘리베이터 문을 활짝 열었다. 따사롭고 눈부신 오후 햇빛에 깜짝 놀란 안내원이 연방 눈을 깜빡였다. 그러고는 황홀한 듯이 달뜬 목소리로 되풀이해서 말했다.

"아, 옥상이네요!"

안내원은 마치 칠흑 같은 어둠 속에 잠들어 있다가 갑자기 깨어난 사람처럼 환희에 젖어 외쳤다.

"옥상이에요!"

안내원은 주인의 애정 어린 손길을 기대하는 강아지와 같은 표정으로 승객들을 올려다보며 미소를 지었다. 사람들은 저희끼리 웃고 떠들며 햇빛 속으로 걸어 나갔다. 안내원은 그 사람들의 뒷모습을 잠자코 지켜보았다. 그러다 어리둥절한 얼굴로 혼잣말하듯 중얼거렸다.

"옥상인가?"

그 순간 종이 울리더니 엘리베이터 천장에 달린 확성기에서 목소리가 흘러나왔다. 굉장히 부드러운 듯하면서도 어딘지 모르게 고압적인 목소리였다.

"내려갑니다. 내려갑니다. 18층으로 내려갑니다. 내려갑니다. 18층으로 내려갑니다. 내려……."

안내원이 문을 쾅 닫고 버튼을 누르자, 엘리베이터가 다시 윙윙 소리를 내며 아래로 내려가기 시작했다. 어두침침한 수직 통로 속으로, 안내원에게는 이제 일상이 되어 버린 몽롱함 속으로.

옥상은 참으로 밝고 따스했다. 멀리 지나가는 헬리콥터 소리가 여름 오후의 공기를 나른하게 흔들었다. 잠시 후 그보다 더 묵직하게 우르릉대는 소리가 울렸다. 비록 눈에 보이지는 않지만 9킬로미터쯤 되는 상공에서 로켓 비행기들이 청량한 하늘을 가로지르고 있었다.

버나드는 숨을 깊게 들이마신 뒤 고개를 들어 하늘을 올려다보았다. 푸르고 둥근 지평선으로 시선을 옮기다가 레니나의 얼굴을 물끄러미 바라보았다.

"정말 아름답군요!"

버나드의 목소리가 약간 떨렸다. 레니나는 가슴 깊이 공감한다는 얼굴로 버나드를 향해 미소를 지었다. 그러고는 황홀해 마지않는 목소리로 대꾸했다.

"장애물 골프를 치기에 딱 좋은 날이네요. 난 이제 비행기를 타러 가야 해요, 버나드. 조금이라도 늦으면 헨리가 엄청 화를 내거든요. 언제 여행 갈 건지 정해지면 미리 연락해 줘요."

레니나는 손을 흔들고는 넓은 옥상을 가로질러 격납고 쪽으로 달려갔다. 버나드는 멀어져 가는 레니나의 뒷모습을 가만히 지켜보았다. 반짝반짝 빛나는 하얀 스타킹과 햇볕에 그을린 무릎이 생기 있게 구부러졌다가 펴지고, 다시 구부러졌다가 펴졌다. 그리고 짙은 녹색 재킷 아래 코듀로이 반바지가 금세라도 터질 듯이 탱탱한 엉덩이가 부드럽게 씰룩였다. 그것을 바라보는 버나드의 얼굴이 곤혹스럽게 일그러졌다.

"예쁘긴 참 예쁘군."

바로 등 뒤에서 쾌활하고 우렁찬 목소리가 들려왔다. 버나드는 깜짝 놀라서 뒤를 돌아보았다. 베니토가 통통하고 불그스름한 버나드를 내려다보며 빙그레 웃고 있었다. 사람이 너무 좋아 탈이라고 소문난 남자답게, 그의 웃음에는 따뜻하고 진실한 마음이 스며 있었다.

사람들은 베니토를 두고 소마 없이도 잘 살아갈 사람이라고들 했다. 다른 사람들이 어떻게든 벗어나려 안간힘을 쓰는 악의나 심술 같은 감정이 전혀 없어 보였다. 베니토에게 이 세상은 늘 아름답고 평화로운 곳이었다. 베니토가 말했다.

"게다가 성격까지 좋다니까. 언제 봐도 대단해!"

그러더니 조금 전과 사뭇 다른 어조로 덧붙였다.

"표정이 왜 그렇게 우울해? 아무래도 소마가 필요한 모양이군."

베니토는 오른쪽 주머니에 손을 넣어 작은 약병을 꺼냈다.

"소마 1그램이면 열 가지 우울한 기분이 사라진다잖아……. 먹어 봐, 정말이라니까!"

버나드는 몸을 획 돌려 그 자리를 피해 버렸다.

'저 친구, 왜 저러는 거지?'

베니토는 그 자리에 우두커니 서서 저만치 멀어져 가는 버나드의 뒷모습을 바라보며 고개를 절레절레 저었다. 저 가엾은 친구의 대체 혈액에 알코올이 들어갔다는 소문이 사실일지도 모른다고 생각하면서.

"알코올 때문에 뇌가 손상이라도 입었나?"

베니토는 소마가 담긴 약병을 도로 집어넣고 성호르몬 껌을 꺼내 질겅질겅 씹었다. 그러고는 골똘히 생각에 잠긴 채 격납고를 향해 발길을 옮겼다.

레니나가 격납고에 도착했을 때, 헨리는 이미 헬리콥터 조정석에 앉아 기다리고 있었다.

"사 분 늦었어요."

레니나가 옆자리로 올라와 앉는 동안 헨리가 한 말은 그게 다였다. 헨리가 시동을 걸고 프로펠러의 기어를 넣자 헬리콥터가 수직으로 솟구쳐 올랐다. 서서히 속도를 높이자 호박벌처럼 붕붕거리던 프로펠러 소리가 장수말벌 날갯짓 소리같이 날카로워졌다. 그러다 이내 모기 소리마냥 작아졌다. 속도계는 어느새 최고 속도인 분속 2킬로미터를 표시하고 있었다.

런던이 발밑으로 까마득히 멀어졌다. 높다란 탁자 같던 건물들이 눈 깜짝할 사이에 조그마한 버섯 크기로 줄어들었다. 푸르른 공원과 정원 사이사이로 새싹처럼 돋아난 이 버섯들 가운데 유독 키가 크고 호리호리한 곰팡이 줄기가 있었다. 반짝반짝 빛나는 콘크리트 원반을 하늘 높이 떠받치고 있는 채링 T 타워였다.

두 사람의 머리 위, 새파란 하늘에는 근육질 운동선수의 몸통 같은 구름이 뭉게뭉게 피어올랐다. 갑자기 그 구름들 사이로 다홍색

벌레 한 마리가 붕붕거리며 떨어져 나왔다.

헨리가 소리쳤다.

"붉은 로켓이네요. 이제 막 뉴욕에서 돌아오는 모양이군요."

그러더니 손목시계를 보고는 고개를 절레절레 저으며 덧붙였다.

"칠 분이나 늦었어요. 하여간 대서양 항공편은 매번 시간을 안 지킨다니까. 한심한 것들……."

헨리가 가속기에서 발을 떼었다. 머리 위에서 윙윙거리던 프로펠러 소리가 한 옥타브 반쯤 낮아지는가 싶더니 장수말벌에서 호박벌로, 다시 땅벌로, 왕풍뎅이로, 마지막에는 사슴벌레 소리로 바뀌었다. 점점 더 높이 솟아오르던 헬리콥터의 속력이 점차 줄어들더니 잠시 동안 공중에 가만히 떠 있었다.

헨리가 조종간을 지그시 미는 순간 덜컥 소리가 났다. 처음에는 서서히, 그러다 점점 더 빠르게 프로펠러가 회전하기 시작했다. 프로펠러가 마치 동그란 안개처럼 보였다. 수평으로 불어오는 바람 소리가 몹시 날카롭게 들렸다. 헨리는 회전계에서 눈을 떼지 않고 있다가 바늘이 1,200을 가리키는 순간, 프로펠러의 기어를 풀어 버렸다. 헬리콥터는 이제 몸통에 붙은 날개로 충분히 비행할 수 있을 만큼 추진력을 얻었다.

레니나는 발밑에 난 창문으로 아래를 내려다보았다. 런던 중심부와 제1위성 교외 지역을 둥글게 가르는 대공원의 6킬로미터 상공을 지나는 중이었다. 새파란 풀밭에 조그만 인간들이 구더기처럼 들끓었다. 나무 사이로 옹기종기 모여 있는 범블 퍼피 탑들이 햇빛을 받아 반짝였다.

양치기 숲 근처에서는 베타 마이너스 남녀 혼합 복식조 이천 쌍이 리만면(독일 수학자 게오르크 리만이 제시한 곡면 개념으로, 오늘날까지 수학계의 난제로 꼽히고 있다.) 테니스를 치고 있었고, 노팅힐에서 윌스덴까지 큰길을 따라서는 에스컬레이터 파이브스(스쿼시와 비슷한 스포츠로, 공을 손이나 배트로 쳐서 벽면에 튕기는 경기) 경기장이 두 줄로 길게 늘어서 있었다. 일링 경기장에서는 델타들의 체조 시범 경기와 공동체 노래가 한창이었다.

레니나가 말했다.

"황갈색은 정말 탁하고 칙칙해요."

수면 학습에서 얻은 편견이 짙게 배어 있는 말투였다.

하운슬로 촉각 영화 스튜디오는 면적이 자그마치 75,000제곱미터나 되었다. 검은색과 황갈색 옷을 입은 노동자들이 스튜디오 근처의 서부대로 지면에 유리를 입히고 있었다. 이동식 도가니에서 녹아내린 광석이 눈부신 강줄기를 이루듯 길 위로 흐르자, 거대한 석면 롤러가 그 위를 왔다 갔다 하며 땅을 판판하게 골랐다. 절연 살수차 꽁무니에서 흰 구름처럼 수증기가 피어올랐다.

브렌트퍼드에서 보는 텔레비전 회사의 공장은 마치 하나의 작은 마을 같았다. 레니나가 말했다.

"근무 교대 시간인가 봐요."

공장 입구에는 황록색 감마 여자들과 검은색 엡실론 남자들이 모노레일을 타려고 진딧물과 개미 떼처럼 길게 줄을 서 있었다. 진자

주색 베타 마이너스들도 군중 속을 바쁘게 오갔다. 중앙 건물의 옥상은 연신 이착륙하는 헬리콥터들로 붐볐다.

레니나가 말했다.

"세상에, 내가 감마가 아닌 게 천만다행이에요."

약 십 분 뒤, 레니나와 헨리는 스토크 포지스에서 장애물 골프 경기를 시작했다.

2

버나드는 눈을 내리깐 채 옥상을 가로질러 갔다. 어쩌다 우연히 같은 계급에 속한 사람을 마주치기라도 하면 흠칫 놀라 저도 모르게 눈길을 피했다. 그 모습이 꼭 적한테 쫓기는 사람 같았다. 혹시라도 자신을 싫어하는 적을 만나게 된다면 예상보다 더 공격적으로 변할지도 모른다는 생각이 들었다. 그렇게 되면 스스로를 더 자책하게 될뿐더러 지금보다 더 외톨이가 될 것만 같아서 자꾸만 도망을 치게 되었다.

"베니토 후버, 저 막돼먹은 자식!"

베니토가 악의를 품고 그런 건 아닌 듯했다. 그래서 더 화가 났다. 선의를 가진 사람도 악의를 품은 사람도 겉으로는 똑같이 행동했다. 심지어 레니나마저 버나드에게 고통을 안겨 주지 않았던가.

버나드는 용기가 없어서 망설였던 수많은 날들을 떠올렸다. 레니나를 초대할 용기가 언제쯤 생겨날지 가늠하며 기대하고 갈망하고 절망하던 시간들이 생각났다. 혹시라도 레니나가 경멸에 찬 표정으로 거절할 경우에 그 굴욕감을 감당할 자신이 있을지……. 만에 하나, 레니나가 초대를 기쁘게 받아들인다면 얼마나 황홀하고 감격스러울까!

그런데 레니나에게서 원하던 대답을 듣고서도 버나드는 여전히 비참한 기분에 사로잡혀 있었다. 장애물 골프를 치기에 딱 좋은 날이라던 말 때문에 비참했고, 헨리를 만나러 종종걸음을 치며 멀어져 가던 뒷모습 때문에도 비참했다. 아니, 무엇보다 많은 사람들 앞에서 둘만의 얘기를 하고 싶지 않다던 자신을 보고 웃음을 터뜨렸을 때는 이루 말로 다 할 수 없을 만큼 참담했다. 그러니까 레니나가 비정상적이고 유별난 행동을 했다는 게 아니라, 여느 건강하고 도덕적인 영국 여자와 조금도 다를 게 없었기에 오히려 비참한 기분이 들었다.

버나드는 격납고의 문을 연 다음, 빈둥거리고 있는 델타 마이너스 일꾼 두 명을 불러 헬리콥터를 옥상으로 끌어내라고 시켰다. 격납고 일은 동일한 보카노프스키 집단이 도맡고 있었다. 일꾼들은 하나같이 키가 작고 거무스름하고 흉측하게 생긴 쌍둥이였다. 자신의 우월성에 그다지 확신이 없는 사람들이 으레 그러하듯, 버나드는 날카롭고 거만한 태도로 듣는 이가 모욕감을 느낄 만큼 불쾌하기 짝이 없는 말투로 명령을 내렸다.

사실 버나드는 자신보다 낮은 계급 사람들을 다루는 일이 언제나 버거웠다. 사고는 언제든 일어나기 마련인 법! 버나드의 대체 혈액을 둘러싼 소문은 어쩌면 사실일지도 몰랐다. 이유야 어찌 되었든 간에 버나드의 신체 조건은 감마 계급 사람들보다 그리 낫다고 할 수 없었다. 키는 알파 계급 사람의 평균 신장보다 8센티미터나 작고 체격 또한 보잘것없었다. 그래서 낮은 계급의 사람을 대할 때마다 자신의 열등한 신체 조건을 뼈저리게 느꼈다.

나는 나다, 그런데 내가 아니고 싶다. 버나드의 자의식은 언제나 극심한 고통에 시달렸다. 델타 계급의 얼굴을 내려다보는 것이 아니라, 같은 높이에서 바라볼 때마다 심한 굴욕감에 휩싸였다. 과연 저들은 나를 내 계급에 맞게 존경심을 담아 대하고 있을까? 그런 의문이 버나드의 머릿속을 한시도 떠나지 않았다.

그도 그럴 것이, 감마와 델타와 엡실론은 체격 조건과 사회적 우월성을 결부지어 생각하도록 훈련받았다. 어느 계급이건 관계 없이, 큰 체격을 우월하게 여기는 수면 학습의 편견에 물들어 있는 게 사실이었다. 버나드가 호감을 표시했던 여자들이 비웃음을 흘리거나, 같은 계급의 남자들이 버나드를 두고 짓궂은 농담을 던지는 것 역시 같은 맥락으로 바라볼 수밖에 없었다.

바로 그런 조롱이 버나드를 이방인으로 만들었다. 버나드 스스로 이방인처럼 굴기도 했다. 그럴수록 편견은 더욱더 굳어졌고, 버나드의 신체적 결함 때문에 생겨난 경멸과 적대심도 심해졌다. 결국 버나드는 이방인이자 외톨이라는 생각에 갇혀 지내게 되었다. 어떤 경우에서든 무시당할지 모른다는 만성적인 두려움은 버나드 스스로 같은 계급 사람들을 멀리하게 만들었다. 반면에, 자기보다 낮은 계급의 사람들 앞에서는 그 누구보다 권위적인 태도를 취했다.

헨리나 베니토 같은 남자들을 얼마나 사무치도록 부러워했던가! 굳이 큰소리를 치지 않아도 엡실론들이 알아서 복종하는 남자들, 자신의 위치를 당연하게 받아들이는 남자들, 계급 제도 안에서 물 만난 고기처럼 유유히 헤엄치는 남자들, 이 모든 것이 너무나 당연해서 자기 자신을, 혹은 자신이 누리고 있는 안락함을 의식조차 하지 못하는 남자들.

버나드 눈에는 델타 쌍둥이가 짐짓 꾸물거리며 마지못해 자신의 헬리콥터를 끌고 오는 것처럼 보였다. 그래서 자기도 모르게 짜증을 부리며 소리쳤다.

"빨리 해!"

쌍둥이 중 하나가 버나드를 힐끗 쳐다보았다. 텅 빈 눈에 언뜻 인간 이하의 대상을 바라보는 조롱 같은 것이 스치는 듯만 싶었다.

"서두르라니까!"

버나드가 목청을 돋우자 목소리가 날카롭게 갈라졌다.

잠시 후 버나드는 운전석으로 기어오른 후, 남쪽 강을 향해 비행하기 시작했다.

플리트 거리에 있는 60층짜리 건물에는 감정 공학 기술 대학과 다양한 선전국들이 들어서 있었다. 지하에서 저층까지는 상류 계급의 신문 〈아월리 라디오〉, 담녹색의 〈감마 가제트〉, 황갈색 종이에 한 음절짜리 단어만 쓰는 〈델타 미러〉 등 3대 런던 신문이 인쇄소와 사무실로 사용하고 있었다. 그 위로는 22층에 걸쳐 텔레비전, 촉각 영화, 합성 음악을 이용하는 선전국들이 자리했다. 더 위쪽으로는 각종 연구실과 실험실, 그리고 영화 음악과 합성 음악 작곡가의 섬세한 작업을 위해 방음 시설을 갖춘 방들이 들어서 있었다. 감정 공학 기술 대학은 18층에 있었다.

버나드는 선전국 지붕에 착륙한 다음, 헬리콥터 밖으로 걸어 나왔다.

"헬름홀츠 왓슨 씨에게 전화해서 버나드 마르크스가 옥상에서 기다린다고 전해."

버나드는 감마 플러스 경비원에게 이렇게 명령한 다음 담뱃불을 붙였다.

그 무렵, 헬름홀츠 왓슨은 한창 글을 쓰고 있던 중이었다.

"지금 바로 가겠다고 전해."

헬름홀츠는 전화를 끊으며, 예의 그 사무적이고 인간미 없는 말투로 비서에게 말했다.

"이 물건들 좀 치워 놔."

그러고는 공손하게 미소를 짓는 비서에게 눈길 한번 주지 않고 자리에서 일어나 문으로 성큼성큼 걸어갔다.

헬름홀츠는 건장한 체격에 두툼한 가슴과 떡 벌어진 어깨가 시선을 잡아끌었다. 그렇게 육중한 몸집에도 행동이 몹시 민첩하고 언제나 활력이 넘쳤다. 잘생긴 두상을 기둥처럼 떠받치고 있는 강인한 목, 짙은 곱슬머리에 뚜렷한 이목구비까지……. 비서가 입에 침이 마르도록 칭찬하는 말마따나, 헬름홀츠는 모든 면에서 뼛속까지 철저하게 알파 플러스였다. 헬름홀츠는 감정 공학 기술 대학의 문예 창작과에서 강의를 하는 동시에 감정 공학자로 일했다. 〈아월리 라디오〉에 꾸준히 글을 기고했고, 촉각 영화 시나리오를 썼으며, 수면 학습에 활용할 시와 구호를 만들었다.

상사들은 하나같이 헬름홀츠에게 유능하다는 평가를 내렸다. 심지어 고개를 절레절레 흔들며 목소리를 낮추고서 이렇게 중얼거리기도 했다.

'지나치게 유능해서 문제지.'

사실이 그랬다. 지나치게 유능하다는 그들의 말은 정확했다. 헬름홀츠에게 정신적 능력의 과잉은 버나드의 신체적인 결함이 미치는 영향과 매우 흡사한 양상을 띠었다. 버나드는 유난히 작고 마른 몸 때문에 외톨이가 되어 버렸다. 최근의 기준에 따르면 이런 소외감은 정신적 과잉 상태와 마찬가지로 버나드를 고립시키는 결과를 빚었다. 반면에 헬름홀츠는 거북할 정도로 자기 자신을 의식한 나머지 점점 고립감에 빠져들었다.

두 사람이 공통적으로 느끼는 감정은 자신들이 혼자라는 인식이었다. 다만 버나드가 신체적 결함 때문에 평생토록 외로움에 시달려왔다면, 헬름홀츠는 비교적 최근에 자신의 정신적 능력이 지나치게 뛰어나다는 사실을 의식했다. 헬름홀츠는 자신이 주변 사람들과 다르다는 점을 이제 막 깨닫기 시작한 셈이었다.

에스컬레이터 스쿼시 챔피언인 데다 사 년 동안 육백사십 명이 넘는 여자를 상대했을 만큼 지칠 줄 모르는 정력가였다. 위원회에서는 선망의 대상이자, 파티 같은 데서는 그 누구와도 쉽게 어울렸다. 그런데 어느 순간, 운동과 여자, 위원회 활동 따위가 자기 인생의 목표가 될 수 없다는 사실을 깨닫고 말았다. 그 후로 마음속 깊은 곳에서 자꾸만 무언가 다른 것을 원하기 시작했다. 하지만 그게 뭘까? 아무리 생각해도 종잡을 수가 없었다.

버나드가 여기까지 날아온 것도 바로 이 문제를 의논하기 위해서였다. 주로 말하는 쪽은 헬름홀츠이기에, 이번에도 버나드는 친구의 이야기를 들어 주러 왔다고 해야 옳을 테지만.

헬름홀츠가 엘리베이터에서 막 내려설 때였다. 합성 음악 선전국 소속 여자 세 명이 헬름홀츠를 불러 세웠다.

"헬름홀츠! 우리랑 엑스무어로 소풍 가서 저녁 같이 먹어요."

여자들은 애원하는 듯한 목소리로 헬름홀츠에게 매달렸다. 하지만 헬름홀츠는 단호하게 고개를 저으며 여자들을 밀치고 앞으로 나아갔다.

"아니요, 됐습니다."

"다른 남자들은 안 부를 거예요."

헬름홀츠는 그런 달콤한 유혹에도 전혀 흔들리지 않고 같은 말을 되풀이했다.

"됐어요. 바빠서 이만."

뚜벅뚜벅 발걸음을 옮기는 헬름홀츠 뒤로 여자들이 졸졸 따라왔다. 세 사람은 헬름홀츠가 버나드의 헬리콥터에 올라타 문을 쾅 닫은 뒤에야 발걸음을 멈추었다. 그러고는 상대에게 들리든 말든 상관없다는 듯이 헬름홀츠의 흉을 보기 시작했다.

헬리콥터가 공중으로 떠오르자, 헬름홀츠는 고개를 설레설레 흔들며 눈살을 찌푸렸다.

"여자들은 딱 질색이야!"

버나드는 짐짓 자기도 그렇다고 맞장구를 쳤다. 하지만 속으로는 저렇게 힘들이지 않고 많은 여자들의 인기를 독차지하고 있는 헬름홀츠가 부럽기만 했다. 그러다 자신도 뭔가를 뽐내고 싶은 마음이 솟구쳤다. 버나드는 최대한 아무렇지도 않게 말하려 애썼다.

"나, 레니나 크라운이랑 뉴멕시코에 가기로 했어."

"그래?"

헬름홀츠는 심드렁하게 대꾸하더니 이렇게 덧붙였다.

"난 이 주일 동안 이것저것 정리를 했어. 위원회 활동도 접고, 여자들도 죄다 끊었어. 그것 때문에 대학에서 이러쿵저러쿵 말이 얼마나 많았는지 짐작이 가지? 그래도 그럴 만한 가치가 있었어. 그 효과로……."

헬름홀츠는 잠시 머뭇거리다가 말했다.

"좀 이상한 일들이 벌어졌어. 아주 이상해."

신체적 결함은 때때로 정신적 과잉과 같은 문제를 일으키는데, 그 반대인 경우도 있는 모양이었다. 정신적 과잉은 자발적으로 신체를 보지도 듣지도 못하는 상태로 만들어 의도적인 고독, 즉 금욕주의로 말미암은 무기력 상태를 초래했다.

두 사람은 침묵 속에서 짤막한 비행을 마친 뒤, 버나드의 방으로 향했다. 헬름홀츠는 푹신한 소파에 자리를 잡고는 느릿느릿 이야기를 시작했다.

"너, 한 번이라도 이런 느낌 든 적 있어? 네 안의 무언가가 밖으로 나올 기회만 엿보고 있는 듯한 느낌 말이야. 평소에 한 번도 발휘되지 않은 여분의 힘 같은 것, 그러니까 발전소에서 터빈을 거치지 않고 시원하게 쏟아져 내리는 폭포수 같은……."

헬름홀츠는 호기심 가득한 눈빛으로 버나드를 바라보았다.

"그러니까 상황이 바뀌면 느끼게 될지도 모르는 감정들 말이야?"

헬름홀츠가 고개를 저었다.

"그거랑은 달라. 내가 가끔씩 느끼는 기묘한 기분에 관한 거야. 꼭 해야 할 중요한 얘기가 있고, 또 그것을 말할 능력도 있는데……. 그 얘기가 정확히 무엇인지 모르겠는 기분, 그래서 그 능력을 전혀 쓸 수 없는 기분. 이걸 글로 표현할 방법이 있다면 얼마나 좋을까……. 아니면 글을 쓸 만한 색다른 소재가 떠오르거나……."

헬름홀츠는 잠깐 말을 멈췄다가 다시 이었다.

"너도 알다시피 내가 문장력이 꽤 좋잖아. 이를테면 수면 학습 때 귀에 못이 박히도록 들어서 뻔하디 뻔한 내용인데도, 새롭고 기발한 문구로 바늘방석에 앉아 있기라도 하듯 흥분해서 펄쩍 뛰어 오르게 만드는 구절들. 그런데 그것만으로는 충분하지가 않아. 표현만 좋으면 뭐 해? 담고 있는 의미가 좋아야지."

"네가 쓴 글들은 다 훌륭하잖아, 헬름홀츠."

헬름홀츠는 어깨를 으쓱하며 말했다.

"뭐, 겨우 봐줄 만한 정도지. 그걸로는 부족해. 웬지 자꾸만 지금 쓰는 글들은 별로 중요하지 않은 것 같아. 뭔가 더 대단한 일을 할 수 있을 거 같은데. 그래, 한층 더 강렬하고 격렬한 거 말이야. 그런데 그게 뭘까? 내가 아직 찾지 못한 중요한 말이 있는 것 같아. 대체 그게 뭘까? 글로나 끼적일 만한 소재를 가지고서 뭘 얼마나 더 격렬하게 얘기할 수 있겠어? 말이란 엑스선과도 같아서 제대로 활용하면 무엇이든 꿰뚫을 수 있어. 그만큼 글을 읽은 사람을 날카롭게 찌를 수 있는 거지. 무언가를 꿰뚫는 글, 바로 그런 걸 학생들에게 가르치고 싶어. 공동체 노래니, 향기 오르간의 최신 동향이니 하는 것들에 대해 제아무리 날카롭게 쓴들 무슨 소용이겠어? 그런 글이 강렬한 엑스선처럼 사람의 마음을 꿰뚫을 수 있겠느냐고. 그따위 시시콜콜한 것들로는 대단한 글을 쓸 수가 없어. 내 고민의 본질은 바로 그거야. 나는 노력하고 또 노력하지만……."

"쉿!"

버나드가 갑자기 손가락을 들어 보이며 주의를 주었다. 두 사람은 가만히 귀를 기울였다. 버나드가 목소리를 낮추고 속삭였다.

"아무래도 문밖에 누가 있는 것 같아."

헬름홀츠는 자리에서 일어나 문 쪽으로 살금살금 다가갔다. 그리고 문을 벌컥 열어 젖혔지만 밖에는 아무도 없었다.

버나드가 민망하고 멋쩍은 얼굴로 말했다.

"미안해. 아무래도 내가 요즘 좀 예민해진 것 같아. 사람들의 입방

아에 하도 오르내리다 보니 나도 모르게……. 의심을 자꾸 받다 보면 그렇게 될 수밖에 없어.”

버나드는 손으로 눈을 문지르며 한숨을 깊게 내쉬었다. 그러고는 서글픈 목소리로 얼마 전에 벌어진 일을 늘어놓았다.

“내가 요즘 어떤 일을 겪고 있는지 넌 상상도 하기 어려울 거야.”

버나드는 금방이라도 눈물을 쏟을 것 같은 얼굴이었다. 갑자기 자기 연민이 분수의 물줄기처럼 마구 솟구치는 듯했다.

“넌 상상도 못 할걸!”

헬름홀츠는 거북한 마음으로 친구의 이야기에 귀를 기울였다.

‘참 안됐어.’

그러면서도 한편으로는 버나드가 창피하게 느껴졌다. 조금 더 당당해지면 좋겠다는 생각이 들었다.

제 5 장

누구나 행복한 시대

1

8시가 되자 땅거미가 지기 시작했다. 스토크 포지스 클럽하우스의 확성기에서 흘러나온 굵직한 목소리가 필드 폐장 시간을 알렸다. 레니나와 헨리는 경기를 하다 말고 클럽으로 돌아갔다. 내분비 외분비 연구 목장에서는 수천 마리의 소가 음매 하고 울어 대었다. 이 소들이 거대한 규모의 파넘 로열 공장에 호르몬과 우유를 공급해 주고 있었다.

저녁 어스름이 깔린 하늘에는 헬리콥터의 프로펠러 돌아가는 소리가 끊이지 않았다. 거기에 이 분 삼십 초마다 호루라기 소리와 종소리가 시끄럽게 울려 퍼졌다. 전용 필드에서 골프를 즐기던 낮은 계급 사람들을 대도시로 실어 나르는 모노레일의 출발을 알리는 신호였다.

레니나와 헨리는 헬리콥터에 올랐다. 약 240미터 상공에 이르자 헨리가 프로펠러의 회전 속도를 늦추었다. 헬리콥터는 어둠에 잠겨 희미해져 가는 풍경 위에 평화로이 떠 있었다.

짙은 연못과도 같은 버넘 비치의 너도밤나무 숲이 어슴푸레한 서쪽 지평선까지 뻗어 있었다. 하늘과 땅이 맞닿은 부분이 진홍빛으로 빛나면서 위로 올라갈수록 밝은 주황빛으로 물들었다. 그러다 샛노란 금빛으로 번지더니 물을 머금은 듯 연녹색으로 점점 엷어졌다.

울창한 숲 너머 북쪽에는 내분비 외분비 공장이 있었다. 20층이 넘는 공장에서는 창문마다 눈부실 정도로 찬란하게 불빛이 흘러나오고 있었다. 건물 아래쪽으로는 골프 클럽이 보였다. 벽 하나를 사이에 두고 한쪽은 낮은 계급이 쓰도록 막사를 지어 놓고, 다른 쪽에는 알파와 베타 계급을 위해 아담한 건물을 마련해 두었다.

모노레일 정거장으로 향하는 길마다 낮은 계급 사람들이 개미 떼처럼 새까맣게 몰려들고 있었다. 둥근 유리창 아래로 불을 환하게 밝힌 기차 한 대가 쏜살같이 달려 들어왔다. 기차를 타고 어둑어둑한 평원을 가로질러 남동쪽으로 달리다 보면 슬라우 화장터의 웅장한 건물에 시선을 빼앗기게 된다. 높다란 화장터 건물의 굴뚝 네 개에는 비행기나 헬리콥터를 위해 투광 조명을 밝히고 새빨간 경고등을 켜 두었다. 화장터가 길잡이 역할을 하고 있는 셈이었다.

레니나가 물었다.

"굴뚝에다 왜 발코니를 설치해 둔 거죠?"

헨리가 사무적인 어투로 설명했다.

"인을 모으려고요. 시체를 화장하면 굴뚝을 따라 가스가 올라가는데, 이때 네 가지 단계를 거쳐요. 예전에는 그 과정에서 오산화인이 공기 중으로 흩어져 버렸지만, 이제는 98퍼센트 이상 거두어들이고 있어요. 성인의 시체 한 구에서 1.5킬로그램의 인이 나오니까, 매해 영국에서만 해도 400톤에 가까운 인이 생산되는 거죠."

헨리는 마치 그것이 자기가 이룬 업적이라도 되는 양 뿌듯한 표정으로 덧붙였다.

"죽고 난 뒤에도 사회를 위해 내 몸이 유용하게 쓰인다는 생각을 하면 기분이 참 좋아요. 식물을 자라게 하잖아요."

발밑으로 모노레일 정거장을 내려다보던 레니나가 말했다.

"나도 그래요. 그렇지만 알파와 베타라고 해서 저 하찮고 미개한 감마, 델타, 엡실론보다 식물을 더 잘 자라게 하는 건 아니라는 사실을 떠올리면 기분이 좀 이상해요. 뭔가 기묘한 기분이 들어요."

"모든 인간은 물리-화학적으로 동등하니까요. 엡실론이라도 없어서는 안 될 존재이고요."

헨리는 짐짓 단호한 목소리로 대답했다.

"엡실론이라도 없어서는……."

갑자기 레니나의 머릿속에 한 가지 기억이 떠올랐다. 학교에 다니던 소녀 시절의 어느 날이었다. 한밤중에 문득 잠에서 깨어 잠잘 때마다 귓가에 맴돌던 속삭임을 처음으로 또렷이 듣게 되었다. 여느 때와 마찬가지로 줄줄이 늘어선 작고 하얀 침대를 달빛이 희끄무레하게 비추고 있었다. 그리고 한없이 부드럽기만 한 그 목소리가 들려왔다. 수많은 날 동안 밤새도록 들어서 도저히 잊을 수 없는 속삭임이었다.

"모든 사람은 다른 사람을 위해서 일해요. 우리는 다른 사람 없이 혼자서 살아갈 수 없어요. 엡실론도 없어서는 안 되는 존재지요. 우리는 엡실론 없이 살아갈 수 없어요. 모든 사람은 다른 사람을 위해서 일해요. 우리는 다른 사람 없이 혼자……."

레니나는 난생처음 느낀 충격과 공포를 생생히 기억하고 있었다. 어림짐작으로 반시간쯤은 잠을 이루지 못한 채 끝없는 속삭임에 귀를 기울였다. 그러다 서서히 마음이 편안해지던 기억, 편안해지고 편안해지다 어느새 저도 모르게 스르르 잠에 빠져들었다…….

레니나가 말했다.

"엡실론들은 자기가 엡실론이 되었다는 걸 딱히 개의치 않는 것 같아요."

"당연하죠. 신경 쓸 필요가 있겠어요? 엡실론 말고 다른 신분으로 사는 게 어떤 건지 알지 못하는데. 만약 우리가 엡실론이 된다면 당연히 상심이 크겠지만요. 우리는 그들과 다르게 훈련받았으니까. 애초에 서로 다른 유전적 요소를 지니고 배양되었잖아요."

레니나가 확신에 찬 목소리로 말했다.

"내가 엡실론이 아니어서 얼마나 다행인지 몰라요."

"만일 당신이 엡실론이었다고 해도 알파나 베타가 아닌 걸 감사히 여기며 살도록 훈련받았을 거예요."

헨리는 전방 프로펠러에 기어를 넣으며 헬리콥터를 런던 쪽으로 이끌었다. 헬리콥터 뒤편의, 진홍과 주황빛 노을이 빛나던 서쪽 하늘에 어느새 어둠이 깔리고 시커먼 안개구름이 하늘 꼭대기까지 피어올랐다.

두 사람은 이제 화장터 위를 지나가고 있었다. 굴뚝에서 뿜어져 나오는 뜨거운 공기 기둥에 헬리콥터가 떠밀리면서 갑자기 위로 붕 솟아올랐다. 그러다 차가운 공기를 만나자 다시 밑으로 훅 떨어졌다.

레니나는 아이처럼 신이 나서 소리쳤다.

"꼭 롤러코스터를 타는 것 같네요!"

그러나 헨리의 목소리는 우울하게 착 가라앉았다.

"방금 헬리콥터가 왜 그렇게 요동쳤는지 알아요? 한 사람이 이 세상에서 완전히 사라지면서 가스를 뿜어냈기 때문이에요. 뜨거운 기체가 되어 공기 중으로 흩어져 버렸다고요. 그 사람이 누구였을까요. 남자, 여자? 아니면 알파? 엡실론……?"

헨리는 한숨을 푹 내쉬었다. 그러더니 불현듯 단호하고 쾌활한 목소리로 말을 이었다.

"한 가지 확실한 건 그 사람이 누구건 간에 살아 있는 동안은 행복했을 거라는 사실이에요. 지금은 누구나 다 행복한 시대니까."

레니나는 헨리의 말을 그대로 따라 했다.

"맞아요, 지금은 누구나 다 행복해요."

두 사람은 무려 십이 년에 걸쳐서 매일 밤 150번씩 이 말을 들으며 자랐다.

헨리는 곧 자신이 살고 있는 웨스트민스터의 40층짜리 아파트 옥상에 헬리콥터를 착륙시켰다. 그리고 곧장 레니나와 함께 식당으로 가서 기분 좋게 떠드는 사람들 틈에 어울려 만찬을 즐겼다. 마지막엔 커피와 함께 소마가 나왔다. 레니나는 0.5그램짜리 두 알을, 헨리는 세 알을 먹었다.

9시 20분쯤 두 사람은 식당에서 나와 길 건너에 새로 문을 연 웨스트민스터 사원 클럽으로 갔다. 구름도 달도 보이지 않는 하늘에 별만 총총 떠 있었다. 어딘지 모르게 우울한 분위기가 감도는 밤이었다. 다행히 레니나와 헨리는 이 사실을 알아채지 못했다. 공중에 주렁주렁 매달린 화려한 간판의 조명이 어둡이 짙게 깔린 하늘을 대낮처럼 환히 밝혀 준 덕분이었다. 새로 지은 사원 건물 정면에는 마치 유혹이라도 하듯 현란하게 쓴 거대한 글자가 걸려 있었다.

캘린 스토프스와 열여섯 명의 색소폰 연주자들. 런던 최고의 색채·향기 오르간. 최신 합성 음악을 즐겨 보세요.

두 사람은 클럽 안으로 들어섰다. 실내는 후끈한 열기에 용연향(향유고래에서 얻는 향료)과 백단향(열대 식물인 백단향 나무에서 얻는 향료)의 짙은 향취까지 더해져 숨이 막힐 지경이었다. 둥그스름한 연회장의 천장에는 색채 오르간이 빚어낸 열대의 석양이 빛나고 있었다. 색소폰 연주자 열여섯 명이 흘러간 유행가를 연주했다.

이 세상 모든 유리병 가운데
내 작고 아늑한 유리병만 한 건 없다네.

남녀 400쌍이 다섯 박자의 음률에 맞춰 반짝반짝 윤이 나는 무도장 바닥을 휩쓸고 다녔다. 레니나와 헨리는 곧 401번째 쌍이 되었다.

색소폰은 달빛 아래 노래하는 고양이처럼 구슬피 울었다. 그 소리는 이내 죽음이 눈앞에 다가온 듯 알토와 테너의 장엄한 음조로 바뀌어 신음했다. 색소폰 열여섯 대가 함께 어우러져 다채롭고 풍부한 화음을 이루었다. 후렴에 이르자 화음이 아름다움의 극치를 이루며 절정을 향해 치달았다.

마침내 지휘자가 지휘봉을 크게 휘두르는 순간, 고막을 찢을 듯한 에테르 음악이 터져 나왔다. 그 소리는 고작 인간에 불과한 연주자 열여섯 명이 내는 색소폰 소리를 송두리째 날려 버렸다. 천둥 치는 A 플랫 장조. 그리고 찾아든 갑작스런 침묵과 어둠. 디미누엔도('점점 여리게'를 뜻하는 말)가 미끄러지듯 흘러나오며 사분음이 점점 작아져 속삭이는 딸림화음으로 이어졌다. 몇 초 동안 강렬한 기대감이 한껏 차올랐다. 마침내 뜨거운 태양이 폭발하듯 열여섯 사람이 동시에 목청껏 노래를 불렀다.

내 작은 병이여, 그대를 간절히 바라고 바라 왔어.
나의 유리병이여, 나는 왜 수정되었을까?
그대의 품속에 잠들어 있을 때

하늘은 언제나 푸르고 날씨는 온화했지.

이 세상 모든 유리병 가운데

내 작고 아늑한 유리병보다 좋은 건 없다네.

레니나와 헨리는 400쌍과 함께 다섯 박자의 음률에 맞춰 웨스트민스터 사원을 돌고 돌면서 완전히 다른 세상으로 빠져들었다. 풍요로운 빛깔과 따스한 온기가 넘치는 한없이 다정한 소마 휴식의 세상에. 다들 어쩌면 그렇듯 상냥하고 아름답고 유쾌하고 즐거운지!

내 작은 병이여, 그대를 간절히 바라고 바라 왔어…….

하지만 레니나와 헨리는 원하는 것을 이미 가졌다. 두 사람은 바로 지금 여기, 안전한 공간에서, 푸른 하늘이 빛나는 이곳에서, 화창하고 온화한 날씨를 만끽하는 중이었다.

기진맥진한 연주자 열여섯 명이 색소폰을 내려놓았다. 합성 음악 기기에서 아주 느린 맬서스식 블루스 최신 곡이 흘러나왔다. 두 사람은 마치 쌍둥이 배아가 되어 유리병 속 대체 혈액의 바다 위를 부드럽게 떠다니는 기분이었다.

"잘 가요, 사랑하는 내 친구들. 잘 가요, 사랑하는 내 친구들……."

확성기에서 흘러나오는 목소리는 다정하고 감미로웠다. 하지만 그 상냥함 속에는 은밀한 명령이 감춰져 있었다.

"잘 가요, 사랑하는 내 친구들……."

레니나와 헨리는 다른 사람들과 함께 목소리가 시키는 대로 고분고분 사원을 빠져나왔다. 우울한 별들은 드넓은 밤하늘을 가로질러 저만치 멀어진 뒤였다. 하늘에 경계를 짓던 화려한 간판의 조명이 이미 희미해진 뒤인데도 레니나와 헨리는 여전히 어둔 밤을 잊고 황홀감에 젖어 있었다.

클럽이 문을 닫기 삼십 분 전에 삼킨 두 번째 소마 때문에 두 사람은 현실을 떠나 몽롱한 유리병 세계에 단단히 갇혀 버렸다. 두 사람은 유리병에 담긴 채로 길을 건넜다. 그리고 유리병에 담긴 채 엘리베이터를 타고 28층 헨리의 방으로 올라갔다.

소마를 두 번이나 먹은 데다 아직 유리병에 담겨 있는 상태인데도 레니나는 피임 규정을 철저하게 지켰다. 몇 년에 걸쳐 강도 높은 수면 학습을 받고, 또 열두 살에서 열일곱 살까지 일주일에 세 번 맬서스식 훈련을 거친 덕분에 그 정도쯤은 눈 감고도 할 수 있었다.

얼마 뒤 레니나가 욕실에서 나오며 말했다.

"아 참, 패니가 꼭 물어보라고 한 게 있었는데……. 지난번에 당신이 선물한 녹색 대체 가죽 허리띠 어디서 구했는지 알고 싶대요."

2

격주로 한 번씩 목요일은 버나드가 친목회에 참석하는 날이었다. 회칙 제2조에 따라 헬름홀츠가 얼마 전에 회원으로 선정된 아프로디테움에서 이른 저녁을 먹고 친구와 막 작별한 참이었다. 버나드는 옥상으로 택시콥터를 불러 기사에게 포드슨 공동체 음악당으로 가자고 했다. 택시콥터는 약 200미터쯤 위로 붕 떠오르더니 이내 동쪽으로 방향을 돌렸다.

얼마 안 있어 러드게이트 언덕 너머로 장엄하고 아름다운 음악당이 자태를 드러냈다. 폭이 무려 320미터에 달하는 새하얀 대체 카라라(이탈리아의 대리석 산지) 대리석 건물이 투광 조명을 받아 눈처럼 황홀하게 빛났다. 헬리콥터 착륙장의 네 모서리에 세워 둔 거대한 T자가 검은 밤하늘을 배경으로 붉게 반짝였다. 황금 나팔 모양의 확성기 스물네 개에서 흘러나오는 엄숙한 합성 음악이 온 하늘에 울려 퍼졌다.

버나드는 음악당의 시계탑 빅 헨리를 흘깃 보고는 저도 모르게 이렇게 중얼거렸다.

"이런, 지각이군."

아니나 다를까, 버나드가 택시비를 내는 사이에 빅 헨리가 시각을 알렸다.

"포드!"

황금 나팔 확성기가 일제히 굵직하고 우렁찬 목소리로 외쳤다.

"포드, 포드, 포드……."

총 아홉 번이었다. 버나드는 엘리베이터를 향해 달음박질을 쳤다.

포드의 날 기념행사와 대규모 공동체 합창 행사가 열리는 대강당은 건물 맨 아래층에 있었다. 그 위로는 한 층에 방이 100개씩, 총

7,000개의 방이 있었다. 친목회 회원들은 격주로 그곳에서 모임을 열었다. 버나드는 33층에서 내려 서둘러 복도를 따라 걷다가 3210호 앞에서 멈춰 서서 잠시 머뭇거렸다. 그러다 이내 눈을 질끈 감고 문을 열고 안으로 들어갔다.

포드님, 감사합니다! 다행히 꼴찌는 아니었다. 원탁 주위에 둥그렇게 놓인 의자 열두 개 가운데 아직 세 개가 비어 있었다. 버나드는 가능한 한 사람들의 눈에 띄지 않게 가장 가까운 자리로 가서 슬그머니 앉았다. 그러고는 언제든 다음 사람들이 들어오면 눈살을 찌푸릴 준비를 했다.

그때 왼쪽에 앉은 여자가 버나드에게 말을 걸었다.

"오늘 오후에 어떤 골프를 쳤나요? 장애물, 아니면 자기장?"

버나드는 여자를 향해 무심코 고개를 돌렸다. 포드님, 맙소사! 그 여자는 모르가나 로스차일드였다. 버나드는 벌겋게 달아오른 얼굴로 골프를 치지 않았다고 털어놓았다. 모르가나는 깜짝 놀라 버나드를 빤히 쳐다보았다. 순간, 둘 사이에 어색한 침묵이 흘렀다.

모르가나는 아주 못마땅하다는 듯 고개를 홱 돌리고는 왼쪽에 앉아 있는, 운동을 꽤 즐길 법해 보이는 남자에게 말을 걸었다.

'이번 친목회도 시작부터 글러 먹었군.'

비참하고 씁쓸한 기분이 들었다. 자신을 둘러싼 불미스러운 소문을 잠재울 기회를 또 놓쳤다는 생각이 들었다. 코앞에 놓여 있는 의자에 덥석 주저앉을 것이 아니라 주위를 한 번이라도 둘러봤더라면! 그랬다면 피피 브래들래프와 조애나 디젤 사이의 빈자리에 앉을 수도 있었을 텐데. 그런데 하필이면 모르가나 옆자리에 털썩 앉아 버렸으니. 오, 모르가나라니! 포드님이시여! 저 검고 짙은 두 눈썹, 아니 미간도 없이 길게 이어진 일자 눈썹! 포드님, 맙소사!

버나드의 오른쪽에는 클라라 디터딩이 앉아 있었다. 다행히 클라라는 일자 눈썹이 아니었지만 몸매에 탄력이 넘치다 못해 부담스러울 지경이었다. 반면에 피피와 조애나는 완벽함 그 자체였다. 탐스러운 금발에 적당히 통통하면서도 아담한 몸매……. 그런데 저 천하의 얼간이 톰 카와구치가 이제 막 그 두 사람 사이를 꿰차고 있었다.

맨 마지막으로 온 사람은 사로지니 엥겔스였다.

친목회 회장이 근엄한 말투로 말했다.

"늦었군요. 다음부턴 제시간에 오도록 하세요."

사로지니는 회장에게 사과하고서 짐 보카노프스키와 허버트 바쿠닌 사이의 빈자리에 살그머니 앉았다. 회원이 다 모이면서 친목회는 얼추 구색을 갖추었다. 회원들은 원탁을 따라 남자, 여자, 남자 순으로 번갈아 자리를 잡았다. 열두 사람은 그렇게 하나가 될 준비를 마쳤다. 열두 가지 독립된 정체성은 놓아 버리고 더 큰 하나의 존재로 녹아들 준비를 하고 있었다.

회장이 자리에서 일어나 손으로 T자를 그리고는 합성 음악을 틀었다. 그칠 줄 모르고 이어지는 나지막한 북소리에 맞춰 관악기와 현악기 따위의 악기들이 친목회 찬가를 다채롭게 여러 버전으로 연주했다. 먼저, 친목회 찬가가 짤막하면서도 집요한 음률로 호소하듯 반복, 또 반복되었다. 다시, 또다시! 마치 맥박처럼 힘차게 반복되는 리듬은 귀가 아니라 횡격막으로 거세게 파고들었다. 구슬프게 울부짖으며 날카롭게 울리는 화음도 이성이 아니라 오장육부를 끊임없이 자극했다. 그것은 배 속 깊은 곳에서부터 공감과 합의와 일치를 바라는 갈망과도 같은 것이었다.

회장이 다시 T자를 그리고는 자리에 앉았다. 본격적인 순서가 시작되었다. 원탁 한가운데에는 오직 이번 모임만을 위해 만든 소마가 놓여 있었다. 소마가 담긴 사랑의 잔이 손에서 손으로 차례차례 전해졌다. 회원들은 "나 자신의 소멸을 위해 이 잔을 마십니다."라고 읊은 뒤 딸기 아이스크림 맛 소마를 꿀꺽 삼켰다. 마침내 관현악단의 반주에 맞춰 첫 번째 친목회 찬가를 부르기 시작했다.

> 포드님이시여, 우리 열두 사람을, 오, 하나로 만드소서.
> 사회의 강을 이루는 작은 물방울같이 하나로 만드소서.
> 오, 우리가 하나 되어 함께 흐르게 하소서.
> 저 반짝이는 플리버(헨리 포드가 개발한 1인용 비행 자동차)처럼,
> 오, 우리를 하나로 흐르게 하소서.

열망을 가득 품은 열두 소절의 노래였다. 두 번째 사랑의 잔이 돌았다. 이번 구절은 "나는 이 잔을 마십니다."였다. 모두가 소마를 입에 털어 넣었다. 음악은 지칠 줄 모르고 계속 연주되었다. 북소리가 울렸다. 날카로운 화음들이 뜨겁게 녹아내린 배 속을 집요하게 울려 댔다. 이윽고 두 번째 찬가가 시작되었다.

오라, 위대한 존재여, 사회의 친구여,
열둘이 소멸하고 하나가 되었도다!
우리는 죽기를 간절히 바라도다,
죽음을 맞이할 때, 더 큰 삶이 시작되리니!

이번에도 열두 소절의 노래였다. 소마의 약효가 서서히 나타나기 시작했다. 그들의 눈빛에 생기가 돌고, 두 뺨이 장밋빛으로 붉게 달아올랐다. 마음 깊은 곳에서부터 빛이 뿜어져 나오고, 온 우주를 덮을 것 같은 자비로운 표정이 스미었다. 저마다의 얼굴에 행복하고 다정한 미소가 떠올랐다.

버나드마저도 살살 녹아내리는 듯한 기분을 맛보았다. 자신을 향해 미소 짓는 모르가나를 보고 함께 웃어 주려고 애를 썼다. 하지만 그 눈썹, 하나로 합쳐진 시커먼 일자 눈썹, 아아, 그 눈썹이 떡하니 버티고 있었다. 아무리 애를 써도 그 눈썹을 못 본 척할 수가 없었다. 아마도 완전히 녹아내리지 못했기 때문이리라. 만일 피피와 조애나 사이에 앉았더라면……. 어느새 세 번째 사랑의 잔이 전해지고 있었다.

"이제 곧 그분이 오시기에 나는 이 잔을 마십니다."

이번 잔은 하필이면 모르가나가 시작했다. 기쁨에 도취된 모르가나의 목소리가 한껏 높아졌다. 모르가나는 소마를 마신 뒤 사랑의 잔을 버나드에게 건넸다.

"이제 곧 그분이 오시기에 나는 이 잔을 마십니다."

버나드는 그 예감을 정말로 느끼고 싶어서 간절하게 중얼거렸다. 그러나 모르가나의 눈썹을 보는 순간, 버나드에게 그분의 강림은 너무도 멀고 아득하게만 느껴졌다. 버나드는 소마를 잽싸게 마신 다음 클라라에게 잔을 넘겼다. 그리고 속으로 이렇게 생각했다.

'이번에도 틀렸어. 안 봐도 뻔해.'

그래도 버나드는 사람들을 향해 활짝 웃어 주려는 노력을 멈추지 않았다.

마침내 세 번째 사랑의 잔이 한 바퀴를 다 돌았다. 회장이 손을 들어 신호를 보내자, 회원들이 일제히 세 번째 찬가를 불렀다.

> 위대한 존재가 어떻게 오시는지 느껴 보라!
>
> 기뻐하고 기뻐하며 죽음을 맞이하라!
>
> 북소리가 울려 퍼지는 음악 속에 녹아들라!
>
> 나는 너이고 너는 나이다.

찬가를 연달아 부를수록 사람들의 목소리는 격렬한 환희에 빠져들었다. 이제 곧 위대한 존재가 강림하리라는 믿음이 마치 전류처럼 온 사방에 흐르고 있었다. 마지막 소절의 마지막 음이 멎자 회장이 음악을 꺼 버렸다. 이윽고 완전한 침묵이 찾아왔다. 그것은 기대감을 한껏 머금은 침묵이었다. 마치 생명체라도 되는 양 파르르 진동하며 흐늘흐늘 퍼져 나갔다.

그때 회장이 손을 길게 뻗었다. 그러자 갑자기 어떤 '목소리'가,

힘차고 웅장한 '목소리'가, 사람의 것이라기보다는 음악에 더 가까울 정도로 풍요롭고 따스하고 온화한 '목소리'가, 사랑과 갈망과 자비가 넘치는 '목소리'가, 경이롭고 신비로우며 초자연적인 '목소리'가 사람들 머리 위로 울려 퍼졌다.

"오, 포드님이시여! 포드님이시여, 포드님이시여."

마치 음계가 한 단계씩 내려가듯 아주 느리게 목소리가 천천히 멀어져 갔다. 목소리를 들은 사람들은 명치에서 손끝 발끝까지 포근한 감각이 짜릿하게 퍼져 나가는 것을 느꼈다. 눈에서는 하염없이 눈물이 흘러내렸다. 심장과 오장육부가 저마다의 독립된 생명인 양 따로따로 살아 움직이는 것처럼 몸 안에서 꿈틀댔다.

"포드님이시여!"

사람들이 한낮의 이슬처럼 녹아내렸다. 낱낱이 허물어지고, 또 허물어졌다.

"포드님이시여!"

그때 목소리가 어조를 바꾸어 호통을 쳤다.

"귀를 기울이시오!"

사람들은 확연히 달라진 말투에 화들짝 놀랐다.

"귀를 기울이시오!"

사람들은 다소곳이 귀를 기울였다. 잠시 침묵이 흐르고, 목소리는 이내 나지막이 속살거리기 시작했다. 그런데 웬일인지 그 속살거림이 세상의 그 어떤 우렁찬 고함보다도 더 날카롭게 사람들의 의식 속으로 깊이 파고들었다.

"위대한 존재의 걸음이 다가오고 있습니다."

목소리가 가만히 되뇌었다.

"위대한 존재의 걸음이 다가오고 있습니다."

목소리는 거의 들리지 않을 만큼 은밀하게 속삭였다.

"위대한 존재의 걸음이 층계참에 이르렀습니다."

다시 한 번 침묵이 흘렀다. 잠시 느슨해졌던 기대감이 다시 팽팽해져 거의 끊어질 지경이었다. 위대한 존재의 걸음, 오, 그가 내딛는 발걸음이 귓가에 들려왔다. 정말로 소리가 들렸다. 천천히 계단을 내려오는 소리, 보이지 않는 계단을 따라 점점 더 가까이 다가오는 소리. 바로 위대한 존재의 발소리였다.

바로 그 순간, 긴장감이 더 버티지를 못하고 폭발하고 말았다. 어딘가를 응시하는 눈빛, 할 말이 있다는 듯 벌어진 입술……. 마침내 모르가나가 자리를 박차고 일어나 외쳤다.

"들려요! 그분의 소리가 들려요."

사로지니도 소리쳤다.

"그분이 오고 계십니다!"

피피와 톰이 동시에 자리에서 튀어 올랐다.

"네, 그분이 오십니다. 내 귀에도 들려요!"

조애나는 말을 제대로 잇지 못했다.

"오, 오, 오!"

짐이 외쳤다.

"맞아요, 이리로 오고 계십니다!"

회장이 몸을 앞으로 숙였다. 그가 손을 까딱하자, 심벌즈와 관악기가 화려하고 웅장한 선율로 울려 퍼졌다. 뒤이어 북소리가 열병을 앓듯 둥둥둥 끝없이 울리기 시작했다.

클라라가 비명을 질렀다. 마치 목청이 터질 것 같은 괴성이었다.

"오, 그분이 오시네요! 아아!"

버나드는 자신도 뭔가를 해야 할 것 같은 기분에 휩싸인 나머지 벌떡 일어나 힘차게 외쳤다.

"내 귀에도 들립니다, 그분의 발소리가!"

하지만 그건 사실이 아니었다. 버나드는 아무 소리도 듣지 못했다. 이 황홀한 음악과 흥분된 분위기에도 불구하고 버나드에게는 아직 그 누구도 찾아오지 않았다. 그러나 짐짓 두 팔을 크게 휘저으며 목청껏 소리를 질렀다. 다른 사람들이 위아래로 뛰어오르며 발을 구르고 춤을 추는 모습을 보면서 최선을 다해 똑같이 따라 했다.

사람들은 원탁을 중심으로 빙빙 돌며 행진하기 시작했다. 저마다 앞에서 춤추는 사람의 엉덩이에 두 손을 얹고 둥글게 둥글게. 모두 한목소리로 외치며 음악에 맞춰 발을 구르고 박자에 따라 앞사람의 엉덩이를 두드렸다. 열두 쌍의 손이 한마음이 되어 열두 개의 엉덩이를 찰싹찰싹 두드렸다. 열둘이 하나로, 열둘이 하나로.

"그분의 소리가 들려요. 위대한 존재가 오시는 소리!"

음악이 빨라졌다. 더 빠르게, 더 빠르게. 발동작과 손동작도 함께 빨라졌다.

그때 별안간 저음의 합성 음악이 한꺼번에 우렁차게 울려 퍼졌다. 마침내 속죄의 날과 결속의 완성이 다가오고 있음을 알리는 소리였다. 열둘이 하나가 되는 순간이 다가왔음을 말해 주는 소리였다. 그리고 위대한 존재의 출현을 선포하는 노래였다. 둥둥 울리는 북소리와 함께 열광적인 음악이 이어졌다.

> 신나고 신나도다, 포드님과 즐거움,
> 여자들에게 입을 맞추어 하나가 되라.
> 여자들과 하나를 이룬 남자들은 안식을 얻으리.
> 신나고 신나도다, 이 만남이 너희를 자유롭게 하리라.

"신나고 신나도다."

사람들은 춤을 추며 후렴구를 기도문처럼 따라 불렀다.

"신나고 신나도다, 포드님과 즐거움, 여자들에게 입을 맞추어……."

모두가 노래에 취해 있는 사이, 불빛이 차츰 희미해지면서 점점 더 따스하고 포근한 붉은빛으로 바뀌었다. 어느새 사람들은 어두어둑한 태아 저장실의 진홍색 불빛 아래서 춤을 추고 있었다.

"신나고 신나도다……."

태아 때의 핏빛 어둠 속에서, 영원히 계속될 것 같은 음률을 따라 빙빙 돌며 엉덩이를 두드리고 또 두드렸다.

"신나고 신나도다……."

얼마 뒤 동그라미가 서서히 흐트러지더니, 사람들이 대형을 이탈하기 시작했다. 원탁 주변을 동그랗게 감싸고 있는 긴 의자 위로 사람들이 하나둘 쓰러졌다.

"신나고 신나도다……."

깊고 낮은 목소리는 여전히 부드럽게 읊조리듯 노래했다. 불그스름한 불빛 아래 엎어지거나 드러누운 사람들 위로 거대한 흑비둘기가 자애롭게 굽어보며 맴맴도는 것 같았다.

빅 헨리가 11시를 알렸다. 사람들은 옥상으로 가서 택시콥터를 기다렸다. 포근하고 평화로운 밤이었다. 피피가 말했다.

"정말 멋지지 않았어요?"

버나드를 바라보는 피피의 얼굴에 황홀감이 가득했다.

"말 그대로 멋지지 않았나요?"

그러나 감정의 동요나 들뜬 기색이 전혀 느껴지지 않았다. 그런 식의 흥분은 아직 만족하지 못한 상태라는 걸 뜻하니까. 피피가 느끼는 황홀감은 헛된 포만감이나 허망함이 아니라 안정된 삶, 휴식과 안정에서 우러나오는 활력이었다. 그리고 성취감에서 비롯되는 차분한 황홀감이었다. 자기 안에서 살아 숨 쉬는 풍요와 평화였다. 친목회는 앗아 가는 만큼 다시 채워 주었다. 피피는 어느새 충만하고도 완전해졌다. 그리하여 자신을 넘어서는 경지로 들어섰다.

"당신은 그렇지 않았나요?"

피피는 초자연적인 빛을 뿜으며 버나드의 얼굴을 들여다보았다.

"네, 아주 좋았습니다."

버나드는 거짓으로 답하고 얼른 고개를 돌렸다. 아름답게 빛나는 피피의 얼굴이 마치 홀로 동떨어져 있는 자신을 비난하며 비웃는 듯했기 때문이다. 버나드는 친목회를 시작할 때만큼이나 철저하게 고립되어 있었다. 결코 충족되지 않는 공허감과 채워지지 않는 허기 때문에 괴로워하는 지금이 훨씬 더 깊이 고립된 상태인지도 몰랐다.

다른 사람들은 모두 위대한 존재 안에서 하나로 녹아든 반면, 버나드는 여전히 혼자인 채로 남아 있었다. 모르가나의 품에 안긴 그 순간까지도……. 어쩌면 자신의 인생에서 그 어느 때보다 더 절망적으로 혼자였다. 진홍빛 어둠에서 전깃불이 빛나는 현실로 돌아온 순간, 버나드의 자의식은 끝모를 고통에 빠져들었다. 한없이 비참했다. 피피의 빛나는 두 눈이 비난하듯, 어쩌면 그것은 버나드의 잘못인지도 몰랐다.

"네, 굉장히 좋았어요."

이렇게 되뇌는 순간에도 버나드의 머릿속에는 모르가나의 일자눈썹이 너울거렸다.

제 6 장

무모한 도전

1

이상하고, 이상하고, 이상한 사람. 레니나는 버나드를 생각할 때마다 이런 생각을 떨칠 수가 없었다. 오죽하면 버나드와 뉴멕시코에 가려던 계획을 취소하고 베니토와 함께 북극에나 갈까, 하는 생각이 들기까지 했다. 문제는 지난여름에 조지 에드젤과 이미 북극에 다녀온 터라, 그곳이 얼마나 암울한 곳인지 너무도 잘 알고 있다는 점이었다.

북극에는 놀 거리가 하나도 없었다. 호텔은 어찌나 낡아 빠졌는지 객실에 그 흔한 텔레비전은커녕 향기 오르간 한 대 놓여 있지 않았다. 게다가 투숙객을 이백 명 넘게 받으면서도 에스컬레이터 스쿼시 경기장은 스물다섯 개밖에 구비해 놓지 않았다. 그래서 레니나는 북극에 다시 가고 싶은 마음이 눈곱만큼도 없었다.

사실 미국은 여태 딱 한 번밖에 가 보지 못한 데다, 그마저도 성에 차지 않는 여행이었다! 뉴욕으로 싸구려 주말여행을 같이 간 남자 이름이 장 자크 하비불라였던가, 아니면 보카노프스키 존스였던가? 그것조차 기억이 가물가물했다. 어쨌든 그런 건 지금 조금도 중요하지 않았다.

버나드가 서쪽으로 날아가, 일주일 동안 미국을 여행하자고 제안했을 때만 해도 자못 귀가 솔깃했다. 게다가 마지막 사흘은 야만인 보호 구역에 데려가 준다고 하지 않았던가. 센터 전체를 통틀어 야만인 보호 구역에 가 본 사람은 여섯 명이 채 되지 않았다.

알파 플러스 심리학자인 버나드는 통행 허가를 받을 수 있는 몇 안 되는 사람들 중 한 명이었다. 그러니 레니나로서는 결코 놓치고 싶지 않은 기회가 분명했다. 그럼에도 불구하고 버나드의 까다로운 성격 때문에 차라리 재미있고 친근한 베니토와 다시 북극에 가는 편이 나을지도 모르겠다는 생각까지 들었다. 적어도 베니토는 정상이니까. 하지만 버나드는…….

패니는 버나드의 기이한 행동을 두고 원인을 단 한 가지로 정리했다.

"대체 혈액에 알코올이 들어가서 그래."

그런데 헨리의 생각은 좀 달랐다. 어느 날 밤, 레니나는 헨리와 잠자리를 같이하면서 다소 걱정스럽다는 듯 새 연인에 관한 이야기를 꺼냈다. 헨리는 짤막하면서도 톡톡 튀는 특유의 말투로 측은하기 짝이 없는 버나드를 코뿔소에 비유했다.

"꼭 그렇게 코뿔소처럼 구는 사람들이 있어요. 코뿔소더러 재주를 부리라고 할 수는 없잖아요. 그런 사람들은 사회 기능 설정 훈련에 제대로 적응하지 못해요. 안타깝지만 버나드도 그런 사람들 가운데 하나인 거죠. 그나마 자기한테 주어진 일은 잘해 내니까 다행인 셈이죠. 안 그랬으면 소장님이 지금까지 곁에 두지 않았을걸요."

그러고는 위로하듯 한마디 덧붙였다.

"그래도 나쁜 친구는 아닌 것 같더라고요."

나쁜 사람은 아닐지 몰라도 상대방을 불안하게 만드는 사람인 건 분명했다. 우선, 그 이상한 남자는 모든 일을 혼자 하려고 들었다. 그것은 사실상 아무것도 하지 않겠다는 뜻이나 마찬가지였다. 사람이 혼자서 할 수 있는 일이 뭐가 있겠는가. 물론 잠자는 거야 그럴 수 있지만, 그마저도 늘 혼자 할 수는 없는 노릇이었다. 그렇다, 대체 혼자서 무얼 하겠다는 건가? 그런 일은 정말이지 손에 꼽을 수 있을 정도로 드물었다.

두 사람이 첫 데이트를 하던 날은 유난히 날씨가 맑았다. 그래서 레니나는 토키 컨트리클럽에 가서 수영을 한 다음, 옥스퍼드 유니언에서 저녁을 먹자고 했다. 하지만 버나드는 사람이 너무 많을 것 같다고 하면서 싫다고 했다. 세인트앤드루스 골프장에 가서 전자 골프를 치는 건? 이번에도 딱 잘라 거절이었다. 전자 골프는 시간 낭비라나?

레니나는 당황스러운 마음을 감추지 못하며 물었다.

"그럼 뭘 하면서 시간을 보낼까요?"

버나드는 호수 지역으로 산책을 가자고 했다. 스키도 산 꼭대기에 올라가서 들꽃이 핀 둔덕을 몇 시간이고 걷자는 것이었다.

"당신과 나, 단둘이서요, 레니나."

"우린 어차피 밤새도록 단둘이 있을 거잖아요."

버나드가 얼굴을 붉힌 채 시선을 피하며 중얼거렸다.

"내 말은, 둘이서 이야기를 나누자는 거예요."

"얘기요? 무슨 얘기를 하죠?"

몇 시간이고 걸으며 이야기를 나누자니……. 레니나는 남자와 여자가 오후 시간을 보내는 데 그보다 더 이상한 방법은 없을 듯했다. 그래서 끈질기게 설득한 끝에, 영 내켜 하지 않는 버나드와 함께 여자 레슬링 헤비급 챔피언을 가리는 준준결승전을 관람하러 암스테르담으로 날아갔다.

버나드는 연신 툴툴거렸다.

"이 사람 많은 곳에……. 역시나 오늘도 똑같군."

버나드는 오후 내내 부루퉁한 얼굴을 하고 있었다. 휴식 시간에 아이스크림 소마를 파는 매점 앞에서 레니나의 친구들과 여러 번 마주쳤지만, 그 누구와도 말 한 마디 섞지 않았다. 심지어 그렇게나 기분이 안 좋다면서도 레니나가 내미는 라즈베리 아이스크림은 끝까지 입에 대지 않고 버텼다.

"난 그냥 나 자신으로 남아 있을래요. 이렇게 심술궂어도 나 자신

그대로요. 아무리 즐거워도 남이 되고 싶지는 않아요."

"제때 먹는 소마 한 알이 뒤늦게 먹는 아홉 알보다 낫다는 말도 있잖아요."

레니나가 수면 학습으로 얻은 보석 같은 지혜를 뽐내며 말했다. 그러나 버나드는 아이스크림이 담긴 컵을 끝내 휙 치워 버렸다. 레니나가 뾰로통한 목소리로 말했다.

"괜히 성질 좀 부리지 말아요. 항상 기억해요, 소마 하나면 열 가지 우울한 기분이 사라진다는 걸."

버나드가 버럭 소리를 질렀다.

"아, 제발 그런 얘기 좀 그만해요!"

레니나는 어깨를 으쓱하고는 애써 마음을 가라앉히며 말했다.

"소마 한 입이 짜증보다는 백배 나을걸요."

그러고는 소마 아이스크림 한 컵을 호로록 마셨다.

해협을 건너 돌아오는 길에서도 이상하기는 마찬가지였다. 버나드는 파도 위 30미터도 채 안 되는 높이에서 프로펠러를 멈추고 공중에 둥둥 떠 있겠다고 고집을 부렸다. 그사이에 날씨가 급격히 나빠졌다. 음산한 남서풍이 불어닥치는가 싶더니 이내 시커먼 먹구름이 하늘을 뒤덮었다.

버나드가 명령하듯 말했다.

"봐요."

"너무 끔찍해요."

레니나는 헬리콥터 창문에서 최대한 멀리 떨어졌다. 텅 빈 밤하늘과 바로 아래서 철썩철썩 파도를 일으키는 시커먼 바다, 빠르게 흘러가는 구름 사이로 초췌한 얼굴을 내민 달까지, 레니나는 간담이 다 서늘해졌다.

레니나는 다급하게 외쳤다.

"라디오라도 켜요, 얼른요!"

그러고는 계기판으로 손을 뻗어 급히 다이얼을 돌렸다. 가늘게 떨리는 가성으로 노래를 부르는 열여섯 사람의 목소리가 흘러나왔다.

……그대의 품속에 잠들어 있을 때

하늘은 언제나 푸르고 날씨는 온화했지…….

딸깍. 헬리콥터 안에 갑자기 정적이 내려앉았다. 버나드가 라디오를 툭 꺼 버린 것이었다.

"난 고요하고 평화롭게 바다를 보고 싶어요. 저런 잡소리를 들으면서 어떻게 바다를 감상할 수 있겠어요?"

"하지만 듣기 좋은 노래잖아요. 그리고 난 바다를 보고 싶지 않다고요."

버나드는 고집을 꺾지 않았다.

"난 볼 거예요. 이러고 있으면 마치……."

버나드는 자기 마음을 표현하기 위해 단어를 고르느라 잠시 머뭇거렸다.

"당신이 이해할지 모르겠지만, 내가 좀 더 나다워지는 기분이 들어요. 다른 무언가에 종속된 존재가 아니라 오롯이 나 자신으로 존재하는 기분이요. 거대한 사회의 하찮은 세포가 아니고. 당신은 그렇지 않나요, 레니나?"

어느새 레니나는 울고 있었다.

"여긴 너무 끔찍해요, 끔찍하다고요. 게다가 사회의 일부가 되고 싶지 않다니, 그게 무슨 소리예요? 우리는 결국 모두를 위해 일하는 존재잖아요. 다른 사람이 없으면 살아갈 수 없어요. 심지어 엡실론 한 사람 한 사람조차도……."

버나드가 빈정대는 투로 말을 끊었다.

"그래요, 알아요. 엡실론조차 다 쓸모가 있다는 얘기잖아요! 나도 그런 존재고요. 하지만 난 그렇게 살고 싶지 않다는 말이에요!"

레니나는 이 신성 모독적인 말에 너무나도 기가 막혀 곧장 반박했다.

"버나드! 어떻게 그런 말을 할 수가 있어요?"

버나드는 깊은 생각에 잠기듯 담담히 레니나의 말을 따라 했다.

"어떻게 그런 말을 할 수 있냐고요? 그런 말을 할 수 없다는 게 더 문제지요. 아니, 그보다 왜 그런 말을 하면 안 되는지 너무 잘 알고 있다는 게 문제라고요. 만일 그런 말을 자유롭게 해도 되는 세상이라면, 사회 기능 훈련을 통해 우리 모두 노예가 되지 않았다면 어땠을까요?"

"아니, 버나드! 왜 이렇게 끔찍한 얘기들만 하는 거예요?"

"레니나, 자유로워지고 싶지 않나요?"

"당신이 무슨 말을 하는지 하나도 모르겠어요. 난 지금 충분히 자유로워요. 최상의 즐거움과 자유를 즐기며 살고 있잖아요. 지금은 모두가 행복한 세상이에요."

버나드가 너털웃음을 터뜨렸다.

"그래요, 지금은 모두가 행복한 세상이죠. 우린 다섯 살 때부터 그런 말을 듣고 자랐으니까요. 그런데 좀 다른 방식으로 행복해지고 싶지는 않나요? 예를 들면 모두가 똑같은 방식이 아니라 당신만의 특별한 방법으로 말이에요."

"난…… 무슨 말인지 전혀 모르겠어요."

레니나는 같은 말을 되풀이하더니 버나드를 바라보며 애원했다.

"아, 이제 그만 돌아가요. 여기가 너무너무 싫어요."

"나랑 같이 있고 싶지 않은 거예요?"

"그럴 리가요, 버나드! 단지 이곳이 너무 끔찍하다는 말이에요."

"난 여기에서라면 우리가……, 우리가 더 가까워질 수 있을 거라고 생각했어요. 이렇게 달만 둥그렇게 떠 있는 바다 한가운데에서라면……. 사람들이 복작거리는 곳이나 내 방 같은 곳에서보다 훨씬 더 친밀해질 거라 기대했어요. 무슨 말인지 모르겠어요?"

"조금도 모르겠어요. 아무것도요, 전혀요."

레니나는 알고 싶지도 않다는 듯 아주 단호하게 말했다. 그러다 나중에는 말투를 바꿔 버나드를 구슬리기 시작했다.

"그렇게 끔찍한 생각이 들 땐 차라리 소마를 먹어 보는 게 어때요? 다 잊어버릴 수 있어요. 비참하고 우울한 기분은 싹 사라지고 금세 즐거워진다고요. 정말 즐거워질 거예요."

레니나는 마지막 말을 반복하며 미소를 지어 보였다. 두 눈에 걱정과 불안이 가득 담겨 있는데도 불구하고, 관능적으로 유혹하려는 마음이 스미어 있었다.

버나드는 잠자코 앉아서 심각한 얼굴로 레니나를 뚫어져라 쳐다보았다. 레니나는 움찔하며 시선을 피하더니 괜히 초조한 듯 웃음으로 얼버무렸다. 무슨 말이든 해 보려고 했지만 아무것도 떠오르지 않았다. 그저 긴 침묵만 이어졌다.

마침내 버나드가 먼저 입을 열었다. 지치고 허탈한 목소리였다.

"좋아요, 돌아갑시다."

버나드가 액셀을 세게 밟자 헬리콥터가 공중으로 높게 치솟았다. 버나드는 1,200미터 상공에서 프로펠러를 작동시켰다. 두 사람은 한동안 아무 말 없이 하늘을 날았다. 그러다 별안간 버나드가 웃음을 터뜨렸다. 어딘가 이상하긴 했지만 웃음은 웃음이었다. 레니나가 조심스레 물었다.

"기분이 조금 나아졌어요?"

그에 대한 대답이기라도 한 듯, 버나드는 조종간을 잡고 있던 손을 들어 레니나를 감싸 안고 가슴을 어루만지기 시작했다.

레니나는 속으로 생각했다.

'포드님, 감사합니다. 이제 괜찮아진 모양이야.'

삼십 분 뒤, 두 사람은 버나드의 방으로 갔다. 버나드는 소마 네 알을 꿀꺽 삼키고 텔레비전을 켠 다음 옷을 훌훌 벗어 던졌다.

이튿날 오후, 옥상에서 만났을 때 레니나가 버나드에게 능글맞게 물었다.

"어제 좋았어요?"

버나드는 고개를 끄덕였다. 두 사람은 헬리콥터에 올랐다. 기체가 약간 덜컥거리더니 이내 이륙에 성공했다. 레니나는 보란 듯이 자기 다리를 어루만지며 말했다.

"다들 나더러 엄청 탱탱하대요."

"맞아요, 굉장히."

순간, 버나드의 두 눈에 고통스런 빛이 스쳤다. 버나드는 속으로 중얼거렸다.

'고깃덩이처럼 말이지.'

레니나는 걱정스런 얼굴로 버나드를 올려다보며 물었다.

"혹시 내가 너무 통통하다고 생각하는 건 아니죠?"

버나드는 고개를 저었다. 정말이지 고깃덩이 같군.

"이 정도면 괜찮은 것 같아요?"

버나드는 건성으로 고개를 끄덕였다. 레니나가 또 물었다.

"모든 면에서요?"

"네, 완벽해요."

버나드는 소리 내어 대답하면서 속으로 또 중얼거렸다.

'레니나는 스스로를 이런 식으로 평가하는구나. 기꺼이 고깃덩이가 되겠다는 거로군.'

레니나는 흡족한 듯 미소를 지었다. 그러나 그것은 때 이른 자만

이었다. 잠시 침묵을 지키던 버나드가 다시 입을 열었다.

"그래도 말이에요, 어제의 데이트가 좀 다르게 흘러갔으면 더 좋았겠다는 아쉬움이 남아요."

"다르게요? 다른 식의 데이트가 있기나 해요?"

"난 우리가 잠자리를 함께하는 것으로 끝나지 않았으면 했거든요. 그것도 첫 데이트에서."

버나드가 콕 집어 말하자 레니나는 깜짝 놀랐다.

"그럼 대체 뭘……?"

또 시작이었다. 버나드는 도무지 이해가 안 될뿐더러 위험하기 짝이 없는 허무맹랑한 소리를 주절주절 늘어놓았다. 레니나는 마음의 귀를 닫아 버리려고 무진장 애를 썼지만 그중에서 몇몇 단어가 기어이 귓속으로 파고들고 말았다.

"……내 충동을 어디까지 억누를 수 있는지 시험해 보고 싶어요."

그 말이 레니나의 마음속에 들어 있는 용수철을 건드린 느낌이었다. 레니나는 진지하게 말했다.

"오늘의 즐거움을 절대 내일로 미루지 마세요."

"열네 살 때부터 열여섯 살하고도 6개월이 될 때까지, 일주일에 두 번씩, 총 200번을 들은 말이죠."

버나드의 대답은 그게 전부였다. 그러더니 갑자기 미친 사람처럼 아무 말이나 마구 내뱉었다.

"나는 열정이 뭔지 알고 싶어요. 뭔가 강렬한 감정을 느껴 보고 싶다고요."

레니나가 딱 잘라 말했다.

"개인이 감정을 느끼면 공동체가 흔들려요."

"글쎄요, 좀 흔들리면 안 되나요?"

"버나드!"

버나드는 그런 소리를 하고도 부끄럽지도 않은지 이렇게 맞받아쳤다.

"우리는 일하는 동안에만 어른이죠. 감정과 욕구에 있어서는 젖먹이나 다름없어요."

"포드님은 아기들을 사랑하세요."

버나드는 레니나의 말에 전혀 개의치 않고 말했다.

"언젠가 문득 이런 생각이 들더군요. 항상 어른으로 사는 것도 가능하지 않을까, 하는 생각이요."

레니나는 단호하게 말했다.

"무슨 말인지 모르겠네요."

"그렇게 대답할 줄 알았어요. 그게 바로 우리가 어제 같이 잔 이유예요. 어른답게 참고 기다리는 대신 젖먹이 어린아이처럼 곧바로."

"하지만 좋았잖아요. 안 그래요?"

"오, 물론 좋았죠."

하지만 그렇게 말하는 버나드의 목소리는 한없이 비통했다. 표정은 더없이 비참했다. 레니나는 조금 전까지 흡족하던 기분이 순식간에 사라져 버렸다. 버나드 눈에는 자기가 너무 통통하게 보인 것이 틀림없다는 생각이 들었다.

레니나에게서 버나드 얘기를 전해 들은 패니는 딱 한마디만 했다.

"내가 뭐랬어? 대체 혈액에 알코올이 들어간 거라니까."

하지만 레니나의 마음에는 조금도 변화가 일지 않았다.

"그래도 난 버나드가 좋아. 손이 얼마나 멋있는데? 거기다 어깨를 움직이는 모습이 정말로 근사하단 말이야."

레니나가 한숨을 내쉬며 덧붙였다.

"그래도 조금만 덜 이상하면 참 좋을 텐데."

2

버나드는 소장실 밖에서 잠시 머뭇거렸다. 소장이 자신을 보면 못마땅한 기색을 노골적으로 드러낼 게 뻔했다. 버나드는 가슴을 활짝 펴고 깊게 심호흡을 한 다음, 문을 두드리고 안으로 들어갔다.

"허가서에 서명을 받으러 왔습니다, 소장님."

버나드는 책상에 서류를 올려놓으며 최대한 태연한 목소리로 말했다.

소장은 시큰둥한 얼굴로 버나드를 훑어보았다. 서류 위쪽에는 세계 통제관의 직인이 떡하니 찍혀 있었다. 맨 아래에는 굵직하고 시커먼 글씨로 휘갈겨 쓴 무스타마 몬드의 서명까지, 그야말로 흠잡을 데 없이 완벽한 서류였다.

소장에게는 선택의 여지가 없었다. 무스타파 몬드의 서명 끄트머리 아래쪽에 비굴하고 흐릿한 필체로 자기 이름의 이니셜을 적어 넣었다. 그러고는 잘 다녀오라는 격려의 말 한 마디 없이 서류를 건네주려다, 문득 허가서 중간에 적힌 글귀를 보고 멈칫했다.

"뉴멕시코 보호 구역에 가겠다는 건가?"

소장의 목소리에 놀라움이 잔뜩 배어 있었다. 심지어 버나드를 올려다보는 눈빛에는 당황스런 기색이 역력했다.

버나드는 소장의 반응 때문에 오히려 놀라서 천천히 고개를 끄덕였다. 두 사람 사이에 잠깐 침묵이 내려앉았다.

소장은 생각에 잠긴 채 얼굴을 찡그리며 의자 깊숙이 기대앉았다. 그러고는 딱히 버나드에게 말한다기보다는 혼잣말처럼 중얼거렸다.

"그게 언제 적이더라? 스무 해 전인가? 아니, 스물다섯 해쯤 됐겠군. 내가 자네 나이만 할 때였으니……."

소장이 고개를 절레절레 저으며 한숨을 깊게 내쉬었다.

버나드로서는 그 상황이 불편하기 짝이 없었다. 지극히 보수적이고 올곧기만 한 사람이 상스럽게 규칙을 위반하다니! 당장 고개를 돌리고 방에서 뛰쳐나가고 싶었다. 고릿적 얘기를 회상하는 사람들을 무례하거나 불쾌하게 여겨서가 아니었다. 수면 학습에서 비롯된 그런 식의 편견은, 버나드만의 착각일지 모르지만 이미 다 극복했다고 믿었다.

버나드가 정작 민망해하고 불편해하는 것은 그런 행위를 강력하게 금지하고 있는 소장이 도리어 규칙을 위반함으로써 이율배반적으로 행동하고 있었기 때문이다. 대체 소장의 내면에서 어떤 충동이 고개를 든 것일까? 버나드는 그것이 궁금해서 내심 거북해하면서도 바짝 귀를 기울였다.

"나도 자네와 똑같은 생각을 했어. 야만인들을 구경해 보고 싶었거든. 그래서 여름휴가 때 허가를 받아 뉴멕시코로 날아갔지. 그즈음 같이 다니던 여자하고 둘이서. 베타 마이너스였는데, 내 기억으로는……."

소장은 눈을 감고 기억을 더듬었다.

"노랑머리였던 것 같군. 어쨌든 탄력 하나만큼은 기가 막혔지. 그건 또렷하게 기억하네. 우린 보호 구역에 가서 야만인들을 구경하고 말도 타면서 이것저것 즐겼어. 그렇게 휴가를 보내고 마지막 날쯤 되었을 거야. 그런데…… 그 여자가 갑자기 사라져 버렸어.

그날 우린 기분 나쁜 산을 아주 힘들게 올라갔지. 너무 덥고 갑갑했던 터라 점심을 먹은 다음에 낮잠을 잤는데……. 적어도 내가 낮잠을 잔 건 확실해. 그 여자는 혼자서 산책을 갔거나 한 모양이야. 아무튼 잠에서 깨어 보니 여자가 없어졌더라고. 게다가 무시무시한 폭풍이 다가오고 있었지.

폭우가 쏟아지고 천둥 번개가 치자, 흥분한 말들이 미쳐 날뛰기 시작했어. 나는 그 말들을 잡으려다 고꾸라지는 바람에 무릎을 심하게 다쳐서 걷기조차 힘들었지. 그래도 나는 그 여자의 이름을 부르짖으며 찾고 또 찾았어. 하지만 흔적도 없지 뭔가? 혹시라도 혼자서 휴게소로 되돌아갔나, 하는 마음에 거의 기다시피 해서 산을 내려왔어. 소마를 다 잃어버리는 통에 무릎이 너무 아파 부서질 것만 같았지. 몇 시간이나 헤맨 끝에 자정이 지나서야 겨우 휴게소에 도착했어. 그런데 여자가 없는 거야. 여자가 없더라고."

소장은 되풀이해서 말하더니 잠시 입을 다물었다. 그러다 한참 만에 다시 말을 이었다.

"이튿날 본격적으로 수색이 시작되었지. 하지만 끝내 찾지 못했어. 골짜기 아래로 떨어졌거나 산짐승에게 잡아먹히지 않았을까 싶어. 오직 포드님만이 아시겠지. 어쨌거나 참으로 끔찍한 일이었어. 내 속이 말이 아니었지. 나는 상상 이상으로 괴로움에 빠졌어. 왜냐하면 누구나 그런 사고를 당할 수 있다는 사실을 알게 되었으니까. 물론 구성 세포가 달라져도 사회 집단은 지속되겠지. 그렇지만 그 순간에 그런 수면 학습 훈련은 딱히 위안이 되지 못했어."

소장이 절레절레 고개를 저었다.

"난 지금도 가끔씩 그때 꿈을 꿔. 천둥 치는 소리에 놀라 잠에서 깬 다음 그 여자를 하염없이 찾아다니는 꿈, 그 여자를 찾아 온 숲을 헤매고 다니는 꿈을 말이야."

소장은 옛 기억에 잠기며 잠깐 침묵 속으로 빠져들었다.

"굉장히 큰 충격을 받으셨겠습니다."

버나드는 마치 부러워하는 듯한 목소리로 말했다. 그 목소리에 소장은 정신을 번쩍 차렸다. 그제야 거북함을 느끼고 버나드를 한번 쏘아보더니 눈길을 피하며 얼굴을 붉혔다. 그러고는 별안간 의심에 찬 표정으로 버나드를 노려보며 위엄을 되찾으려는 듯 벌컥 화를 냈다.

"그렇다고 이상한 상상은 하지 말게. 내가 그 여자와 상스러운 관계였을 거라든가 하는 망상 말일세. 눈곱만큼의 감정도 없고 오래 만난 사이도 아니었으니까. 지극히 정상적이고 건강한 관계였어."

소장이 허가서를 내밀며 덧붙였다.

"대체 내가 왜 자네한테 이런 시시콜콜한 옛날이야기를 하고 앉아 있었는지 모르겠군."

자신에게 불리한 이야기를 털어놓은 것 때문에 몹시 무안해진 소장은 괜스레 버나드에게 화풀이를 했다. 이제 소장의 눈은 적의와 악의로 번득였다.

"이 기회에 한마디 더 하겠네, 버나드 마르크스 군. 근무 시간 외의 자네 행적에 관한 보고를 검토해 보니 도무지 마음에 들지가 않더군. 자넨 내가 상관할 바가 아니라고 생각하겠지. 하지만 철저히 내가 관여해야 할 부분이네. 우리 센터에 대한 평판은 곧 내 책임이니까. 내 직원들은, 특히 가장 높은 계급의 소수 인원들은 어떤 일이 있어도 불필요한 의심을 받아선 안 돼. 알파들은 철저히 훈련받은 덕에 굳이 애쓰지 않아도 정서적인 면에서 아이처럼 행동할 수 있는 사람들이야. 그렇기 때문에 더더욱 체제에 순응하려고 노력해야 하네. 비록 자신의 성향이나 의향과 맞지 않더라도 어린아이처럼 행동하는 것이 알파의 의무니까. 그러니 내가 지금 자네에게 내리는 경고도 부당하게 받아들여선 안 되네."

소장은 분개한 나머지 목소리가 떨리기 시작했다. 자신의 분노를

전적으로 공적인 것이자 옳은 것으로 만들려 하고 있었다. 어쩌면 이 사회를 못마땅하게 여기는 자에 대한 분노의 표현인지도 몰랐다.

"한 번만 더 자네가 유아적 행동 규범의 기준을 소홀히 여기고 있다는 소리가 내 귀에 들리는 날에는 아이슬란드 같은 곳으로 밀려날 각오를 해야 할 거야. 그럼 잘 가게."

소장이 의자를 빙글 돌려 등을 보이고는 펜을 들어 무엇인가 써 내려가기 시작했다. 소장은 속으로 생각했다.

'이 정도면 알아들었겠지.'

그러나 그것은 순전히 소장의 착각이었다. 사무실 문을 쾅 닫고 나온 버나드는 오히려 기세가 등등했다. 자신이 체제의 질서에 대항하여 홀로 당당히 맞서고 있다는 확신을 품게 되었던 것이다. 자기 자신이 개인으로서 매우 높은 가치를 지니고 있다는 의식에 완전히 도취되었다. 심지어 그동안 사람들로부터 괴롭힘을 당했던 사실마저도 절망 대신 활력을 불어넣어 주었다. 앞으로 그 어떤 고난이 닥쳐도 너끈히 극복할 수 있을 만큼 스스로 강하다고 느꼈다. 설령 아이슬란드에 뚝 떨어뜨려 놓는다 한들 조금도 두려울 것이 없을 듯했다. 자신이 무언가에 맞서 싸우게 될 것이라고는 단 한 번도 생각해 보지 않았던 터라 되레 자신감이 불쑥 더 커졌다.

그동안 고작 이런 일로 전출 명령을 받은 사람은 없었다. 아이슬란드는 한낱 협박에 불과할 뿐이었다. 그것도 가장 자극적인 협박. 복도를 따라 걷는 동안 저절로 휘파람이 새어 나왔다.

그날 저녁, 버나드는 헬름홀츠를 만나 소장과 있었던 일을 신나게 떠벌렸다.

"그래서 내가 소장한테 아예 고릿적 시절로 돌아가서 살지 그러느냐고 쏘아붙이고는 그 방을 쌩하니 나와 버렸다니까. 얘기가 그렇게 된 거야."

버나드는 기대에 찬 표정으로 헬름홀츠를 바라보았다. 공감이나 격려, 또는 칭찬 같은 말을 기대하면서. 하지만 그 어떤 말도 듣지 못했다. 헬름홀츠는 그저 조용히 앉아 바닥을 내려다보기만 할 뿐이었다.

헬름홀츠는 버나드를 참 좋아했다. 자기가 중요하다고 느끼는 주제에 대해 진지하게 이야기를 나눌 수 있는 유일한 사람이기에 항상 고마운 마음이 들었다.

그러면서도 한편으로는 버나드에게 못마땅한 면이 몇 가지 있었다. 예를 들면, 지금처럼 으스대는 태도가 그랬다. 혹은 지금과는 반대로 지질한 자기 연민을 폭발시킬 때……. 일이 다 끝나고 나서야 대범해지는 한심스러운 모습도 그렇고, 별안간 필요 이상으로 침착해지는 태도도 그랬다. 버나드의 이런 면을 싫어하는 이유는 단 하나, 바로 그를 무척 좋아하기 때문이었다.

시간은 자꾸 흘러갔다. 헬름홀츠는 여전히 바닥만 내려다보고 있었다. 버나드는 얼굴이 화끈 달아올라 고개를 옆으로 돌려 버렸다.

3

뉴멕시코까지 가는 길에 별다른 일은 없었다. 푸른 태평양호 로켓은 뉴올리언스에 이 분 삼십 초 일찍 도착했다. 텍사스 상공에서 토네이도를 만나 사 분 연착했지만 서경 95도에서 좋은 기류를 탄 덕분에 산타페에는 예정보다 겨우 사십 초밖에 늦지 않았다.

레니나가 말했다.

"여섯 시간 삼십 분 비행에서 사십 초 연착이면 썩 나쁘지 않군요."

그날 밤은 산타페에서 잠을 청했다. 두 사람이 묵은 호텔은 아주 훌륭했다. 지난여름 레니나가 숙박했던 끔찍한 오로라 보라 팰리스에 비할 바가 아니었다. 액체 공기와 텔레비전, 진공 안마기, 라디오, 보글보글 끓어오르는 카페인, 따뜻한 피임약, 그리고 여덟 가지 향수까지.

두 사람이 정문으로 들어서는 순간 합성 음악까지 흘러나왔다. 더 바랄 것이 없었다. 엘리베이터에 붙은 안내문에 따르면, 호텔 안에 에스컬레이터 스쿼시 경기장이 60군데나 마련되어 있고, 공원에서는 장애물 골프와 전자 골프 두 가지를 한꺼번에 즐길 수 있다고 했다.

레니나가 외쳤다.

"와, 정말 완벽한 곳이에요! 아예 눌러살았으면 좋겠어요. 에스컬레이터 스쿼시 경기장이 60군데나 되다니……."

버나드가 딱딱한 목소리로 대꾸했다.

"보호 구역에 가면 이런 시설은 하나도 없을걸요. 향수도, 텔레비전도, 심지어 따뜻한 물도. 못 견딜 것 같으면, 내가 돌아올 때까지 그냥 여기서 기다려요."

레니나는 그 말에 기분이 팍 상해 버렸다.

"견디고말고요. 내가 이곳이 좋다고 한 건…… 그냥 뭐, 발전이 좋다는 뜻이에요. 원래 그렇잖아요?"

버나드는 진절머리가 난다는 듯 혼잣말처럼 중얼거렸다.

"열세 살부터 열일곱 살까지 일주일에 한 번씩 총 500번이나 들었던 이야기지."

"방금 뭐라고 했어요?"

"발전은 좋은 거라고 했습니다. 그렇다면 더더욱 진심으로 원치 않는 사람은 보호 구역에 가지 말아야죠."

"난 진심으로 가고 싶다니까요."

"그렇다면 뭐, 잘됐군요."

버나드의 마지막 말은 거의 협박에 가까웠다.

보호 구역으로 들어가려면 허가서에 감독관의 서명을 받아야 했다. 다음 날 아침, 두 사람은 절차에 따라 감독관의 사무실로 찾아갔다. 엡실론 플러스 흑인 짐꾼이 버나드의 신분증을 보더니 곧바로 통과시켜 주었다.

감독관은 금발에 두상이 납작한 알파 마이너스였다. 키는 자그마했지만 어깨가 떡 벌어졌으며 보름달처럼 둥근 얼굴은 혈색이 아주 좋았다. 특히 수면 학습에 나오는 구절을 줄줄이 꿰고 있어서 그런지 잡다하기 짝이 없는 갖가지 정보와 묻지도 않은 조언을 끝도 없이 쏟아 내었다. 캐도 캐도 광물이 솟아나는 광산 같았다. 기차 화통을 삶아 먹은 듯 우렁찬 목소리로 한번 입을 열면 다물 줄을 몰랐다.

"……대지 56만 제곱킬로미터를 네 개의 보호 구역으로 나누어 놓았습니다. 각 구역은 고압 전류가 흐르는 철조망으로 둘러싸여 있어요."

그때 문득 버나드는 화장실의 향수 수도꼭지를 콸콸 틀어 놓고 왔다는 사실이 떠올랐다.

"……그랜드캐니언 수력 발전소에서 생산하는 전류를 공급받습니다."

'요금이 엄청 나오겠군.'

계량기 바늘이 개미처럼 쉬지 않고 빙글빙글 돌아가는 모습이 눈앞에 선했다.

'헬름홀츠에게 전화를 걸어야겠어.'

"……5,000킬로미터가 넘는 철조망에 60,000볼트의 전류가 흐르고 있지요."

"그럴 수가……!"

레니나가 사분사분한 말씨로 답했다. 사실 레니나는 그게 무슨 말인지 도통 이해하지 못했다. 하지만 감독관이 말을 멈출 때마다 그 신호를 알아채고 따박따박 호응을 했다. 감독관이 또 우렁찬 목소리로 이야기를 시작하자, 레니나는 몰래 소마 0.5그램을 삼켰다.

그 덕분에 감독관의 말에 귀 기울이지 않고, 아무 생각 없이 차분히 앉아 있게 되었다. 커다랗고 푸른 눈을 감독관의 얼굴에 고정한 채 완전히 몰입한 듯 넋 빠진 표정으로.

감독관이 근엄한 말투로 으름장을 놓았다.

"철조망을 살짝 스치기만 해도 즉사합니다. 야만인 보호 구역에서는 그 누구도 도망칠 수 없죠."

버나드는 '도망'이라는 말을 듣는 순간, 그 자리에서 도망치고 싶은 마음이 훅 치밀었다. 조급한 마음에 몸을 반쯤 일으키며 이렇게 말했다.

"아무래도 이제 그만 가 봐야겠습니다."

한 마리 작은 벌레처럼 시간과 돈을 야금야금 갉아먹으며 꼬물꼬물 기어가는 작고 검은 바늘.

그러나 감독관은 재차 강조했다.

"아무도 도망칠 수 없다고 했죠."

감독관이 버나드에게 자리에 앉으라고 손짓했다. 아직 허가서에 서명을 받지 못했으니, 버나드로서는 순순히 말을 듣는 수밖에 없었다. 감독관이 말을 이었다.

"보호 구역 안에서 태어나는 인간들은 말입니다……. 아가씨, 내 말 명심해요."

감독관이 음흉한 눈빛으로 레니나를 바라보며 저질스럽게 속삭였다.

"보호 구역에서는 아직도 어미가 아이를 낳습니다. 그래요, 정말 어미 몸에서 아이가 태어나죠. 혐오스럽지만 사실입니다…….”

감독관은 이 수치스러운 이야기를 듣고 얼굴이라도 붉히기를 바랐지만, 레니나는 이미 알고 있다는 듯 환하게 웃으며 대꾸했다.

“네, 그렇다면서요!”

감독관은 약간 실망한 듯한 표정으로 이야기를 계속했다.

“다시 한 번 말하지만, 보호 구역 안에서 태어난 인간들은 그 안에서 죽어야 할 운명이에요.”

‘죽어야 할 운명이라……. 수도꼭지에서 흘러나오는 향수가 일 분에 1데시리터. 한 시간이면 6리터.’

버나드는 다시 한 번 시도해 보았다.

“아무래도 우리는…….”

감독관은 몸을 앞으로 바짝 기울이면서 검지로 책상을 톡톡 두드렸다.

“그 안에 사람이 몇 명이나 살고 있냐고 묻는다면…….”

감독관은 의기양양한 태도로 이렇게 덧붙였다.

“모른다는 게 답입니다. 그저 추측해 볼 뿐이죠.”

“그럴 리가요!”

“아가씨, 정말 그렇대도요.”

‘6×24는, 아니지, 6×36이 맞겠다.’

버나드는 애가 타고 초조한 마음에 얼굴이 창백해지다 못해 바들바들 떨리기까지 했다. 하지만 기차 화통을 삶아 먹은 듯한 감독관의 목소리는 멈출 줄을 몰랐다.

"…… 육만 명의 원주민에 잡종들까지 마구 뒤섞여서……. 말 그대로 야만인이 따로 없고…… 우리 관리인들이 주기적으로 방문을 하긴 하지만…… 외부 문명 세계와 아무런 접촉도 할 수 없으니……. 역겨운 습성이니 관습이니 하는 것들을 보존한답시고, 이때껏…… 우리 아가씨가 알지 모르겠지만 결혼이니 가족이니 하는 것들에…… 사회 기능 설정 훈련도 받지 않고…… 도무지 믿기지 않는 미신들에…… 기독교니 토테미즘이니 조상 숭배니…… 아직도 죽은 언어를 쓴답니다. 예컨대 스페인어, 서부 원주민들의 주니어, 북아메리카 원주민의 애서배스카어 같은 것들이 있고…… 퓨마나 호저 같은 맹수들에…… 각종 전염병…… 성직자들…… 독도마뱀과의 파충류들……."

"그럴 리가 있나요!"

마침내 두 사람은 감독관에게서 풀려났다. 버나드는 곧장 전화기부터 찾았다. 어서, 어서! 그러나 삼 분이 지나도록 헬름홀츠와 연결이 되지 않았다.

"삼 분이면 벌써 야만인 보호 구역 한복판에 도착하고도 남았겠다. 이런 무능한 인간들 같으니라고!"

레니나가 툴툴대는 버나드를 달랬다.

"소마 한 알 먹어요."

하지만 버나드는 소마를 거절했다. 차라리 화를 내는 편이 낫다고 생각했기 때문이다. 마침내 헬름홀츠와 연락이 닿았다. 버나드가 사정을 설명하자 헬름홀츠는 당장 수도꼭지를 잠그겠다고 약속했다. 그러고는 어제저녁 소장이 사람들 앞에서 했다는 얘기를 주저리주저리 늘어놓았다.

"뭐? 나 대신 일할 사람을 구하고 있다고?"

버나드의 목소리가 고통스럽게 갈라졌다.

"그러니까 그게 결정된 사안이라는 거야? 혹시 아이슬란드 이야기도 했어? 뭐, 그 얘기까지 했다고? 포드님, 맙소사! 아이슬란드라니……."

버나드는 실의에 잠긴 얼굴로 전화기를 내려놓고서 레니나를 향해 돌아섰다.

"무슨 일이에요?"

"무슨 일이냐고요?"

버나드는 의자에 털썩 주저앉았다.

"나, 아이슬란드로 쫓겨나게 생겼어요."

버나드는 종종 이런 상상을 해 왔다. 소마의 도움을 받지 않고 자기 내면에 잠재된 힘만으로 온갖 시련과 고통, 박해에 맞서는 상상을 말이다. 심지어 그런 고난의 순간이 오기를 몹시 바라기까지 했다. 불과 일주일 전, 소장의 사무실에서만 해도 그러한 시련이 닥치면 담대하게 받아들이고 용감하게 저항하리라 다짐했다. 그래서 소장의 협박에도 아랑곳하지 않고 마치 영웅이라도 된 양 허세를 부렸다.

하지만 이제야 깨달았다. 그렇게 할 수 있었던 것은 소장의 위협을 심각하게 받아들이지 않았기 때문이었다는 걸. 버나드는 소장이 그 말을 실행에 옮길 수도 있다는 생각을 단 한 번도 해 보지 않았다. 그런데 막상 그 협박이 현실이 되어 눈앞에 닥치자 순식간에 겁에 질리고 말았다. 자신이 상상했던 극기와 용기는 흔적조차 없이 사라져 버렸다.

버나드는 자기 자신에게 화가 나 견딜 수가 없었다. 바보 같은 놈! 소장에게도 분노가 치밀었다. 어떻게 단 한 번의 기회도 주지 않을 수가 있지? 자신이 언제든 그 기회를 받아들일 마음이 있었다는 것을 확인하고 나자 더욱더 화가 났다. 게다가 아이슬란드, 아이슬란드라니…….

레니나는 고개를 저으며 수면 학습에 나오는 말로 다독였다.

"과거에 이랬다면, 미래에 이렇다면, 이런 얘기들은 골치만 아플 뿐이에요. 그럴 땐 소마를 먹고 다시 현재를 살아요."

결국 레니나는 버나드를 설득해 소마를 네 알이나 먹였다. 오 분이 지나자 과거라는 뿌리와 미래라는 열매는 모두 사라지고, 현재라는 꽃송이만 장밋빛으로 화사하게 피어났다.

짐꾼에게서 전갈이 왔다. 감독관의 명령에 따라 보호 구역 경비대가 헬리콥터를 몰고 와 호텔 옥상에서 기다리고 있다고 했다. 그들은 곧장 옥상으로 올라갔다. 초록색 감마 제복을 입은 조종사가 경례를 하고서 오전 일정을 읊었다. 그는 흑인의 피가 8분의 1 정도 섞인 혼혈인이었다.

헬리콥터를 타고 하늘 높이 올라 푸에블로 원주민들이 열두 가구쯤 모여 사는 마을을 둘러본 다음, 말파이스 계곡에 내려 점심을 먹기로 했다. 그곳에는 쾌적한 휴게소가 있는 데다, 마침 푸에블로 마을에서 야만인들의 여름 축제가 한창이라 밤을 보내기에 안성맞춤이었다.

세 사람은 곧 헬리콥터에 몸을 실었다. 출발 후 십 분이 지나자 고도의 문명 세계와 미개한 야만 세계의 경계를 지나갔다. 헬리콥터는 높고 낮은 구릉을 오르락내리락하며 소금 사막과 모래사막을 건너 숲을 가로지르고 보랏빛 계곡을 넘어 험준한 바위산과 평평한 고원을 지났다. 인간의 목적이 승리했음을 상징하는 철조망 울타리가 끝도 없이 뻗어 나갔다.

철조망 아래쪽 황갈색 대지에는 죽은 동물의 하얀 뼛조각과 채 썩지 못한 시커먼 살덩이가 점점이 흩어져 있었다. 고압 전류가 흐르는 철조망에 다가선 사슴과 황소, 퓨마, 호저, 코요테 혹은 썩은 고기 냄새를 맡고 날아온 독수리의 시체가 남긴 흔적이었다.

"하여튼 보고도 배우는 게 없다니까요."

조종사가 철조망 근처에 널린 동물 뼈를 가리키며 중얼거렸다.

"아마 앞으로도 내내 저러겠죠."

그러고는 감전되어 타 죽은 짐승이 자신의 공적이라도 되는 양 으스대며 큰 소리로 웃어 젖혔다.

버나드도 따라 웃었다. 소마를 먹어서 그런지 조종사의 농담이 꽤 재미있게 들렸다. 그러고는 기절하듯 잠이 들었다. 버나드가 잠든 사이에 헬리콥터는 타오스와 테스크, 남베, 피쿠리스, 포조아크, 시아, 코치티, 라구나, 아코마, 마법의 언덕, 주니, 시볼라, 오조 칼리

엔테 상공을 차례로 날았다. (모두 미국 뉴멕시코 주의 지명이다.)

잠에서 깨어났을 때는 이미 목적지에 도착한 뒤였다. 레니나가 작고 네모난 집으로 짐을 옮기는 중이었다. 조종사는 젊은 원주민과 알아들을 수 없는 언어로 이야기를 주고받았다.

버나드가 헬리콥터에서 내리자 조종사가 설명했다.

"말파이스에 도착했습니다. 여기가 휴게소예요. 푸에블로 마을에서는 저녁에 춤판이 벌어진다는군요."

그러고는 뚱한 표정으로 서 있는 야만인을 가리키며 덧붙였다.

"저 원주민이 데려다줄 겁니다. 아주 볼만할 거예요. 저들이 하는 짓은 다 우습고 재미있거든요."

조종사는 마지막으로 헬리콥터에 올라 시동을 걸고는 레니나를 안심시키려는 듯 이렇게 덧붙였다.

"내일 다시 오겠습니다. 그리고 아무 걱정 마세요. 길을 잘 들여놔서 해를 끼치지는 않는답니다. 가스 폭탄으로 혼쭐이 난 적이 한두 번이 아니에요. 얌전히 굴 거예요."

조종사는 껄껄 웃으며 헬리콥터 프로펠러에 기어를 넣고 훌쩍 날아올라 멀리로 사라졌다.

제 7 장

야만인 구역, 말파이스

사자의 갈기털 같은 모래사막 위에 탁상 고원이 우뚝 서 있었다. 마치 범선 한 척이 바다 위에 멈춰 서 있는 듯했다. 깎아지른 벼랑 사이로 물길이 구불구불 흘러갔다. 새파란 강과 초록 들판이 깊은 계곡을 가로지르며 내달렸다. 사막 해협 한가운데 선 범선의 뱃머리에는 기하학적 모양의 벌거숭이 암석이 툭 불거져 있었다. 말파이스의 푸에블로 마을이었다.

층층이 위로 갈수록 좁아지는 높다란 집들은 마치 푸른 하늘을 향해 우뚝 솟은 피라미드의 절단면 같았다. 그 아래로 다닥다닥 붙은 야트막한 건물들이 어지러운 십자 무늬를 만들어 냈다. 절벽의 삼면은 평원을 향해 수직으로 곧게 뻗어 내렸다. 바람 한 점 없는 하늘로 연기가 몇 가닥 피어오르다가 그대로 사라져 버렸다.

레니나가 말했다.

"기묘해요. 정말 기묘해요."

기묘하다는 말은 레니나가 무엇인가를 비난할 때 주로 쓰는 표현이었다. 레니나는 두 사람을 푸에블로 마을까지 데려다줄 원주민 길잡이를 가리키며 덧붙였다.

"난 여기 별로예요. 저 남자도 마음에 들지 않고요."

마음에 들지 않기로는 원주민 길잡이도 마찬가지인 듯, 앞서 걸어가는 뒷모습이 적대감과 경멸로 가득 차 있었다.

레니나가 목소리를 한껏 낮추고 속삭였다.

"게다가 냄새도 지독해요."

버나드도 그 부분만큼은 부정할 수 없었다. 두 사람은 길잡이를 따라 계속 걸었다.

별안간 대기가 살아 숨을 쉬는 듯 생기가 돌았다. 지칠 줄 모르는 심장이 뿜어내는 피의 박동이 공기 중에 고동쳤다. 저 높이 말파이스 꼭대기에서 울려 퍼지는 북소리 때문이었다. 신비로운 심장의 고동 소리를 따라 그들의 발걸음도 빨라졌다. 벼랑의 기슭을 따라 길이 길게 이어졌다. 거대한 범선의 뱃전이 세 사람의 머리 위로 우뚝 솟아 있었다.

레니나가 까마득한 절벽을 못마땅한 얼굴로 올려다보며 말했다.

"헬리콥터를 타고 올 걸 그랬어요. 걷는 건 질색인데. 그리고 이렇게 높은 절벽 아래 서 있으면 내가 너무 보잘것없는 존재처럼 느껴진다고요."

절벽이 드리운 그림자 속을 한동안 걷다가 툭 불거져 나온 바위를 끼고 돌았다. 물길이 깎아 빚은 골짜기의 경사면에 갑판으로 향하는 사다리 같은 통로가 나 있었다. 세 사람은 통로를 따라 천천히 올라갔다. 골짜기 사이로 구불구불 이어지는, 아주 좁고 가파른 길이었다. 심장 고동 같은 북소리는 들릴 듯 말 듯 희미해졌다가 모퉁이를 돌면 잡힐 듯이 가까워지곤 했다.

통로를 반쯤 기어올랐을 무렵, 커다란 독수리 한 마리가 휙 스쳐 지나갔다. 거센 날갯짓이 일으킨 서늘한 바람이 얼굴을 매몰차게 때렸다. 바위틈에는 뼛조각이 무더기로 쌓여 있었다. 숨이 막힐 듯 기묘한 분위기로도 모자라, 원주민 길잡이의 몸에서 풍기는 악취까지 점점 더 심해졌다. 마침내 어둑어둑한 골짜기를 지나 밝은 태양이 비치는 곳에 다다랐다. 탁상 고원 꼭대기는 배의 갑판처럼 평평했다.

레니나가 말했다.

"꼭 채링 T 타워 같네요."

마음을 진정시켜 주는 익숙한 대상을 발견한 즐거움은 그리 오래가지 않았다. 어디선가 가벼운 발소리가 들려와 그들의 주의를 흩트렸다. 뒤를 돌아보니 원주민 두 명이 좁은 통로를 따라 황급히 달려오고 있었다.

윗도리를 입지 않은 구릿빛 맨몸은 흰 선으로 뒤덮여 있었다. 레니나는 나중에 이를 두고 마치 아스팔트 테니스 코트 같았다고 말했다. 얼굴에는 온통 붉고 검은 줄을 그은 데다 황토까지 덕지덕지

발라 놓아서 당최 사람처럼 보이지가 않았다. 검은 머리카락은 여우 털과 붉은 헝겊을 섞어 굵게 땋아 내렸다. 어깨에 두른 칠면조 깃털 망토가 바람에 무시로 펄럭였다. 머리에 쓴 깃털 관은 지나치게 요란해서 난잡해 보였다. 한 발짝씩 뗄 때마다 뼈와 터키석으로 만든 굵은 목걸이, 그리고 은팔찌가 부딪쳐 짤랑거리는 소리를 내었다.

두 원주민은 사슴 가죽 모카신을 신고 조용히 달려왔다. 한 사람은 손에 깃털로 만든 솔을 들고 있었고, 다른 사람은 양손에 굵은 밧줄 같은 걸 서너 가닥 쥐고 있었다. 밧줄 하나가 불안하게 꿈틀거렸다. 순간, 레니나는 그것이 뱀이라는 걸 깨달았다.

원주민들이 점점 더 가까워지고 있었다. 그들의 새카만 눈동자는 레니나를 보고서도 그 어떤 내색도 하지 않았다. 내색은커녕 그녀가 거기 서 있다는 사실조차 의식하지 않는 것 같았다. 그때 꿈틀거리던 뱀이 갑자기 축 늘어졌다. 원주민들이 세 사람을 스쳐 지나갔다.

레니나가 말했다.

"싫어요, 너무 싫어요."

푸에블로 마을 입구에 이르자 원주민 길잡이는 다음 일정을 지시받기 위해 두 사람을 밖에 세워 두고 안으로 들어갔다. 그사이 주변을 돌아본 레니나는 그곳이 더 싫어져서 몸서리를 쳤다. 온갖 오물과 쓰레기 더미, 먼지, 개, 파리 떼가 한꺼번에 눈에 들어왔다. 레니나는 역겨움이 치밀어서 얼굴을 찌푸리며 손수건으로 코를 틀어막았다. 곧이어 치를 떨며 불평을 내뱉었다.

"대체 이런 곳에서 어떻게 살아요?"

레니나로서는 도저히 불가능해 보였다. 그러나 버나드는 대수롭지 않다는 듯 어깨만 으쓱했다.

"이 사람들은 오천 년 넘게 이런 방식으로 살아왔잖아요. 그러니 이미 익숙해졌겠죠."

레니나는 고집스레 말했다.

"하지만 포드다움 다음으로 중요한 것이 바로 청결함이라고요."

"그래요, 살균이 곧 문명이라는 얘기잖아요."

버나드는 비꼬는 어조로 수면 학습 기초 위생학 제2장에 나오는 내용을 읊조리고는 이렇게 덧붙였다.

"이 사람들은 포드님에 대해 들어 본 적도 없을걸요. 문명화되지도 않았고요. 그러니 그런 구절은 여기서 아무 소용도……."

그때 레니나가 버나드의 팔을 움켜잡으며 외쳤다.

"세상에! 저기 좀 봐요!"

바로 옆집 2층 테라스에서 헐벗다시피 한 늙은 원주민이 쇠약한 몸을 이끌고 엉금엉금 사다리를 내려오고 있었다. 마치 흑요석으로 만든 가면처럼 시커먼 얼굴에는 주름이 자글자글했다. 이가 다 빠진 입은 합죽이처럼 움푹했고, 입가와 양 볼에는 피부색과 대조되는 희고 긴 털 몇 가닥이 듬성듬성 나 있었다. 풀어헤친 기다란 회색 머리카락이 얼굴로 힘없이 흩날렸다. 구부정한 몸은 가죽만 남아 앙상했다. 늙은 원주민은 한 발을 내디딜 때마다 멈춰 쉬면서 아주 느릿느릿 움직였다.

레니나는 경이와 공포로 눈이 휘둥그레진 채 버나드에게 나직이 속삭였다.

"저 사람 왜 저래요?"

"늙어서 그래요."

버나드는 가능한 한 아무렇지도 않은 척 대답했지만 그 자신도 놀라기는 마찬가지였다. 하지만 레니나 앞에서 태연하게 보이려 애를 쓰는 중이었다.

"늙었다고요? 우리 소장님을 비롯해 많은 사람들이 늙었잖아요. 그래도 저렇지는 않다고요."

"그거야 저렇게 되도록 가만히 두질 않으니까요. 우리는 질병으로부터 사람들을 보호하잖아요. 각종 호르몬 수치를 젊은이 수준에 맞춰 인공적으로 조절하고요. 마그네슘과 칼슘의 비율 역시 서른 살 즈음의 수치 아래로는 떨어지게 하지 않아요. 게다가 끊임없이 젊은 피를 수혈해서 신진대사를 자극하고요. 그러니 저런 모습으로 늙지 않을 수밖에요. 하지만 저 원주민의 나이가 되기 훨씬 전에 대부분 죽는다는 사실도 간과해서는 안 되겠죠. 나이 육십이 다 되도록 젊은이로 살다가 어느 날, 꽥! 하고 죽는 거예요."

하지만 레니나는 그 말에 귀를 기울이고 있지 않았다. 그 늙은 원주민에게서 한시도 눈을 떼지 못하고 망연히 지켜볼 뿐이었다. 원주민은 사다리를 타고 꾸무럭꾸무럭 내려와서는 두 발이 땅에 닿자 천천히 몸을 돌렸다.

놀랍게도 푹 꺼진 구멍 두 개에서 두 눈이 형형한 빛으로 번득이고 있었다. 그 눈은 레니나를 오래도록 바라보았다. 조금의 놀라움도 없이, 마치 레니나가 그 자리에 없는 것처럼. 그러더니 구부정한 몸을 천천히 돌려 절뚝절뚝 두 사람을 지나쳐 사라졌다.

레니나가 숨죽여 말했다.

"너무 끔찍해요. 참혹하다고요. 여기 오지 말았어야 했나 봐요."

레니나는 소마를 찾으려고 주머니를 뒤적였다. 그리고 난생처음으로 끔찍한 실수를 저질렀다는 걸 깨달았다. 휴게소에 소마 병을 두고 온 것이었다. 버나드의 주머니도 텅 비어 있었다.

레니나는 결국 소마의 도움 없이 말파이스의 공포를 정면으로 마주하게 되었다. 공포는 한꺼번에 들이닥쳤다. 젊은 여자 둘이 아기에게 젖을 물리는 모습을 보는 순간, 레니나는 얼굴을 붉히며 고개를 돌렸다. 평생 이토록 낯 뜨겁고 외설적인 장면은 처음이었다.

그 상황을 더욱 견디기 힘들게 만든 것은 다름 아닌 버나드였다. 버나드는 눈치껏 못 본 척하기는커녕 그 불결한 모체 태생의 현장에 대해 이러쿵저러쿵 지껄였다. 소마의 약효가 떨어지자 아침 나절에 보인 나약한 모습이 부끄럽게 여겨진 모양이었다. 괜스레 강인하고 이단적인 모습을 보이려 애쓰며 허세를 부렸다.

"이 얼마나 허물없는 관계인가요!"

버나드는 부러 발칙하고 무례하게 큰 소리로 외쳐 댔다.

"저 둘 사이에 얼마나 강렬한 감정이 솟아날까요? 난 종종 우리에게 어머니가 없어서 은연중에 무언가를 잃어버리고 사는 건 아닌지 의문이 들어요. 어쩌면 당신도 어머니가 되어 보지 않아서 자신도 모르게 뭔가를 상실했는지도 모르죠. 당신이 낳은 아이를 안고 저기 앉아 있는 모습을 상상해 봐요…….”

“버나드! 어떻게 그런 말을!”

때마침 그들 곁으로 피부병과 눈병을 앓고 있는 듯한 늙은 여자가 지나갔다. 그 바람에 레니나의 분노가 잠시 다른 곳으로 쏠렸다. 레니나는 애원하듯 말했다.

“제발 여기서 떠나요. 난 이곳이 너무 싫어요.”

그런데 그때 길잡이가 다가와 자신을 따라오라고 손짓했다. 두 사람은 그를 따라 집 사이로 난 좁다란 골목으로 들어갔다. 모퉁이를 돌자마자 쓰레기 더미 위에 모로 쓰러져 죽은 개가 보였다. 그리고 갑상선종으로 목이 불룩하게 부푼 여자가 쭈그리고 앉아 어린 계집아이의 머리카락을 헤집으며 이를 잡고 있었다.

길잡이는 사다리 앞에서 걸음을 멈추더니 손을 수직으로 곧게 들어 올렸다가 재빨리 앞으로 쭉 뻗었다. 그러고는 입을 꾹 다문 채 두 사람에게 똑같이 하라는 신호를 보냈다. 버나드와 레니나는 길잡이의 손짓을 따라 한 다음 사다리를 기어 올라갔다.

잠시 후 문을 하나 지나 좁고 기다란 방으로 들어섰다. 어두침침한 방 안에서는 요리를 막 마친 뒤의 연기 냄새와 기름 냄새, 오래 빨지 않은 옷 냄새가 풍겼다. 건너편에 문이 하나 더 있었는데, 문틈으로 밝은 햇살이 스며 들어왔다. 그리고 어디선가 굉장히 요란한 북소리가 둥둥둥 울렸다.

세 사람은 문지방을 넘어 널찍한 테라스로 나갔다. 저 아래, 높다란 집들이 둘러싼 마을 광장에는 원주민이 바글바글 모여 있었다. 선명한 빛깔의 담요, 검은 머리에 꽂은 깃털, 반짝반짝 빛나는 청록색 터키석, 햇볕에 반들반들 윤기가 흐르는 검은 피부. 레니나는 다시 손수건으로 코를 막았다.

광장 한가운데에는 돌을 쌓아 만든 둥그스름한 무대 두 개가 자리 잡고 있었다. 각 무대의 바닥에는 문이 있었고, 문 아래쪽의 컴컴한 어둠 속으로 사다리가 내려져 있었다. 지하에 방이 있는 것이 분명했다. 그 방에서 나직하게 피리 소리가 들리다가, 지칠 줄 모르고 울려 대는 북소리에 파묻혀 아스라이 사라져 갔다.

레니나는 북소리가 은근히 마음에 들었다. 눈을 감고 부드럽게 울리는 천둥소리에 스스로를 맡겼다. 북소리가 자신의 의식 속으로 점점 더 깊게 스며들어, 마침내 이 세상에 자기 자신과 그 묵직한 고동 소리 말고는 아무것도 남지 않을 때까지. 그 소리는 마치 포드의 날 기념행사나 친목회 때 연주하는 합성 음악처럼 마음을 편안하게 해 주었다.

레니나는 저도 모르게 나직이 읊조렸다.

"신나고 신나도다."

모든 북소리가 이제 같은 박자로 하나의 소리가 되어 울렸다.

그 순간, 우렁찬 노랫소리가 귀청을 때렸다. 수백 명의 남자들이 맹렬하고도 거친 목소리로 합창을 하기 시작했다. 몇 개의 긴 선율이 이어지다 느닷없이 침묵이 찾아왔다. 그러곤 천둥 같은 북소리가 울리다가 다시 침묵이 공간을 가득 메웠다. 이번에는 여자들이

카랑카랑한 목소리로 노래하며 화답했다. 뒤이어 북소리가 둥둥둥 울렸다. 그 뒤로 남자들의 굵고 거친 목소리가 이어졌다.

모든 것이 기묘했다. 그렇다. 장소도 기묘하고 노랫가락도 기묘했다. 원주민들이 입은 옷도, 그들의 쭈글쭈글한 피부를 뒤덮은 피부병도, 목에 불룩 튀어나온 갑상선종도 모두모두 기묘했다. 그러나 공연만큼은 전혀 기묘하지 않았다.

레니나가 버나드에게 말했다.

"왠지 하층 계급이 부르는 공동체 노래가 떠오르네요."

잠시 후, 그 편안한 익숙함이 불쾌감으로 바뀌고 말았다. 갑자기 무대 밑에서 무시무시한 괴물들이 마구 기어 올라왔다. 얼굴에 온통 흉측한 칠을 한 데다 소름 끼치는 가면을 써서 도무지 사람 같지가 않았다. 그들은 다리를 절름거리며 춤을 추다가 노래를 부르며 광장을 빙글빙글 돌았다. 한 바퀴 돌 때마다 노래와 춤이 빨라졌다. 북소리에 맞추어 점점 더 빠르게 변해 갔다. 귓속에서 뜨거운 기운이 고동치는 것 같았다. 군중은 춤추는 사람들과 한목소리가 되어 더욱 열광적으로 노래했다. 이윽고 한 여자가 비명을 지르자 그다음 여자, 또 그다음 여자가 울부짖었다. 마치 누군가 자신을 향해 죽일 듯이 달려들기라도 하는 것처럼.

한창 춤판을 이끌던 몰이꾼이 대뜸 광장 한쪽 끝에 놓인 나무 궤짝으로 달려갔다. 그리고 궤짝의 뚜껑을 열어 시커먼 뱀 두 마리를 꺼냈다. 군중들은 함성을 터뜨렸다. 춤추던 사람들은 두 팔을 벌리고 몰이꾼에게로 달려갔다.

몰이꾼은 가장 먼저 도착한 사람들에게 제 손에 들고 있던 뱀을 던져 주었다. 그러고는 궤짝에 또 손을 넣어 뱀을 꺼냈다. 시커먼 뱀, 갈색 뱀, 얼룩무늬 뱀이 몰이꾼의 손에 줄줄이 딸려 나왔다. 그러자 이번에는 전혀 다른 박자의 춤판이 벌어졌다. 저마다 손에 뱀을 쥔 원주민들이 무릎과 허리를 요리조리 비틀며 광장을 돌기 시작했다. 돌고 또 돌고. 그러다 몰이꾼이 신호를 보내자 광장 한가운데로 뱀을 한 마리씩 냅다 집어 던졌다.

이번에는 무대의 한쪽 문에서 노인이 솟아 나왔다. 노인은 뱀을 향해 옥수숫가루를 뿌렸다. 다른 쪽 무대에서는 여자가 등장했다. 여자는 검은 항아리에서 물을 떠 뱀에게 흩뿌렸다.

그 순간 노인이 손을 쳐들었다. 그러자 순식간에 놀랍도록 무섭고도 절대적인 침묵이 광장에 내려앉았다. 둥둥 울려 대던 북소리가 멎으면서 모든 생명이 숨을 멈춘 듯했다. 이윽고 노인은 지하로 통하는 문 두 개를 향해 손짓했다. 그러자 마치 보이지 않는 손이 밑에서부터 밀어 올리듯, 두 개의 그림이 천천히 모습을 드러냈다. 하나는 독수리를, 다른 하나는 벌거벗은 채 십자가에 못 박힌 남자를 그린 그림이었다. 두 개의 그림은 마치 공중에 스스로 떠 있는 것처럼 고요히 머물렀다.

노인이 손뼉을 짝 마주쳤다. 군중 속에서 소년이 걸어 나왔다. 허리춤에 하얀 천을 둘렀을 뿐 발가벗은 거나 다름없는 차림새였다. 소년은 두 손을 포개어 가슴에 대고 노인 앞에 머리를 조아렸다. 노인이 소년에게 손으로 십자가를 긋고 돌아섰다.

소년은 꿈틀거리는 뱀 무리의 주변을 천천히 돌기 시작했다. 한 바퀴를 돌고 반 바퀴쯤 더 돌았을 무렵이었다. 아까 춤을 추었던 원주민들 사이에서 코요테 가면을 쓴 키 큰 남자가 가죽을 꼬아 만든 채찍을 들고 저벅저벅 걸어 나왔다. 소년은 그 남자의 기척을 느끼지 못한 듯 묵묵히 걷기만 했다.

코요테 가면을 쓴 남자가 채찍을 높이 치켜들었다. 한참 동안 팽팽한 기대감이 광장을 가득 메웠다. 순간 남자가 휘익, 채찍을 휘둘렀다. 철썩! 채찍이 소년의 살을 내리쳤다. 소년은 몸을 부르르 떨면서도 신음 소리 한 번 내지 않고 느릿느릿 같은 속도로 걸었다. 코요테가 또다시 채찍을 휘둘렀다. 채찍이 소년을 내리갈길 때마다 군중은 일제히 헉하고 숨을 들이마셨다가 이내 낮은 신음을 내뱉었다. 소년은 계속 걸었다. 두 바퀴, 세 바퀴, 네 바퀴를 돌았다. 피가 철철 흘렀다.

레니나는 두 손으로 얼굴을 가리고서 흐느껴 울며 애원했다.

"오, 제발 그만두라고 해요. 저 사람들 좀 말리라고요!"

채찍질은 가차 없이 계속되었다. 일곱 바퀴째, 소년이 갑자기 휘청거리더니 외마디소리도 없이 앞으로 고꾸라졌다. 노인은 쓰러진 소년 위로 몸을 굽히고는 새하얗고 기다란 깃털을 등에 갖다 대었다. 깃털이 피로 새빨갛게 물들었다. 노인은 그 깃털을 사람들에게 잠시 내보인 뒤 한데 뒤엉켜 있는 뱀들을 향해 세 번 털었다. 핏방울이 탁탁 떨어지자 북소리가 미친 듯이 울렸다. 군중은 일제히 함성을 내질렀다. 춤추던 사람들이 달려 나와 뱀을 집어 들고 광장 밖으로 뛰어나갔다. 남자, 여자, 아이 할 것 없이 우르르 그 뒤를 쫓았다.

잠시 후 텅 빈 광장에는 헐벗은 소년만이 남겨져 있었다. 땅에 얼굴을 처박고 엎어진 모습 그대로 꼼짝도 하지 않고서. 한참이 지난 뒤에야 늙은 여자 셋이 걸어 나와 어렵사리 소년을 들어 집 안으로 데리고 들어갔다. 독수리 그림과 십자가에 못 박힌 남자 그림은 마을을 지키는 파수꾼처럼 텅 빈 광장을 한동안 지켜보다가, 이만하면 됐다는 듯 천천히 땅속으로 내려가 사라져 버렸다.

레니나는 울음을 그치지 못했다. 버나드가 아무리 달래 보아도 소용이 없었다. 몸서리를 치며 하염없이 흐느껴 울었다.

"너무 끔찍해요. 끔찍하다고요! 저 피 좀 봐요! 소마 한 알만 있으면 소원이 없겠어요."

그때 방 안쪽에서 발소리가 들렸다. 레니나는 두 손에 얼굴을 파묻은 채 미동도 하지 않았고, 버나드 혼자서만 뒤를 돌아보았다.

그곳에 서 있는 사람은 분명 원주민 옷차림을 하고 있었지만 땋아 내린 긴 머리칼은 밀짚 같은 금발이었다. 두 눈동자 역시 푸르렀다. 게다가 구릿빛으로 그을린 피부는 본디 새하얀 색이었던 듯싶게 맑았다.

"안녕하신지요? 무탈하십니까?"

낯선 청년이 서툰 영어로 말을 건넸다. 딱히 틀린 것은 아니었으나, 어딘지 모르게 낯설고 어색하게 와 닿았다. 청년이 말을 이었다.

"당신들은 문명인이군요, 그렇지요? 보호 구역 밖, '다른 세계'에서 오셨나요?"

버나드는 깜짝 놀라 말문이 막혔다.

"대체 당신은 누구……?"

청년은 한숨을 내쉬더니 고개를 저으며 답했다.

"세상에서 가장 불행한 남자랍니다."

그러더니 광장 한가운데 얼룩진 핏자국을 가리키며 떨리는 목소리로 물었다.

"저 빌어먹을 핏자국이 보이십니까?"

레니나는 여전히 두 손으로 얼굴을 꼭 가린 채 기계적으로 중얼거렸다.

"소마 한 알이 짜증보다 나아요. 소마 한 알만 있으면 좋겠어요!"

청년이 말했다.

"내가 저 자리에 있었어야 합니다. 대체 왜 나를 제물로 써 주지 않는 걸까요? 나라면 열 바퀴는 돌았을 겁니다. 아니 열두 바퀴, 열다섯 바퀴라도 돌았을 거예요. 팔로위티와는 고작 일곱 바퀴밖에 못 돌았습니다. 나를 제물로 썼다면 두 배는 많은 피를 얻었을 거라고요. 무한히 넓은 바다를 붉게 물들이고도 남았을 텐데."

청년은 두 팔을 활짝 벌린 채 흥분된 목소리로 말하다가 갑자기 체념한 듯 팔을 툭 떨구었다.

"하지만 저들은 날 제물로 써 주지 않아요. 외모 때문에 나를 싫어하거든요. 늘 그래 왔습니다. 항상 그래 왔어요."

청년의 눈에 눈물이 어렸다. 그러더니 창피한지 고개를 돌려 버렸다.

레니나는 깜짝 놀란 나머지, 소마가 없다는 사실조차 잊고 말았다. 그래서 자기도 모르게 고개를 들어 청년을 바라보았다.

"지금 저 채찍을 당신이 맞고 싶었다는 말인가요?"

청년은 레니나를 마주 보지 않은 채 고개를 끄덕였다.

"푸에블로 마을을 위해서요. 우리 마을에 비가 내려 옥수수가 잘 자랄 수 있도록 하기 위해서요. 대지의 신과 예수님을 기쁘게 하기 위해서요. 그리고 눈물 한 방울 흘리지 않고 고통을 참아 낼 수 있다는 걸 보여 주기 위해서요."

갑자기 청년의 목소리가 또렷하게 울려 퍼졌다. 청년은 어깨를 당당히 펴고 도전적으로 턱을 치켜들며 레니나를 향해 돌아섰다.

"그리고 내가 남자라는 사실을 똑똑히 보여 주기 위해……. 아!"

청년은 갑자기 숨이 턱 막힌 듯 입을 딱 벌린 채 말을 잇지 못했다. 세상에 태어나서 레니나처럼 예쁜 여자는 처음 보았던 것이다. 두 볼은 초콜릿 빛깔도 개가죽 같은 빛깔도 아니었다. 탐스러운 갈색 머리칼은 어깨 위에서 물결처럼 구불구불 일렁이고 있었다. 무엇보다 놀랍고 신기한 것은 자신을 향해 관심 어린 표정을 짓고 있다는 사실이었다.

레니나는 다정하디 다정한 얼굴로 청년을 향해 미소를 지으며 이렇게 생각했다.

'참 잘생긴 청년이야. 몸매가 어쩜 저리도 훌륭할까.'

청년은 얼굴로 피가 확 쏠리는 것 같아 얼른 눈을 내리깔았다. 다시 눈을 살짝 치켜떠 보니 레니나가 자신을 보며 웃고 있었다. 청년은 그 미소를 감당하기가 벅차서 짐짓 눈을 돌려 광장의 건너편에 있는 무언가를 바라보는 척했다.

그때 마침 버나드가 질문을 퍼부으면서 어색한 침묵을 깨뜨렸다. 당신은 누구인가, 어쩌다 이곳에서 살게 되었는가, 언제 어디서 왔는가……. 청년은 레니나의 미소가 다시금 보고 싶었지만 도저히 똑바로 바라볼 용기가 나지 않았다. 그래서 버나드의 얼굴에 시선을 고정한 채로 자신이 누구인지 설명하려 애썼다.

어머니 린다와 그 남자는 보호 구역 출신이 아니라고 했다. 어머니라는 말을 듣는 순간, 레니나는 무척 거북한 기분이 들었다. 청년이 태어나기 한참 전, 린다는 한 남자와 함께 이곳으로 왔다. 그 남자가 바로 청년의 아버지였다. 이 대목에서 버나드는 귀가 쫑긋해졌다. 린다는 혼자 북쪽을 향해 산길을 걷다가 높은 곳에서 떨어져 머리를 다쳤다고 한다.

버나드는 조급한 마음에 청년을 재촉했다.

"그래서요, 어서 말해 봐요."

말파이스 계곡의 사냥꾼들이 린다를 발견해 이곳 푸에블로 마을로 데리고 왔다. 그 후로 린다는 두 번 다시 청년의 아버지를 만나지 못했다. 린다는 그 남자의 이름을 토마킨으로 기억하고 있었다. 소장의 이름인 토마스를 그렇게 기억하는 모양이었다. 그때 소장은 린다만 여기에 남겨 두고 혼자서 '다른 세계'로 돌아가 버린 것이었다. 무정하고 비열한 인간 같으니라고.

"그렇게 해서 나는 말파이스에서 태어나게 되었습니다. 바로 여기서요."

청년은 말을 마치고는 고개를 절레절레 저었다.

푸에블로 마을 변두리에 있는 청년의 오두막은 누추하기 짝이 없었다. 더러운 흙더미와 쓰레기장이 청년의 집과 마을을 구분 짓는 울타리였다. 문간에서는 잔뜩 굶주린 개 두 마리가 쓰레기에 코를 처박은 채 킁킁대고 있었다. 어두침침한 집 안은 고약한 냄새가 코를 찌르는 데다 파리 떼가 쉼 없이 윙윙대었다.

청년이 소리쳐 불렀다.

"린다!"

집 안쪽에서 여자의 쉰 목소리가 답했다.

"나간다."

세 사람은 목소리의 주인공이 나타나길 기다렸다. 바닥에 널브러진 그릇에는 음식물 찌꺼기가 덕지덕지 달라붙어 있었다. 아마도 여러 끼를 때우고 치우지 않은 흔적인 듯했다.

마침내 문이 열렸다. 몸집이 산만 한 노랑머리 원주민 여자가 문턱을 넘어와서는, 놀란 듯이 입을 쩍 벌리고서 레니나와 버나드를 쳐다보았다.

앞니가 두 개나 빠진 여자의 모습이 레니나에게는 너무나 역겹게 느껴졌다. 그나마 남은 이마저도 누렇게 변해 있었다. 레니나는 저도 모르게 몸서리를 쳤다. 이 여자는 아까 본 늙은 원주민보다도 더 끔찍했다. 일단 너무 뚱뚱했다. 게다가 얼굴 가득 자글자글한 주름에 축 늘어진 두 뺨, 그 위를 뒤덮은 푸르뎅뎅한 반점들……. 코에는 불그죽죽한 핏줄이 비쳤고 두 눈은 시뻘겋게 충혈되었다.

무엇보다 목, 저 목! 머리까지 푹 뒤집어쓴 담요는 꾀죄죄하다 못해 누더기 같았다. 갈색 포대 자루처럼 생긴 옷 속에 감춰진 어마어마한 젖가슴과 불룩 튀어나온 뱃살, 육중한 엉덩이까지……. 오, 정말이지 그 늙은 원주민 남자보다 더 끔찍했다, 훨씬 더! 순간 그 괴물 같은 여자가 봇물 터지듯 말을 쏟아 내며 두 팔을 활짝 벌리고 레니나를 향해 달려들었다.

"포드님이시여! 세상에, 포드님이시여!"

그것만으로도 토할 것처럼 속이 거북했는데, 이제 괴물은 아예 살찐 배와 가슴으로 몸을 짓누르며 레니나에게 입을 맞추었다. 포드님, 맙소사! 질척질척 침으로 범벅이 된 입맞춤에 냄새는 또 어찌나 지독한지! 목욕이라고는 평생토록 한 번도 하지 않은 게 분명했다. 그 여자 몸에서는 델타와 엡실론 태아의 유리병에 첨가하는 물질처럼 불쾌한 악취가 풍겼다. 그것은 분명 알코올 냄새였다. 레니나는 얼른 여자에게서 몸을 떼고 뒷걸음질을 했다.

여자는 흐느껴 우느라 얼굴이 온통 일그러져 있었다. 그 괴물 같은 여자가 눈물을 한바탕 쏟으며 하소연을 토해 냈다.

"세상에, 세상에! 당신들은 내가 얼마나 기쁜지 모를 거예요. 이렇게 오랜 세월이 지나 문명인의 얼굴을 보게 되다니! 그리고 이 문명화된 옷차림……. 내 평생 이런 좋은 옷감을 두 번 다시 못 볼 줄 알았어요."

레니나의 셔츠 소매를 가리키는 여자의 손톱 밑에는 때가 까맣게 끼어 있었다.

"이 멋진 벨벳 반바지 좀 봐! 그거 알아요? 난 처음 여기 올 때 입었던 옷을 지금도 보관하고 있어요. 나중에 보여 줄게요. 인견은 구멍이 잔뜩 나긴 했지만 흰 허리띠는 아직도 꽤 멋지거든요. 물론 당신이 하고 있는 초록색 가죽 허리띠가 훨씬 좋지만요. 하긴 나한테 그런 게 다 무슨 소용이 있을까마는."

여자가 다시 눈물을 흘리며 말을 이었다.

"내가 얼마나 고통스럽게 살았는지 존에게 들었을 거예요. 소마 한 알도 없이……. 어쩌다 한 번씩 포페가 들르면 선인장 술을 한 잔 얻어 마시는 게 다였어요. 포페는 전부터 알고 지내는 남자예요. 그런데 선인장 술은 마시고 나면 속이 뒤집어지거든요. 게다가 술이 깨면 부끄러움이 밀려와서 기분이 참 안 좋아요. 실제로 난 치욕 속에 살았어요. 생각해 봐요. 베타인 내가 아기를 낳았으니! 내 입장이 되어서 상상해 보라고요."

레니나는 상상만으로도 몸이 부르르 떨려 진저리를 쳤다.

"하지만 맹세컨대 내 잘못은 아니었어요. 대체 어떻게 그런 일이 벌어졌는지 아직도 모르겠다니까요. 맬서스식 훈련도 착실히 받았거든요. 아시죠? 하나, 둘, 셋, 넷, 숫자를 세면서 하는 훈련이요. 그러고도 그런 끔찍한 일을 겪게 된 거예요. 여긴 임신 중절 기관 같은 것도 없어요. 아, 첼시에는 아직도 그 기관이 있나요?"

여자의 물음에 레니나가 고개를 끄덕였다.

"요즘도 화요일과 금요일마다 투광 조명을 켜고요?"

레니나가 다시 머리를 끄덕였다.

"아, 그 예쁜 분홍빛 유리 건물!"

가엾은 린다는 아련한 얼굴로 눈을 지그시 감았다. 린다의 머릿속에 눈부신 건물의 모습이 떠올랐다. 린다가 나직이 속삭였다.

"강가의 밤 풍경은 또 어떻고요."

꼭 감은 두 눈에서 눈물이 뚝뚝 떨어졌다.

"저녁에는 스토크 포지에서 비행기를 타고 돌아가곤 했어요. 밤에는 뜨거운 탕에 들어가 몸을 녹이고 나서 진공 안마기에 누워 마사지를 받았죠. 하지만……."

린다는 숨을 깊이 들이마신 뒤 고개를 흔들다가 눈을 번쩍 떴다. 그러더니 맨손으로 코를 팽 풀고는 포대 자루 같은 옷에 쓱 문질러 닦았다. 레니나가 역겹다는 듯 얼굴을 찡그리자 린다가 얼른 사과를 건넸다.

"오, 정말 미안해요. 이러면 안 되는데……. 정말 미안해요. 하지만 손수건이 없어서 어쩔 수가 없어요. 나도 예전에는 이렇게 더러운 곳에 살균제 하나 없다는 사실 때문에 미칠 지경이었어요. 원주민들이 날 이곳에 처음 데려왔을 때 머리가 심하게 찢어져 있었거든요. 그런데 거기에 뭘 발라 줬는지 알아요? 오물, 진짜 오물을 발라 주더라니까요. 난 사람들에게 살균이 곧 문명이라고 수도 없이 말했어요. 마치 애들한테 하듯 '스트렙토콕-지에서 밴버리-티까지 깨끗한 욕실과 화장실을 찾아다녀요.'라며 동요까지 불러 줬다니까요. 물론 원주민들은 내 말을 전혀 못 알아들었죠. 하긴 어떻게 이해하겠어요? 결국은 내가 이곳에 적응하고 살게 되었지요. 어쨌든 여긴 뜨거운 물 한 방울도 없는데 무슨 수로 소독을 하겠느냐고요.

그리고 이 옷 좀 봐요. 털실로 짠 이런 옷감은 인견과 완전히 달라요. 질기고 억세기가 말도 못 한다니까요. 게다가 여기서는 옷이 찢어지면 다들 꿰매 입어요. 하지만 나는 수정실에서 일하던 베타잖아요. 바느질 따위는 배워 본 적도 없었죠. 내가 할 일이 아니었으니까요. 게다가 옷을 꿰매 입는 건 옳은 일도 아니고요. 구멍이 나면 갖다 버리고 새 옷을 사야죠. 꿰맬수록 초라하니 고쳐 입기보다 버리는 편이 낫다는 말도 있잖아요. 꿰매 입는 건 반사회적 행동이죠. 하지만 여기선 모든 게 달라요. 미친 사람들과 같이 사는 기분이라고요. 원주민들이 하는 짓은 하나같이 끔찍해요."

린다는 고개를 들어 주위를 살폈다. 존과 버나드는 문밖으로 나가 흙먼지와 쓰레기가 뒹구는 집 주변을 서성이고 있었다. 린다는 두 사람은 안중에도 없다는 듯 은밀하게 목소리를 낮추고 레니나에게 바싹 다가갔다. 또다시 입김에서 델타와 엡실론 태아에게 주입하는 독약의 악취가 풍겼다. 그 숨결이 뺨에 난 솜털에 닿자, 레니나는 뻣뻣한 자세로 몸을 움츠렸다. 린다가 쉰 소리로 속삭였다.

"예를 하나 들어 볼까요? 원주민들이 서로를 소유하는 방식 말이에요. 정말 미쳤어요. 미쳐도 단단히 미쳤다고요. 만인은 만인의 것이잖아요. 안 그래요?"

린다는 레니나의 소매를 잡아당기며 집요하게 물었다. 레니나는 얼굴을 반대로 돌린 채 고개를 끄덕이며 참고 있던 숨을 겨우 내뱉었다. 그런 다음 조금이나마 덜 오염된 공기를 힘겹게 들이마셨다.

린다는 계속 지껄였다.

"그런데 여기에서는요, 누구든 한 사람만 소유해야 된대요. 누군가를 더 소유하려 하면 사악한 인물로 낙인찍히게 되죠. 온갖 멸시와 증오를 다 받게 된다니까요. 한번은 자기 남자들이 날 만나러 온다는 이유로 여자들이 우르르 몰려와서 한바탕 난리를 치고 갔어요. 대체 그게 뭐가 문제죠? 그 여자들은 나한테 달려들어서……. 아니, 너무 끔찍해서 도저히 입에 담을 수가 없네요."

린다는 두 손으로 얼굴을 가리고 어깨를 부르르 떨었다.

"아무튼 여기 여자들은 증오심에 가득 차 있어요. 억세고 잔인한 미치광이들이에요. 맬서스식 훈련이니 유리병이니 태아 생산이니 하는 것들은 꿈에도 모르고요. 그러니까 다들 그렇게 짐승처럼 자식을 계속 낳는 거겠죠. 얼마나 역겨운 줄 알아요? 게다가 나도……. 오, 포드님, 포드님!

그래도 존이 있어서 큰 힘이 됐어요. 남자들이 날 찾아올 때마다 불같이 화를 내서 문제지만……. 이상하게도 아주 어릴 때부터 그러더라고요. 조금 커서는 나하고 가끔 잠자리를 한다는 이유로 가엾은 와이후시와를……, 아니 포페였나? 아무튼 그 남자를 죽이려 들더라니까요? 하긴, 문명인 교육을 제대로 시키지 못한 내 탓이죠.

내 생각엔 원주민들의 미친 생각이 존에게도 전염된 것 같아요. 저들하고 아주 오랜 시간을 붙어 지내니까요. 물론 원주민들은 존에게 항상 못되게 굴어요. 원주민 아이들에게 허락된 그 무엇도 할 수 없게 하거든요. 그 덕에 내가 존을 길들이기가 조금 수월하니까 그나마 다행인 거죠.

아무리 그래도 아이를 키운다는 게 얼마나 힘든 일인지 당신은 상상도 못 할 거예요. 도무지 모르는 것투성이라고요. 그 전엔 그런 걸 알아야 할 필요가 없었으니까요. 어느 날 아이가 당신에게 헬리콥터는 어떻게 날아다니는지, 이 세상은 누가 만들었는지, 이런 걸 물어보면 뭐라고 답할 수 있나요? 당신이 평생을 수정실에서 일하던 베타였다면요. 뭐라고 대답할 수 있겠어요?"

제 8 장

시간과 죽음, 그리고

어느새 몰려온 들개 네 마리가 흙먼지와 쓰레기 더미 속을 어슬렁대고 있었다. 버나드와 존은 그 곁을 천천히 거닐었다. 버나드가 말했다.

"도무지 이해가 안 돼요. 퍼즐을 짜 맞추기가 너무 어렵단 뜻이에요. 우린 마치 서로 다른 행성에서 전혀 다른 세기를 살다 온 사람들 같잖아요. 당신의 어머니라든가, 주위에 널린 오물이라든가, 당신들이 믿는 신이라든가……. 늙는다는 것도 그래요. 또 갖가지 질병까지……."

버나드는 고개를 저으며 말을 이었다.

"이 모든 것이 나로선 상상도 하지 못할 일들입니다. 당신의 설명이 필요해요. 안 그러면 아마 죽을 때까지 이해하지 못하겠죠."

"뭘 설명해 달라는 건가요?"

버나드는 푸에블로 마을을 가리키며 답했다.

"이 모든 것을요."

그러고는 마을 밖에 옹기종기 모여 있는 작은 집들을 가리키며 덧붙였다.

"저것들도요. 당신들의 삶과 관련된 전부를 말입니다."

"얘기할 만한 게 있을까요?"

"당신이 기억하는 가장 오래된 이야기부터 해 봐요."

존은 생각에 잠긴 듯 미간을 찌푸렸다.

"내가 기억하는 가장 오래된 이야기라……."

둘 사이에 꽤 오랜 침묵이 흘렀다.

굉장히 무더운 날이었다. 밀전병과 옥수수를 배불리 먹어 치운 뒤였다. 린다가 존에게 말했다.

"이리 와서 누우렴, 아가."

둘은 커다란 침대에 나란히 누웠다. 존이 대뜸 린다에게 말했다.

"노래 불러 주세요."

린다는 〈스트렙토콕-지에서 밴버리-티까지〉와 〈안녕, 아가야, 머지않아 수정될 거야〉 같은 노래를 불러 주었다. 시간이 흐르면서 노랫소리가 차츰 희미해졌다…….

별안간 들려온 요란한 소리에 존은 화들짝 놀라 잠에서 깼다. 덩치가 우람하고 무시무시하게 생긴 남자가 침대 옆에 우뚝 서 있었다. 남자가 무슨 말인가를 건네자 린다는 곧장 웃음을 터뜨렸다. 그러고는 덮고 있던 담요를 턱까지 끌어올렸다. 그러자 남자가 거칠게 담요를 잡아 끌어내렸다. 남자의 머리카락은 굵고 시커먼 밧줄처럼 두 갈래로 땋아 있었다. 팔에는 푸른 보석이 박힌 팔찌를 차고 있었다. 존은 그 팔찌가 마음에 들면서도 남자가 무서워 린다의 품에 얼굴을 파묻었다. 등을 토닥이는 린다의 손길이 아늑하고 포근했다. 존이 잘 알아듣지 못하는 낯선 언어로 린다가 말했다.

"존이 있을 때는 안 돼요."

남자는 존을 슬쩍 보더니 린다를 향해 부드러운 목소리로 몇 마디 건넸다. 린다가 다시 말했다.

"안 돼요."

하지만 남자는 침대 위로 몸을 굽혀 가까이 다가왔다. 검은 밧줄 같은 머리카락이 담요에 끌렸다. 남자의 얼굴은 너무나 크고 무시무시해 보였다.

"싫다니까요."

린다는 이렇게 말하며 존을 꽉 끌어안았다.

"싫어요, 안 돼요!"

하지만 남자가 존의 한쪽 팔을 붙잡았다. 존은 팔이 아파서 비명을 질렀다. 남자는 존을 번쩍 들어 올렸다. 린다는 존을 꽉 붙잡고 놓지 않은 채로 소리쳤다.

"안 돼요, 안 돼요!"

남자가 사납게 윽박지르자 린다가 갑자기 존을 놓아 버렸다. 존은 마구 발버둥치며 외쳤다.

"린다, 린다!"

남자는 존을 들쳐메고 다른 방에 데려다 놓고는 문을 닫아 버렸다. 존은 벌떡 일어나 문 쪽으로 달려갔다. 까치발을 들자 커다란 나무 걸쇠에 겨우 손이 닿았다. 걸쇠를 들어 올리고 문을 밀어 보았지만 꿈쩍도 하지 않았다.

"린다!"

존이 목이 터져라 소리쳤지만 린다에게선 아무 대답이 없었다.

존은 어둑어둑하면서 휑하게 넓은 방도 기억해 냈다. 방 안에는 나무로 만든 커다란 물건이 놓여 있었는데, 거기에 끈이나 실 같은 것이 잔뜩 걸려 있었다. 여자들이 그 주위를 둘러싼 채 서 있었다. 린다 말로는, 담요를 짜는 중이라고 했다. 여자들을 도와 일하는 동안, 존더러 다른 아이들과 함께 구석에 앉아 있으라고 했다. 존은 남자아이들과 뒤섞여 한참을 놀았다.

그런데 사람들 사이에서 느닷없이 큰 소리가 터져 나오더니, 여자들이 린다를 마구 밀치는 모습이 보였다. 린다는 흐느껴 울면서 문밖으로 뛰쳐나왔다. 존은 린다를 급히 따라가며 저 여자들이 왜 화를 내는 거냐고 물었다.

"내가 뭘 망가뜨렸다고 저러지 뭐니?"

그러다 화가 치미는지 목청을 돋우었다.

"내가 저런 하찮은 일을 어떻게 할 줄 알겠어? 지독한 야만인들

같으니라고."

존은 야만인이 무슨 뜻이냐고 물었다.

집에 돌아와 보니 포페가 문간에서 기다리고 있었다. 포페는 두 사람과 함께 집 안으로 들어섰다. 그의 손에는 물 같은 것이 들어 있는 커다란 호리병박이 들려 있었다. 나중에 알고 보니, 그 안에 든 것은 물이 아니었다. 고약한 냄새가 나는 데다 입안에 넣으면 타들어 가는 것처럼 화끈거리면서 기침이 쏟아지는 액체였다.

린다와 포페는 그것을 조금씩 나눠 마셨다. 린다는 곧 큰 소리로 웃고 떠들기 시작했다. 이내 두 사람은 함께 다른 방으로 들어가 버렸다. 얼마 후 포페가 집을 나서고 난 뒤 존은 그 방으로 들어가 보았다. 린다는 침대 위에 완전히 곯아떨어져 있었다. 존은 차마 린다를 깨우지 못했다.

포페는 그들의 집을 꽤 자주 드나들었다. 포페는 호리병박에 든 것이 선인장 술이라고 했지만, 린다는 소마라고 불러야 마땅하다고 했다. 소마와 달리 마시고 나면 속이 크게 부대끼기는 하지만……. 존은 포페를 몹시 미워했다. 린다를 만나러 집에 오는 남자들은 몽땅 다 싫었다.

어느 날 오후, 존은 밖으로 나가 아이들과 어울려 놀고 있었다. 산꼭대기에 눈이 소복이 쌓여 있었으니까 아마도 추운 계절이었을 것이다. 집에 돌아와 보니 침실에서 싸우는 소리가 들려왔다. 여자 목소리였는데 존은 거의 알아듣지 못하는 말들이었다. 그렇지만 무시무시하고 악랄한 말이라는 것만은 단박에 알아차릴 수 있었다.

뒤이어 갑자기 쾅당 하고 무언가가 넘어지는 소리가 났다. 다급한 발소리가 이어지더니 또다시 쾅당 하는 소리가 들렸다. 곧이어 노새를 두드려 패는 듯한 소리가 났다. 가만히 귀를 기울여 보니, 뼈가 앙상한 동물을 때리는 소리가 아니었다. 아니나 다를까, 잠시 후 린다가 비명을 질렀다.

"아, 제발, 제발 그만해요!"

존은 황급히 방 안으로 뛰어 들어갔다. 검은 담요를 어깨에 두른 여자 세 명이 린다를 공격하고 있었다. 한 여자가 침대에 엎어져 있는 린다의 손목을 꽉 누르고 있었고, 다른 여자는 발버둥치지 못하게 다리를 깔고 앉아 있었다. 나머지 한 여자는 린다에게 채찍을 휘둘렀다. 한 대, 두 대, 세 대……. 채찍을 맞을 때마다 린다가 비명을 내질렀다. 존은 채찍을 든 여자의 담요 자락을 마구 잡아당기며 엉엉 울었다.

"제발 그만하세요. 부탁이에요."

여자는 채찍을 들지 않은 손으로 존을 획 떠밀었다. 채찍은 다시 사정없이 린다를 내리쳤다. 그때마다 린다는 외마디 비명을 질러댔다. 결국 존은 여자의 크고 검은 손을 붙잡고 있는 힘껏 콱 깨물었다. 여자가 소리를 지르며 손을 비틀어 빼더니 존을 거세게 밀쳐 버렸다. 그러고는 바닥에 나동그라진 존에게 채찍을 세 번이나 휘둘렀다. 세상에 태어나서 그렇게 아프기는 처음이었다. 피부가 불에 덴 것처럼 화끈거렸다. 획, 채찍이 다시 한 번 날아갔다. 이번에 소리를 지른 건 린다였다.

그날 밤에 존이 린다에게 물었다.

"그 여자들이 왜 때린 거예요, 린다?"

채찍이 지나간 자리마다 시뻘겋게 부풀어 올랐다. 존은 상처가 너무 쓰라리고 아파서 울음을 멈추기가 힘들었다. 아픈 것도 아픈 것이지만, 그 여자들한테 무자비하게 당한 것이 분해서, 또 아직 너무 어려서 아무것도 할 수 없다는 것이 속상해서 하염없이 눈물이 흘러내렸다. 린다도 울고 있었다. 하긴, 아무리 어른이라도 한꺼번에 세 명이나 상대할 수는 없는 노릇이었다. 낮에 일어난 일은 린다에게도 억울할 수밖에 없었다.

"그 여자들이 왜 그렇게 린다를 때렸냐고요."

"나도 몰라. 난들 어떻게 알겠니?"

린다는 침대에 엎드린 채 베개에 얼굴을 파묻었다. 그 때문에 존은 린다가 하는 말을 제대로 알아듣기가 힘들었다. 린다는 끊임없이 뭐라고 중얼거렸다. 그렇지만 존에게 들으라고 하는 말은 아니었다.

"그 남자들이 자기 남편이라고 하더라."

린다는 자기 마음속에 있는 누군가와 얘기를 나누는 중이었다. 존으로서는 도무지 이해할 수 없는 대화였다. 린다는 끝내 목 놓아 울부짖기 시작했다.

"울지 마세요, 린다. 울지 말아요."

존은 린다의 목을 꼭 끌어안았다. 그러자 린다가 버럭 소리를 질렀다.

"아, 제발 조심 좀 해. 어깨가 아프단 말이야! 아!"

그러고는 존을 냅다 밀쳤다. 그 바람에 존은 바닥으로 나가떨어지면서 벽에 머리를 부딪혔다.

"이 멍청한 녀석!"

린다는 소리치다 말고 별안간 존의 뺨을 때렸다. 찰싹, 찰싹…….

존은 애원하며 빌었다.

"린다……, 엄마……, 그만해요!"

"난 네 엄마가 아니야. 네 엄마가 되지 않을 거라고!"

"하지만 린다……. 아!"

린다는 존의 뺨을 있는 힘껏 후려치며 외쳤다.

"어느새 내가 야만인이 되어 버렸어. 짐승처럼 새끼를 낳고……. 너만 없었어도 난 감독관을 찾아가 이곳을 탈출했을지도 몰라. 하지만 아이가 있으면 불가능해. 그건 너무 치욕스러운 일이니까."

존은 또 따귀를 맞을까 봐 얼른 팔을 들어 올려 얼굴을 가렸다.

"아, 그만해요. 린다, 제발 그만해요."

"이 짐승 새끼야!"

린다가 존의 팔을 거칠게 끌어내렸다. 그 서슬에 존의 얼굴이 드러났다.

"아, 안 돼요, 린다."

존은 손찌검을 예상하고 눈을 질끈 감았다. 하지만 린다는 더 이상 존을 때리지 않았다. 잠시 후 눈을 슬그머니 떠 보니 린다가 존을 가만히 바라보고 있었다. 존은 린다를 향해 방긋 웃어 보였다. 린다는 존을 와락 끌어안고는 여기저기 입맞춤을 퍼부었다.

때때로 린다는 몇 날 며칠씩 자리에서 일어나지 못했다. 깊은 슬픔에 빠져 침대에 누워 있기만 했다. 그렇지 않은 날은 포페가 가져다준 물 같은 것을 마시고 실컷 웃다가 잠이 들곤 했다. 아플 때도 있었다. 존을 씻기는 일조차 잊는 날이 잦았다. 먹을 것이라고는 식어 빠진 밀전병뿐인 날이 많았다. 존은 자신의 머리털에서 작은 벌레를 처음 발견한 날, 미친 듯이 비명을 지르고 또 지르던 린다를 생생하게 기억하고 있었다.

존은 린다가 '다른 세계'에 관해 이야기해 줄 때가 가장 행복했다.

"정말 아무 때고 하늘을 날아다닐 수 있다고요?"

"원하면 언제든."

린다는 존에게 많은 이야기를 들려주었다. 아름다운 음악이 흘러나오는 작은 상자와 온갖 재미있는 운동 경기, 마음껏 먹고 마시던 음식, 벽에 붙은 작은 단추를 누르기만 하면 반짝 켜지는 불, 보고 듣고 느끼고 냄새까지 맡을 수 있는 그림, 향긋한 냄새가 나는 예쁜 상자, 산처럼 높다란 분홍, 초록, 파랑, 은빛의 집, 슬픔에 빠지거나 화를 내는 일 없이 늘 행복하기만 한 사람들, 그리고 서로를 공유하는 사람들……. 세계 반대편에서 무슨 일이 벌어지고 있는지 보고 들을 수 있는 상자, 냄새도 오물도 없는 청결한 공간, 깨끗하고 아름다운 유리병에 담아 놓은 아기들, 소외된 사람 없이 말파이스의 여름 축제처럼 한데 어우러져 행복하게 살아가는 사람들, 매일같이 지속되는 행복한 생활……. 존은 몇 시간이고 린다의 이야기에 빠져들었다.

가끔씩 푸에블로 마을 아이들과 뛰어놀다 지칠 때면, 어느 노인이 낯선 언어로 들려주는 이야기에 귀를 기울이기도 했다. 천하를 완전히 뒤엎어 새로운 세상을 창조했다는 위대한 인물, 오른손과 왼손의 기나긴 싸움, 장마와 가뭄이 펼친 대결, 캄캄한 밤에 사색으로 짙은 안개를 피어오르게 한 뒤 온 세상을 창조했다는 아워나윌로나, 어머니 대지와 아버지 하늘, 전쟁과 행운의 쌍둥이 아하이유타와 마르사일레마, 대지의 신과 하느님의 아들 예수, 젊음을 되돌리는 능력을 지닌 에트사나틀레히와 마리아, 라구나의 검은 돌과 위대한 독수리, 그리고 성녀 아코마……. 낯선 언어라 제대로 이해할 수 없었기에 존에게는 더욱더 신기하게 와 닿았다.

존은 침대에 가만히 누워 천국과 런던을, 성녀 아코마와 깨끗한 유리병에 담긴 아기들을, 하늘에서 내려온 예수와 하늘로 올라가는 린다를, 배양 및 사회 기능 훈련 센터의 위대한 소장과 아워나윌로나를 상상하는 것이 참 좋았다.

수많은 남자들이 린다를 만나러 집으로 찾아오곤 했다. 아이들은 존에게 손가락질을 하며 놀려 대고 낯선 언어로 린다를 욕했다. 그들은 린다에게 몹쓸 별명을 붙이기도 하고 노래를 만들어 부르기도 했다. 어느 날 존은 화를 참지 못하고 아이들에게 돌을 집어던졌다.

아이들도 존에게 돌을 던졌다. 어느 순간, 날카로운 돌부리에 맞아 존의 뺨이 찢어졌다. 피가 흘러내리면서 얼굴이 온통 피투성이가 되었다.

린다는 존에게 글 읽는 법을 가르쳤다. 벽에다 숯 토막으로 앉아 있는 동물이나 유리병에 든 아기를 그린 뒤 옆에다 글씨를 썼다.

고양이가 매트 위에 앉아 있다.
아기가 유리병에 들어 있다.

존은 금세 글자를 익혔다. 벽에 쓴 글자를 술술 읽게 되자 린다는 커다란 나무 상자를 열었다. 그러고는 우스꽝스럽게 생긴 빨간색 바지 밑에서 작은 책 한 권을 꺼냈다. 존도 여러 번 본 적 있는 책이었다. 그동안 린다는 이렇게 말하곤 했다.

"네가 더 자라면 읽게 해 줄게."

그렇다, 이제 존도 자랄 만큼 자랐다. 그의 마음속에 뿌듯함이 차올랐다.

린다가 말했다.

"그런데 너한테는 좀 따분할 수도 있어. 하지만 내가 가진 책이라고는 이것뿐이구나."

린다가 한숨을 쉬더니 말을 이었다.

"런던에 있는 독서 기계를 보여 줄 수 있으면 얼마나 좋을까!"

어쨌든 존은 책을 읽기 시작했다.

"태아의 화학적·세균학적 훈련법. 태아 저장실 베타 근무자를 위한 실용 지침서."

이 제목 한 줄을 읽는 데만 십오 분이 걸렸다. 존은 마룻바닥에 책을 내팽개치며 울음을 터뜨렸다.

"너무 끔찍해. 끔찍한 책이야!"

남자아이들은 린다를 두고 그 못된 노래를 끈질기게도 불러 댔다. 가끔은 존의 후줄근한 꼴을 놀림거리로 삼기도 했다. 존의 옷이 찢어져도 린다는 어떻게 꿰매는지 몰랐다. 린다 말로는 '다른 세계'에서는 옷에 구멍이 나면 곧바로 버리고 새것을 산다고 했다.

"누덕누덕 누더기야!"

아이들이 소리칠 때면 존은 스스로에게 말했다.

"난 글을 읽을 줄 알지만 쟤네들은 아무것도 몰라. 읽는다는 게 뭔지도 모르는 녀석들이야."

글을 읽을 수 있다는 사실을 떠올리면 아이들의 놀림을 견디기가 한결 쉬웠다. 존은 린다에게 그 책을 다시 달라고 했다.

아이들이 손가락질을 하고 짓궂은 노래를 불러 댈수록 존은 더욱더 열심히 책을 읽었다. 머지않아 책에 나온 단어를 거의 다 읽을 수 있게 되었다. 아주 길고 복잡한 단어까지도. 하지만 말뜻을 이해하지는 못했다. 린다에게 물어보아도 마찬가지였다. 린다의 설명을 들어도 뜻이 명확하게 와 닿지 않았다. 게다가 린다는 모르는 것투성이였다. 가령 이런 식이었다.

"화학 물질이 뭐예요?"

"아, 델타나 엡실론을 작고 덜떨어지게 만들려고 대체 혈액 속에 넣는 알코올 같은 거지. 또 태아의 뼈를 만드는 탄산칼슘이나 마그네슘염 같은 것도 화학 물질이고."

"화학 물질은 어떻게 만들어요? 대체 어디서 나는 거예요?"

"글쎄, 나도 잘 모르겠어. 그냥 병에서 꺼내 쓰는 거야. 그러다 병이 비면 약품 저장고에 가서 조금 더 달라고 하면 돼. 아, 약품 저장고에서 근무하는 사람들이 만드는 걸 수도 있겠네. 아니면 공장에서 생산한 걸 가져오거나. 아무튼 나도 모르겠어. 약품 관리는 내 일이 아니었으니까. 난 태아만 잘 다루면 됐거든."

존이 뭔가를 물어볼 때마다 늘 비슷한 대답이 돌아왔다. 린다는 아는 게 별로 없었다. 존이 보기에는 푸에블로 마을의 노인들이 훨씬 더 정확하고 명료한 답을 알고 있었다.

"인간을 비롯해 모든 생명의 씨앗, 태양과 지구, 그리고 하늘의 씨앗까지…… 모두 아워나윌로나가 안개로 만들어 냈단다. 세상의 자궁은 모두 네 개지. 아워나윌로나는 그 네 개의 자궁 가장 밑바닥에 씨앗을 뿌려 두었고, 그 씨앗들은 서서히 자라나서……."

이런 날도 있었다. 존은 어림짐작으로 열두 번째 생일이 막 지난 때였을 것이라고 말했다. 외출을 했다가 집에 돌아왔는데, 침실 바닥에 난생처음 보는 책이 한 권 떨어져 있었다. 굉장히 두껍고 낡은 책이었다. 책등에는 쥐가 갉아먹은 흔적이 있고, 몇 장은 찢기고 구겨졌다. 책을 집어서 겉장을 넘겨 보았다. 책의 제목은 '윌리엄 셰익스피어 전집'이었다.

린다는 침대에 드러누워 그 고약한 선인장 술을 잔에 담아 홀짝홀짝 마시며 말했다.

"포페가 가져온 거야."

잔뜩 쉬고 잠긴 목소리가 꼭 다른 사람 같았다.

"앤틸로프 키바에 있던 궤짝에서 찾았다더라. 아마 그 안에서 몇백 년은 묵었을걸. 대충 읽어 보니, 헛소리만 잔뜩 적혀 있는 게 딱 그래 보여. 미개하기 짝이 없는 내용이더구나. 그래도 네가 읽기 연습을 하기에는 충분하겠지."

린다는 마지막으로 술을 한 모금 더 마시고는 잔을 침대 옆 바닥에 내려놓은 다음 등을 돌리고 모로 누웠다. 그러고는 딸꾹질을 몇 번 하다 그대로 잠이 들었다.

존은 아무 페이지나 펼쳐 책을 읽었다.

> 하지만, 계속 그렇게 살아갈 거잖아요.
>
> 역겨운 땀내와 기름이 뒤범벅된 이불 속에서
>
> 돼지 같은 놈과 시시덕거리며 밀어를 주고받고…….
>
> —〈햄릿〉 3막 4장에서

책 속의 이상한 단어들이 존의 머릿속을 마구 헤집었다. 마치 천둥이 우르릉우르릉 말을 거는 듯했다. 북이 말을 할 수 있다면 여름 축제에서 바로 그렇게 말을 건네 올 것 같았다. 옥수수를 수확하는 남자들이 부르는 노래를 들었을 때처럼 하도 아름다워서 눈물이 날 것 같았다. 미트시마 할아버지가 깃털과 목각 막대기와 뼛조각과 돌멩이 따위를 늘어놓고 외우는 주문 같기도 했다. 키아슬라 트실루 실로크웨 슬로크웨. 키아이 실루 실루, 트시스!

하지만 할아버지의 주문보다 훨씬 더 좋았다. 책 속의 단어에는 주문보다 더 많은 의미가 담겨 있었으니까. 주문과는 다르게 존에게 직접 말을 걸어 주었으니까. 겨우 반 정도밖에 이해할 수 없었지만 굉장히 신비로우며 무섭도록 아름다운 이야기를 들려주었으니까. 그것은 린다에 관한 이야기였다. 침대 옆 마룻바닥에는 빈 잔이 나뒹구는데 그저 축 늘어져 코만 골아 대는 린다에 관한 이야기. 린다와 포페에 관한 이야기, 린다와 포페.

존은 포페가 점점 더 미워졌다. 앞에서는 미소를 지어 보이면서도 뒤에서는 사악한 짓을 일삼는 것이 인간이었다. 무자비하고 비열하며 음탕하고 냉혹한 악당. 이런 말들이 정확히 무슨 뜻일까? 존은 어렴풋이 반쯤만 이해할 뿐이었다. 하지만 말의 마력이란 실로 대단한 것이어서, 존의 머릿속을 떠나지 않고 줄곧 천둥처럼 우르릉거렸다.

지금껏 포페를 진정으로 미워한 게 아니라는 생각도 들었다. 그동안은 이 증오심을 입 밖으로 내어 표현할 길이 없었으니까. 그러나 이제 존은 북소리와 노래와 마법 같은 언어를 갖게 되었다. 그 단어들로 엮은 신기하고도 멋진 이야기를 완벽히 이해할 수는 없어도, 존이 포페를 미워해야 할 이유는 충분히 만들어 주었다. 덕분에 포페에 대한 존의 증오심은 점점 더 현실이 되어 갔다. 포페라는 인간의 존재를 더욱더 실감하게 되었다.

하루는 밖에서 놀다 들어와 보니 안방 문이 열려 있었다. 문틈으로 두 사람이 함께 잠들어 있는 모습이 보였다. 새하얀 린다와 그 곁에 누워 있어 더 검게 보이는 포페. 포페의 한쪽 팔은 린다의 어깨 아래, 다른 팔은 가슴 위에 놓여 있었다. 기다랗게 땋아 내린 포페의 머릿단 하나가 시커먼 뱀처럼 린다의 목에 걸쳐 있었다. 침대 근처 마룻바닥에는 포페의 호리병박과 빈 잔 하나가 놓여 있었다. 린다는 드르렁드르렁 코를 골았다.

존은 심장이 있어야 할 자리에 커다랗게 구멍이 뚫린 기분이었다. 마음이 텅 비어 버렸다. 공허감과 한기가 몰려들면서 속이 뒤집히고 정신이 아득해졌다. 마음을 진정시키려고 잠시 벽에 몸을 기댔다. 무자비하고 비열하며 음탕하고……. 존의 머릿속에는 책에서 본 단어들이 북소리처럼, 옥수수를 수확하는 남자들이 부르는 노래처럼, 마법처럼 자꾸자꾸 맴돌았다. 방금 전까지 오슬오슬 떨리던 몸에 별안간 열이 확 올랐다. 얼굴에 피가 몰려 두 뺨이 벌겋게 달아오르고 눈앞이 빙빙 돌며 캄캄해졌다. 존은 이를 갈며 뇌까렸다.

"죽여 버릴 거야. 죽여 버릴 거야."

갑자기 말이 마구 쏟아져 나왔다.

그가 술에 취해 잠들었거나 분노에 휩싸였을 때

혹은 침대에서 근친상간의 쾌락에 빠져 있을 때…….

—〈햄릿〉 3막 3장에서

마법은 존의 편이었다. 마법이 존에게 이유를 설명하고 명령을 내렸다. 존은 뒷걸음질로 방에서 나갔다.

"그가 술에 취해 잠들었거나……."

벽난로 바로 옆 마룻바닥에 고기 써는 칼이 놓여 있었다. 존은 칼을 집어 들고 까치발을 든 채 살금살금 문으로 다가갔다.

"그가 술에 취해 잠들었거나, 술에 취해 잠들었거나……."

존은 방 안으로 달려들어 칼을 힘껏 내리꽂았다. 오, 피다! 한 번 더 찌르자 포페가 숨을 한꺼번에 몰아쉬며 잠에서 깨어났다. 다시 또 칼을 번쩍 치켜들었다. 오, 오! 그 순간 포페가 존의 손목을 잡아채 비틀었다. 꼼짝 없이 붙들리고 말았다. 포페는 작고 까만 눈을 존의 눈앞에 바짝 들이대고는 빤히 들여다보았다. 그 눈길을 피해 시선을 돌리자 포페의 왼쪽 어깨에 난 칼자국 두 개가 보였다. 린다가 울부짖었다.

"오, 저 피 좀 봐! 피 좀 보라고!"

포페가 다른 손을 들어 올리자, 존은 자기를 때리려는 줄 알고 몸이 뻣뻣하게 굳었다. 그러나 포페의 손은 존의 턱을 잡아 고개를 똑바로 돌려놓기만 했다. 존이 포페의 눈을 마주 보도록. 그러고 몇 시간이나 흘렀을까? 갑자기 존의 눈에서 눈물이 뚝뚝 떨어졌다. 그러자 포페가 웃음을 터뜨리며 원주민의 언어로 말했다.

"가라, 가. 용감한 전쟁의 신아."

존은 손등으로 눈물을 훔치며 다른 방으로 뛰어 들어갔다.

미트시마 할아버지가 원주민 언어로 말했다.

"너도 이제 열다섯 살이 되었으니 진흙 빚는 법을 알려 주마."

두 사람은 강가에 쪼그리고 앉았다.

할아버지가 축축한 진흙을 손으로 한 움큼 잡으며 말했다.

"우선 자그마한 달을 하나 만들어 보자꾸나."

할아버지는 진흙 덩이를 눌러 동글납작한 모양으로 만들었다. 그리고 가장자리를 접어 올리자 동글납작했던 달이 금세 야트막한 접시가 되었다.

존은 할아버지의 섬세한 손놀림을 느릿느릿 흉내 냈다.

"달을 만들고 접시를 빚었으니, 이번에는 뱀을 만들어 보자."

할아버지는 진흙 한 덩이를 쓱쓱 밀어서 가늘고 길게 빚더니, 양 끝을 이어 동그라미를 만들고는 접시 가장자리를 따라 눌러 붙였다.

"뱀 한 마리 더, 한 마리 더, 한 마리 더."

할아버지는 한 층, 두 층 항아리의 옆면을 쌓아 올렸다. 밑은 좁고 위로 갈수록 불룩해지다가 주둥이 근처에서 다시 좁아졌다. 할아버지는 진흙을 또 반죽하고 도닥이고 매만지고 긁어냈다. 마침내 푸에블로 마을에서 흔히 보는 항아리 모양이 완성되었다. 다른 점이라면 검은색이 아닌 상앗빛을 띠었고 촉감이 아주 부드러웠다. 존은 서투르게 흉내 내어 만든 항아리를 할아버지의 작품 옆에 나란히 놓았다. 그렇게 비교해 보니 절로 웃음이 새어 나왔다.

"다음에는 더 잘 만들 거예요."

존은 그렇게 말하며 진흙 한 덩이를 물에 적셨다. 진흙을 빚어서 형태를 만들고 손맛을 알아 가는 재미가 꽤 쏠쏠했다. 항아리를 만드는 동안, 저도 모르게 콧노래를 흥얼거렸다.

"A, B, C와 비타민 D. 지방은 간에 쌓이고 물고기는 바다에 살아요."

할아버지도 노래를 불렀는데, 곰을 사냥해서 죽이는 내용이었다. 존은 미트시마 할아버지와 함께 온종일 항아리를 만들었다. 그러는 내내 가슴이 행복감으로 벅찼다.

할아버지가 말했다.

"다음 겨울에는 활 만드는 법을 가르쳐 주마."

존은 집 밖에 오래도록 서 있었다. 마침내 의식이 끝난 모양이었다. 문이 열리고 사람들이 밖으로 나왔다. 먼저 모습을 드러낸 것은 코슬루였다. 마치 소중한 보물이 들어 있는 듯, 꼭 그러쥔 오른손을 앞으로 쭉 내밀고 있었다. 뒤이어 똑같이 주먹 쥔 손을 앞으로 내민 키아키메가 따라 나왔다. 두 사람은 침묵 속에 고요히 걸었다. 형제자매와 사촌들, 그리고 마을의 노인들이 그 뒤를 따라 함께 걸었다.

사람들은 푸에블로 마을을 벗어나 고원을 가로질러 갔다. 이윽고 절벽 가장자리에 다다르자 걸음을 멈추고 이른 아침 태양을 향해 마주 섰다. 코슬루가 조심스레 손바닥을 펼쳤다. 손바닥에 새하얀 옥수숫가루가 담겨 있었다. 코슬루는 손바닥에 입김을 불고 나직이 주문을 왼 뒤에야 그 새하얀 가루를 태양을 향해 날려 보냈다. 키아키메도 똑같이 했다. 이번에는 키아키메의 아버지가 앞으로 나오더니, 깃털이 달린 지팡이를 치켜들고 오랫동안 기도를 올린 다음 가루를 날린 쪽으로 지팡이를 휙 던졌다.

미트시마 할아버지가 큰 소리로 알렸다.

"다 끝났도다. 두 사람은 이제 부부의 연을 맺었다."

린다가 돌아서며 말했다.

"나 원, 저런 하찮은 일로 야단법석을 다 떠는구나. 문명사회에서는 남자가 여자를 갖고 싶으면 그냥……. 존, 어디 가니?"

존은 대꾸를 하지 않고 멀리멀리, 아무도 없는 곳으로 달아났다.

다 끝났도다. 미트시마 할아버지의 말이 머릿속에 맴돌았다. 끝났도다, 다 끝났도다……. 먼발치에서 조용히, 그러나 강렬히, 필사적으로, 절망적으로 존은 키아키메를 사랑해 왔다. 그리고 이제 다 끝났다. 존의 나이 열여섯 살 때의 일이었다.

보름달이 뜨면 앤틸로프 키바에서는 은밀한 이야기가 오가고 비밀스러운 의식이 치러졌다. 키바에 들어간 소년들은 남자가 되어 밖으로 나왔다. 소년들은 두려워하면서도 그 시간이 오기를 조급하게 기다렸다. 그리고 마침내 그날이 되었다.

해가 지고 달이 떴다. 존은 다른 소년들과 함께 키바로 갔다. 입구에는 시커먼 남자들이 서 있었고, 붉은빛을 밝힌 지하 방으로 사다리가 내려져 있었다. 앞서 걷던 소년들은 벌써 사다리를 타고 밑으로 내려갔다.

갑자기 한 남자가 나서더니 존의 팔을 붙잡아 행렬 밖으로 끌어냈다. 그 손을 뿌리치고 제자리로 돌아가려 하자, 이번에는 아예 주먹이 날아왔다. 남자는 존의 머리채를 거칠게 휘어잡으며 경고했다.

"넌 안 돼, 이 노랑머리야."

옆에 있던 남자가 거들었다.

"암캐 같은 년이 낳은 새끼는 안 된다고."

소년들이 폭소를 터뜨렸다. 남자가 다시 소리쳤다.

"저리 가!"

존이 선뜻 자리를 떠나지 않고 곁을 맴돌자 남자가 윽박질렀다.

"가라니까!"

그때 어디선가 돌멩이가 날아왔다.

"저리 꺼져! 꺼져 버리라고!"

여기저기서 매서운 돌팔매가 이어졌다. 존은 피를 뚝뚝 흘리며 어둠 속으로 달아났다. 붉은빛을 밝힌 키바 안에서 노랫가락이 흘러나왔다. 마지막 소년이 사다리를 타고 아래로 내려갔다. 존은 이제 완전히 혼자였다.

존은 마을 밖 벌거숭이 암석의 쓸쓸한 벌판에 혼자 서 있었다. 하얀 달빛이 내리는 바위는 마치 백골 같았다. 저 아래 깊은 골짜기에서는 코요테가 달을 보며 길게 울부짖었다. 멍든 자리가 몹시 아리고 찢어진 상처에서는 피가 줄줄 흘러내렸다. 지금 존이 흐느껴 우는 것은 한낱 그런 통증 때문이 아니었다. 완전히 외톨이가 되어 창백한 달빛과 해골 같은 바위뿐인 세계로 쫓겨났기 때문이다.

존은 달을 등진 채 벼랑 끝에 앉아 깊은 골짜기의 칠흑 같은 그림자를, 죽음의 그림자를 내려다보았다. 딱 한 발짝만 내디디면, 살짝만 몸을 기울이면……. 존은 달빛을 향해 오른손을 내밀었다. 손목의 상처에서 아직도 피가 흘러내렸다. 죽음의 빛 속에서 색을 잃어버린 시커먼 피가 계속해서 배어 나왔다. 뚝, 뚝, 뚝. 내일, 또 내일, 또 내일…….

그날 존은 시간과 죽음, 그리고 신을 만났다.

"혼자였어요, 나는 늘 혼자였습니다."

혼자였다, 혼자……. 존의 말이 서글픈 메아리가 되어 버나드의 가슴속에 울려 퍼졌다. 속마음을 모두 털어놓고 싶다는 생각이 마구 솟구쳤다.

"나도 그렇습니다. 끔찍할 만큼 혼자예요."

존이 놀란 얼굴로 되물었다.

"정말이요? 전 '다른 세계'에서는……, 그러니까 린다 얘기로는 그곳에선 어느 누구도 혼자가 아니라고 하던데요."

버나드는 거북한 마음이 들어 얼굴을 붉혔다. 존의 눈을 피하며 웅얼거렸다.

"그게 말이에요. 난 그 사람들과 좀 달라요. 태아 생산 과정에서 작은 차이가 생기면……."

존은 고개를 끄덕이며 답했다.

"네, 바로 그거예요. 남들과 다르면 외로운 법이에요. 조금이라도 다른 사람에게는 가혹하게 구니까요. 원주민들은 모든 것에서 나를 철저히 배제했습니다. 여기서는 소년들을 산으로 보내 하룻밤 동안 자고 오게 하는 관습이 있습니다. 꿈속에서 자신의 수호 동물을 발견하도록 하기 위해서죠. 거기에도 나만 가지 못하게 막았습니다. 원주민들에게 전해 내려오는 비밀을 나에게만은 꽁꽁 감췄어요. 그렇지만 나는 나름대로 방법을 찾았습니다. 어느 날 밤, 꼬박 닷새를 굶은 뒤 혼자 산으로 갔지요."

존은 산을 향해 손짓했다. 버나드는 알 만하다는 듯 건방져 보이는 미소를 지었다. 버나드가 물었다.

"그래, 꿈에 뭐가 보이긴 하던가요?"

존은 고개를 끄덕였다.

"하지만 당신에게 말할 수는 없어요."

존은 잠시 침묵을 지키다 나지막한 목소리로 말했다.

"난 언젠가 아무도 하지 않는 일을 해 본 적이 있어요. 어느 여름날 대낮에, 십자가에 못 박힌 예수처럼 두 팔을 쫙 벌리고 바위에 기대섰어요."

"대체 왜요?"

"십자가에 매달리면 어떤 느낌인지 알고 싶었거든요. 뙤약볕 아래 매달려 있는 기분을요……."

"뭐 때문에요?"

"그거야……."

존은 잠시 망설이다가 한참 만에 말을 이었다.

"그래야 할 것 같았어요. 만일 누군가 무슨 잘못을 저질렀다면, 그래서 예수가 십자가 형벌을 견뎌 냈다면……. 게다가 나는 몹시 불행했어요. 그게 또 다른 이유였죠."

"불행을 다스리는 법치고는 좀 희한하군요."

버나드는 그렇게 내뱉었지만, 어떤 면에선 그것도 꽤 괜찮은 방법인 듯싶었다. 어쨌든 소마를 먹는 것보다는 나을 테니까…….

"그렇게 한참을 있다가 기절했어요. 얼굴을 땅에 쿵 박으면서 넘어졌죠. 여기, 이 흉터 보이세요?"

존은 이마 위로 드리운 풍성한 금발을 걷어 올렸다. 오른쪽 관자놀이에 쪼글쪼글한 흉터가 희미하게 남아 있었다. 버나드는 흉터를 보자마자 몸을 부르르 떨며 얼른 눈을 돌렸다. 수면 학습 탓에 측은한 생각이 드는 대신 구역질이 났다. 사소한 질병의 징후나 작은 흉터를 보는 것만으로도 혐오감과 구역질을 느끼도록 훈련받았기 때문이다. 오물, 장애, 노화……. 그런 것들 역시 역겹기는 마찬가지였다. 버나드는 서둘러 화제를 돌렸다.

"혹시 우리하고 같이 런던으로 가지 않을래요?"

버나드는 작은 오두막에서 이 젊은 야만인의 '아버지'가 누구인지 깨달은 순간부터 은밀하고 치밀하게 작전을 짜고 있었다. 그래서 벼르고 벼르던 질문을 던졌다.

"가 보고 싶지 않아요?"

존의 얼굴이 금세 환하게 밝아졌다.

"정말이에요?"

"물론이죠. 허가만 받으면 갈 수 있어요."

"린다도 함께요?"

"그건……."

버나드는 꺼림칙한 마음에 선뜻 대답을 하지 못하고 주저했다. 그 역겨운 괴물을 데리고 간다고? 아니, 그건 안 될 일이다. 하지만 만일, 만일……. 버나드의 머릿속에 린다의 역겨운 모습이 엄청나게 중요한 증거 자료가 될지도 모른다는 생각이 스쳤다. 그래서 방금 전까지 망설이던 태도를 버리고 부러 과장된 소리로 외쳤다.

"당연히 같이 가야지요!"

존은 기쁨에 차서 숨을 크게 한 번 들이마셨다.

"오, 내 평생의 꿈이 이루어진다니……. 혹시 미란다가 한 말 기억해요?"

"미란다가 누군데요?"

존은 버나드의 질문에 아랑곳하지 않고 밝게 달뜬 얼굴로 두 눈을 초롱초롱 빛내며 외쳤다.

"오, 경이로움이여! 이곳에는 거룩한 생명이 넘쳐나는구나! 인간이란 얼마나 아름다운 존재인가!"

존의 얼굴이 발갛게 물들었다. 레니나를 떠올렸기 때문이다. 짙은 녹색 인견 옷을 걸친 천사 같은 모습, 윤기가 흐르는 매끄러운 피부와 통통한 몸매, 거기에 따뜻하고 부드러운 미소까지. 존의 목소리가 살포시 떨렸다.

"오, 멋진 신세계여!"

그러다 별안간 존의 말문이 턱 막혔다. 두 빰에서는 핏기가 싹 가시고 얼굴이 백지장처럼 하얗게 질렸다. 존이 정색을 하고서 물었다.

"혹시 레니나와 결혼하셨나요?"

"뭘 했냐고요?"

"결혼이요. 그러니까 영원……. 원주민 언어로 '영원'이라고 합니다. 절대로 깨뜨릴 수 없는 약속이지요."

"포드님, 맙소사! 절대로 아닙니다!"

버나드가 웃음을 터뜨리자 존도 따라 웃었다. 하지만 존이 웃는 이유는 버나드와 달랐다. 그야말로 순수한 기쁨에서 우러나오는 웃음이었다.

"오, 멋진 신세계여! 아름다운 사람들이 살고 있는 멋진 신세계여!(〈템페스트〉의 주인공 미란다의 5막 1장 대사) 지금 당장 떠나요."

"그러고 보니 당신 말투는 가끔씩 참 특이해지네요."

버나드는 당황과 놀라움이 뒤섞인 얼굴로 존을 바라보다가 이렇게 덧붙였다.

"그나저나 그 신세계는 두 눈으로 직접 보고 판단하는 게 좋지 않을까요?"

제 9 장

위험에 빠진 새 한 마리

레니나는 기묘하고도 공포스러운 하루를 무사히 견뎌 냈으니, 그 대가로 완벽한 휴가를 누릴 자격이 충분하다는 생각이 들었다. 휴게소에 도착하자마자 소마를 여섯 알이나 삼키고 침대에 누웠다. 그러자 채 십 분도 되지 않아 머나먼 달나라로 여행을 떠났다. 잠에서 완전히 깨려면 열여덟 시간은 족히 걸릴 터였다.

한편, 버나드는 어둠 속에 누워 눈을 말똥말똥 뜬 채 깊은 생각에 잠겨 있었다. 그러다 자정을 훌쩍 넘기고서야 겨우 잠이 들었다. 어쨌든 늦도록 잠을 못 이룬 것이 아주 무의미한 일은 아니었다. 버나드에게는 계획이 하나 생겼다.

다음 날 아침 10시 정각이 되자, 초록색 감마 제복을 입은 혼혈인 조종사가 헬리콥터에서 내렸다. 버나드는 미리 용설란 선인장 숲에서 조종사를 기다리고 있다가 반갑게 맞이했다.

"레니나는 소마 휴가를 즐기는 중이에요. 아마도 5시 전에는 깨어나기 힘들 겁니다. 그러니 우리에게 약 일곱 시간의 여유가 있는 셈이지요."

두 사람이 산타페로 날아가 볼일을 보고 돌아와도 충분할 시간이었다. 레니나는 그때까지 깊게 잠들어 있을 터였다.

"혼자 두고 가도 안전하겠지요?"

버나드가 묻자 조종사가 고개를 끄덕였다.

"헬리콥터에 타고 있는 것만큼이나 안전할 거예요."

두 사람은 조금도 지체하지 않고 곧장 출발했다. 정확히 10시 34분에 헬리콥터가 산타페 우체국 옥상에 착륙했다. 10시 37분에는 화이트홀의 세계 통제관실과 첫 연락이 닿았다. 10시 39분에는 통제관의 4급 비서관과 전화 통화를 했다. 10시 44분에는 1급 비서관에게 같은 이야기를 반복했다. 그리고 마침내 10시 47분 30초가 되어서야 무스타파 몬드의 굵직하고 우렁찬 목소리를 듣게 되었다.

버나드는 더듬더듬 말을 이었다.

"말씀드리기 조심스럽습니다만, 아무래도 통제관님께서 과학적인 흥미를 느끼시기에 충분한 사안이라서……."

통제관이 굵직한 목소리로 답했다.

"그래, 정말 과학적 관점에서 호기심이 동하는군. 그 두 사람을 런던으로 당장 데려오게."

"통제관님, 잘 아시겠지만 그러기 위해서는 특별 허가가 필요한 상황이라…….”

“지금 당장 보호 구역의 감독관 사무실에 연락해 두겠네. 필요한 조치를 모두 취해 둘 테니 곧장 그곳으로 출발하게. 그럼 수고하게, 버나드 마르크스 군.”

이내 전화기 너머가 잠잠해졌다. 버나드는 전화를 끊고 서둘러 옥상으로 올라갔다. 헬리콥터에 올라타자마자 조종사에게 말했다.

“감독관 사무실로 갑시다.”

10시 54분, 버나드는 감독관과 악수를 했다. 감독관은 예의 그 기차 화통을 삼킨 듯 우렁찬 목소리로 공손하게 말했다.

“영광입니다, 버나드 마르크스 씨. 기꺼이 협조하겠습니다. 지금 막 특별 명령을 전달받았는데…….”

버나드가 감독관의 말허리를 잘랐다.

“알아요. 방금 전에 세계 통제관님과 통화했습니다.”

그러고는 마치 통제관과 허구한 날 연락하는 사이이기라도 한 양 일부러 시큰둥한 표정을 짓고는 의자에 털썩 주저앉았다.

“가능한 한 신속하게 진행해 주면 좋겠네요. 가능한 한 빨리요.”

버나드는 구태여 같은 말을 반복했다. 지금 자신에게 주어진 특권을 한껏 만끽하면서.

11시 3분, 필요한 서류가 모두 버나드의 주머니 속으로 들어왔다.

버나드는 엘리베이터 입구까지 배웅 나온 감독관에게 거만한 태도로 인사했다.

“그럼, 이만…….”

버나드는 호텔로 돌아가 목욕을 하고 진공 안마를 받은 뒤 전기 분해 면도까지 마쳤다. 그런 다음 아침 뉴스를 듣고 삼십 분 정도 텔레비전을 보다가 느긋하게 점심 식사를 했다. 그리고 2시 30분에 조종사와 함께 말파이스로 돌아왔다.

존이 휴게소 밖에서 외쳤다.

"버나드, 버나드!"

아무 대답이 없었다. 발소리가 나지 않는 사슴 가죽 모카신을 신은 채 존은 계단을 한달음에 올라가 문을 밀어 보았다. 문은 안에서 굳게 잠겨 있었다.

가 버렸구나, 가 버렸어! 이렇게 무서운 경험은 태어나서 처음이었다. 자기를 만나러 오라고 해 놓고서 그냥 가 버리다니! 존은 층계참에 주저앉아 눈물을 뚝뚝 흘렸다.

그렇게 삼십 분쯤 지났을까? 문득 창문 안을 들여다봐야겠다는 생각이 들었다. 가장 먼저 눈에 들어온 것은 레니나 크라운의 약자, 'L. C.'가 적힌 초록색 여행 가방이었다. 순간, 존의 마음속에 기쁨의 불꽃이 타올랐다.

존은 돌멩이를 주워 들고 창문을 향해 냅다 던졌다. 쨍그랑, 유리창이 산산조각이 나면서 파편이 온 사방으로 흩어졌다. 존은 방 안으로 들어가서 초록색 여행 가방을 열었다. 진한 향수 냄새가 피어올랐다. 존은 숨을 깊게 들이마셨다. 존의 폐가 레니나의 향기로 가득 채워졌다. 그러자 가슴이 두방망이질을 쳤다. 마치 정신이 아득해지는 것만 같았다.

존은 보석 상자를 집어 들고 요리조리 살펴보다가 빛을 향해 조심스레 비춰 보았다. 레니나의 벨벳 반바지에 달린 지퍼를 보고 처음에는 고개를 갸웃거리다가 이내 원리를 깨닫고 환하게 미소를 지었다. 직직, 지익, 직. 존은 지퍼에 마음을 홀딱 빼앗겼다. 초록색 실내화는 또 어쩌면 그렇게 아름다운지. 속옷을 펼쳐 보고는 얼굴이 후끈 달아올라 얼른 치워 버렸지만, 향수를 듬뿍 뿌린 손수건에는 살며시 입을 맞추었다.

그다음에는 스카프를 목에 감고 상자를 열어 보다가 그만 향내 나는 분가루를 쏟고 말았다. 존은 가루로 범벅이 된 손을 가슴과 어깨, 팔에 쓱쓱 문질러 닦았다. 아, 이 매혹적인 향기! 존은 눈을 감고 분가루가 묻은 팔에 뺨을 마구 비볐다. 얼굴에 닿는 보드라운 감촉과 코를 스치는 머스크 향……. 레니나의 존재가 고스란히 느껴졌다. 존은 나직이 속삭여 보았다.

"레니나, 레니나."

그러다 어떤 소리를 듣고 죄 지은 사람처럼 깜짝 놀라 황급히 뒤를 돌아보았다. 바닥에 흩어져 있는 물건을 가방에 쑤셔 넣고 뚜껑을 쾅 닫았다. 조심스레 귀를 기울이며 바깥의 기척을 살폈지만 아무 소리도 들리지 않았다. 분명 무슨 소리가 들렸는데……. 한숨 소리 같기도 하고 마룻바닥이 삐걱대는 소리 같기도 했다.

존은 발꿈치를 들고 살금살금 다가가 방문을 열어 보았다. 그 너머로 널찍한 계단이 보였다. 계단 건너편에는 다른 문이 하나 더 있었는데, 웬일인지 약간 열려 있었다. 가까이 다가가 문을 밀고 안을 들여다보았다.

분홍색 원피스 잠옷을 입은 레니나가 나지막한 침대에 곤히 잠들어 있었다. 구불구불 물결치는 머릿결이 너무나 아름다웠다. 존은 레니나의 가녀린 분홍빛 발가락을 보자 저도 모르게 가슴이 저며왔다. 팔다리를 축 늘어뜨린 채 새근새근 잠들어 있는 레니나의 얼굴을 보고 있노라니 절로 눈물이 고였다.

소마에 취해 잠이 든 레니나는 정해진 시각이 되기 전에는 절대로 깨어날 리가 없었다. 행여 총성이라도 울린다면 모를까……. 이런 사실을 전혀 모르는 존은 극도로 조심하며 방 안으로 걸어 들어가 침대 옆에 무릎을 꿇고 앉았다. 그러고는 두 손을 마주 잡은 채 레니나를 바라보며 중얼거렸다.

> 그녀의 눈, 그녀의 머리카락, 그녀의 뺨, 그녀의 걸음걸이, 그녀의 목소리
> 그대가 말하면 모두 그대의 것이 된다.
> 오! 그녀의 손에 비하면 그 어떤 희고 고운 빛깔도 먹물에 불과하고
> 그 손길의 부드러움에 비하면 백조의 털도 거칠기만 하구나.
>
> —〈트로일러스와 크레시다〉 1막 1장에서

존은 레니나 주변에서 윙윙거리는 파리를 손으로 쫓으며 기억을 더듬었다.

파리들은⋯⋯ 사랑스러운 줄리엣의 새하얀 손 위에 앉거나
그녀의 입술에서 영원한 축복을 앗아 가기도 한다.
줄리엣은 순수하고 정숙한 처녀인지라
자신의 두 입술이 서로 닿기만 해도
그것을 죄악이라 여겨 얼굴을 붉힌다.

—〈로미오와 줄리엣〉 3막 3장에서

겁에 잔뜩 질린 새 한 마리를 쓰다듬듯이 존은 아주 천천히 머뭇머뭇 손을 뻗었다. 레니나의 손가락 끝에 닿을락 말락 하는 순간 존의 손이 파르르 떨렸다. 내가 감히, 이 하찮은 손으로 저 손을 더럽혀도 되는 것일까⋯⋯? 아니, 그럴 수는 없다. 저 새가 너무 위험하다. 존은 손을 거두었다. 어쩜 이렇듯 아름다울 수 있을까, 어쩌면!

그 순간, 문득 이런 생각이 들었다. 그녀의 목 아래 저 지퍼를 잡고 단숨에 밑으로 쭉 잡아당길 수 있다면⋯⋯. 존은 눈을 질끈 감고 물 밖으로 나온 개가 귀를 털듯이 세차게 고개를 저었다. 혐오스러운 망상이다! 존은 스스로가 몹시도 부끄러웠다. 순수하고 정숙한 처녀 앞에서⋯⋯.

그때 윙윙거리는 소리가 들렸다. 다른 파리가 영원한 축복을 훔치려 온 것일까? 아니면 말벌? 서둘러 주변을 살펴봤지만 아무것도 보이지 않았다. 그런데도 윙윙 소리는 점점 더 커졌다. 창문 밖에서 나는 소리가 틀림없었다.

헬리콥터다! 존은 겁을 잔뜩 집어먹고 처음 들어섰던 방으로 허

둥지둥 뛰어가 깨진 창문을 훌쩍 뛰어넘었다. 그러고는 울창한 용설란 숲 사이의 오솔길을 따라 부리나케 달려간 뒤, 이제 막 헬리콥터에서 내리는 버나드를 맞이했다.

제 10 장

끔찍한 해후

블룸즈버리 센터의 4,000개나 되는 방에 걸린 시계 4,000개가 일제히 2시 27분을 가리켰다. 소장은 이 건물을 '산업의 벌집'이라고 즐겨 불렀다. 그 별명답게 온 건물이 북적대며 일하는 소리로 부산스러웠다. 모두가 바삐 움직이는 가운데 작업이 일사불란하게 착착 진행되었다.

현미경 아래에서는 수많은 정자가 꼬리를 맹렬히 흔들며 난자에게 달려가 머리를 들이밀었다. 수정란이 자라나 분열하기 시작할 무렵엔 보카노프스키 처리를 거쳐 싹을 틔웠다. 수정란은 수많은 개체로 갈라져 배아가 되었다.

사회 기능 설정실에서 출발한 배아가 덜컹거리는 에스컬레이터를 타고 지하실로 내려가면 푹푹 찌는 듯한 진홍빛 어둠이 기다렸다. 태아 저장실의 태아는 푹신한 돼지 복막 위에서 대체 혈액과 호르몬을 배불리 공급받고 쑥쑥 자라나거나 독극물을 주입받고 엡실론으로 퇴행했다. 유리병을 실은 컨베이어는 몇 주 동안 덜컥대는 소음과 함께 느릿느릿 움직여 출생실로 들어갔다. 그곳에서는 병 밖으로 갓 나온 아기들이 공포와 경악의 첫 울음을 터뜨렸다.

지하 2층에서는 발전기가 부릉부릉 돌아가고, 엘리베이터가 바쁘게 오르내렸다. 열한 개 층이나 되는 양육실 전체가 아기들을 먹이느라 분주했다. 분류표로 꼼꼼하게 구분된 신생아 천팔백 명이 1,800개의 젖병을 일제히 빨아 댔다. 한 아기당 약 0.5리터의 외분비액이 공급되었다.

양육실 위의 공동 침실에서는 아직 어려서 낮잠을 자야 하는 아이들이 어른들 못지않게 바쁜 시간을 보내고 있었다. 잠을 자는 동안 무의식중에 위생학과 사회생활, 계급 의식, 유아기 성생활에 대해 배우는 중이었다. 공동 침실 위는 놀이방이었다. 비라도 내리는 날이면 조금 더 나이가 많은 아이들이 그곳에서 블록을 쌓거나 점토를 빚었다. 그것도 아니면 슬리퍼 찾기 놀이를 하거나 성적 유희를 즐겼다.

윙윙, 윙윙! 벌집은 기쁨에 가득 차 분주하게 웅성거렸다. 시험관을 담당하는 젊은 여자들은 쾌활하게 노래를 불렀다. 사회 기능 설정원들은 연신 휘파람을 불었다. 출생실에서는 빈 병들을 두고 연방 유쾌한 농담이 터져 나왔다!

그러나 헨리를 데리고 수정실로 들어서는 소장의 얼굴은 매우 심각했다. 소장이 딱딱하게 굳은 얼굴로 입을 열었다.

"나는 오늘 일을 본보기로 삼으려고 하네. 내가 하필 이 방을 선택한 이유는, 우리 센터에서 상층 계급이 가장 많이 모여 있는 장소이기 때문이야. 그 친구에게 2시 30분까지 이곳으로 오라고 미리 일러 뒀지."

헨리가 너글너글한 말투로 가식을 떨며 대꾸했다.

"그래도 그 친구가 자기가 맡은 일 하나는 아주 잘하잖습니까?"

"그건 인정하지. 하지만 그만큼 엄중하게 다뤄야 할 사안이야. 지적인 명성에는 반드시 도덕적 책임이 따르기 마련이니까. 재능이 뛰어난 사람은 다른 이들을 잘못된 길로 이끌 힘도 큰 법이잖나? 그러니 다수를 타락시키는 것보다는 한 사람에게 고통을 주는 편이 나은 거지. 헨리 포스터 군, 이 사안을 냉정하게 판단하게. 정통을 따르지 않는 이단 행위만큼 극악무도한 범죄는 없어. 살인은 고작 한 사람을 죽일 뿐이잖나? 그래 봐야 개인은 개인일 뿐이야."

소장은 줄줄이 늘어선 현미경과 시험관, 인큐베이터를 손가락으로 죽 훑어 가며 말했다.

"지금은 원하는 만큼 손쉽게 새로운 인간을 만들어 낼 수 있는 세상이네. 그렇기에 이단 행위가 그저 한 개인의 목숨을 위협하는 문제가 아니라 사회 전체에 위협을 가하는 행위가 되는 거지. 그러니까 사회 전체에……. 아, 저기 오는군."

그때 버나드가 문 안으로 들어섰다. 그는 줄줄이 늘어선 수정원들을 지나 방 안으로 저벅저벅 걸어 들어왔다. 겉으로는 의기양양한 척 허세를 부렸지만, 그런 얄팍한 위장술로는 초조한 마음을 다 가릴 수 없었던 걸까? 그는 우스꽝스러울 만큼 큰 소리로 인사를 건넸다.

"안녕하십니까, 소장님."

그래 놓고는 실수했다는 생각이 들었는지, 이내 모깃소리처럼 작고 답답한 목소리로 바꾸었다.

"하실 말씀이 있다고 들었습니다."

소장이 음침한 목소리로 대답했다.

"그래, 버나드 마르크스 군. 내가 불렀네. 휴가를 마치고 어젯밤 돌아왔다지?"

"그렇습니다."

"그렇구-운."

소장은 구태여 마지막 음절을 능구렁이처럼 길게 발음하다가 갑자기 목청을 돋웠다.

"여러분!"

시험관을 다루는 여자들의 노랫소리와 현미경을 들여다보던 남자들의 콧노래가 별안간 딱 그쳤다. 그리고 방 안에 무거운 침묵이 감돌았다. 모두의 시선이 곧장 한곳으로 쏠렸다.

"여러분, 작업을 방해해서 미안합니다. 아주 골치 아픈 일이 생겨서 부득이하게……. 우리 사회의 안전과 안정이 동시에 위험에 처했습니다. 그래요, 아주 위험한 상황입니다, 여러분. 바로 이 남자……."

소장은 버나드를 향해 비난하듯 손가락질을 했다.

"여러분 앞에 서 있는 바로 이 남자 때문에 말입니다. 알파 플러스로서 그토록 많은 은혜를 입고, 또 그 대가로 기대를 한몸에 받았던 여러분의 동료, 아니 이제는 '전 동료'라고 해야 옳을 것 같습니다. 이 남자는 우리의 믿음과 기대를 완전히 저버렸습니다. 운동 경기나 소마에 관한 정통성을 무시하고 이단적인 성생활을 일삼았을 뿐만 아니라……."

소장은 가슴 앞에 커다랗게 T자를 그리더니 다시 말을 이었다.

"근무 시간 외에는 유리병 속의 아기처럼 살라는 포드님의 가르침을 전혀 따르지 않았습니다. 그로써 이 사회의 적이요, 모든 질서와 안정의 반역자이며, 문명사회에 반하는 음모꾼이라는 사실을 스스로 증명해 보였습니다. 이런 이유로 나는 버나드 마르크스를 해고하려 합니다. 그동안 배양 및 사회 기능 훈련 센터에서 누리던 지위를 모두 박탈하고 즉시 최하위 지부로 전출시킬 생각입니다. 주요 인구 밀집 지역에서 가능한 한 멀리 격리시켜 사회의 안전과 이익을 도모하려 합니다. 아이슬란드 같은 곳에서라면 포드님의 가르침에 반하는 행위로 남을 타락시킬 기회가 아주 적어지겠지요."

소장은 잠시 말을 멈추고 팔짱을 끼더니 의미심장한 눈빛으로 버나드를 바라보았다.

"버나드 마르크스 군, 내가 내린 판결을 지금 당장 실행하면 안 될 이유가 있겠나?"

"네, 있습니다."

버나드가 단호하고 힘찬 목소리로 답하자, 소장은 약간 놀란 기색을 보였다. 하지만 짐짓 고압적인 태도를 잃지 않고 말했다.

"그럼 어디 한 번 말해 보게."

"네, 알겠습니다. 그런데 그 이유가 지금 복도에 있습니다. 잠시만 기다려 주십시오."

버나드는 서둘러 문 쪽으로 달려갔다. 그러고는 문을 벌컥 열고는 바깥쪽을 향해 명령하듯 말했다.

"들어와요."

곧이어 그 이유라는 것이 제 발로 걸어 들어와 모습을 드러냈다. 그러자 여기저기서 숨을 헉 들이쉬거나 두려움에 떨며 웅성거리는 소리가 들려왔다. 어떤 여자는 대뜸 비명을 질렀다. 더 자세히 보려고 의자 위에 올라서다가 정자가 가득 담긴 시험관 두 개를 쓰러뜨린 사람도 있었다.

몸이 퉁퉁 붓고 살이 축 처진 중년의 린다가 방 안으로 걸어 들어왔다. 팽팽한 얼굴과 탄탄한 몸매를 자랑하는 젊은이들 사이에서 그 모습은 너무나 괴이하고 흉측해서 그야말로 무시무시한 괴물 같았다. 린다는 그 흉측한 얼굴로 교태 어린 웃음을 지으며, 딴에는 관능적인 분위기를 자아내려는 듯 펑퍼짐한 엉덩이를 씰룩였다. 버나드는 린다와 나란히 걸으며 손가락으로 소장을 지목했다.

"바로 저분입니다."

"내가 그이도 못 알아볼까 봐요?"

린다는 못마땅하다는 듯 버나드를 꾸짖고는 소장을 향해 다짜고

짜 이렇게 말했다.

“당신을 또렷이 기억하고 있어요, 토마킨. 난 언제 어디서든, 제아무리 많은 사람들 가운데서도 당신만은 곧바로 알아볼 수 있지요. 당신은 나를 까맣게 잊었을지 모르지만. 기억 안 나요? 날 기억하지 못하나요, 토마킨? 당신의 린다예요.”

린다는 미소 띤 얼굴을 갸우뚱거리며 소장을 바라보았다. 그러나 공포와 혐오가 뒤섞인 소장의 표정을 보고는 이내 자신감을 잃었다. 그녀의 얼굴에서 미소가 점점 사라졌다. 린다는 떨리는 목소리로 다시 물었다.

“나를 기억하지 못하는 건가요, 토마킨?”

린다의 눈은 불안과 고뇌로 뒤범벅이 되었다. 퉁퉁 붓고 축 늘어진 얼굴이 말할 수 없는 절망과 슬픔으로 기괴하게 일그러졌다. 린다가 두 팔을 앞으로 뻗으며 외쳤다.

“토마킨!”

그때 어디선가 키득대는 웃음소리가 들려왔다. 소장이 말을 더듬거렸다.

“대체 누가 이런 끔찍한 짓을…….”

“토마킨!”

린다는 담요를 질질 끌며 달려 나가 소장의 목을 두 팔로 끌어안고 가슴에 얼굴을 파묻었다. 그 바람에 방 안은 순식간에 웃음바다가 되고 말았다.

소장이 다급하게 소리쳤다.

"……누가 이런 끔찍한 장난을 치는 거야!"

얼굴이 시뻘게진 소장이 린다의 팔을 뿌리치려고 몸을 비틀었다. 그럴수록 린다는 더욱 필사적으로 매달렸다.

"내가 린다예요. 린다라니까요."

린다의 말은 사람들의 웃음소리에 금세 파묻혔다. 그러자 린다는 목청을 높여 소리쳤다.

"당신이 날 임신시켰잖아요."

그 말에 찬물을 끼얹은 듯 별안간 웃음이 뚝 그쳤다. 사람들은 시선을 어디에 둬야 할지 몰라 서로의 눈을 슬금슬금 피했다. 소장은 얼굴이 새하얗게 질려서는 몸부림치는 것도 잊은 채 린다의 손목을 붙잡고 멍하니 내려다보았다. 린다는 분노에 찬 침묵에 도전하기라도 하듯 외설스런 말을 불쑥 던졌다.

"임신 몰라요? 당신 때문에 난 아기 엄마가 되었어요."

그러더니 갑자기 소장을 뿌리치고 뒤로 물러서서는 밀려드는 수치심에 얼굴을 가리고 흐느끼기 시작했다.

"내 잘못이 아니에요, 토마킨. 난 훈련받은 대로 절차를 지켰다고요. 당신도 알잖아요? 한 번도 어긴 적이 없다고요……. 대체 어찌된 일인지 모르겠지만…… 내 인생이 얼마나 끔찍했는지 당신만은 꼭 알아줘야 해요, 토마킨……. 그래도 그 애는 나에게 큰 위로가 되었어요."

린다가 문 쪽을 향해 돌아서며 외쳤다.

"존! 존!"

존은 문가에 서서 머뭇거리며 잠시 주위를 둘러보았다. 그러더니 모카신을 신은 발로 성큼성큼 수정실을 가로질러 와 소장 앞에 무릎을 꿇고 앉았다. 그리고 또랑또랑한 목소리로 외쳤다.

"아버지!"

출산, 즉 새끼를 배고 낳는 일은 혐오스런 부도덕성을 의미하지만 '아버지'라는 말에는 그런 행위가 배제되어 있었다. 그것은 난잡하고 음탕하다기보다는 차라리 속되고 지저분한 단어였다. 그 우스꽝스러운 말 덕분에 끊어질 듯 팽팽하던 긴장감이 한순간에 풀어졌다. 사람들은 집단적으로 발작이라도 일으킨 듯 요란하게 웃어 댔고, 그 웃음소리는 영원히 끝나지 않을 것처럼 계속되었다.

아버지! 소장에게 아버지라니! 포드님, 맙소사! 너무나도 웃기는 얘기였다. 여기저기서 환호를 지르고 박장대소를 했다. 하도 웃어서 눈물을 찔끔대는 사람마저 있었다. 그러는 사이에 정자를 담은 시험관이 여섯 개나 더 엎어졌다. 세상에, 아버지라니!

소장은 얼굴이 새파랗게 질려서는 두 눈을 부릅뜨고 존을 노려보았다. 모욕과 수치를 견디지 못해 고통스러워하는 모습이었다.

아버지! 이제 좀 잠잠해지려나 싶었는데 웃음소리가 다시 커졌다. 소장은 두 손으로 귀를 막고 방에서 뛰쳐나가 버렸다.

제 11 장

사랑은 소마처럼 오묘하다

수정실에서 한바탕 소동이 벌어진 뒤, 런던의 최상류층 사람들은 배양 및 사회 기능 훈련 센터 소장, 아니 그 사건 직후 사임해서 한 번도 센터에 발을 들이지 않았으니 전직 소장이라고 해야 옳겠다. 아무튼 그 앞에 털썩 무릎을 꿇고 앉아 '아버지'를 외쳐 댔다는 그 골 때리는 인간을 만나 보고 싶어 안달이었다. 아버지라니, 생각할수록 너무 웃기는 농담이었다!

반면, 린다에 대한 사람들의 관심은 미지근했다. 사실 린다를 보고 싶어 하는 사람은 아무도 없었다. 누군가를 어머니라고 부르는 것은 단순한 농담이 아니었다. 그것은 명백히 음란 행위였다. 게다가 린다는 이곳 사람들처럼 유리병에서 나고 사회 기능 훈련 센터에서 자랐기에 진짜 야만인도 아니지 않은가.

사람들이 린다와 마주하기를 꺼리는 가장 결정적인 이유는 외모에 있었다. 누런 치아와 얼룩덜룩한 안색에서 젊음의 흔적이라고는 조금도 찾아볼 수 없었다. 게다가 그 뚱뚱한 몸! 그 모습을 보고 있노라면 구역질이, 그렇다, 구역질이 치밀어 올라 참을 수가 없었다. 그러니 최상류층 사람들은 린다를 만나고 싶을 리가 없었다.

린다 역시 사람들을 만날 생각이 전혀 없었다. 문명 세계로의 귀환은 린다에게 오직 소마로의 귀환을 의미했다. 그것은 곧 하루 종일 침대에 누워 기나긴 휴식을 취할 수 있다는 뜻이었다. 선인장 술을 마시고 나면 어김없이 밀려오던 두통과 구역질을 다시는 겪지 않아도 되었다. 게다가 반사회적 행동을 한 탓에, 다시는 얼굴을 들고 다닐 수 없겠다는 수치심에서도 완전히 해방되었다. 소마는 치사하게 그런 골탕을 먹이지는 않았다.

소마가 주는 휴식은 완벽했다. 혹시라도 이튿날 아침에 기분이 썩 유쾌하지 않다면, 그것은 약 부작용 때문이 아니라 그 전날 누린 휴식의 기쁨과 비교되었기 때문이리라. 그럴 때의 해결책은 휴식을 계속 이어 가는 것뿐. 린다는 점점 더 많은 양을, 점점 더 자주 요구했다. 쇼 박사는 처음에 한동안은 제지를 하다가 나중에는 달라는 대로 모조리 처방해 주었다. 결국 린다는 하루에 스무 알에 가까운 소마를 복용하게 되었다.

쇼 박사가 버나드에게 말했다.

"저러다가는 한두 달 뒤에 끝장나고 말 거예요. 어느 날 갑자기 호흡 중추에 마비가 올 테니까요. 호흡 곤란으로 죽는 거죠. 어쩌면 오히려 잘된 일인지도 모르겠어요. 우리가 저 여자를 회춘이라도 시켜 준다면야 얘기가 달라지겠지만 사실상 그건 불가능하잖아요."

존은 의사의 처방에 곧장 반발했다. 린다가 소마를 먹고 휴식을 취할 때 가장 다루기가 쉬운 터라, 사람들은 존의 태도에 놀라움을 금치 못했다.

"그렇게 많이 먹다 보면 수명이 짧아지지 않을까요?"

쇼 박사는 순순히 인정했다.

"맞습니다. 하지만 다른 각도에서 보면 수명을 늘리는 것과 마찬가지예요."

존은 그게 무슨 뜻인지 이해하지 못해 어리둥절한 표정을 지었다. 쇼 박사가 친절하게 설명해 주었다.

"단순히 물리적 시간의 관점에서 보자면 소마가 수명을 몇 년 단축시키는 것이 맞습니다. 그러나 시간을 초월하여 소마가 우리에게 주는 무한히 긴 세월을 생각해 보세요. 소마 휴식은 먼 조상들이 영원이라고 부르던 시간의 일부랍니다."

존은 그제야 이해가 가기 시작했다. 존이 중얼거렸다.

"영원은 우리의 입술과 눈 위에 머문다.(〈안토니와 클레오파트라〉 1막 3장)"

"뭐라고요?"

"아무것도 아니에요."

"중요한 직책을 맡고 있는 사람이라면 영원한 소마 휴식에 들어가라고 부추길 수 없겠지요. 하지만 린다는 아무것도 하는 일이 없으니…….”

하지만 존은 고집을 꺾지 않았다.

“그래도 이건 옳지 않아요.”

쇼 박사는 어깨를 으쓱하며 대답했다.

“뭐, 저 여자가 미친 듯이 비명을 질러 대는 편이 더 좋다면야…….”

결국 존은 자신의 뜻을 굽힐 수밖에 없었다. 그 후로 린다는 소마를 실컷 먹게 되었다. 그리고 버나드와 같은 아파트 37층에 있는 작은 방에 완전히 틀어박혔다. 하루 종일 라디오와 텔레비전을 켜 놓은 채 침대에 눌어붙어 지냈다. 수도꼭지에서는 꿀풀 향수가 쉼 없이 똑똑 떨어지고, 소마는 손만 뻗으면 닿을 거리에 늘 놓여 있었다.

린다는 그 방에 있지만 그 방에 존재하지 않았다. 머나먼 시간 너머 한없이 동떨어진 세계에서 휴식을 즐기고 있었기 때문이다. 그 세계에서는 라디오를 켜면 맑고 고운 색채의 미로가 흘러나왔다. 심장을 고동치게 만드는 아름다운 미로 속을 굽이굽이 미끄러져 가다 보면 완벽한 신념이라는 중심부에 도달했다.

미로의 중심에서 텔레비전을 켜면 촉각 영화 속 아름다운 주인공들이 말로 표현할 수 없을 정도로 황홀한 춤을 추었다. 그곳에서는 꿀풀 향수의 향기도 그저 단순히 냄새가 아니었다. 그 향기는 태양이기도 했고, 백만 대의 색소폰이기도 했고, 린다의 몸을 어루만지는 포페이기도 했다. 끝없이 계속되는, 그 무엇과도 비교할 수 없는 포페와의 잠자리…….

쇼 박사는 이렇게 결론을 맺었다.

"린다에게 젊음을 되찾아 주는 것은 불가능합니다. 그래도 인간 노화의 실제 사례를 이렇게 가까이에서 관찰하게 된 것에 충분히 만족합니다. 이런 기회를 주어서 감사하게 여기고 있어요."

쇼 박사는 버나드에게 악수를 청했다.

결국 모두가 궁금해하는 사람은 바로 존이었다. 존을 만나려면 누구든 그의 공식 보호자인 버나드를 거쳐야 했다. 그 때문에 버나드는 난생처음 자신이 엄청나게 중요한 인물로 대우받고 있다는 기분에 휩싸였다.

대체 혈액에 알코올이 들어갔다는 뜬소문이나 외모 때문에 주고받던 조롱도 한순간에 싹 사라졌다. 헨리는 버나드와 가까운 사이가 되려고 무진장 애를 썼다. 베니토는 성호르몬 껌 여섯 갑을 사다 바치기도 했다. 사회 기능 설정 보조원은 버나드가 주최하는 저녁 파티에 자신도 초대해 달라고 비굴할 정도로 졸라 댔다. 여자들로 말할 것 같으면 누구랄 것 없이 버나드가 손가락만 까딱해도 다 넘어올 상황이었다.

패니가 의기양양하게 말했다.

"버나드가 다음 주 수요일에 그 야만인을 보러 오라더라?"

레니나가 답했다.

"정말 잘됐다! 버나드에 대해서 네가 그동안 오해했다는 걸 알겠지? 정말 귀엽지 않니?"

패니가 고개를 끄덕였다.

"솔직히 말하면 나도 이번에 엄청 놀랐어."

유리병 관리 국장, 사회 기능 설정 국장, 세 명의 수정국 참모 차장, 감정 공학 기술 대학 촉각 영화학과 교수, 웨스트민스터 공동체 합창 단장, 보카노프스키 처리 총 지휘관 등 버나드를 만나려는 유명 인사들의 명단은 끝이 없었다.

"지난주에는 여자를 여섯 명쯤 안았지. 월요일에 하나, 화요일에 둘, 금요일에 둘, 토요일에 하나. 내가 마음만 먹었으면 좋다고 달려드는 여자들을 최소한 열두 명은 받아 줬겠지만……."

헬름홀츠는 으스대며 자랑하는 버나드의 얘기를 우울하고 못마땅한 표정으로 듣고 있었다. 버나드는 헬름홀츠의 그런 태도에 그만 기분이 팍 상하고 말았다.

"너, 샘내는구나."

헬름홀츠는 고개를 저으며 답했다.

"그냥 좀 씁쓸해서 그래. 그뿐이야."

버나드는 그 말에 발끈해서 자리를 박차고 나가 버렸다. 그러면서 속으로 다짐했다. 앞으로 무슨 일이 있어도 결코 헬름홀츠와 말을 섞지 않겠다고.

시간은 계속 흘러갔다. 버나드는 나날이 승승장구했다. 마치 술에 취하듯 성공의 기쁨에 흠뻑 빠져 지냈다. 그리하여 그 전까지 못마땅하게만 여기던 세상과도 적당히 타협하기에 이르렀다. 세상이 자신을 중요한 사람으로 떠받들어 주니 세상의 질서도 그럭저럭 마음에 들었다.

하지만 세상과 타협한 후에도 사회 질서를 비판하는 특권만은 포기하지 않았다. 비판한다는 행위 자체가 자신이 중요한 인물이라는 의식을 더 고취시켰기 때문이다. 게다가 버나드는 비판해야 할 대상은 어디나 있기 마련이라고 믿는 사람이었다. 어쨌든 버나드는 거물이 된 듯한 느낌이 들었다. 동시에 성공을 발판으로 여자를 원하는 대로 취할 수 있게 된 것 또한 진심으로 기뻐했다.

사람들은 야만인을 만나 보고 싶은 마음에 버나드에게 비굴하게 굽실거렸다. 그러자 버나드는 그 사람들에게 보란 듯이 자신의 이단적인 입장을 과시했다. 사람들은 앞에서는 고분고분하게 그 얘기에 귀를 기울였지만, 등 뒤에서는 고개를 절레절레 흔들며 이렇게 수군댔다.

"저 친구, 저러다 큰코다치지."

사람들은 적절한 때가 오면 버나드가 비참한 최후를 맞이하도록 반드시 손을 쓰겠다고 떠들어 대기도 했다.

"두 번째 위기가 닥쳤을 때는 더 이상 구원해 줄 야만인도 없을 테니까."

어쨌든 아직은 첫 번째 야만인 존이 버나드 곁에 있었다. 그래서 사람들은 버나드 앞에서 고개를 숙였다. 버나드는 그런 사람들을 보면서 거대하고도 묵직한 자신의 존재감을 느꼈다. 하루하루가 기쁨으로 가득 차 공기보다 가볍게 하늘을 날 수 있을 것만 같았다.

"하늘을 날 것만 같네요."

버나드는 걸핏하면 손가락으로 머리 위를 가리키며 이렇게 말했다. 높다란 허공에 두둥실 떠 있는 기상청의 관측용 계류기구가 새파란 하늘에 박힌 진주알처럼 영롱하게 빛났다.

버나드는 끊임없이 지시를 했다.

"에, 앞에서 말한 대로 야만인에게 문명 세계 구석구석을 견학시켜서……."

존은 채링 T 타워 꼭대기에서 아래를 내려다보고 있었다. 그것이 현재 시점의 문명 세계를 그린 조감도인 셈이었다. 역장과 기상학자가 존의 길잡이 역할을 맡았다. 하지만 정작 설명을 도맡고 있는 쪽은 버나드였다. 버나드는 자기가 마치 감찰하러 나온 세계 통제관이라도 되는 양 거만하고 도도한 자세를 취했다. 공기보다 가볍게, 하늘을 날아갈 듯이 들떠서는.

뭄바이 녹색 로켓이 착륙했다. 승객들이 차례로 땅바닥에 내려섰다. 황갈색 제복을 입은 드라비다 쌍둥이 여덟 명이 8개의 동그란 창문으로 밖을 내다보았다. 승무원들이었다.

역장이 우쭐거리며 말했다.

"시속 1,250킬로미터입니다. 어떻습니까, 야만인 선생?"

존도 굉장히 멋지다고 생각했다.

"그렇지만 〈한여름 밤의 꿈〉에 나오는 요정 퍽은 사십 분에 지구를 한 바퀴 도는걸요."

버나드는 무스타파 몬드에게 보고하는 문서에 이렇게 기록했다.

놀랍게도 야만인은 문명사회의 문물을 접하고도 놀라거나 경탄하는 일이 드뭅니다. 아마도 첫 번째 이유는 린다라는 여자에게 우리 세계에 관한 이야기를 이미 많이 들었기 때문일 것입니다. 여기서 린다는 야만인의 '어○○'입니다.

무스파타 몬드는 인상을 잔뜩 구겼다.

'이 멍청한 녀석은 그 단어를 끝까지 다 쓰면 내 비위가 뒤집히기라도 할 줄 아는 모양이군.'

그 뒤로 보고서는 이렇게 이어졌다.

두 번째 이유는 야만인의 관심이 온통 '영혼'이라는 것에 쏠려 있기 때문입니다. 야만인은 영혼이 육체와 별개로 존재하는 독립체라고 굳게 믿고 있습니다. 그래서 제가 바로잡으려…….

무스타마 몬드는 이후 몇 줄을 그냥 건너뛰었다. 그러고는 좀 더 흥미로운 내용이 없는지 다음 장으로 넘기려던 순간, 꽤 신선한 구절을 발견했다.

……그럼에도 불구하고 문명 세계의 어린아이들이 별다른 노력 없이 편안한 삶을 살고 있다는 야만인의 의견에는 저도 동의합니다. 이번 기회를 통해 통제관님께 이 점을 상기시켜 드리고자 하니…….

무스타파 몬드는 분노가 훅 치밀었지만 이내 코웃음을 쳤다. 감히 저 따위가 이 세계 통제관 무스타파 몬드에게 사회 질서에 대해

충고를 하려 들다니! 정말이지 터무니없는 일이었다. 아무래도 버나드 마르크스라는 놈은 미쳐 버린 게 분명했다.

무스타파 몬드는 혼잣말로 중얼거렸다.

"내가 버릇을 좀 고쳐 줘야겠군."

그러고는 머리를 한껏 젖히고 크게 웃었다. 하지만 아직은 때가 아니었다.

이번에 들른 곳은 헬리콥터의 조명 장치를 만드는 작은 공장이었다. 전자 장치를 제조하는 큰 공장의 일부였다. 통제관이 써 준 추천서는 마법과도 같은 효력을 발휘했다. 기술 부장과 인사 부장은 몸소 옥상으로 나와 존과 버나드를 정중하게 맞이했다. 네 사람은 다 같이 걸어서 공장으로 내려갔다.

인사 부장이 설명했다.

"각각의 공정마다 전담하는 보카노프스키 집단이 따로 있습니다."

그 말은 사실이었다. 냉각 압연 작업을 맡은 집단은 납작코에 검은 머리칼, 납작한 두상이 특징인 델타 여든세 명이었다. 굴대 네 개로 철컥철컥 돌아가는 기계 장치는 황갈색 제복을 입은 매부리코 감마 쉰여섯 명이 담당하고 있었다.

옅은 갈색 피부에 두상이 앞뒤로 길고 169센티미터 언저리의 키에 골반이 좁은 여자 델타 서른세 명은 나사 자르는 일을 맡았다. 감마 플러스 난쟁이 두 그룹은 발전기를 조립하는 중이었다. 나지막한 작업대 사이로 갖가지 부품을 잔뜩 실은 컨베이어가 느릿느릿 지나갔다. 노란 머리 난쟁이 마흔일곱 명과 갈색 머리 난쟁이 마흔일곱 명은 서로 마주 보고 서 있었다. 들창코 난쟁이 마흔일곱 명과 매부리코 난쟁이 마흔일곱 명도 짝을 이뤄 작업을 했다. 무턱 난쟁이 마흔일곱 명은 주걱턱 난쟁이 마흔일곱 명과 같이 일했다.

그렇게 조립된 발전기를 녹색 감마 제복을 입은 붉은 곱슬머리 여자 열여덟 명이 맡아서 검사했다. 그러면 다리가 짧고 왼손잡이인 델타 마이너스 남자 서른네 명이 발전기를 상자에 담았다. 마지막으로 금발에 파란 눈과 주근깨가 특징인 엡실론 마이너스 남자 예순세 명이 포장된 상자를 트럭에 실었다.

기억이 악의에 찬 심술이라도 부리는 걸까? 존은 자기도 모르게 미란다의 말을 중얼중얼 읊었다.

"오, 멋진 신세계여……! 그런 사람들이 살고 있는 멋진 신세계여……."

공장을 나서며 인사 부장이 말했다.

"장담하건대, 저희 공장은 지도층과 노동 인력 사이에 갈등이 거의 없습니다. 저희는 언제나……."

존은 그가 말을 마치기도 전에 월계수 수풀 뒤로 달려가 왝왝 토악질을 해 댔다. 마치 발을 딛고 있던 땅이 갑자기 꺼지기라도 한 것처럼, 급강하하는 헬리콥터에 탄 사람처럼.

버나드는 보고서를 마저 작성했다.

야만인은 여전히 소마 복용을 거부하고 있습니다. 또한 '어○○'가 소마 휴식 상태에서 벗어나지 않으려 하기 때문에 매우 괴로워하고 있습니다. 자신의 '어○○'가 노쇠하고 흉측한 모습을 하고 있음에도 틈만 나면 찾아가 함께 있으려 하는 점이 눈에 띕니다. 이는 생애 초기 사회 기능 훈련을 통해 본성을 수정하거나 역행하도록 만드는 것까지 가능하다는 증거입니다. 이 야만인의 경우는, '불쾌한 대상을 기피하려는 본성'이 교정된 경우라 할 수 있겠습니다.

이번에는 이튼에 위치한 상급 학교를 방문했다. 학교 운동장 맞은편에 서 있는 52층짜리 럽턴 타워가 햇빛을 받아 하얗게 빛났다. 학교 양옆에는 철근 콘크리트와 자외선 투과 유리로 지은 으리으리한 건물이 우뚝 솟아 있었다. 왼쪽은 대학교, 오른쪽은 공동체 합창관이었다. 네모난 안뜰에는 크롬강으로 만든 포드님의 동상이 서 있었다. 어딘지 모르게 예스럽고 기괴한 느낌이 들었다.

개프니 학장과 키트 교장이 헬리콥터에서 내리는 버나드와 존을 마중 나왔다. 견학을 막 시작하려 할 때 존이 다소 불안한 얼굴로 물었다.

"여기에도 쌍둥이들이 있나요?"

키트 교장이 대답했다.

"아니요, 없습니다. 저희 이튼은 아주 높은 계급 학생들만 가려서 받거든요. 성인 한 명만 생산하도록 계획된 난자로 만든 학생들이죠. 그래서 교육하는 데 애를 먹기도 하지만, 이 학생들은 예기치 못한 비상사태에 능숙히 대처해야 하는 막중한 임무를 맡고 있기에 그 정도 수고는 기꺼이 감수하고 있습니다."

키트 교장은 한숨을 내쉬었다.

버나드는 키트 교장에게 노골적으로 호감을 드러냈다.

"월요일이나 수요일, 아니면 금요일 저녁에 시간 어떠세요?"

버나드는 엄지손가락으로 존을 가리키며 덧붙였다.

"보시다시피 이 친구가 워낙에 호기심이 많아서요. 완전 괴짜랍니다."

키트 교장이 미소를 지었다. 버나드는 그 미소가 무척 매력적이라고 느꼈다. 키트 교장은 고맙다고 인사를 하고선, 기쁜 마음으로 버나드의 파티에 참석하겠다며 교실 문을 열었다.

알파 더블 플러스 교실에서 머무른 지 오 분쯤 지났을까? 존은 깜짝 놀라 버나드에게 소곤소곤 물었다.

"기초 상대성 이론이 뭡니까?"

버나드는 설명하려다 포기하는 편이 낫겠다고 판단하고는 다음 교실로 넘어가자고 제안했다. 지리학 수업을 하고 있는 베타 마이너스 교실로 가고 있을 때, 문 뒤편에서 카랑카랑한 목소리가 들렸다.

"하나, 둘, 셋, 넷!"

그 목소리는 지치고 짜증스럽다는 듯이 끝을 맺었다.

"바로, 제자리에."

키트 교장이 설명했다.

"맬서스식 훈련을 받는 중이에요. 우리 학교 여학생의 대부분은 저와 마찬가지로 불임입니다."

그러더니 버나드를 향해 빙긋 웃어 보이며 말을 이었다.

"하지만 약 팔백 명가량은 완전히 살균되지 않았기 때문에 이렇게 꾸준히 훈련을 받아야 하죠."

베타 마이너스 교실에서는 야만인 보호 구역의 경우, 기후와 지형 조건이 불리하고 천연자원이 부족하기 때문에 문명화시킬 가치가 없다는 내용을 가르치고 있었다. 달칵, 소리와 함께 교실이 어두워지더니 교사의 머리 위로 영상이 하나 투사되었다.

화면 속에서는 멕시코 아코마 지역의 통회 수도회 사람들이 성모 마리아 앞에 엎드려 울부짖었다. 존은 통회 수도회 사람들이 이렇게 울부짖으며 참회한다는 것은 진작에 알고 있었다. 그들은 십자가에 매달린 예수나 푸콩의 독수리 상 앞에서 자신의 죄를 낱낱이 고백했다.

이튼의 어린 학생들은 그 모습을 보고 큰 소리로 웃음을 터뜨렸다. 통회 수도회 사람들은 몸을 일으키더니 윗옷을 벗었다. 그러고는 매듭진 채찍으로 자기 몸을 마구 때리면서 처절하게 절규했다.

웃음소리에 교실이 떠나갈 듯했다. 어찌나 떠들썩하게 웃어 대는지 수사들의 참혹한 신음 소리가 고스란히 묻혀 버리고 말았다.

존은 화가 나기도 하고 기가 차기도 했다. 그래서 어안이 벙벙한 얼굴로 이렇게 물었다.

"대체 왜 웃는 겁니까?"

키트 교장은 기분 좋게 활짝 웃어 보이며 말했다.

"왜냐고요? 그야 저 모습이 우습고 재미있으니까요."

화면에서는 계속해서 희미한 빛이 흘러나왔다. 버나드는 예전 같았으면 칠흑 같은 어둠 속에서도 감히 시도하지 않았을 일을 벌이고 있었다. 신분 상승에 따른 자신감을 등에 업고 과감하게도 키트 교장의 허리를 당당히 팔로 휘감았다. 그러고는 순순히 허리를 내주는 키트 교장에게 입을 맞추며 슬쩍 꼬집는 순간, 창문을 가리고 있던 덧문이 획 올라갔다.

키트 교장이 문 쪽으로 걸어가며 말했다.

"다음 교실도 둘러보시죠."

잠시 후 개프니 학장이 걸음을 멈추고 설명했다.

"바로 여기가 수면 학습 통제실입니다."

벽의 삼면을 따라 선반 위에 합성 음악 상자가 수백 개씩 쌓여 있었다. 음악 상자는 기숙사당 하나씩만 제공된다고 했다. 나머지 한쪽 면에는 수면 학습 내용이 저장된 종이 필름 두루마리가 비치되어 있었다.

개프니 학장이 다시 입을 열었다.

"필름 두루마리를 여기에 넣은 다음……."

버나드는 그새를 못 참고 또 끼어들었다.

"이 스위치를 누르면……."

개프니 학장은 언짢은 기색이 역력한 목소리로 버나드의 말을 뚝 끊었다.

"아뇨, 그 스위치가 아니라 이걸 눌러야 합니다."

"아, 그렇군요. 아무튼 저걸 누르면 두루마리가 돌아가면서 필름이 풀리거든요. 그 과정에서 셀레늄 광전지가 빛을 음파로 바꾸어……."

이번에도 개프니 학장이 버나드의 설명을 뚝 잘랐다.

"자, 이제 됐습니다."

생화학 실험실로 가는 길에 도서관 앞을 지나게 되었다. 존이 두 눈을 반짝이며 물었다.

"학생들이 셰익스피어 작품도 읽나요?"

키트 교장이 얼굴을 붉히며 대답했다.

"그럴 리가요."

그때 개프니 학장이 끼어들었다.

"우리 학교 도서관에는 학습용 참고서만 비치해 두었습니다. 오락거리가 필요한 학생이라면 촉각 영화를 보면 되지요. 우리는 학생들이 홀로 유흥에 빠지도록 내버려 두지 않습니다."

버스 다섯 대가 유리로 포장된 도로를 따라 들어왔다. 버스 안의 학생들은 노래를 부르거나 말없이 서로를 껴안고 있었다.

버나드는 그 틈을 타 저녁 데이트 약속을 잡느라 키트 교장의 귀에 대고 속살거렸다. 그사이에 개프니 학장이 설명했다.

"저 버스는 화장터에서 막 돌아오는 길이랍니다. 생후 18개월부터 아이들은 죽음에 익숙해지도록 훈련을 받아요. 죽음을 앞둔 사람들을 수용하는 병원에서 매주 이틀씩 아침을 보내는 것으로 훈련을 시작합니다. 그곳에 가면 최신 장난감을 안겨 주는 데다 죽음의 날에는 초콜릿도 준답니다. 죽음을 당연한 일로 받아들이도록 가르치는 것이지요."

키트 교장이 전문가다운 말투로 거들었다.

"평범한 생리학적 작용 가운데 하나로 생각하도록 말이에요."

사보이에서 8시! 버나드는 결국 키트 교장과 저녁 약속을 잡았다.

런던으로 돌아오는 길에 존과 버나드는 브렌트퍼드에 있는 텔레비전 공장에 들렀다. 버나드가 존에게 물었다.

"여기서 잠깐 기다리고 있을래요? 전화 좀 하고 올게요."

존은 버나드를 기다리며 주변을 둘러보았다. 주간 근무 제1조가 막 일을 마친 참이었다. 하층 계급 노동자들이 우르르 몰려나와 모노레일 정거장에 줄을 섰다. 대략 칠팔백 명쯤 되는 감마와 델타, 엡실론 남녀가 뒤섞여 있었는데, 얼굴 생김새나 체격 조건이 대략 열두 부류 정도 되었다. 매표소 직원은 모노레일 승차권을 건네줄 때마다 작은 상자를 같이 내밀었다. 길게 늘어선 사람들이 애벌레처럼 꾸물꾸물 앞으로 나아갔다.

그때 마침 버나드가 돌아왔다.

"저 안에는 뭐가……."

여기까지 말하다가 존은 〈베니스의 상인〉에 나왔던 단어를 떠올렸다.

"저 상자 안에는 뭐가 들어 있나요?"

"소마요."

버나드는 베니토가 준 성호르몬 껌을 씹느라 연신 입을 우물거리면서 말했다.

"하루 일과를 마치면 소마를 받아요. 0.5그램짜리 네 알. 토요일에는 여섯 알을 받고요."

버나드는 존의 팔을 다정하게 잡고서 헬리콥터를 타러 걸어갔다.

레니나가 콧노래를 흥얼거리며 탈의실로 들어왔다.

패니가 말했다.

"너, 기분 좋아 보인다?"

레니나가 직! 지퍼를 내리며 대답했다.

"응, 방금 버나드한테서 전화 받았거든."

직, 직! 이번에는 반바지를 벗었다.

"갑작스럽게 부탁을 하더라고."

직!

"혹시 오늘 저녁에 야만인을 촉각 영화관에 데려다줄 수 있느냐고. 그래서 서둘러야 돼."

그러고는 잽싸게 욕실로 들어가 버렸다. 패니는 그 모습을 지켜보며 혼잣말을 중얼거렸다.

"정말 운이 좋은 애라니까."

그 말에 질투심이나 시기심 같은 감정은 묻어나지 않았다. 원체 성격이 좋은 패니는 그저 사실 그대로를 말했을 뿐이었다.

레니나가 운이 좋은 것은 분명했다. 야만인 덕분에 버나드와 함께 엄청난 명성을 누리게 된 것도 그렇고, 별 볼일 없던 여자가 별안간 상류층이나 즐기는 영광을 한껏 맛보게 된 것도 그랬다. 심지어 여성 포드 연합회 총무는 강연까지 부탁했다. 아프로디테움 클럽이 주최하는 연례 만찬에도 초대되었다. 어디 그뿐인가? 촉각 뉴스에도 출연해 전 세계 수백만 명의 사람들이 레니나를 보고 듣고 만져 보았다.

각계의 명사들이 보내오는 관심 역시 레니나를 한없이 기쁘게 했다. 상임 세계 통제관의 차석 비서관은 레니나를 만찬과 오찬에 초대했다. 얼마 전에는 포드 수석 재판관과 한 주, 캔터베리 공동체 합창 단장과 한 주, 이렇게 번갈아 가며 주말을 보냈다. 내외분비계 분비물 산업을 주도하는 기업의 회장은 하루가 멀다 하고 레니나에게 전화를 걸어 왔다. 유럽 은행 부총재하고는 프랑스 도빌까지 여행을 다녀왔다.

그럴 때마다 레니나는 패니에게 이렇게 말하곤 했다.

"물론 굉장한 일이야. 가끔은 내가 거짓된 명성을 누리고 있다는 생각도 들어. 왜냐하면 가는 곳마다 사람들이 내게 야만인과 같이 밤을 보냈는지, 혹시라도 보냈다면 어땠는지부터 묻거든. 그럴 때마다 난 모른다는 말밖에 할 얘기가 없어."

레니나는 고개를 저으며 덧붙였다.

"당연히 남자들은 대부분 내 말을 믿지 않아. 하지만 그게 사실인걸. 사실이 아니라면 얼마나 좋을까?"

레니나는 서글프게 한숨을 내쉬더니 패니에게 이렇게 물었다.

"그 사람, 진짜 잘생기지 않았니?"

"그 야만인이 널 좋아하는 거 아니었어?"

"어느 때는 좋아하는 것 같다가도 어느 때는 또 아닌 것 같아. 어찌나 요리조리 열심히도 날 피해 다니는지……. 내가 이쪽 문으로 들어가면 저쪽 문으로 나가 버린다니까. 날 만지기는커녕 쳐다보지도 않아. 그런데 어쩌다 내가 고개를 돌리면 날 빤히 보고 있는 거 있지? 그 사람이랑 눈이 딱 마주치는 거야. 그럴 때면…… 너도 알잖아. 남자가 좋아하는 여자를 볼 때의 눈빛이 어떤지."

패니도 그 눈빛을 잘 알고 있었다. 레니나가 덧붙였다.

"도무지 그 사람 속내를 모르겠어."

정말로 그랬다. 게다가 어리둥절하기만 한 게 아니라, 날이 갈수록 속이 상하기까지 했다.

"있잖아, 패니. 실은 나, 그 사람 좋아하게 됐거든."

존을 향한 레니나의 마음은 자꾸자꾸 커져 갔다. 목욕을 마치고 향수를 찍어 바르면서, 이번에는 정말 잘될지도 모른다는 기대를 품었다. 톡톡톡, 아주 좋은 기회가 될지도 몰랐다. 그런 생각에 기분이 좋아지자 저절로 노래가 흘러나왔다.

> 어질어질 취할 정도로 꽉 안아 주세요.
>
> 정신을 잃을 때까지 내게 입을 맞춰요.
>
> 안아 줘요, 복슬복슬한 토끼처럼.
>
> 사랑은 소마처럼 달콤한 거니까.

향기 오르간이 경쾌하고 발랄한 〈향초 기상곡〉을 연주했다. 기상곡은 백리향, 라벤더, 로즈메리, 꿀풀, 도금양, 사철쑥이 잔잔하게 어우러지는 아르페지오(화음을 이루는 음들을 연이어 따로 소리내는 주법)로 시작되었다. 짙은 향료로 조바꿈을 하는 듯하더니 이내 용연향 장조가 뒤따랐다.

백단유, 녹나무, 삼나무, 갓 베어 낸 건초 향내가 흘러나오는 사이로 이따금 소의 콩팥으로 만든 푸딩이나 돼지 똥내 같은 미묘한 냄새가 불협화음을 빚었다. 하지만 이내 곡이 처음 시작되던 때와 비슷하게 담백한 향내로 되돌아갔다. 마침내 백리향이 폭발하듯 분출했다. 그 향기가 차츰차츰 잦아들자, 우레와 같은 박수가 터져 나오면서 불이 들어왔다.

그리고 비로소 합성 음악 상자 안의 종이 필름 두루마리가 풀리기 시작했다. 초 바이올린과 슈퍼 첼로, 그리고 대체 오보에의 산뜻하고 나른한 삼중주가 극장을 가득 채웠다. 그렇게 30~40소절이 이어지더니, 그 소리를 반주 삼아 인간의 목소리를 뛰어넘는 목소리가 노래를 시작했다. 거친 소리, 시원한 두성, 플루트처럼 텅 빈 소리, 간절하게 열망하는 화음을 노래하던 목소리는 가스파르 포스터의 기록적인 저음과 역사상 오직 루크레치아 아후가리밖에 내지 못했던 고음을 넘나들었다. 고막을 찢을 듯한 그 고음은 1770년에 파르마의 두칼 오페라에서 모차르트를 놀라게 한 루크레치아의 C음보다도 훨씬 더 높았다.

레니나와 존은 푹신한 객석 의자에 폭 파묻힌 채 향기를 맡으며 음악을 감상했다. 이제 시각과 촉각을 만족시킬 차례였다.

객석에 불이 꺼지자 사방이 캄캄해졌다. 곧 칠흑 같은 어둠 속에서 불타는 듯한 글자가 또렷하게 떠올랐다.

〈헬리콥터에서 보낸 삼 주일〉

슈퍼 음향 노래, 합성 음성 대사, 총천연색 입체 촉각 영화, 향기 오르간 동시 반주.

레니나가 소곤거리며 귀띔해 주었다.

"의자 팔걸이에 달린 금속 손잡이를 잡으세요. 안 그러면 촉각을 느낄 수 없거든요."

존은 레니나가 시키는 대로 했다.

불타는 글자들이 사라지자 극장 안은 한 치 앞도 보이지 않을 만큼 캄캄해졌다. 그렇게 십 초쯤 지났을까? 느닷없이 눈부시게 빛나는 입체 형상이 눈앞에 나타났다. 몸집이 거대한 흑인 남자와 금발의 베타 플러스 여자가 서로에게 팔을 두른 채 꼭 껴안고 있었다. 피와 살로 이루어진 인간보다 더 진짜 같았다.

존은 깜짝 놀랐다. 입술에서 느껴지는 그 생생한 촉감! 존은 손을 들어 입술에 가져다 댔다. 간질간질하던 느낌이 갑자기 사라졌다. 손으로 금속 손잡이를 다시 잡았다. 그러자 감각이 되살아났다. 어느새 향기 오르간은 순수하고 깨끗한 사향을 연주하고 있었다. 합성 음악 상자에서는 슈퍼 비둘기의 울음소리가 흘러나왔다.

"오오우우우."

그러자 아프리카인의 저음보다 더 낮은, 초당 겨우 32회만 진동하는 음성이 화답했다.

"아아아아."

"오오우우!"

입체 형상의 입술이 서로 맞닿자 알람브라 극장에 모인 관객 육천 명은 참을 수 없을 만큼 짜릿한 쾌감에 얼굴이 얼얼할 지경이었다.

"우우……."

영화의 줄거리는 아주 단순했다. 두 남녀는 함께 노래를 부르고 난 뒤에 곰 가죽 위에서 관계를 가졌다. 이게 바로 그 유명한 곰 가죽 장면인데, 사회 기능 설정 보조원 말마따나 털이 한 올 한 올 살아 있는 것처럼 생생하게 느껴졌다. 그렇게 "우우!"와 "아아!"가 몇 분간 계속되다가, 갑자기 흑인이 헬리콥터 사고를 당해 땅바닥으로 추락해 버렸다. 쾅! 그 순간 관객들의 이마에 느껴지는 강렬한 통증! 여기저기서 "아야!", "앗!" 하는 비명이 들렸다.

그 뇌진탕으로 흑인은 그때까지 받았던 사회 기능 설정 훈련을 모두 엉망으로 만들었다. 그는 갑자기 여자에게 광적인 욕정을 드러내며 집착했다. 여자는 저항을 해 보지만 남자 쪽이 너무나 집요했다. 다툼과 추격, 그리고 경쟁자를 향한 공격, 여기에 충격적인 납치 사건까지! 금발의 베타 여자는 공중에서 정지 비행 중인 헬리콥터에 갇힌 채 삼 주 동안 미치광이 흑인과 반사회적인 관계를 맺었다.

온갖 모험과 곡예가 펼쳐진 다음에야 훤칠한 알파 세 명이 여자를 구출하는 데 성공했다. 결국 흑인은 성인 재활 훈련 센터에 보내지고, 금발의 베타는 세 명의 알파와 연인이 되는 것으로 영화는 행복하고 점잖게 결말을 맺었다.

여자 주인공과 세 명의 알파는 향기 오르간이 연주하는 치자나무 향과 슈퍼 오케스트라 반주에 맞춰 함께 노래를 불렀다. 끝으로 색소폰 연주가 울려 퍼지는 가운데, 그 곰 가죽이 다시 한 번 등장해 서로 입을 맞추며 어둠 속으로 서서히 사라졌다. 최후의 짜릿한 전기 자극은 마치 죽어 가는 나방처럼 입술 위에서 파르르 떨렸다. 그렇게 차츰차츰 연약하고 희미하게 날갯짓을 하다가 어느 순간 떨림이 완전히 멈췄다.

그러나 레니나의 입술에 앉은 나방은 아직 죽지 않았다. 객석에 불이 환하게 들어온 뒤에도, 관객들이 엘리베이터를 향해 천천히 걸어가는 동안에도, 입술 위에는 여전히 잔상이 남아 떨리고 있었다. 레니나의 살갗에는 열망과 쾌락의 여운이 아직 길게 드리워져 있었다. 뺨이 발갛게 달아오르고, 두 눈이 이슬이 맺힌 듯 촉촉해졌으며, 숨이 가쁘게 차올랐다. 레니나는 존의 팔을 끌어당겨 자신의 허리를 감싸게 했다.

순간, 레니나를 내려다보는 존의 창백한 얼굴에 고통과 열망이 동시에 떠올랐다. 존은 그런 열망을 느끼는 자신이 한없이 부끄러웠다. 나처럼 보잘것없는 사람이 감히……. 두 사람의 시선이 공중에서 잠깐 마주쳤다. 레니나의 눈빛은 보석과도 같은 약속을 촉촉하게 담고 있었다. 그것은 여왕이 하사하는 정열의 몸값이었다.

존은 황급히 눈을 피하며 팔을 풀었다. 레니나는 언제나 존을 하찮은 존재로 느끼게끔 만들었다. 이러다 둘의 관계가 끝나 버리는 건 아닌지 걱정이 되었다. 존은 막연한 두려움에 사로잡혔다.

"나는 당신이 저런 것을 봐서는 안 된다고 생각합니다."

존은 과거에 이미 일어났거나 앞으로 일어날지 모르는 온전함에 대한 훼손을 짐짓 레니나가 아니라 주변 환경 탓으로 돌리며 말했다.

"저런 것이라니요, 존?"

"저런 끔찍한 영화 말입니다."

레니나는 깜짝 놀라서 되물었다.

"끔찍하다고요? 난 정말 좋은 영화라고 생각했는걸요."

존은 화가 불쑥 치밀었다.

"천박하고 상스러워요."

레니나가 고개를 휘저었다.

"당신이 무슨 말을 하는지 도무지 모르겠어요."

대체 이 남자는 왜 이렇게 이상한 말을 하는 걸까? 왜 일부러 일을 망치지 못해 안달이지?

택시콥터에 오르고 나서도 존은 레니나에게 눈길 한번 주지 않았다. 약속된 적도 없는 강력한 맹세에 얽매여, 또 아주 오래전에 효력을 상실한 법에 복종하느라 존은 입을 꾹 다문 채 레니나에게서 멀찌감치 떨어져 앉아 있었다. 가끔은 마치 현악기의 줄을 뜯는 손가락처럼 존의 몸 전체가 예민하게 떨리기도 했다.

택시콥터가 레니나의 아파트 옥상에 착륙했다. 문밖으로 내려서는 레니나는 한껏 들떠 있었다. 드디어 그 시간이 왔다. 존이 지금까지는 비록 괴상하게 굴었지만 드디어……. 레니나는 가로등 아래에 서서 손거울을 들여다보았다. 드디어! 콧방울에 송골송골 땀이 맺혀 있었다. 레니나는 분가루가 든 통을 흔든 뒤 분첩에 분을 살짝 묻혔다. 존이 택시비를 계산하는 사이에 짬이 날 거라 예상했기 때문이다. 레니나는 번들거리는 코를 분첩으로 톡톡 두드리며 생각에 잠겼다.

'어쩜 저리 잘생겼을까? 존은 버나드처럼 쑥스러워할 필요도 없이 멋진데. 평범한 남자였다면 진작에 사귀고도 남았겠지. 그래, 드디어 때가 왔어.'

동그란 거울 속에 비친 얼굴이 생긋 미소를 지었다.

"잘 자요."

그때 등 뒤에서 목이 잠긴 목소리가 들려왔다. 레니나는 몸을 휙 돌렸다. 존은 택시콥터 문 옆에 우두커니 서서 흔들림 없는 눈으로 레니나를 바라보았다. 레니나가 매무새를 다듬는 내내 지켜보고 있었던 듯했다. 기다리고, 망설이고, 고민하고, 생각하고……. 대체 뭘 그렇게 기다리고 있는 걸까? 레니나는 존이 무슨 생각을 하고 있는 건지 종잡을 수가 없었다.

"잘 자요, 레니나."

그는 미소를 지어 보려 했지만, 얼굴이 말을 듣지 않는지 일그러지고 말았다.

"하지만 존……, 난 당신이……. 그러니까 내 말은, 당신도……."

존은 그대로 택시콥터에 올라 문을 쾅 닫고는 몸을 앞으로 굽혀 운전수에게 뭔가를 말했다. 곧 택시콥터가 공중으로 솟아올랐다.

택시콥터 바닥에 난 창문으로 내려다보니, 위를 올려다보는 레니나의 얼굴이 푸르스름한 가로등 불빛을 받아 창백해 보였다. 무어라 소리를 치는 모양인지 입이 벌어져 있었다. 레니나의 모습은 점점 작아지다가 순식간에 멀어졌다. 네모난 옥상도 같이 어둠 속으로 떨어져 버렸다.

오 분 뒤, 존은 자기 방으로 돌아왔다. 그리고 꽁꽁 숨겨 두었던 책을 꺼내 들었다. 쥐가 파먹은 흔적이 남아 있는 데다 여기저기가 얼룩지고 구겨진 책이었건만, 책장을 한 장 한 장 넘기는 손길은 더없이 경건했다. 그는 〈오셀로〉를 읽기 시작했다. 오셀로 역시 〈헬리콥터에서 보낸 삼 주일〉에 나오는 남자 주인공처럼 흑인이라는 사실이 새삼 떠올랐다.

레니나는 눈물을 훔치며 옥상을 가로질러 엘리베이터로 걸어갔다. 자기 집이 있는 27층으로 내려가는 동안 소마가 담긴 유리병을 꺼냈다. 오늘 밤은 1그램으로는 어림도 없겠다는 생각이 들었다. 오늘 레니나가 겪은 고통은 1그램으로 달래기에는 너무나 아프고 슬펐다. 그렇다고 2그램을 먹으면 내일 아침에 제시간에 일어나지 못할 확률이 높았다. 결국 레니나는 오목하게 오므린 손바닥에 0.5그램짜리 소마 세 알을 떨어뜨렸다.

제 12 장

사랑의 세레나데

버나드는 잠긴 문 앞에서 하염없이 소리를 질러 댔다. 존이 문을 열어 주지 않았기 때문이다.

“다들 모여서 당신만 기다리고 있다니까요.”

둘 사이를 가로막은 문 때문에 존의 목소리가 잘 들리지 않았다.

“기다리든지 말든지.”

“알 만한 사람이 왜 그래요, 존. 당신과 만나게 해 주려고 내가 일부러 불러 모은 사람들이라고요.”

고래고래 악을 쓰면서 상대방을 어르고 달래기란 얼마나 어려운 일인가.

“그러게, 내가 그 사람들을 만나고 싶어 하는지 먼저 물어봤어야지요.”

"전에는 항상 와 줬잖아요, 존."

"내가 가고 싶지 않은 이유가 바로 그거예요."

버나드는 목청을 높이며 존을 구슬렸다.

"나를 봐서라도……. 제발 날 위해서 가 주면 안 돼요?"

"싫어요."

"그거 진심으로 하는 말이에요?"

"네."

버나드는 낙담한 나머지 크게 울부짖었다.

"그럼 난 어쩌라고요!"

문 저편에서 짜증이 잔뜩 배인 목소리가 벌컥 화를 냈다.

"그냥 죽어 버리든지!"

"대공동체 합창 단장님도 저 멀리 캔터베리에서 직접 찾아오셨단 말이에요."

버나드는 울음을 터뜨리기 일보 직전이었다.

"아이 야 타크와!"

존이 공동체 합창 단장이라는 인물에 대해 느끼고 있는 감정을 정확히 표현할 수 있는 언어는 주니어뿐이었다. 불현듯 떠오른 말이 있어서 또 덧붙였다.

"한니!"

그러더니 조롱하는 억양으로 난폭하게 소리를 질렀다.

"손 에소 트세나!"

존은 바닥에 침을 퉤 뱉었다. 포페라면 딱 이랬을 듯싶었다.

결국 버나드는 물러나는 수밖에 없었다. 잔뜩 풀이 죽은 얼굴로 조바심을 내고 있는 사람들에게 돌아가, 오늘 저녁에는 야만인이 참석하기 어렵겠다는 사실을 알렸다. 사람들은 일제히 분노에 사로잡혔다. 남자들은 이런 하찮은 녀석에게 속아 설설 기었다는 사실에 분통을 터뜨렸다. 그것도 불미스러운 평판이 도는 것도 모자라 정통을 거스르는 이단아라는 소문까지 달고 사는 녀석에게! 계급이 높을수록 분노의 크기도 커졌다.

대공동체 합창 단장은 연신 개탄해 마지않았다.

"이렇게 사람을 골탕 먹이다니, 감히 나를!"

여자들은 유리병에 실수로 알코올이 들어간 탓에 체격이 감마 마이너스 정도밖에 안 되는 사내에게 속아 넘어갔다는 사실에 분노했다. 한마디로 그것은 치욕스러운 일이었다. 여자들 역시 불쾌감을 조금도 숨기지 않았다. 이튼 상급 학교의 키트 교장은 가장 노골적으로 버나드를 헐뜯었다.

오직 레니나만이 아무 말이 없었다. 창백한 얼굴로 사람들에게서 뚝 떨어진 채 구석에 혼자 앉아 있을 뿐. 레니나의 두 눈에는 평소에 볼 수 없던 먹구름이 끼어 있었다. 사실 방 안에 있는 그 누구에게도 공감하지 못했다. 오늘 만찬에 오는 내내 걱정 반 설렘 반이 뒤섞여 야릇한 기분이었다. 방에 들어서는 순간에는 마음을 단단히 먹고 이렇게 혼잣말까지 했다.

"그 사람에게 꼭 말할 거야. 좋아한다고……. 지금껏 알고 지낸 그 누구보다 좋아한다고. 그러면 그 사람은 아마 이렇게 말하겠지……."

아, 뭐라고 말할까? 레니나의 두 뺨이 화끈 달아올랐다.

"촉각 영화를 본 날 저녁에 왜 그렇게 이상하게 굴었을까? 생각할수록 이상해. 그 사람도 나를 좋아하는 건 확실한데. 그건 분명한데……."

그런데 그 순간, 존이 저녁 만찬에 오지 않을 거라고 버나드가 말하는 게 아닌가.

레니나는 '초강도 욕정 대체 훈련'을 시작할 때 맛본 감정이 한꺼번에 밀려오는 것을 느꼈다. 비참한 공허감과 숨 막히는 불안감, 그리고 속이 뒤집힐 듯한 메스꺼움까지. 심장이 갑자기 멈춰 버릴 것 같았다. 레니나는 혼자 중얼거렸다.

"어쩌면 내가 싫어서 안 오는 건지도 몰라."

그렇게 말하는 순간, 그 낮은 가능성은 완전한 사실이 되었다. 존은 레니나가 보기 싫어서 만찬에 오지 않은 것이다. 존은 레니나를 좋아하지 않는다…….

이튼 상급 학교의 키트 교장은 화장터 오산화인 회수 기업 회장에게 말했다.

"너무너무 미련한 짓이에요. 내가 저 남자와 그랬던 걸 생각하면……."

패니 목소리도 들렸다.

"맞아요, 알코올에 대한 소문은 모두 사실이라니까요. 당시 태아저장실에서 일하던 사람을 안다는 친구한테서 건너 건너 들었는데요…….”

헨리는 대공동체 합창 단장의 말에 열심히 맞장구를 쳤다.

“맞습니다. 정말 말도 안 되는 일이지요. 안 그래도 저희 전임 소장님이 버나드 마르크스에게 아이슬란드로 떠나라는 전출 명령을 내리려던 참이었습니다.”

그 모든 말이 가시가 되어 풍선처럼 흐뭇하게 부풀었던 버나드의 자신감에 무수히 많은 상처를 냈다. 버나드는 바람 빠진 풍선처럼 핼쑥한 얼굴로 손님들 사이를 돌아다니며 횡설수설 변명을 늘어놓았다. 다음번 만찬에는 야만인도 꼭 참석할 테니까 일단 자리에 앉아 카로틴 샌드위치와 비타민 A 카나페, 대체 샴페인을 좀 들라고 권했다.

사람들은 마지못해 음식을 먹기는 했지만 버나드를 철저히 무시했다. 각자 먹고 마시면서 그가 곁에 있거나 말거나 큰 소리로 헐뜯고 험담했다. 아예 면전에서 대놓고 무례하게 굴기도 했다.

캔터베리 대공동체 합창 단장이 포드의 날 기념행사를 주최하던 그 아름답고 맑은 목소리로 말했다.

“자, 친구들이여. 이제 헤어질 시간이 된 것 같군요…….”

합창 단장은 샴페인 잔을 내려놓고 자리에서 일어나 보라색 조끼에 붙은 음식물 부스러기를 털고 문으로 향했다.

버나드가 허겁지겁 달려가 그 앞을 가로막았다.

“정말 가시나요, 단장님……? 아직 너무 이르지 않습니까? 저는 단장님께서 이렇게 빨리 가실 줄은…….”

그랬다, 버나드는 이런 상황이 올 줄은 꿈에도 예상치 못했다. 레니나는 초대장을 보내기만 하면 합창 단장이 와 줄 거라고 장담하며 이렇게 말했다.

"단장님은 굉장히 온화한 분이시거든요."

그러면서 함께 주말을 보낸 기념으로 선물받은 T자 모양의 황금 지퍼를 보여 주었다. 그래서 버나드는 사람들에게 보내는 초대장에 이런 문구를 당당히 적어 넣었다.

대공동체 합창 단장님과 야만인을 만나는 자리에 당신을 초대합니다.

그런데 그놈의 야만인은 하필 오늘 저녁에 방문을 꽁꽁 걸어 잠그고 '한니!'니 '손 에소 트세나'니 하는 말이나 외쳐 댄 것이다. 버나드가 주니어를 모르는 것이 그나마 다행이었다. 한평생 최고로 영광스러운 순간이 될 줄 알았건만, 오히려 가장 치욕적인 날이 되어 버렸다.

버나드는 간절한 눈빛으로 합창 단장을 올려다보며 더듬더듬 애원했다.

"저는 오늘 만찬에 너무나 많은 기대를 걸었습니다……."

"이보게, 젊은 친구."

합창 단장의 엄숙하고 통렬한 목소리가 울려 퍼지자 찬물을 끼얹은 듯 주위가 삽시간에 조용해졌다. 합창단장은 손가락을 흔들어 보이며 말했다.

"내가 자네에게 충고 한마디 하지. 너무 늦기 전에 도움이 될 만한 조언 하나 하겠다는 뜻이야."

합창 단장은 음산한 목소리로 말을 이었다.

"행실부터 똑바로 고치게, 젊은 친구. 행실을 바로 해."

그러더니 버나드의 머리 위로 T자를 긋고는 돌아서서 전혀 다른 목소리로 말했다.

"사랑스런 레니나, 나와 함께 나갑시다."

레니나는 자신이 어떤 영광을 차지했는지 조금도 느끼지 못한 채 웃음기 하나 없는 얼굴로 합창 단장의 뒤를 따라 나갔다. 다른 손님들도 차례차례 방을 나섰다. 마지막으로 나간 사람이 문을 거세게 쾅 닫았다. 버나드는 이제 혼자 남았다.

구멍이 숭숭 뚫려 푹 꺼진 의자에 주저앉아, 버나드는 두 손에 얼굴을 파묻고 흐느껴 울었다. 얼마쯤 그러고 있다가 마음을 고쳐먹고는 소마 네 알을 꿀꺽 삼켰다.

그때 존은 위층 자기 방에서 〈로미오와 줄리엣〉을 읽고 있었다.

레니나와 합창 단장이 탄 헬리콥터가 대공동체 합창단 건물 옥상에 내려앉았다. 합창 단장은 엘리베이터 문을 잡고 조급하게 레니나를 불렀다.

"서둘러요, 레니나."

가만히 멈춰 서서 달을 올려다보던 레니나는 얼른 옥상을 가로질러 합창 단장에게로 달려갔다.

〈신생물학 이론〉. 방금 무스타파 몬드가 읽은 논문의 제목이었다. 무스타파 몬드는 얼굴을 찌푸린 채 얼마간 깊은 생각에 잠겨 있었다. 그러다 마침내 펜을 들고 속표지에 이렇게 썼다.

개념에 대한 수리적 접근 방식은 매우 참신하고 독창적이나 근본적으로 정통성에 위배된다. 현재의 사회 질서를 위협하고 궁극적으로는 체제를 전복시킬 위험성이 있으므로 출판을 금지한다.

무스타파 몬드는 마지막 말에 밑줄을 긋고 이렇게 덧붙였다.

저자 감시 요망. 필요 시, 세인트헬레나 해양 생물 연구소로 전출시킬 예정.

'안됐군.'

무스타파 몬드는 속으로 이렇게 생각하며 서명을 했다. 사실 논문 자체만 놓고 보면 걸작이나 다름없었다. 그렇다고 과학의 발전이라는 목적의식에 부합하는 연구 결과를 모두 수용하기 시작하면 그 결과가 어떻게 될지는 알 길이 없었다.

상위 계급 가운데 유독 이성적으로 동요하기 쉬운 사람들은 지금껏 주입한 사회 기능 설정 훈련이 아무 소용 없게 될지도 모른다. 땅위의 신선같이 누리던 행복에 대한 신념을 저버리고 다른 사상을 믿게 될 수도 있으니까. 이를테면 진정한 목표는 인간 세계 너머 저 어딘가에 존재한다든가, 인생의 목적은 단순히 육체적 안녕을 유지하는 데서 그치지 않고 의식을 단련하고 지식을 확장하는 데 두어야 한다든가, 하는 식의 사상 말이다.

곰곰이 생각에 잠긴 무스타파 몬드는 어쩌면 그런 사상들이 옳을 수도 있겠다는 결론을 내렸다. 그러나 지금 당장은 받아들일 수가 없었다. 다시 펜을 집어 들고 '출판을 금지한다'라는 글귀 밑에 밑줄을 하나 더 그었다. 처음 그은 것보다 훨씬 더 진하고 굵게. 그러고는 한숨을 내쉬며 이렇게 생각했다.

'행복에 대해 고민할 필요가 없다면 사는 게 얼마나 즐거울까!'

눈을 꼭 감은 얼굴이 황홀감에 취해 환히 빛났다. 존은 텅 빈 허공에 대고 가만가만 읊조렸다.

> 오, 그녀는 횃불보다 밝게 빛나는도다!
> 에티오피아 사람의 귀에 걸린 진귀한 보석처럼
> 밤의 뺨에 걸려 있는 것 같은 그녀.
> 다 써 버리기엔 너무나도 고귀한 아름다움이여,
> 이 땅에서는 너무나도 아깝구나.
>
> ―〈로미오와 줄리엣〉 1막 5장에서

레니나의 가슴에서 황금으로 만든 T자 모양의 지퍼가 빛났다. 합창 단장은 장난스럽게 지퍼를 잡아당겼다. 오래도록 침묵을 지키던 레니나가 불쑥 이렇게 말했다.

"아무래도 소마를 두 알만 먹어야겠어요."

같은 시각, 버나드는 깊이 잠들어 있었다. 행복한 미소를 머금은 채 꿈이라는 자신만의 낙원을 하염없이 거닐었다. 그러나 침대 머리맡에 걸린 전자 시계의 분침은 삼십 초마다 어김없이 앞으로 나아갔다. 거의 들리지 않을 정도로 똑딱, 똑딱, 똑딱 소리를 내면서…….

그렇게 기어이 아침이 찾아왔다. 버나드는 시간과 공간의 비참한 현실로 되돌아왔다. 배양 및 사회 기능 훈련 센터로 헬리콥터를 타고 출근하는 버나드의 기분은 바닥을 쳤다. 한동안 도취되어 있던 승리감이 완전히 증발해 버리자, 마치 술에서 깨어난 것처럼 예전의 자신으로 완전히 돌아와 있었다. 지난 몇 주간 두둥실 떠다니던 풍선과는 대조적으로 버나드는 그 어느 때보다 무겁게 가라앉았다.

존은 의기소침해진 버나드에게 뜻밖에도 동정 어린 위로를 건넸다. 버나드는 이 기회를 놓치지 않으려 처량하리만치 구구절절하게 하소연을 늘어놓았다. 버나드가 말을 마치자 존이 말했다.

"말파이스에서 보았던 모습과 비슷해졌어요. 우리가 처음 이야기를 나누던 날 기억하나요? 우리 집 앞에서 말이에요. 그때로 돌아간 것 같아요."

"그건 내가 다시 불행해졌기 때문이에요."

"난 가짜 행복을 안고 사느니 차라리 불행한 삶을 택하겠어요."

버나드가 씁쓸하게 답했다.

"난 가짜라도 행복이 좋아요. 당신 덕분에 누렸던 그 모든 행복이요. 당신이 만찬에 오지 않는 바람에 다들 내게 등을 돌렸잖아요!"

버나드는 자신이 지금 말도 안 되는 억지를 부리고 있다는 사실을 잘 알았다. 존은 그렇게 하찮은 이유로 등을 돌릴 사람들이라면 친구로 지낼 가치가 없다고 말했다. 버나드도 내심 존의 말이 맞다는 생각이 들었다. 나중에는 스스로 시인하기까지 했다.

하지만 존의 말을 다 인정하면서도, 진정한 친구에게 받는 위로가 얼마나 큰 안식인지 뻔히 알면서도, 버나드의 마음속에는 존에 대한 진실한 애정과 함께 저 야만인에게 반드시 복수하고 말리라는 삐딱한 생각이 돋아나고 있었다.

사실 대공동체 합창 단장을 상대로는 아무리 불만을 품어 봤자 소용이 없었다. 유리병 관리실장이나 사회 기능 설정 보조원에게도 앙갚음을 할 수 있는 가능성은 매우 낮았다. 하지만 존에게 복수를 하는 건 그다지 어렵지 않을 듯했다. 그만큼 만만한 대상이었던 셈이다. 친구의 효용 가운데 하나는 적에게 가하고 싶지만 그렇게 하기 힘든 처벌을 조금 낮은 수위로 받게 하는 것인지도 모르겠다.

버나드가 희생양으로 삼은 친구는 또 있었다. 바로 헬름홀츠였다. 자기가 잘나갈 땐 찬밥 취급했던 우정을 다시 청했을 때 헬름홀츠는 기꺼이 마음을 내주었다. 그것도 마치 둘 사이에 다툼이 있었던 사실을 깨끗이 잊기라도 한 것처럼 조금도 책망하거나 비난하지 않았다.

버나드는 크게 감동을 받은 동시에 그 넓은 아량에 부끄러움을 느꼈다. 더욱이 그것이 소마의 힘을 빌려 베푸는 너그러움이 아니라 헬름홀츠라는 사람의 됨됨이에서 우러나온 진심이었기 때문에 더욱더 굴욕적으로 와 닿았다.

헬름홀츠는 0.5그램짜리 소마 없이도 모든 걸 잊고 버나드를 용서할 수 있는 사람이었다. 친구를 되찾은 것만으로도 큰 위로가 되었기에 버나드는 당연히 고맙게 여겼다. 그러면서도 분한 마음이 드는 것은 어쩔 수가 없었다. 헬름홀츠의 너그러움에 어떻게든 복수를 하면 속이 좀 후련해질 것도 같았다.

사이가 멀어진 후 오랜만에 다시 만난 자리에서 버나드는 그간의 비참했던 이야기를 구구절절히 쏟아 내고 큰 위안을 받았다. 그리고 며칠 뒤, 그동안 자기만 힘들었던 게 아니었다는 사실을 깨닫게 되었다. 헬름홀츠는 상사와의 갈등으로 골머리를 앓고 있었다. 버나드는 그 사실이 놀랍기도 하고 민망하기도 했다.

헬름홀츠가 말했다.

"그게 다 시 한 편 때문에 생긴 일이라니까. 그날도 평소처럼 3학년 학생들을 데리고 심화 감정 공학 강의를 하고 있었지. 이번 학기 열두 번째 강의는 바로 시에 관한 수업이었어. 조금 더 정확히 말하면, 시를 도덕적 선전과 광고에 어떻게 활용할 것인가를 논하는 수업이지. 난 수업을 할 때 언제나 다양한 방법으로 예시를 들어 주곤 해. 그런데 그날은 내가 쓴 시를 보여 줘야겠다는 생각이 들었지. 한마디로 미친 짓이었어. 그래도 못 참겠더라니까."

헬름홀츠가 웃으며 말을 이었다.

"학생들이 어떤 반응을 보일지 궁금했거든. 게다가……."

여기서 자못 진지한 표정을 지었다.

"나도 약간의 선전을 하고 싶었던 거야. 내가 그 시를 쓸 때 느꼈던 감정을 학생들이 맛볼 수 있도록 유도하고 싶었던 거지. 포드님, 맙소사!"

헬름홀츠는 하하 웃으며 덧붙였다.

"다들 어찌나 난리법석을 떨던지! 총장한테 불려 가서 대학에서 쫓아내겠다는 협박까지 들었지 뭐야. 난 이제 완전히 찍혔어."

버나드가 물었다.

"대체 무슨 시였길래 그러는 거야?"

"고독에 관한 시야."

버나드는 놀라서 눈이 휘둥그레졌다.

"내가 읊어 볼 테니까 한번 들어 봐."

어제의 친목회

찢어진 북 곁에 덩그러니 남은 북채,

캄캄한 도시의 밤

텅 빈 하늘에 울리는 피리 소리,

꾹 다문 입술과 잠든 얼굴들,

기계도 모두 멈췄다.

사람들이 모여 있던 자리에는

정적과 쓰레기만 나뒹굴고,
모든 침묵이 기뻐하고
소리 높여 또 나지막이 흐느끼고
말을 걸어 와도 그 목소리를
나는 알지 못한다.

수잔의, 그리고 에게리아의
팔과 가슴과 입술과
아, 엉덩이가 없어도
천천히 하나의 존재가 만들어진다.
누구일까? 나는 묻지만
그것은 부정한 본질이다.
존재하지 않는 그 본질이
우리가 함께한 잠자리보다
공허한 밤을 더욱 가득히 채워 주는데
왜 그것을 그토록 추잡하다 여겨야 하는가?

"이 시를 들은 학생들이 총장실에 날 신고한 거야."

"놀랄 일도 아니네. 그 아이들이 수면 학습을 통해 배운 내용을 대놓고 반박한 거니까. 고독을 경계하라는 경고를 적어도 25만 번쯤은 듣고 자라잖아."

"나도 알아. 그냥 어떤 일이 벌어질지 궁금했을 뿐이야."

"뭐, 이젠 알게 됐네."

헬름홀츠는 슬며시 미소를 짓고는 말을 이었다.

"이제야 글로 쓸 만한 소재를 발견했다는 생각이 들어. 내 안에 잠재되어 있다고 느끼는 그 힘을 막 사용할 수 있게 된 느낌이야. 나에게 뭔가가 다가오고 있는 것 같아."

그는 논란의 중심에 있으면서도 참 행복해 보였다.

헬름홀츠와 존은 처음부터 서로를 아주 마음에 들어 했다. 둘 사이가 어찌나 다정한지, 버나드는 질투심으로 속이 쓰라릴 지경이었다. 지난 몇 주간 존과 함께 지낸 자신도 그렇게까지 가까워지지는 못했건만, 헬름홀츠는 단숨에 존과 친구가 되었다.

존과 헬름홀츠가 이야기 나누는 것을 보고 듣노라면 차라리 둘을 만나게 해 주지 말 걸 그랬다는 후회가 들기도 했다. 버나드는 이렇게 질투를 느끼는 자신이 창피해서 그 감정을 털어 버리기 위해 소마를 먹었다. 그래도 별 소용이 없었다. 소마 휴식이 끝나면 불가피하게 공백이 생겨 그 추악한 감정이 자꾸만 되살아났다.

존과 세 번째로 만나던 날, 헬름홀츠는 고독에 관한 자작시를 읽어 주었다.

"어때요?"

존은 고개를 젓더니 이렇게 말했다.

"대신 이걸 들어 보세요."

그러고는 서랍을 열어 쥐가 갉아먹은 책을 꺼내 찬찬히 읊조리기 시작했다.

홀로 우뚝 선 아라비아 나무 위에 앉아
가장 큰 소리로 우는 저 새는
슬픈 소식을 전하는 나팔이 되어…….

헬름홀츠는 마음을 완전히 빼앗겨 귀를 바싹 기울였다. '홀로 우뚝 선 아라비아 나무'라는 구절에서는 소스라치게 놀라더니, '소리치는 예언자여'라는 구절에서는 기쁨의 미소를 함빡 지었다. '폭군의 날개를 단 모든 새여'에서는 얼굴을 온통 붉게 물들였고, '죽음의 음악'에 이르러서는 난생처음 느끼는 감정에 핏기가 싹 가시며 온몸을 바르르 떨었다.

존은 계속 읽어 내려갔다.

이와 같이 존재의 본질이 흔들리니
자아는 더 이상 같지 않고,
하나의 본성에 이름이 두 개가 붙었으니
둘로도 하나로도 불리지 못한다.

이성이 혼란에 빠져
분열이 자라나는 것을 보고…….

—〈불사조와 산비둘기〉에서

"신나고 신나도다!"

별안간 버나드가 큰 소리로 웃어 젖히며 끼어들었다.

"꼭 친목회에서 부르는 찬가 같군."

자기보다 서로를 훨씬 더 좋아하는 두 친구에게 앙갚음을 해 준 것이다.

그 후에도 버나드는 두어 차례 이런 식으로 소소하고 자질구레한 복수를 시도했다. 헬름홀츠와 존은 시를 마치 가장 아끼는 수정 구슬이라도 되는 듯 소중히 여겼기 때문에 버나드가 그것을 흠집 내거나 더럽히려 들면 끔찍이도 고통스러워했다. 버나드로서는 큰 힘을 들이지 않고도 최고의 효과를 낼 수 있는 방편인 셈이었다.

결국 참다못한 헬름홀츠가 한 번만 더 그런 식으로 굴면 쫓아내 버리겠다고 으름장을 놓았다. 그런데 그다음에 얄궂게도 헬름홀츠가 망신스러운 훼방꾼 노릇을 하게 되었다.

그날 존은 〈로미오와 줄리엣〉을 낭독했다. 언제나 스스로를 로미오로, 레니나를 줄리엣으로 생각하며 작품을 읽기 때문에 그날 역시 매우 진지하고 설레었다. 한편, 헬름홀츠는 두 사람이 처음 만나는 장면이 뭔가 어리둥절하면서도 자못 흥미로웠다. 줄리엣의 정원을 묘사하는 장면은 어찌나 우아한지 사뭇 감동적이기까지 했다.

그런데 그 장면에 표현된 주인공의 감정은 들으면 들을수록 웃음이 비어져 나왔다. 여자 하나 꼬시려고 그렇게 수선을 피우다니! 정말이지 우스꽝스럽기 짝이 없었다. 그렇지만 감정 공학적 관점에서 대사 한 마디 한 마디를 자세히 들어 보면 완벽한 걸작인 것만은 분명했다!

헬름홀츠가 말했다.

"내로라하는 최고의 선전 기술자들도 그 셰익스피어라는 양반 앞에서는 명함도 못 내밀겠는데?"

존은 뿌듯한 미소를 지으며 계속 읽어 내려갔다. 그럭저럭 시간은 잘 흘러갔다. 3막의 마지막 장면에서 줄리엣의 부모가 딸을 패리스와 억지로 결혼시키려 하기 전까지는. 헬름홀츠는 그 장면에서 유독 안절부절못하며 몹시 산만하게 굴었다. 존은 애절한 목소리로 줄리엣의 대사를 읊었다.

저기 저 구름 속에는
내 슬픔의 밑바닥까지 들여다보는 자비심이 없는가?
오, 사랑하는 나의 어머니, 저를 버리지 마세요!
한 달만, 아니 일주일만이라도 이 결혼을 미뤄 주세요.
그렇게 못 하신다면 티볼트가 누워 있는
저 컴컴한 무덤 속에 신방을 마련해 주세요…….

헬름홀츠는 이 대목에서 폭소가 터진 후 걷잡을 수 없는 지경이 되고 말았다. 해괴망측하고 음탕한 어미와 아비가 딸이 원하지도 않는 사람과 결혼을 시키려 하다니! 게다가 저 멍청한 여자는 좋아하는 사람이 따로 있다는 얘기도 꺼내지 못하다니! 가뜩이나 지저분하고 터무니없는 이야기인데, 특히나 이 상황은 너무나도 우스워서 도저히 참을 수가 없었다.

어쨌거나 헬름홀츠는 자꾸만 비어져 나오려는 웃음을 꾹꾹 눌렀다. 하지만 존이 비통하게 떨리는 목소리로 '사랑하는 나의 어머니'라고 말하는 순간, 그리고 티볼트의 시신을 화장하지 않아 컴컴한 무덤 속에서 인을 아깝게 낭비하고 있다는 데 생각이 미치는 순간, 더는 웃음을 참고 있을 수가 없었다. 얼마나 신나게 웃어 댔는지 헬름홀츠의 눈가에 눈물이 촉촉하게 맺혔다.

갑작스런 상황에 당황한 존은 창백한 얼굴을 하고서 책 너머로 헬름홀츠를 매섭게 노려보았다. 그러나 웃음은 그칠 기미를 보이지 않았다. 존은 화가 나서 책을 탁 덮어 버린 뒤, 마치 돼지 목에 걸린 진주 목걸이를 걷어치우듯 서랍에 넣고 잠가 버렸다.

헬름홀츠는 한참이나 숨을 고른 다음에야 사과할 여유를 찾았다. 그는 애써 존을 달랬다.

"그렇게 우스꽝스럽고 정신 나간 얘기가 때때로 필요하다는 건 나도 인정해요. 그런 식이 아니고선 걸작을 써낼 수 없을 테니까요. 그런데 그 양반은 어쩌다 그렇게 훌륭한 선전 기술자가 됐을까요? 아마도 제정신이 아닐 만큼 괴로운 일들이 너무 많았기 때문일 거예요. 한 번도 상처를 받지 않은 사람은 그토록 마음을 꿰뚫는 예리한 구절을 생각해 낼 수가 없거든요. 아무리 그래도 아버지와 어머니라니!"

헬름홀츠는 고개를 설레설레 저으며 덧붙였다.

"솔직히 그 얘기를 듣고서 웃지 않고 배길 수 있는 사람이 어디 있겠어요? 게다가 어떤 남자가 어떤 여자를 차지하든 말든 무슨 상관이냐고요. 그 문제에 그렇게까지 열중할 사람은 또 어디 있고요."

이 말에 존은 자기도 모르게 움찔했다. 하지만 헬름홀츠는 그때 골똘히 생각에 잠겨 바닥을 내려다보느라 미처 눈치를 채지 못했다.

헬름홀츠는 한숨을 푹 내쉬며 이렇게 결론을 지었다.

"이런 식으로는 불가능해요. 우리에게 필요한 건 광기와 폭력성입니다. 그게 과연 뭘까요? 어디서 찾을 수 있을까요?"

헬름홀츠는 이내 고개를 저으며 나지막이 읊조렸다.

"난 모르겠어요. 도무지 모르겠다고요."

제 13 장

고백의 시간

어두침침한 태아 저장실 불빛 아래 헨리가 모습을 드러냈다.

"오늘 저녁에 촉각 영화 보러 갈래요?"

레니나는 아무 대꾸 없이 고개만 저었다.

"다른 사람이랑 가나 봐요? 혹시 베니토예요?"

헨리는 누가 누구와 만나는지에 유난히 관심이 많았다.

이번에도 레니나는 고개를 저었다.

헨리는 레니나의 시뻘건 눈에 서린 피로감과 피부병이라도 걸린 듯 창백한 피부, 축 처진 입꼬리에 맺힌 슬픔을 단박에 알아차렸다. 혹시라도 레니나가 이 세상에 몇 안 남은 전염병 중의 하나에라도 걸린 게 아닌지 걱정이 되어서 조심스레 물었다.

"혹시 어디 아픈 건 아니죠?"

레니나는 또 고개만 저었다. 헨리는 레니나의 어깨를 탁 치며 수면 학습에 나오는 구절을 줄줄 읊었다.

"의사한테 꼭 가 봐요. 하루에 한 번 의사를 만나면 불안증이 없어지죠."

그러고도 계속 지껄였다.

"아니면 임신 대체제를 좀 먹든지요. '초강도 욕정 대체 훈련'을 받아 보는 건 어때요? 일반 욕정 대체제는 아무래도……."

입을 꾹 다물고 있던 레니나가 갑자기 화를 왈칵 냈다.

"아, 제발 그 입 좀 닥쳐요!"

그러고는 배아 쪽으로 휙 돌아섰다.

초강도 욕정 대체 훈련 같은 소리 하고 있네! 누가 툭 치면 울 것 같은 기분만 아니었다면, 레니나도 그 얘기에 한바탕 웃었을지도 모른다. 안 그래도 걱정이 넘쳐나서 괴로운데…….

땅이 꺼지게 한숨을 쉬며 주사기를 다시 채우는 사이, 레니나는 자기도 모르게 존의 이름을 자꾸 되뇌었다.

"존……, 존……."

그러다 화들짝 놀라서 혼잣말을 했다.

"포드님, 맙소사. 방금 이 병에 수면병 주사를 놨던가 안 놨던가?"

도무지 기억이 나지 않았다. 결국 레니나는 주사를 두 번 놓는 위험을 저지르지 않기 위해 다음 병으로 넘어갔다.

그로부터 22년 8개월 4일 뒤, 장래가 촉망되던 알파 마이너스 관리자가 므완자-므완자 지역에서 수면병의 일종인 트리파노소마증으로 죽게 되었다. 이는 반세기 만에 처음 벌어진 사고였다.

레니나는 한숨을 내쉬며 하던 일을 계속했다.

한 시간 뒤, 탈의실로 간 레니나는 패니의 잔소리와 맞닥뜨렸다.

"너, 왜 그래? 이렇게 될 때까지 방치하다니! 말도 안 돼. 대체 뭐 때문에 그래? 고작 남자 하나 때문에 이러는 거야?"

"어쨌든 내가 원하는 사람이잖아."

"세상에 널리고 널린 게 남자야!"

"다른 사람은 싫어."

"다 만나 보지도 않고 어떻게 알아?"

"웬만큼 만나 봤어."

패니는 일부러 모멸감을 주려는 듯한 표정으로 어깨를 으쓱대며 따졌다.

"몇 명이나 만났다고 그래?"

"수십 명. 하지만 그게 다 무슨 소용이야?"

레니나가 힘없이 고개를 젓자 패니는 훈계조로 땍땍거렸다.

"그래도 포기하면 안 돼."

정작 그렇게 말하면서도 아까처럼 확신에 찬 태도는 아니었다. 패니가 나지막이 덧붙였다.

"인내하지 않고 이룰 수 있는 건 아무것도 없어."

"그러면 어떻게……."

"그 남자 생각을 아예 하지 마."

"나도 어쩔 수가 없어."

"그럼 소마라도 먹든지."

"소마는 지금도 먹고 있어."

"계속 먹으라고."

"소마 휴식에서 깨어나면 계속 그 사람 생각이 나. 아마 난 평생토록 그 남자를 좋아할 거야."

패니가 단호하게 말했다.

"정 그렇다면 그 남자를 찾아가서 가져 버려. 그쪽이 원하든 원치 않든."

"얼마나 기묘한 사람인지, 네가 몰라서 하는 소리야!"

"그렇다면 더 세게 밀고 나가야겠네."

"말이야 쉽지."

"더 이상 미련하게 굴지 말고 행동으로 옮겨. 지금 당장, 응?"

패니의 목소리가 쩌렁쩌렁 울렸다. 그 모습이 마치 베타 마이너스 학생들을 모아 놓고 여성 포드 연합회 저녁 강연이라도 펼치는 것 같았다.

"겁이 나."

"일단 소마 0.5그램부터 먹어. 그럼 난 이제 목욕하러 간다."

패니는 수건을 질질 끌며 욕탕으로 가 버렸다.

초인종이 울렸다. 안 그래도 헬름홀츠를 기다리고 있던 존은 쏜살같이 문으로 달려갔다. 헬름홀츠에게 레니나에 대한 마음을 털어놓기로 결심했기 때문이다. 그 뒤로는 한시라도 빨리 말하고 싶어서 견딜 수가 없었다. 존은 문을 벌컥 열며 소리쳤다.

"기다리고 있었어요, 헬름홀츠!"

그런데 문 앞에 서 있는 사람은 뜻밖에도 윤기 나는 새틴 세일러 복을 입고 흰 모자를 비스듬히 걸쳐 쓴 레니나였다. 존은 한 대 얻어맞기라도 한 것처럼 멍한 얼굴로 외마디소리를 냈다.

"아!"

레니나가 두려움과 부끄러움을 이겨 내는 데는 소마 0.5그램이면 충분했다.

"안녕, 존."

레니나는 미소를 지으며 존을 지나쳐 방 안으로 들어섰다. 존은 자기도 모르게 문을 닫고 레니나의 뒤를 어기적어기적 따라갔다. 레니나는 소파에 자리를 잡고 앉았다. 잠시 동안 침묵이 흘렀다.

마침내 레니나가 먼저 입을 열었다.

"내가 별로 반갑지 않은가 봐요, 존."

"반갑지 않다고요?"

존은 원망스러운 눈빛으로 레니나를 바라보았다. 그러더니 갑자기 무릎을 꿇더니 레니나의 손을 잡고는 경건하게 입을 맞추었다.

"반갑지 않다고요? 아, 당신은 내 마음을 모를 거예요."

그러고는 아주 조심스레 눈을 들어 레니나의 얼굴을 바라보며 속삭였다.

"레니나, 당신은 이 세상에서 가장 고귀하고 소중한 존재예요."

레니나는 부드럽고 감미로운 미소를 지었다. 존이 말을 이었다.

"아, 정말이지 당신은 완벽해요."

레니나는 살짝 벌어진 입술을 천천히 존에게로 기울였다.

"너무 완벽해서 무엇과도 비할 수가 없어요."

입술이 점점 가까워졌다.

"이 세상에 살아 있는 모든 것 가운데서 가장 완벽해요."

점점 더 가까이.

순간, 존이 자리에서 벌떡 일어났다. 그리고 시선을 피하며 중얼거렸다.

"바로 그렇기 때문에…… 뭔가를 하고 싶은 거예요. 내가 당신에게 어울리는 사람이라는 걸 보여 주고 싶으니까요. 내 평생 그렇게 될 수 있을지 모르겠지만, 아주 형편없는 인간이 아니라는 것만은 알려 주고 싶어요. 그래서 뭔가를 하려 해요."

"대체 왜 그런 생각을……."

레니나는 미처 말을 끝맺지 못하고 입을 다물었다. 목소리에는 짜증이 잔뜩 묻어났다. 입술을 살짝 벌리고 상대방을 향해 천천히 몸을 기울이고 있는데, 그 멍청한 상대가 벌떡 일어나 버리다니! 아무리 0.5그램의 소마가 핏속에 남아 있다고 해도 짜증이 왈칵 치미는 것까지는 어쩔 수 없었다.

존은 두서없이 주절거렸다.

"말파이스에서는 여자에게 사자 가죽을 바쳐야 합니다. 음, 결혼하고 싶은 여자에게 말이죠. 아니면 늑대 가죽이라도요."

레니나가 톡 쏘아붙였다.

"영국에는 사자가 없어요."

존은 혐오스런 표정을 지으며 대꾸했다.

"만일 있다 해도 헬리콥터를 탄 인간들이 독가스를 쏴서 죽여 버리겠죠. 난 그런 짓은 안 해요, 레니나."

존은 마침내 어깨를 활짝 펴고 레니나와 당당히 눈을 맞추었다. 그러나 레니나의 시선에는 짜증이 잔뜩 묻어 있었다. 도대체 무슨 소리를 하고 있는지 모르겠다는 듯한 표정이었다. 존은 당황한 나머지 아까보다 더 횡설수설했다.

"뭐든지 할게요. 당신이 하라는 건 뭐든지요. 굉장히 고통스러운 운동도 할 수 있어요. 그 안에서 기쁨을 찾을 수 있을 테니까요. 지금 내 마음이 그래요. 당신이 시키면 바닥에 비질이라도 하겠다는 거예요."

레니나는 더욱 혼란에 빠졌다.

"청소기가 있는데 왜 그래야 하죠?"

"아무리 하찮은 일이라도 고귀하게 할 수 있어요. 나는 그렇듯 고귀한 일을 하고 싶은 거예요. 내 말이 이해되나요?"

"청소기가 있는데 왜……."

"중요한 건 청소기가 아니에요."

"게다가 청소는 하급 엡실론들이나 하는 일이에요. 대체 왜 당신이 그런 일을 해야 하나요?"

"왜냐고요? 당신을 위해서요, 레니나 당신을 위해서! 당신에게 보여 주고 싶은……."

"도대체 청소기와 사자가 무슨 상관……."

"내가 얼마나 당신을……."

레니나는 점점 부아가 치밀었다.

"나를 기쁘게 하는 것과 사자는 또 무슨 관계가……."

존은 거의 절박한 심정으로 내뱉었다.

"내가 당신을 얼마나 사랑하는지 보여 주려고요, 레니나."

순간 기쁨의 파도가 밀려들 듯 뜨거운 피가 한꺼번에 레니나의 얼굴로 향했다.

"진심이에요, 존?"

존은 극심한 고통을 참는 것처럼 주먹을 불끈 쥐고 소리쳤다.

"그 말을 직접 할 생각은 없었어요. 그날이 오기 전까지는……. 레니나, 내 얘기를 잘 들어 봐요. 말파이스에서는 사랑하면 결혼을 합니다."

"뭘 한다고요?"

레니나의 목소리에 다시 짜증이 배어났다. 대체 무슨 얘기를 하려는 거지?

"영원을 약속한다고요. 두 사람이 영원히 같이 살기로 약속하는 거예요."

레니나는 진심으로 충격에 빠졌다.

"어떻게 그렇듯 끔찍한 얘기를!"

"겉모습의 아름다움보다 오래가고 썩어 사라지는 피보다 빨리 새로워지는 마음이여.(〈트로일러스와 크레시다〉 3막 2장)"

"뭐라고요?"

"셰익스피어 작품에도 그런 얘기가 나와요. 신성한 예식과 성스러운 의례를 정성껏 치르기 전에 처녀의 매듭을 끊는다면…….(〈템페스트〉 4막 1장)"

"맙소사, 존! 제발 알아듣게 얘기해 줘요. 당신이 무슨 말을 하는 건지 하나도 모르겠어요. 처음에는 청소기 타령을 하더니 이젠 또 매듭이 어쨌다는 거예요? 당신 때문에 미치겠어요."

레니나는 벌떡 일어나 존의 손목을 꽉 잡았다. 존의 마음뿐만이 아니라 몸까지 멀리 사라져 버릴까 봐 두렵다는 듯이. 레니나가 다그치듯 물었다.

"이것만 대답해 줘요. 나를 정말 좋아하나요?"

존은 잠시 머뭇거리다가 아주 나지막한 목소리로 대답했다.

"이 세상 그 무엇보다 당신을 사랑합니다."

"대체 왜 그 말을 진작 해 주지 않았어요?"

레니나는 존의 손목으로 손톱이 파고들 만큼 꽉 그러잡고 소리쳤다. 그 목소리에는 격정이 한가득 담겨 있었다. 그러더니 이내 거칠게 그의 손목을 떨쳐 내며 외쳤다.

"몇 주씩이나 날 비참하게 한 것도 모자라 매듭이니 청소기니 사자니, 그런 쓸데없는 소리들만 늘어놓고 있잖아요! 내가 당신을 이렇게 많이 좋아하지만 않았어도 엄청나게 화를 냈을 거예요."

그러더니 갑자기 두 팔로 존의 목을 끌어안았다. 존은 부드럽게 와 닿는 레니나의 입술을 느꼈다. 하도 부드럽고 달콤해서, 너무나 따뜻하고 짜릿해서 자기도 모르게 〈헬리콥터에서 보낸 삼 주일〉에 나오는 포옹 장면을 떠올리고 말았다. 오오오! 아아아! 금발 여자의 입체 형상과 아아아! 실제보다 더 실제 같던 흑인 남자! 공포, 공포, 공포……. 존이 벗어나려 버둥거릴수록 레니나는 더욱 힘껏 감싸 안았다.

"왜 진작 그렇게 말하지 않았어요?"

레니나가 존을 바라보려고 얼굴을 약간 뒤로 빼면서 속삭였다. 그녀의 두 눈이 존을 부드럽게 책망하고 있었다.

존의 내면에서 솟아난 양심의 소리가 시가 되어 천둥처럼 울렸다.

"이 세상 가장 어두운 동굴 속에서도, 그 무엇보다 영악한 유혹 앞에서도 내 명예가 색욕으로 녹아내리는 일은 없을 것이다.(〈템페스트〉 4막 1장) 결코, 결단코!"

"어리석은 사람! 내가 당신을 얼마나 원하고 있었는지 알아요? 당신도 나를 그렇게 원했으면서 지금껏 왜……?"

"하지만 레니나……."

존은 레니나를 진정시키려 애썼다. 레니나는 팔을 풀고 한 발짝 뒤로 물러섰다. 존은 이제야말로 서로의 뜻이 통했다고 잠시나마 생각했다. 그러나 하얀 허리띠를 풀어 의자 등받이에 조심스레 걸쳐 놓는 레니나를 보고는 뭔가 잘못되었다는 사실을 깨달았다.

"레니나!"

레니나는 안절부절못하는 존을 아랑곳하지 않고 자신의 목덜미에서부터 아래쪽으로 길게 지퍼를 내렸다. 하얀 세일러 블라우스가 양쪽으로 벌어졌다. 설마설마하던 존의 의심이 확신으로 변하는 순간이었다.

"레니나, 지금 뭐 하는 거예요?"

직, 직! 레니나는 침묵으로 대답하며 나팔바지까지 벗어 버렸다. 조개 껍데기 같은 연분홍빛 속옷이 드러났다. 가슴에는 대공동체 합창 단장에게서 받은 T자 모양의 지퍼가 길게 늘어져 있었다.

"창살 사이로 남자들의 시선을 끄는 탐스러운 가슴이…….(〈아테네의 타이몬〉 4막 3장)"

노래처럼, 천둥처럼, 마법처럼 울리는 말들은 레니나를 더욱 음험하고 매력적으로 보이게 했다. 한없이 부드러우면서도 날카롭기 그지없어서 이성을 뚫고 들어와 다짐을 무너뜨리는 그 말들!

"아무리 굳은 맹세도 핏속에서 타오르는 불길 앞에서는 한낱 지푸라기에 지나지 않는구나. 더욱더 금욕하지 않으면…….(〈템페스트〉 4막 1장)"

지익! 둥그스름한 분홍빛 가슴이 단정하게 가른 사과 두 쪽처럼 양옆으로 벌어졌다. 레니나는 두 팔과 오른다리, 왼다리를 차례로 들어 올리며 옷을 마저 벗었다. 속옷이 죽은 껍질처럼 힘없이 바닥에 나동그라졌다.

양말과 구두는 그대로 신은 채 새하얀 모자를 멋들어지게 기울여 쓴 레니나가 존을 향해 천천히 다가왔다. 레니나는 두 팔을 길게 뻗으며 다정한 목소리로 말했다.

"내 사랑, 사랑스런 존! 진작 말해 주었다면 얼마나 좋았을까!"

하지만 존은 두 팔을 활짝 벌려 '나의 사랑'이라고 화답하는 대신, 공포에 질려서는 주춤주춤 뒷걸음질을 했다. 위험한 짐승을 쫓아 버리려는 듯 손사래까지 치면서. 그러다 겨우 네 걸음 만에 벽에 막혀 궁지에 몰리고 말았다.

"아유, 귀여워라."

레니나는 존의 어깨에 손을 얹고 몸을 더 가까이 기댔다.

"안아 줘요. 어질어질할 정도로 꽉 안아 주세요."

레니나 역시 노래와 주문과 북소리 같은 말들로 시를 읊을 줄 아는 여자였다. 살며시 눈을 감고 착 가라앉은 목소리로 나른하게 중얼거렸다.

"입을 맞춰 줘요. 정신을 잃을 때까지 내게 입을 맞춰요. 안아 줘요, 복슬복슬한 토끼처럼……."

존이 레니나의 손목을 확 잡아채더니 거칠게 밀어냈다.

"아, 아파요, 존! 아프다고요……. 아!"

레니나가 갑자기 말을 뚝 그쳤다. 공포감이 고통마저 앗아 가 버렸던 것이다. 레니나는 눈을 똑바로 뜨고 존의 얼굴을 바라보았다. 아니, 그것은 존의 얼굴이 아니었다. 광기와 분노로 일그러진 채 씰룩씰룩 뒤틀려 있는, 흉포하고 낯선 얼굴이었다. 레니나가 숨을 죽인 채 물었다.

"대체 왜 그래요, 존?"

존은 아무 대답도 않은 채 광기에 찬 눈으로 레니나를 뚫어져라 노려보기만 했다. 레니나의 손목을 움켜쥔 존의 손이 부들부들 떨렸다. 호흡은 점점 거칠어졌고, 악문 입에서는 이를 가는 소리가 들렸다. 레니나는 소름이 끼쳐서 거의 비명을 지르다시피 했다.

"왜 그러느냐고요?"

존은 그 소리에 정신이 번쩍 들기라도 한 듯, 레니나의 어깨를 붙잡고 마구 흔들어 댔다.

"창녀! 이 창녀 같은 계집애! 더러운 것!"

"제, 제발, 그, 그만해요!"

존이 어깨를 잡고 흔들어 대는 통에 레니나의 목소리가 마구 떨렸다.

"창녀!"

"제, 제, 제발."

"더러운 계집 같으니!"

"한 알이 짜증보다……."

레니나는 홱 떠밀리는 바람에 비틀거리다 바닥으로 쓰러지고 말았다. 존은 레니나를 위에서 굽어보며 위협적으로 소리쳤다.

"가! 내 눈앞에서 썩 꺼져. 안 그러면 죽여 버리겠어."

존이 주먹을 불끈 쥐었다. 레니나는 황급히 얼굴을 가렸다.

"제발 그러지 말아요, 존……."

"당장 꺼져!"

레니나는 얼굴을 가린 손을 내리지도 못한 채 겁에 질린 눈으로 존의 움직임을 하나하나 살피다 겨우 몸을 일으켰다. 그러고는 손으로 머리를 감싸고 허둥지둥 욕실로 달려가려는 참이었다.

철썩!

존이 어딘가를 후려쳤다. 그 소리가 총성이라도 되는 양 레니나의 고막을 꿰뚫고 울려 퍼졌다. 레니나는 걸음아 날 살려라, 하고 허겁지겁 도망쳤다. 하마터면 앞으로 고꾸라질 뻔했다.

"아!"

욕실로 들어와 문을 걸어 잠근 뒤에야 레니나는 상처를 살펴볼 여유가 생겼다. 고개를 돌려 거울에 등을 비춰 보았다. 왼쪽 어깨 너머 진줏빛 피부에 벌건 손자국이 선명하게 남아 있었다. 레니나는 쓰라린 부분을 손으로 살살 쓰다듬었다.

한편, 존은 욕실 밖에서 마력을 지닌 단어들이 연주하는 가락과 북소리에 맞춰 방 안을 이리저리 서성대고 있었다.

"굴뚝새도 모자라 한낱 파리 새끼까지 내 눈앞에서 색을 밝히는구나.(〈리어 왕〉 4막 6장)"

마법의 단어들이 존의 귓속에서 미친 듯이 울려 댔다.

"족제비나 더러운 말도 그렇게 방종하게 색욕을 부리지는 않는다. 허리 위로는 여자이나 아래로는 켄타우로스로구나. 허리까지는 신에게서, 그 아래는 악마에게서 받았다. 거기엔 악취를 풍기며 타오르는 지옥의 불구덩이와 어둠만이 있다. 퉤, 퉤, 퉤! 착한 약재상아, 달콤한 상상을 하고 싶으니 사향 한 움큼을 내게 다오.(〈리어 왕〉 4막 6장)"

욕실 안쪽에서 레니나가 한껏 움츠러든 목소리로 말을 걸었다.

"존, 존!"

"오, 독초 같은 그대여, 그 사랑스러운 모습과 감미로운 향기에 내 감각이 아플 지경이구나. 이 위대한 책은 '창녀'라는 단어를 적기 위해 쓰였을까? 천국도 코를 가까이하지 않고…….(〈오셀로〉 4막 2장)"

레니나의 보드라운 살결에 발려 있던 분가루가 존의 겉옷에 묻어 향기를 짙게 풍겼다.

"뻔뻔스러운 창녀, 낯짝도 두껍지. 뻔뻔한 창녀 같으니라고!"

말이 박자에 맞춰 술술 흘러나왔다.

"뻔뻔스러운……."

"존, 내 옷 좀 주면 안 될까요?"

존은 나팔바지와 블라우스와 속옷을 집어 들었다. 그러고는 발로 문을 걷어차며 소리쳤다.

"열어!"

"싫어요."

레니나의 목소리는 겁에 잔뜩 질려 있었다.

"그럼 나더러 이걸 어떻게 주라고?"

"문 위쪽에 난 환풍구로 밀어 넣어요."

존은 레니나가 시키는 대로 하고는 다시 방 안을 서성이기 시작했다.

"뻔뻔스러운 창녀, 낯짝도 두꺼워라. 뒤룩뒤룩 살진 궁둥이에 감자 같은 손가락을 한 악마…….(〈트로일러스와 크레시다〉 5막 2장)"

"존."

존은 대답하지 않았다.

"뒤룩뒤룩 살진 엉덩이에 감자 같은 손가락."

"존."

존이 퉁명스레 말을 뱉었다.

"뭐요?"

"내 허리띠도 좀 주겠어요?"

레니나는 욕실에 앉아 방에서 나는 발소리에 귀를 기울였다. 대체 얼마나 더 저러고 있을 작정인지, 존이 아예 집 밖으로 나갈 때까지 기다려야 할지, 아니면 존이 진정하고 마음을 가라앉힐 때까지 참았다가 불시에 욕실 문을 벌컥 열고 허리띠를 얼른 집어야 할지 고민하면서…….

불안한 마음으로 이런저런 궁리를 하던 중, 욕실 문밖에서 전화벨 소리가 났다. 그와 동시에 서성대던 발소리가 딱 그쳤다. 전화기 너머의 사람과 이야기를 나누는 존의 목소리가 들렸다.

"여보세요."

"……."

"네."

"……."

"접니다."

"……."

"귓구멍이 막혔어요? 내가 그 야만인이란 말입니다."

"……."

"네? 누가 아프다고요? 당연히 알고 싶어요."

"……."

"상태가 심각합니까? 많이 아픈 거예요? 내가 지금 당장 가 보겠습니다……."

"……."

"방에 없다니요? 그럼 어디로 데려갔나요?"

"……."

"세상에, 맙소사! 주소가 어떻게 됩니까?"

"……."

"파크 레인 거리 3번지, 이게 주소예요? 3번지요? 감사합니다."

레니나는 짤깍, 수화기를 내려놓는 소리와 서둘러 달려 나가는 발소리를 놓치지 않았다. 곧이어 현관문이 쾅 닫히고 주위가 잠잠해졌다. 정말 나가 버린 걸까?

레니나는 온 신경을 바짝 곤추세운 채 욕실 문을 살며시 열어 보았다. 문틈으로 엿보니 방이 텅 비어 있었다. 용기를 내어 문을 조금 더 열었다. 문밖으로 머리부터 빼꼼 내민 뒤 곧이어 몸도 완전히 빠져나왔다.

레니나는 까치발을 하고서 쿵쿵 뛰는 심장을 안고 얼마간 가만히 서서 귀를 기울였다. 그러다 쏜살같이 현관문으로 달려가 밖으로 도망쳤다. 등 뒤에서 쾅 하고 문 닫히는 소리가 들렸다. 마침내 엘리베이터가 레니나를 싣고 아래로 내려가기 시작했다. 그제야 마음이 놓였다.

제 14 장

죽음에 익숙해지는 훈련

죽음을 앞둔 사람들을 수용하는 파크 레인 병원은 노란 달맞이꽃 색깔 타일로 꾸민 60층짜리 건물이었다. 존을 태운 택시콥터가 옥상에 내려앉았다. 곧 알록달록한 영구(靈柩) 항공기들이 한꺼번에 붕 날아올라 하늘을 가로지르며 슬라우 화장터가 있는 서쪽으로 떼를 지어 날아갔다.

엘리베이터 앞에서 기다리고 있던 제1 경비원이 이것저것 필요한 정보를 일러 주었다. 존은 경비원이 시키는 대로 급성 노화 환자를 수용하는 81병동 17층으로 내려갔다.

노란 페인트를 바른 커다란 병실은 햇살이 아주 잘 들었다. 침대 스무 개가 모두 차 있었다. 린다는 온갖 현대적인 편의 시설에 둘러싸여 다른 환자들과 함께 죽어 가고 있었다. 경쾌한 합성 음악이 병실에 활기를 불어넣었다. 침대 발치마다 놓여 있는 텔레비전이 밤낮없이 켜진 채 죽음 직전의 환자를 물끄러미 바라보았다. 십오 분에 한 번씩 새로운 향기가 병실을 가득 채웠다.

존의 안내를 맡은 간호사가 말했다.

"저희는 완벽하고 쾌적한 환경을 만들기 위해 최선을 다하고 있습니다. 이렇게 설명하면 어떨지 모르겠지만, 우리 병원 시설은 일류 호텔과 촉각 영화관의 중간쯤 된다고나 할까요?"

"어디 있어요?"

친절한 설명을 무시당하자 기분이 상한 간호사가 답했다.

"성미가 아주 급하시군요."

"희망은 있습니까?"

"죽지 않을 가능성이 있느냐는 얘긴가요?"

존이 고개를 끄덕였다.

"아뇨, 당연히 그럴 가능성은 없어요. 여기로 보내졌다는 건 그럴 가능성이……"

존이 창백한 얼굴을 고통스럽게 일그러뜨리자, 깜짝 놀란 간호사가 잠시 말을 멈추고는 이렇게 물었다.

"아니, 왜 그러세요?"

간호사는 방문객이 이런 반응을 보이는 데 익숙지 않았다. 그렇다고 다른 유형의 방문객이 많은 것도 아니지만. 굳이 방문객이 많아야 할 이유도 없으니까.

간호사가 물었다.

"어디 불편한 데라도?"

존이 고개를 저으며 들릴락 말락 한 목소리로 대답했다.

"저분이 제 어머니입니다."

간호사는 공포에 질린 눈으로 존을 힐끗 보고는 얼른 고개를 돌려 버렸다. 얼굴이 온통 붉게 달아올라 있었다.

존은 떨리는 목소리를 애써 가다듬으며 부탁했다.

"어머니께 데려다주세요."

간호사는 여전히 달아올라 있는 얼굴을 감추지 못한 채 존을 병실 안으로 안내했다. 노화가 급속도로 진행되는 바람에 심장과 뇌만 늙었을 뿐, 뺨에는 세월의 흔적이 미처 번지지 않아서 여전히 팽팽한 얼굴들이 고개를 돌려 두 사람을 바라보았다. 두 번째 유아기를 맞은 사람들의 멍한 눈이 두 사람을 따라 천천히 움직였다. 존은 그 모습을 보고 진저리를 쳤다.

죽 늘어선 병상의 끄트머리, 즉 벽면 바로 옆 마지막 침대에 린다가 누워 있었다. 쌓아 올린 베개에 몸을 기대어 텔레비전을 보고 있었다. 남미 리만면 테니스 챔피언십 준결승전이 무음으로 축소 재생되고 있었다. 반짝반짝 빛나는 화면 속에서 조그마한 형상들이 소리도 없이 사방팔방 뛰어다녔다. 마치 어항 속을 헤엄치는 물고기 같았다.

린다는 고개를 들어 존을 바라보고는 희미하게 웃음을 지어 보였다. 아들의 얼굴도 알아보지 못하는 듯했다. 퉁퉁 부어오른 창백한 얼굴에는 백치처럼 행복한 표정이 어려 있었다. 이따금 눈꺼풀이 완전히 감기기도 했다. 그때마다 잠깐씩 잠에 빠져드는 모양이었다. 그러다 움찔 놀라 잠에서 깨면 다시 어항 속의 우스꽝스러운 테니스 경기를 보고, 합성 오르간이 연주하는 〈어질어질 취할 정도로 꽉 안아 주세요〉를 들으며, 머리 위 환풍구에서 나오는 훈훈한 버베나 향기를 맡았다.

그렇게 보고 듣고 맡고는 있었지만, 실제로는 그것들에 관해 꿈을 꾸고 있는 것이나 다름없었다. 핏속을 흐르는 소마는 화면과 음악과 향기를 더욱 환상적으로 미화시켰다. 덕분에 만족감에 취한 어린아이처럼 멍한 미소를 짓고 있는 것이었다.

간호사가 손가락으로 위층을 가리키며 말했다.

"이제 난 가 봐야겠어요. 곧 아이들이 몰려올 시간이거든요. 게다가 3병동에도 들러야 하고요. 그럼 편히 계세요."

간호사는 활기찬 걸음걸이로 병실을 나섰다.

존은 침대 옆 의자에 앉아 린다의 손을 잡고 나지막이 속삭였다.

"린다."

자기 이름이 들리자 린다가 고개를 돌렸다. 존을 알아봤는지 텅 빈 눈에 얼핏 생기가 돌았다. 린다는 존의 손을 꼭 마주 잡았다. 미소를 머금은 입술이 달싹이는가 싶더니, 별안간 고개가 푹 고꾸라졌다. 다시 잠이 든 것이었다.

존은 린다를 가만히 들여다보았다. 말파이스에서 보낸 어린 시절 내내 자신을 내려다보던 젊고 생기 있는 얼굴을, 시들어 버린 살갗 너머에서 찾고 싶었다. 눈을 꼭 감은 채 린다의 목소리를, 린다의 움직임 하나하나를, 두 사람이 함께했던 삶의 모든 순간을 떠올렸다.

"스트렙토콕-지에서 밴버리-티까지……."

린다가 불러 주던 그 아름다운 노래들! 그 마법 같은 동요의 가사는 참으로 이상하고 신비로웠다!

A, B, C와 비타민 D.
지방은 간에 쌓이고 물고기는 바다에 살아요.

린다의 목소리와 그 목소리가 부르던 노랫말을 머릿속으로 되뇌는 사이, 존의 눈에 뜨거운 눈물이 차올랐다. 읽기 연습도 기억났다. '고양이가 매트 위에 앉아 있다. 아기가 유리병에 들어 있다.', 또 《태아 저장실 베타 근무자를 위한 실용 지침서》. 그리고 모닥불 앞에서 지샌 기나긴 밤들, 지붕 위에서 이야기를 나누던 여름밤의 나날들.

린다는 틈만 나면 보호 구역 밖의 '다른 세계'에 관해 이야기를 했다. 런던에 와서 진짜 문명인들을 만난 지금까지도 존은 '다른 세계'에 관한 그 아름답디 아름다운 이야기들을 온전히 기억하고 있었다. 마치 천국을 기억하듯, 선의와 사랑이 넘치는 낙원을 기억하듯, 때 묻지 않은 그대로 간직하고 있었다.

갑자기 왁자지껄하게 떠드는 소리가 들렸다. 존은 눈을 뜨고 황급히 눈물을 훔친 뒤 주위를 둘러보았다. 여덟 살 남짓한 일란성 쌍둥이 사내아이들이 병실로 끝없이 밀려들고 있었다. 쌍둥이 다음에 쌍둥이가, 또 쌍둥이 다음에 쌍둥이가. 마치 악몽을 꾸는 듯한 기분이었다.

그들의 얼굴, 수가 그렇게 많은데도 생김새는 똑같은 그 얼굴은 납작한 들창코에 흐리멍텅한 퉁방울 눈을 하고 있었다. 똑같은 황갈색 옷을 입고 하나같이 입을 헤 벌리고 있었다. 아이들이 시끄럽게 재잘대면서 문턱을 넘어섰다. 병실이 삽시간에 구더기로 들끓는 듯했다. 그들은 침대 사이로 떼 지어 돌아다니며 텔레비전을 흘깃거리기도 하고, 환자들을 향해 짓궂은 표정을 짓기도 했다.

아이들은 린다를 보고 꽤 놀란 모양이었다. 겁을 잔뜩 집어먹은 얼굴로 침대 발치에 옹기종기 모여 서서, 낯선 생명체를 맞닥뜨린 동물처럼 멍청한 얼굴로 린다를 구경했다. 아이들은 두려움에 질린 목소리로 저희끼리 소곤거렸다.

"야, 야, 저것 좀 봐! 저 여자, 왜 저런 걸까? 왜 저렇게 뚱뚱하지?"

아이들은 그런 얼굴을 한 번도 본 적이 없었다. 젊지도 팽팽하지도 않은 얼굴, 날씬하지도 꼿꼿하지도 않은 몸……. 그런 몸은 난생처음 보았다. 이곳에서는 죽기 직전의 육십 대 여자들도 소녀 같은 모습을 하고 있었다. 그런데 린다는 고작 마흔네 살에 살이 축축 늘어지고 일그러진 괴물이 되어 있었다.

아이들은 계속 쑥덕대었다.

"저 여자, 정말 끔찍하지 않니? 저 이 좀 봐!"

들창코 쌍둥이 하나가 별안간 침대 밑에서 불쑥 튀어나왔다. 쌍둥이는 존이 앉은 의자와 벽 사이의 공간으로 비집고 들어와 린다의 얼굴을 하나하나 뜯어보았다.

"내 생각에는 말이야……."

하지만 쌍둥이는 미처 말을 끝맺기도 전에 꺅 하고 비명을 지르고 말았다. 존이 녀석의 멱살을 잡아 번쩍 들어 올리고는 뺨을 후려갈긴 것이다. 아이는 곧장 울음을 터뜨렸다.

그 소리를 듣고 수간호사가 헐레벌떡 달려왔다. 수간호사는 존을 향해 매섭게 따져 물었다.

"애한테 무슨 짓이에요? 아이를 때리는 건 절대로 용납 못 해요."

"그렇다면 저 녀석들이 침대 근처에 얼씬하지 못하게 했어야죠. 이 버릇없는 애새끼들을 여기에 데려다 놓고 뭘 하는 겁니까? 이건 아주 막돼먹은 짓거리라고요!"

존의 목소리가 분노로 파르르 떨렸다.

"막돼먹다니요? 대체 그게 무슨 소리예요? 죽음에 익숙해지도록 훈련받는 중이잖아요. 그리고 분명히 말하겠는데……."

수간호사는 공격적인 어투로 경고했다.

"한 번만 더 아이들의 훈련을 방해했다가는 당장 보안 요원을 불러 당신을 쫓아내겠어요."

존은 의자에서 벌떡 일어나 수간호사에게 두어 발짝 다가갔다. 그 움직임과 표정이 어찌나 위협적이었던지, 수간호사는 자기도 모르게 공포에 질려 뒷걸음질을 했다. 가까스로 화를 억누른 존은 한마디 말도 없이 홱 돌아선 뒤 다시 침대 옆 의자에 앉았다.

수간호사는 그제야 안심을 하고는 자신 없는 목소리로 애써 체면을 차리며 말했다.

"분명히 경고했어요. 앞으로 명심하도록 해요."

수간호사는 말은 그렇게 하면서도 마음이 안 놓였는지, 호기심이 왕성한 쌍둥이들을 존에게서 멀찌감치 떨어뜨려 놓으려고 병실의 반대편 끝으로 데려갔다. 그곳에서는 다른 간호사가 아이들과 함께 지퍼 찾기 놀이를 하고 있었다.

수간호사가 그 간호사에게 말했다.

"카페인 용액이라도 한잔 마시고 와요."

그렇게나마 자신의 권위를 행사한 수간호사는 한결 기분이 좋아져서 큰 소리로 외쳤다.

"자, 얘들아!"

한편, 린다는 불안한 듯 몸을 뒤척이다가 눈을 뜨고는 주위를 멍하니 둘러보았다. 그러나 그것도 잠시, 다시 까무룩 잠이 들었다. 존은 그 옆에 앉아서 아까 전에 빠져들었던 감상으로 돌아가려 애를 썼다.

"A, B, C와 비타민 D."

죽어 버린 과거를 되살리는 주문이라도 되는 양 계속해서 그 노랫말을 되뇌었다. 하지만 주문은 아무 효력이 없었다. 아름다운 기억은 좀처럼 떠오르지 않고 추악하고 비참한 기분과 질투심만 생생하게 되살아났다.

포페의 어깨에서 뚝뚝 떨어지던 시뻘건 피, 추잡한 모습으로 잠들어 있던 린다, 침대 옆 바닥에 쏟아져 있던 선인장 술, 그 주변을 윙윙거리며 맴돌던 파리 떼, 그리고 린다가 거리를 지나갈 때마다 잔인한 말로 놀려 대던 녀석들……. 아, 아니야, 아니야! 존은 그런 기억을 떨쳐 버리려고 눈을 질끈 감고 고개를 세차게 흔들었다.

"A, B, C와 비타민 D."

존은 린다가 자신을 무릎 위에 누이고 부드럽게 몸을 흔들며 노래를 불러 주던 때를 떠올리려 안간힘을 썼다.

"A, B, C와 비타민 D. 비타민 D, 비타민 D……."

합성 오르간의 흐느낌이 점점 커져 갔다. 향기 순환 장치는 갑자기 버베나 향기 대신 꿀풀 냄새를 풍겼다. 린다가 몸을 뒤척대다 깨어나더니 몇 초간 얼떨떨한 표정으로 테니스 준결승전을 바라보았다. 공기 중에 감도는 새로운 향기를 맡더니 슬며시 미소를 지었다. 황홀감에 빠진 어린아이 같은 미소였다.

"포페! 너무 좋아요, 정말 좋아요……."

린다는 이렇게 중얼거리다 또다시 눈을 감고 한숨을 내쉬더니 이내 베개 위로 머리를 떨구었다.

존은 간절하게 외쳤다.

"제발, 린다! 내가 누군지 모르겠어요?"

존은 그 기억을 잊기 위해 죽을힘을 다했다. 자신이 할 수 있는 거라면 뭐든지 다 했다. 그런데 어째서 린다는 기어코 존에게 그 기억을 떠올리게 하는 것일까?

존은 어서 그 천박한 쾌락의 꿈에서 돌아오라고, 그 추악하고 더러운 기억에서 깨어나라고, 린다의 축 늘어진 손을 우악스럽게 잡아당겼다. 린다가 이 끔찍한 현재로, 지독한 현실로, 그러나 두려울 정도로 절박하고 소중한 이곳으로 돌아오기를 간절히 바랐다.

"정말 날 모르겠어요, 린다?"

린다는 그 말에 대답이라도 하듯 존의 손을 힘없이 마주 잡았다. 존의 눈에 눈물이 고였다. 존은 허리를 숙여 린다에게 입을 맞췄다.

린다의 입술이 설핏 움직이더니 이렇게 중얼거렸다.

"포페!"

존은 오물을 한 바가지 뒤집어쓴 듯한 기분이었다. 가슴속에서 울화가 치밀어 견딜 수가 없었다. 두 번이나 포페를 부르다니! 존의 극심한 슬픔은 배출구를 찾다가 어느새 고통스러운 분노로 바뀌었다. 존이 소리쳤다.

"난 존이에요! 존이라고요!"

맹렬한 분노와 슬픔을 이기지 못한 나머지, 존은 린다의 어깨를 붙들고 마구 흔들었다. 린다는 눈꺼풀을 파르르 떨더니 슬며시 눈을 떴다. 그러고는 존을 물끄러미 바라보았다.

"존!"

그러나 린다는 존의 얼굴과 억센 손아귀마저 상상의 세계 속으로 옮겨 놓고 말았다. 은은한 꿀풀 향기와 합성 오르간의 세계, 변형된 기억과 뒤틀린 감각들로 이루어진 꿈의 세계로. 린다는 자신의 아들 존을 알아보았지만, 포페와 즐거운 시간을 보내고 있는 말파이스라는 낙원에 침입한 불청객으로 생각했다.

그때 존은 린다가 포페를 좋아한다는 이유만으로 화를 냈다. 린다가 포페와 함께 침대에 있는 것을 보고는 지금도 이렇게 거세게 어깨를 흔들어 대는 것이었다. 마치 그게 엄청난 잘못이라도 되는 것처럼, 다른 문명인들은 그렇게 하지 않는다며 자신을 나무라는 것처럼.

"만인은 만인의 것……."

별안간 린다의 목소리가 잘 들리지 않을 정도로 푹 꺼지더니 숨을 껙껙대기 시작했다. 폐에 공기를 채우려 필사적으로 애쓰는 사람처럼 입이 크게 벌어졌다. 그러나 숨을 쉬는 법을 잊은 것 같았다.

린다는 비명을 지르려고 했지만 아무 소리도 새어 나오지 않았다. 오직 눈동자에 맺힌 공포만이 그 고통의 크기를 짐작게 했다. 린다는 다급하게 목을 움켜잡았다가 허공에 대고 손을 마구 휘저었다. 더 이상 마실 수 없는 공기를, 자신에게는 존재하지 않는 공기를 움켜쥐려는 듯이.

존은 벌떡 일어나 침대 위로 몸을 구부린 채 린다를 살폈다.

"왜 그래요, 린다? 왜 그러는 거예요?"

존은 제발 자신을 좀 안심시켜 달라고 애원하는 사람처럼 절박하게 외쳤다. 존을 바라보는 린다의 눈에는 말로 다 표현할 수 없는 극심한 공포가 담겨 있었다. 존은 그 눈에서 원망의 빛을 읽었다. 린다는 어떻게든 몸을 일으키려고 했지만 이내 베개 위로 힘없이 쓰러졌다. 얼굴은 끔찍할 정도로 일그러지고 입술은 새파랗게 질렸다.

존은 쏜살같이 복도로 달려 나가 외쳤다.

"빨리요, 빨리요!"

지퍼 찾기 놀이를 하는 쌍둥이들에게 둘러싸여 있던 수간호사가 고개를 돌렸다. 수간호사는 처음에는 놀라는가 싶더니 금세 못마땅한 얼굴이 되어 다짜고짜 존을 나무랐다.

"조용히 좀 해요! 애들 생각도 하셔야죠. 이러다가 애들 훈련이 잘못되기라도 하면……. 아니, 지금 뭐 하는 거예요?"

존이 쌍둥이들 사이를 뚫고 수간호사에게로 걸어갔다.

"조심해요!"

아이들이 겁에 질려 소리를 질렀다. 존은 수간호사의 소맷자락을 붙잡고는 병실 쪽으로 잡아당겼다.

"빨리요! 뭔가 잘못됐어요. 아무래도 내가 죽인 것 같아요."

두 사람이 병실로 돌아갔을 때 린다는 이미 죽어 있었다. 존은 얼어붙은 듯 그 자리에 우뚝 서서 아무 말도 하지 못했다. 그러다 린다의 침대 옆에 무너지듯 무릎을 꿇고 앉아 두 손에 얼굴을 묻고 흐느껴 울었다.

수간호사는 어찌할 바를 모른 채 엉거주춤하게 서서, 꼴사나운 모습을 한 남자와 20번 침대에서 벌어진 충격적인 장면에 온 정신이 팔려 있었다. 그리고 지퍼 찾기 놀이를 까맣게 잊어버리고 이쪽을 바라보고 있는 가엾은 아이들의 모습을 둘러보았다. 제발 체면 좀 차리고 품위를 지키라고 이 남자에게 말해 볼까? 이 순진한 아이들에게 지금 얼마나 치명적인 타격을 입히고 있는 건지 생각 좀 해보라고 말해 봐?

이 남자가 이렇게 역겨울 정도로 법석을 떠는 통에 죽음에 익숙해지기 위한 아이들의 훈련이 엉망이 되려 하고 있었다. 마치 죽음이 끔찍한 일이라도 되는 것처럼, 누군가의 목숨이 무척이나 소중한 것이라도 되는 것처럼 굴다니! 이러다가는 아이들이 죽음에 대해 굉장히 부정적인 인식을 갖게 되어 반사회적인 반응을 보이게 될까 봐 우려가 되었다.

수간호사는 존에게 다가가 어깨에 손을 얹고는 짐짓 단호한 목소리로 말했다.

"제발 점잖게 행동할 수 없어요?"

그러나 이미 대여섯 명의 아이들이 병동을 가로질러 이쪽으로 다가오고 있었다. 옹기종기 모여 앉아 놀던 아이들이 뿔뿔이 흩어졌다.

이러다가는 정말……. 위험이 너무 커졌다. 자칫하다간 오늘 병원에 방문한 아이들 전체가 훈련 과정에서 예닐곱 달가량 뒤처지게 될지도 몰랐다. 수간호사는 위험에 빠진 아이들을 구하기 위해 서둘러 되돌아갔다. 그러고는 짐짓 밝고 활기찬 말투로 물었다.

"초콜릿 케이크 먹고 싶은 사람?"

"저요!"

보카노프스키 집단 전체가 한목소리로 외쳤다. 20번 침대는 이미 잊힌 지 오래였다.

"오, 하느님, 하느님, 하느님……."

존은 자꾸만 혼잣말을 되풀이했다. 슬픔과 후회의 혼돈 속에서 존의 마음속을 가득 채운 것은 오직 그 단어 하나뿐이었다. 존은 숨을 죽이고 끝없이 중얼거렸다.

"하느님! 하느님……."

합성 음악을 뚫고 바로 곁에서 아주 날카로운 목소리가 들렸다.

"저 사람, 대체 지금 뭐라는 거야?"

존은 그쪽으로 거칠게 고개를 돌렸다. 똑같은 황갈색 제복을 입고 오른손에 케이크 한 조각씩을 든 쌍둥이 다섯 명이 얼굴에 초콜릿 범벅을 하고서 존을 빤히 쳐다보고 있었다.

존과 눈이 마주치자 쌍둥이들이 동시에 씩 웃었다. 그중 하나가 케이크로 린다를 가리키며 물었다.

"저 여자, 죽었어요?"

존은 쌍둥이들을 말없이 바라보다가 자리에서 일어나 조용히 문쪽으로 걸어갔다. 유독 호기심이 많은 한 아이가 존을 따라가며 꼬치꼬치 캐물었다.

"저 여자, 죽었냐고요."

존은 그 아이를 물끄러미 내려다보다가 한 마디 말도 없이 휙 밀쳐 버렸다. 그러자 바닥에 쓰러진 아이가 금세라도 죽을 듯이 큰 소리로 울부짖었다. 존은 뒤도 돌아보지 않았다.

제 15 장

오, 멋진 신세계여!

파크 레인 병원의 허드렛일은 백육십이 명의 델타 보카노프스키 집단이 도맡았다. 그중 여든네 명은 머리칼이 붉은 여자들이었고, 나머지 일흔여덟 명은 얼굴이 긴 흑인 남자들이었다. 오후 6시, 근무를 마친 이들은 하루치의 소마를 배급받으려 병원 로비로 모여들었다.

존은 엘리베이터에서 내려 그 무리 속으로 섞여 들어갔다. 그러나 존의 마음은 다른 곳에 가 있었다. 린다의 죽음과 자신의 슬픔, 그리고 회한에 몰두해 있느라 자신이 어디에 있는지, 무엇을 하는지 전혀 깨닫지 못했다. 사람들을 어깨로 밀치며 무의식적으로 군중 사이를 헤집고 나아갔다.

"당신 누구야? 사람을 왜 이렇게 미는 거야?"

사람은 그렇게나 많은데 목소리는 딱 두 가지였다. 딱딱거리는 고음과 툴툴대는 저음. 마치 수많은 거울을 줄줄이 늘어놓은 것처럼 두 개의 얼굴만 계속해서 보였다. 주황빛 주근깨가 달무리처럼 퍼져 있는 털이 없는 얼굴과 새 부리처럼 앞으로 톡 불거진 채 적어도 이틀은 면도를 안 한 것처럼 수염이 덥수룩한 얼굴. 수많은 두 얼굴들이 화난 표정으로 존을 돌아보았다.

존은 여기저기서 핀잔을 듣고 팔꿈치로 옆구리를 날카롭게 찔리고 나서야 겨우 정신을 차렸다. 마침내 현실로 돌아와 주위를 둘러보았다. 그리고 자신이 무엇을 보고 있는지 깨닫는 순간, 심장이 덜컥 내려앉는 듯한 공포와 혐오를 느꼈다.

그것은 곧 밤낮없이 되풀이되는 끔찍한 망상인 동시에 끝없이 밀려드는 동일성의 악몽이었다. 쌍둥이들, 또 쌍둥이들……. 어린 쌍둥이들은 린다의 죽음이라는 신비를 더럽히려고 구더기처럼 떼를 지어 들이닥쳤다. 이번에는 다 자란 구더기들이 존의 슬픔과 회환을 함부로 짓밟으며 기어 다녔다.

존은 당혹과 충격이 뒤섞인 눈으로 주위를 둘러보았다. 황갈색 제복을 똑같이 차려입은 사람들 사이로 존의 머리가 삐죽 솟아올라 있었다. 머릿속에서 존을 비웃고 조롱하는 말이 노랫가락처럼 울렸다.

"이곳에는 훌륭한 인간들이 많기도 하구나! 인간은 얼마나 아름다운 존재인가! 오, 멋진 신세계여……."

그때 누군가가 큰 소리로 외쳤다.

"소마 배급을 시작합니다! 질서를 지키세요. 자, 어서 움직여요."

이윽고 문이 열리더니 로비에 책상과 의자가 하나씩 놓였다. 목소리의 주인공은 쾌활한 알파 청년으로 검은 철제 금고를 들고 있었다. 기대감에 찬 쌍둥이들이 웅성거리기 시작했다. 어느새 존 따위는 까맣게 잊은 듯했다. 그들의 관심은 청년이 방금 책상에 내려놓은 금고에만 쏠려 있었다. 드디어 뚜껑이 열렸다.

"오오!"

백육십이 명이나 되는 사람들이 불꽃놀이라도 구경하듯 일제히 외쳤다. 청년이 작은 약상자를 한 움큼씩 꺼내며 절도 있는 목소리로 명령했다.

"자, 앞으로 나오십시오. 한 번에 한 사람씩! 밀지 마세요."

델타 쌍둥이들은 한 번에 한 사람씩, 밀지도 않고 차례차례 앞으로 나갔다. 처음에는 남자 두 명, 그다음에는 여자 한 명, 그다음에는 남자 한 명, 그다음에는 여자 세 명, 그리고…….

존은 제자리에 우뚝 서서 그 모습을 지켜보며 중얼거렸다.

"오, 멋진 신세계여. 오, 멋진 신세계여……."

머릿속에 울리던 노랫가락의 곡조가 조금씩 바뀌었다. 노래는 절망과 회환에 빠진 존을 비웃으며 냉소와 조롱이 담긴 음색으로 비아냥거렸다. 사악하게 웃어젖히며 천박하고 더러운 기억을, 구역질이 나도록 추악한 악몽을 자꾸만 끄집어냈다.

"오, 멋진 신세계여!"

미란다는 일찍이 사랑의 가능성을, 끔찍한 악몽까지도 선하고 고귀한 것으로 바꿀 수 있는 가능성을 선포했다.

"오, 멋진 신세계여!"

그것은 도전이자 명령이었다.

그때 소마를 배급하는 알파 청년이 화가 나서 소리쳤다.

"밀지 말라니까요!"

청년은 금고 뚜껑을 탁 닫아 버리고는 엄중히 경고했다.

"질서를 지키지 않으면 배급을 중단하겠습니다."

델타들은 구시렁대며 조금씩 서로 밀치다가 이내 잠잠해졌다. 협박이 통했던 것이다. 소마를 빼앗긴다는 건 생각만으로도 끔찍한 일이니까!

"이제 좀 낫군."

알파 청년은 금고를 다시 열었다.

린다는 소마의 노예가 되어 결국 죽음을 맞았다. 다른 사람들은 자유롭게 살면서 이 세상을 아름답게 가꾸어야 한다. 그것은 그들이 받아야 할 보상이자 지켜야 할 의무였다. 불현듯 존은 자기가 해야 할 일을 명확히 깨달았다. 창을 막고 있던 덧문을 열고 커튼을 시원하게 젖힌 기분이었다.

알파 청년이 말했다.

"자, 앞으로 나오세요."

황갈색 제복을 입은 여자 델타 한 명이 나섰다.

그 순간 존은 쩌렁쩌렁한 목소리로 외쳤다.

"멈춰요! 당장 멈추라고요!"

존은 사람들을 헤치고 앞으로 나갔다. 깜짝 놀란 델타들의 시선이 한꺼번에 존에게로 쏠렸다.

알파 청년은 겁에 질린 나머지 숨을 헉 들이마시며 외쳤다.

"포드님, 맙소사! 그 야만인이잖아!"

존은 진심을 담아 부르짖었다.

"여러분, 내 얘기 좀 들어 보세요. 잠시만 귀를 기울여 주세요……."

존은 그렇게 많은 사람들 앞에서 이야기하는 것은 처음이어서 하고 싶은 말을 어떻게 표현해야 할지 막막했다.

"저 끔찍한 물건을 받지 마세요. 그건 독이에요, 독."

알파 청년은 미소를 지으며 존을 달래려 들었다.

"자, 야만인 선생님. 이제 그만하시지요……."

"육체뿐만 아니라 영혼까지도 죽이는 독약이라고요."

"자, 자, 알겠습니다. 일단 배급을 계속하게 해 주시겠어요? 알 만한 분이……."

포악하고 사나운 짐승을 조심스레 쓰다듬듯 청년이 존의 팔을 도닥이며 타일렀다.

"이제 배급을……."

하지만 존은 다시금 소리쳤다.

"절대 안 돼요!"

"여보세요……."

"전부 다 갖다 버려요. 그 끔찍한 독약을 어서 버리라고요!"

다 갖다 버리라는 그 말이 델타들의 두꺼운 무의식층을 뚫고 들어가 단박에 의식에 닿았다. 군중은 성난 듯이 웅성대기 시작했다.

존은 쌍둥이들을 향해 돌아서며 간절히 말했다.

"나는 여러분에게 자유를 주려고 여기에 왔어요. 나는 자유를 주려고……."

알파 청년은 더 이상 듣지 않고 로비를 빠져나와 비상 연락망을 뒤적거렸다.

버나드가 말했다.

"자기 방에도 없어. 내 방에도, 네 방에도 없고. 아프로디테움과 훈련 센터, 대학교에도 없던데. 대체 어딜 간 거지?"

헬름홀츠는 어깨를 으쓱였다. 두 사람은 일을 마치고 막 돌아온 참이었다. 늘 만나던 곳에서 존이 기다리고 있을 줄 알았는데 그 어디에서도 모습이 보이지 않았다. 헬름홀츠의 스포츠콥터를 타고 다 함께 비아리츠로 떠날 계획이었다. 그런데 존이 갑자기 사라져서 성가시게 되었다. 이렇게 늑장을 부리다가는 저녁 식사 시간에 늦을 게 뻔했다.

헬름홀츠가 말했다.

"오 분만 더 기다려 보자. 그래도 안 오면 우리끼리 그냥……."

그때 전화벨이 울렸다. 헬름홀츠가 급히 전화기를 들었다.

"여보세요. 네, 접니다."

한참을 듣고만 있던 헬름홀츠가 크게 놀라 외쳤다.

"포드님, 맙소사! 지금 당장 가겠습니다."

버나드가 눈을 둥그렇게 뜨고 물었다.

"왜 그래? 무슨 일이야?"

"파크 레인 병원에서 일하는 지인이야. 존이 거기 있대. 완전히 미친 것 같아. 한시가 급해. 같이 갈 거지?"

두 사람은 서둘러 복도를 지나 엘리베이터로 갔다.

"당신들은 노예로 사는 게 좋습니까?"

버나드와 헬름홀츠가 병원 로비로 막 들어섰을 때, 존은 이렇게 외치고 있었다. 얼굴은 벌겋게 달아오르고 두 눈은 분노로 번득였다.

"그렇게 젖먹이처럼 사는 게 좋아요? 질질 짜고 토하면서?"

그들의 짐승 같은 어리석음에 가슴이 답답해진 존은 자기가 구하러 온 사람들에게 일부러 모욕적인 말을 퍼부었다. 그러나 그 모욕의 말은 이미 거북의 등딱지처럼 굳어 버린 우매함에 부딪혀 그대로 튕겨 나오고 말았다. 델타 쌍둥이들은 부루퉁한 얼굴에 흐릿한 눈으로 존을 멀뚱히 보고만 있었다. 존은 이제 거의 소리를 지르다시피 했다.

"그렇게 토하면서!"

슬픔과 후회, 동정심, 의무감 따위는 이 인간만도 못한 괴물들에 대한 혐오감에 가려 잊히고 말았다.

"자유로운 인간이 되고 싶지 않아요? 인간답게, 자유롭게 사는 게 뭔지는 알기나 해요?"

분노가 차오르자 말이 술술 쏟아져 나왔다.

"알기나 하냐고요!"

재차 물었지만 아무 대답이 없었다. 존은 무언가 결심한 듯 의미심장하게 말했다.

"좋습니다. 그럼 내가 직접 가르쳐 줄게요. 당신들이 원하든 원치 않든 자유롭게 해 주겠습니다."

존은 병원 안뜰로 향하는 창문을 벌컥 열고는 금고 안에 든 약상자를 한 움큼씩 집어 밖으로 던져 버렸다. 델타 쌍둥이들은 공포와 경악에 휩싸인 나머지 순간적으로 말을 잊고 말았다. 그것은 한마디로 신성 모독적인 행위였다.

눈이 휘둥그레진 버나드가 중얼거렸다.

"완전히 미쳤군. 저 친구는 이제 죽은 목숨이야. 사람들이 가만두지 않을……."

군중은 고함을 치며 성난 파도처럼 무서운 기세로 존에게 몰려갔다. 버나드는 짐짓 시선을 돌리며 말했다.

"포드님, 굽어살펴 주소서."

바로 그 순간 헬름홀츠가 기뻐서 어쩔 줄 모르는 얼굴로 사람들을 마구 헤치고 앞으로 나아갔다.

"포드님은 스스로 돕는 자를 도우십니다."

"자유! 자유를 찾으십시오!"

존은 고래고래 소리치며 한 손으로는 연신 소마를 창밖에 내던졌고, 다른 손으로는 자신에게 달려드는 똑같은 얼굴들을 향해 주먹을 날렸다.

"자유!"

바로 그때, 헬름홀츠가 불쑥 나타났다. 진정한 친구 헬름홀츠! 헬름홀츠도 사람들을 향해 주먹을 휘둘렀다.

"인간이 되십시오!"

헬름홀츠도 창밖으로 소마 상자를 한 움큼씩 집어 던졌다.

"그래요, 사람이 되라고요! 사람이!"

드디어 소마가 동이 났다. 존은 텅 빈 금고를 들어 사람들에 내보이며 외쳤다.

"여러분은 드디어 자유의 몸이 됐습니다!"

델타 쌍둥이들은 분노에 차서 마구 울부짖었다. 그 아수라장의 언저리에서 끝내 망설이고만 있던 버나드가 혼잣말로 중얼거렸다.

"저 둘은 이제 끝이야."

그 순간 버나드는 두 사람을 돕고 싶다는 갑작스러운 충동에 이끌려 앞으로 달려 나갔다. 그러다 이내 생각을 고쳐먹고 걸음을 멈추었다. 부끄러움이 훅 몰려와 다시 앞으로 나갔다. 그러나 금세 마음이 바뀌었다. 버나드는 결정을 내리지 못하고 갈팡질팡하는 자신의 모습에 극심한 자괴감이 들었다. 자신이 돕지 않으면 두 친구가 죽을지도 모른다는 생각이 들었지만, 함부로 나섰다가 자기도 죽을 수 있다는 걱정이 앞섰다. 바로 그때 돼지 코처럼 생긴 방독면을 쓴 경찰들이 들이닥쳤다.

버나드는 팔을 높게 들고 휘저으며 경찰에게 달려갔다. 어쨌든 그것도 실제적인 행동이었으므로, 자신도 뭔가 적극적인 행동을 취하고는 있다는 생각이 들었다. 버나드는 친구들을 돕고 있다는 도취감에 빠지고 싶어서 더욱 크게, 더욱 요란하게 외쳤다.

"도와주세요! 도와주세요! 도와주세요!"

경찰은 버나드를 밀치고 하던 일을 계속했다. 세 사람은 어깨에 멘 살포 장치를 열어 소마 증기를 발사했다. 두 사람은 휴대용 합성 음악 상자를 켜느라 정신이 없었다. 네 사람은 강력한 마취제를 탄 물총으로 격렬하게 저항하는 사람들을 차례차례 쓰러뜨렸다.

버나드가 외쳤다.

"어서요, 서둘러요! 안 그러면 사람들이 저 둘을 죽일지도 몰라요, 어서……. 아!"

자꾸만 주절대며 성가시게 구는 버나드가 걸리적거렸는지 경찰이 그를 향해 물총을 쐈다. 버나드는 뼈와 힘줄, 근육이 다 사라지기라도 한 듯 젤리처럼 후들대는 두 다리로 버티기도 잠시, 이내 젤리도 아닌 물처럼 녹아내려 바닥으로 폭삭 주저앉고 말았다.

합성 음악 상자에서 목소리가 흘러나왔다. 그것은 이성의 힘을 지닌 선량한 목소리였다. 두루마리가 돌아가자 '폭동 진압 연설 제2번, 중간 강도'가 시작되었다.

"나의 친구들이여, 나의 친구들이여!"

존재하지 않는 가슴 깊은 곳에서 길어 올린 그 목소리는 너무나 애절했다. 한없이 부드럽게 나무라는 어조에 경찰들조차도 방독면 뒤로 눈물을 훔쳐야 할 정도였다.

"이 폭동의 의미가 뭔가요? 왜 다 함께 선하고 행복해질 수 없나요? 선과 행복을 찾읍시다. 평화, 평화를 찾읍시다."

목소리가 아름답게 떨리며 속삭였다.

"아, 나는 여러분이 진정으로 행복해지기를 바랍니다."

그 목소리는 진심으로 갈망하고 있었다.

"여러분이 선한 마음을 갖기를 바랍니다! 제발, 제발 선한 마음을 찾으세요. 그리고……."

얼마 지나지 않아 목소리와 소마 증기가 효력을 발휘하기 시작했다. 델타 쌍둥이들은 울며불며 서로 포옹하고 입을 맞췄다. 대여섯 사람이 한꺼번에 껴안기도 했다. 하마터면 헬름홀츠와 존도 눈물을 흘릴 뻔했다.

소마 상자가 새로 들어왔다. 소마가 신속하게 배급되는 가운데 깊은 애정이 담긴 목소리가 나지막한 저음으로 고별사를 건넸다. 그러자 쌍둥이들은 가슴이 찢어지는 듯 눈물바람을 하며 뿔뿔이 흩어졌다.

"안녕, 나의 사랑하는, 사랑하는 친구들이여. 포드님께서 굽어살피시기를! 안녕, 나의 사랑하는, 사랑하는 친구들이여, 포드님께서 굽어살피시기를. 안녕, 나의 사랑하는, 사랑하는……."

마지막 쌍둥이까지 떠나자 경찰은 합성 음악 상자를 껐다. 천사 같은 목소리도 사라졌다.

경사가 말했다.

"조용히 따라오겠습니까, 아니면 마취 총을 쏠까요?"

경사는 위협적으로 물총을 겨눴다. 존은 찢긴 입술과 긁힌 목과 물어뜯긴 왼손을 살살 다독이며 대답했다.

"아, 조용히 따라가죠, 뭐."

아직도 피가 나는 코를 손수건으로 누른 채 헬름홀츠도 동의한다는 뜻으로 고개를 끄덕였다.

마취에서 깨어난 버나드는 다시 다리를 움직일 수 있게 되었다. 하지만 이 순간만큼은 최대한 눈에 띄지 않는 쪽을 택하기로 하고 문으로 살금살금 다가갔다.

"어이, 거기!"

경사가 외치자 돼지 코 방독면을 쓴 경찰들이 서둘러 로비를 가로질러 버나드의 어깨를 붙잡았다. 버나드는 생사람 잡지 말라는 듯 성난 표정으로 돌아보았다. 도망이라고? 첫, 꿈에도 그런 생각은 해 본 적이 없었다.

버나드가 말했다.

"나는 왜 데려가려는 겁니까? 도무지 이해를 못 하겠네요."

"당신도 이 두 사람의 친구 아니오?"

"그야……."

버나드는 잠시 망설였다. 그러나 부정할 수는 없었다.

"친구면 안 되는 겁니까?"

"조용히 따라오십시오."

경사는 버나드를 문밖에서 대기하고 있는 경찰차로 안내했다.

제 16 장

자유라는 이름으로

세 사람이 안내를 받아 들어간 방은 통제관 무스타파 몬드의 서재였다.

"통제관님께서 곧 내려오실 겁니다."

감마 비서관이 세 사람만 남겨 두고 밖으로 나갔다. 헬름홀츠가 큰 소리로 웃으며 말했다.

"이건 재판이라기보다 무슨 카페인 용액 파티 같군그래."

헬름홀츠는 일부러 가장 푹신하고 호화로운 의자를 골라 털썩 주저앉았다. 그러다 죽을상을 하고 있는 친구의 얼굴을 보고는 한마디 던졌다.

"기운 내라고, 버나드."

그러나 버나드는 기운을 낼 의지가 없어 보였다. 대답은커녕 눈길조차 주지 않은 채 가장 불편해 보이는 의자를 골라 앉았다. 어떻게든 지체 높은 분들의 노여움을 가라앉히고 싶다는 실낱같은 희망으로 신중하게 고른 의자였다.

한편, 존은 안절부절못하며 방 안을 서성대고 있었다. 책장에 꽂힌 책들을 살펴보기도 하고, 번호를 붙인 정리함 속의 종이 필름 두루마리를 들여다보기도 했다. 책상 위에는 부드러운 검정 대체 가죽 장정에 큼지막하게 T자를 금박으로 새긴 두꺼운 책이 놓여 있었다. 존은 그 책을 집어 들어 펼쳐 보았다.

《나의 삶과 일》, 위대한 포드님 지음.

디트로이트에서 포드 지식 전파 협회가 출판한 책이었다. 존이 하릴없이 책장을 넘기며 몇 구절을 띄엄띄엄 읽다가 따분한 책이라는 결론을 내리려는 순간, 서재 문이 벌컥 열리면서 세계 통제관 무스타파 몬드가 힘찬 걸음걸이로 성큼성큼 들어왔다.

무스타파 몬드는 세 사람에게 번갈아 악수를 청했다. 그러고는 존에게 가장 먼저 말을 건넸다.

"자네는 아무래도 문명 세계를 그다지 좋아하지 않는 것 같군, 야만인 선생."

존은 무스타파 몬드를 물끄러미 바라보았다. 사실은 아무 말이나 꾸며 대면서 악을 쓰다가 뚱하게 입을 꾹 다물고 있을 작정이었다. 그러나 막상 지적이면서도 쾌활해 보이는 통제관의 얼굴을 보는 순간 마음이 한결 누그러지면서 솔직해져야겠다는 생각이 들었다. 존은 순순히 고개를 끄덕였다.

"네, 그렇습니다."

버나드는 겁에 질린 얼굴로 두 사람을 지켜보았다. 대체 통제관님이 어떻게 생각하실까? 문명 세계가 싫다는 말을 통제관님 앞에서 저렇듯 대놓고 하는 사람과 친구 사이라는 딱지가 붙는다면……. 생각만 해도 끔찍한 일이었다.

버나드는 급히 존을 말리려 들었다.

"하지만 존……."

그러나 무스타파 몬드의 매서운 눈길에 그만 비굴하게 입을 다물고 말았다. 존이 다시 입을 열었다.

"물론 굉장히 마음에 드는 것도 몇 가지 있습니다. 허공을 울리는 음악이라든가……."

무스타파 몬드가 시를 읊듯 대꾸했다.

"때로는 수천수만 가지 악기의 현을 튕기는 소리가 울리고, 때로는 아름다운 목소리가 내 귓가에 들릴 것이다.(〈템페스트〉 3막 2장)"

갑자기 존의 얼굴이 기쁨으로 환하게 밝아졌다.

"그 작품을 읽었군요? 난 영국에서는 아무도 그 책을 읽지 않는 줄 알았어요."

"읽은 사람이 거의 없지. 내가 몇 안 되는 사람 중 하나라네. 이미 알고 있겠지만 그 책은 금서니까. 하지만 여기선 법을 만드는 사람도 나고, 깨뜨리는 사람도 나다. 아무런 처벌도 받지 않지."

무스타파 몬드는 버나드를 바라보며 이렇게 덧붙였다.

"버나드 마르크스 군, 안됐지만 자네는 그렇게 할 수가 없지."

버나드는 더욱 깊은 절망감에 빠져들었다. 존은 셰익스피어를 읽은 사람을 만났다는 사실에 들떠서 그만 다른 문제들을 까맣게 잊고 말았다.

"그 책이 왜 금서가 된 거죠?"

통제관은 어깨를 으쓱했다.

"가장 큰 이유는 오래됐기 때문이지. 오래된 것은 이곳에서 아무 쓸모가 없으니까."

"아름다운 것도 말입니까?"

"아름다운 것은 특히 더 그렇다네. 아름다운 것은 사람의 마음을 끄는 힘이 있지. 우리는 사람들이 아름답고 오래된 것에 사로잡히는 걸 경계해. 그보다는 새로운 것에 매료되기를 바라니까."

"하지만 그 새롭다는 것들은 하나같이 질이 낮고 못마땅한 것들뿐입니다. 헬리콥터를 타고 하늘 위를 나는 장면만 내리 나오다가 다른 사람이 키스하는 걸 직접 느끼게 하는 한심한 연극 같은 것 말이에요."

존은 얼굴을 찡그리며 덧붙였다.

"염소와 원숭이들!"

자신이 느끼는 경멸감과 혐오감을 그대로 드러내기에는 〈오셀로〉가 안성맞춤이었다.

무스타파 몬드는 그 말에 이렇게 답했다.

"염소와 원숭이는 길들이기가 쉬운 동물들이지."

"사람들에게 왜 그런 연극 대신 〈오셀로〉를 읽히지 않는 겁니까?"

"아까 말했잖나, 그건 낡은 거라고. 게다가 읽어도 전혀 이해하지 못할걸."

그렇다, 그 말은 사실이었다. 존은 〈로미오와 줄리엣〉을 듣고 우스워서 어쩔 줄 몰라 하던 헬름홀츠를 떠올렸다. 잠시 생각에 잠겼던 존이 다시금 말했다.

"정 그렇다면 사람들이 이해할 수 있도록 〈오셀로〉와 비슷한 새 작품을 쓰는 건 어떨까요?"

그때까지 입을 꾹 다물고 있던 헬름홀츠가 끼어들었다.

"저희가 쓰고 싶어 하는 글이 바로 그런 거예요."

무스타파 몬드가 말했다.

"하지만 그런 작품을 절대 쓰지 못할 걸세. 정말로 〈오셀로〉와 비슷한 작품이라면 그게 얼마나 새롭든지 간에 사람들이 전혀 이해하지 못할 테니까. 그리고 무엇보다 새로운 작품은 결코 〈오셀로〉와 비슷할 수가 없어."

"왜죠?"

존이 되묻자 헬름홀츠도 따라 물었다.

"그래요, 왜죠?"

헬름홀츠 역시 자신이 처한 불쾌한 현실을 잠시 잊은 모양이었다. 현실을 제대로 파악하고 있는 사람은 우려와 불안으로 얼굴이 새파랗게 질린 버나드 한 사람뿐이었다. 하지만 어느 누구도 버나드를 신경 쓰지 않았다. 헬름홀츠가 다시 물었다.

"어째서 안 된다는 겁니까?"

"우리가 사는 세계는 〈오셀로〉의 세계와 다르니까. 철강이 없으면 싸구려 소형 자동차 한 대도 만들어 낼 수가 없지 않나? 또, 안정된 사회에서는 도저히 비극을 만들어 낼 길이 없어. 지금은 안정의 시대지. 사람들은 원하는 게 있으면 얼마든지 가질 수 있어. 얻지 못할 것은 아예 원하지도 않으니 늘 행복하고. 안전이 보장되고 질병에서 자유로우며 죽음을 두려워하지 않아. 노화나 욕망에 대해 무지하니 더없이 행복할 뿐이지. 성가시게 구는 어미나 아비도 없고, 애끓는 감정을 불러일으킬 아내나 아이들이나 연인도 없어. 사람들은 정해진 행동 외에 그 어떤 것도 스스로 하지 못하도록 길들여져 있고. 만에 하나 뭔가 잘못된다 해도 언제든 소마에 기대면 그만이지. 그런데 그것을 야만인 선생이 자유라는 이름으로 창밖에 내던져 버린 거야. 자유라는 이름으로!"

무스타파 몬드는 호탕하게 웃으며 말했다.

"델타가 자유를 이해할 거라고 기대하다니! 거기다 델타에게 〈오셀로〉를 읽히라니! 이런 재미있는 친구를 보았나!"

한참 동안 묵묵히 듣고 있던 존은 끝내 의견을 굽히지 않았다.

"아무리 그래도 〈오셀로〉는 훌륭한 작품입니다. 그런 촉각 영화 따위에 비할 바가 아니죠."

무스타파 몬드는 순순히 인정했다.

"그야 물론이지. 하지만 그것은 우리가 안정을 얻기 위해 치러야 할 대가라 생각하네. 현재 우리는 행복과 한때 예술이라 불리던 아름다움 가운데서 단 하나만을 취해야 하는 상황이니까. 그래서 우리는 예술을 희생시킨 거야. 그 대신 촉각 영화와 향기 오르간을 누리게 된 거지."

"그런 것들은 아무 가치가 없어요."

"그것들은 그것들대로의 가치가 있어. 그것을 보는 사람에게 굉장히 큰 만족감을 안겨 주니까."

"그렇지만 그건…… 어리석은 자들이 만드는 이야기잖아요."

무스타파 몬드는 또 웃음을 터뜨렸다.

"자네 친구 헬름홀츠 왓슨 군이 썩 유쾌해할 얘기는 아니군. 왓슨 군은 가장 뛰어난 감정 공학자 가운데 한 사람으로서……."

그때 헬름홀츠가 침울하게 말했다.

"이 친구 말이 맞습니다. 한없이 어리석은 이야기니까요. 하고자 하는 말이 없는데 글을 쓴다는 건……."

"바로 그걸세. 바로 그렇기 때문에 엄청난 재능이 필요하지. 자네는 지금 아주 조그마한 강철 조각으로 자동차를 빚어내고 있는 거나 마찬가지야. 사실상 순수한 감각 말고는 아무것도 없는 무에서 예술 작품을 창조하는 것이지."

그러나 존은 고개를 저으며 말했다.

"난 그 모든 게 그저 끔찍하게만 보입니다."

"이해하네. 고통에 대한 초과 보상에 비하면 실질적인 행복은 언제나 추잡해 보이기 마련이니까. 게다가 안정은 불안정만큼 극적이지도 굉장하지도 않지. 만족한 상태에서는 결코 불행에 대항하는 투쟁의 매력을 알 수 없거든. 유혹에 저항하는 낭만도 느낄 수 없고, 욕정이나 의혹으로 얼룩진 운명적 패배를 맛볼 기회도 없어. 행복은 결코 대단하지도 화려하지도 않다네."

잠자코 듣고 있던 존이 말했다.

"그런 것 같군요. 그렇다고 꼭 그렇게 끔찍한 쌍둥이들을 무더기로 만들어야만 했나요?"

존은 머릿속에 각인된 몇몇 장면을 지워 버리려는 듯 손으로 눈을 덮었다. 작업대를 따라 길게 늘어선 난쟁이들, 브렌트퍼드 모노레일 정류장 입구에 줄을 선 쌍둥이들, 죽어 가는 린다의 침대 주변에 득시글대던 구더기들, 끝도 없이 반복되던 델타 쌍둥이들의 얼굴. 존은 붕대를 칭칭 동여맨 자신의 왼손을 보고 몸을 부르르 떨며 외쳤다.

"정말 끔찍하다고요!"

"하지만 얼마나 효율적인지 생각해 봐! 자네가 우리 보카노프스키 집단을 마뜩지 않게 여긴다는 것은 잘 알겠네. 그러나 바로 그 보카노프스키 집단이 모든 것의 기반이야. 이를테면 국가라는 비행기가 일정한 궤도를 따라 안정적으로 날아갈 수 있도록 해 주는 자이로스코프(수평 유지 장치) 같은 존재들이지."

무스타파 몬드의 깊고 굵은 목소리가 흥분으로 떨렸다. 무스타파 몬드는 비행기가 광활한 공간을 곧게 날아가는 모습을 손짓해 보였다. 거의 합성 음악 수준의 웅변이었다. 존이 또다시 물었다.

"내내 궁금했던 것이 있습니다. 당신들은 그 유리병을 가지고 원하는 건 뭐든 만들어 낼 수 있으면서 왜 보카노프스키 집단을 다양하게 만드는 겁니까? 어째서 모든 사람을 알파 더블 플러스로 만들지 않는 거죠?"

무스타파 몬드가 큰 소리로 웃으며 말했다.

"그야 우리 스스로 목을 자르고 싶지는 않으니까. 우리는 행복과 안정을 추구해. 알파들로만 이루어진 사회는 불안정해질 수밖에 없지. 한없이 불행해질걸. 알파들만 근무하는 공장을 한번 상상해 보게. 좋은 유전 형질을 물려받아 일정한 범위 안에서 자유로운 선택을 하고, 그에 대한 책임을 지도록 훈련받은 사람들이 고작 공장 일을 해야 한다고 상상해 보란 말이야!"

존은 머릿속으로 그런 사회를 그려 보려 했지만 아무리 애를 써봐도 뜻대로 되지 않았다.

"그건 부조리한 짓이야. 알파로 배양된 사람에게 엡실론이나 할 법한 허드렛일을 시키면 그 사람은 끝내 이성을 잃고 말 걸세. 닥치는 대로 아무거나 때려 부술지도 모르지. 알파는 알파에 걸맞은 일을 시켜 준다는 조건하에서만 완전히 사회화되는 존재니까. 엡실론다운 희생을 기대할 수 있는 보카노프스키 집단은 오직 엡실론밖에 없어. 최소한의 저항만 하도록 설정된 엡실론에게는 그것이 희생이 아니기 때문이지. 엡실론은 길들여진 울타리 안에서만 달리도록 훈련받은 집단이야. 그렇게 정해진 운명이기 때문에 그들도 어쩔 수가 없어. 태아 생산 과정이 끝난 후에도 엡실론은 여전히 유리병 안에 갇혀 사는 셈이라네. 유아기와 태아기에 고착된 채, 눈에 보이지 않는 유리병 속에 있는 것이지."

무스타파 몬드는 신중하게 단어를 골랐다.

"물론, 일생을 유리병 속에서 살아가는 것은 우리 모두 마찬가지겠지. 그러나 알파는 상대적으로 굉장히 넓은 유리병을 갖게 되지. 반대로, 알파를 좁은 공간에 억지로 가두려 하면 몹시 괴로워할 거야. 상류 계급이 마시는 대체 샴페인을 하류 계급의 유리병에 부을 수는 없지 않나? 그것은 실제로 증명이 되기도 했다네. 사이프러스 실험의 결과는 꽤 설득력이 높거든."

존이 물었다.

"그게 뭔가요?"

무스타파 몬드가 미소를 지었다.

"음, 일종의 유리병 재처리 실험이라고 해 두지. 포드 기원 473년에 시작된 실험인데, 사이프러스 섬에 살던 원주민들을 내쫓고 특별히 선발한 알파 이만 이천 명을 그곳으로 이주시켰네. 온갖 농기구와 산업 장비들을 마련해 준 다음 스스로 살아가도록 그들만 남겨 두었지.

결과적으로는 이론적 예측이 정확히 들어맞았어. 땅은 제대로 경작되지 않았고 공장은 파업을 일삼았다네. 사람들은 법을 철저히 무시하고 도무지 명령을 따르지 않았지. 하급 계층의 업무를 맡은 사람들은 상류층의 직업을 차지하려고 끊임없이 음모를 꾸몄어. 높은 계급의 일을 맡은 사람은 그 자리를 지키기 위해 수단과 방법을 가리지 않았고. 여섯 해가 채 지나기도 전에 1급 내란이 일어났지. 이만 이천 명 가운데 만 구천 명이 목숨을 잃었네. 생존자들은 섬에 새 정부를 설치해 달라고 탄원했고, 결국엔 그들 뜻대로 새 정부가 들어섰지. 역사상 알파로만 이루어진 사회를 목격한 것은 그때가 마지막이었어."

존은 한숨을 깊게 내쉬었다. 무스타파 몬드가 설명을 이어 갔다.

"최적 인구는 빙산의 모습을 본떠서 설정한다네. 9분의 8은 물속에, 9분의 1은 물 밖에 나와 있지."

"그러면 물속에 잠겨 있는 사람들은 행복한가요?"

"수면 위에 나와 있는 사람들보다는 행복하지."

무스타파 몬드가 헬름홀츠와 버나드를 가리키며 덧붙였다.

"적어도 여기 있는 당신 친구들보다는 훨씬 더 행복할걸."

"그렇게 비천한 일을 하면서도요?"

"비천하다고? 그들은 그렇게 생각하지 않아. 오히려 좋아하지. 유치할 정도로 단순하고 가벼운 일이잖아? 정신적으로나 육체적으로나 아무 부담이 없는걸. 하루 일곱 시간 반만 설렁설렁 일하면 소마 휴식이며, 게임이며, 촉각 영화며, 성교를 실컷 즐길 수 있는데……. 더 바랄 게 있겠나?

물론 노동 시간을 줄여 달라고 요구할 수는 있겠지. 우리도 마음만 먹으면 원하는 대로 줄여 줄 수 있어. 기술적으로만 본다면 하급 노동자의 노동량을 하루에 서너 시간으로 줄이는 것쯤은 식은 죽 먹기니까. 그런다고 그 사람들이 더 행복해질까? 아니, 결코 그렇지 않아.

약 백오십 년 전에 이미 실험이 이루어진 적이 있어. 아일랜드에서 일일 네 시간 근무 제도를 실시했지. 결과는? 불안에 시달리는 사람이 늘어나 소마 소비량이 급증했다네. 달라진 건 그뿐이었어. 늘어난 서너 시간의 여유는 행복의 원천과는 거리가 멀었던 거지. 사람들은 그 여가 시간을 소마 휴식으로 채워야 한다는 강박에 시달렸어. 아, 아일랜드 정부는 노동 시간을 줄이기 위한 정책을 충분히 마련해 뒀다네. 그것도 넘치도록 말이야."

무스타파 몬드는 과장된 손짓을 해 보였다.

"그런데 왜 하나도 추진하지 않았을까? 애초에 노동자들의 행복을 위해 준비한 정책들인데, 과도한 여가로 노동자들을 오히려 괴롭힌다면 너무 잔인한 처사가 될 테니까.

농업도 마찬가지야. 원한다면 농작물 한 톨까지도 합성 생산하는 것쯤은 일도 아니지. 하지만 우리는 그렇게 하지 않는다네. 전체 인구의 3분의 1은 땅에서 농사를 짓고 살게 해. 바로 그들 자신을 위해서. 공장에서 뚝딱 생산해 내는 것보다 그편이 훨씬 오래 걸리니까.

게다가 안정성도 고려해야 하지. 우리는 변화를 반기지 않아. 모든 변화는 안정을 위협하는 존재로 간주하거든. 그것이 바로 우리가 새로운 발명품을 실생활에 적용하는 것을 그토록 경계하는 이유지. 순수 과학의 발견은 체제 전복적 힘을 가지고 있어. 때로는 과학조차 우리의 잠재적인 적으로 여겨야 해. 심지어 과학조차 말이야."

과학이라고? 존은 얼굴을 찌푸렸다. 그 단어를 알고는 있었지만 정확히 무슨 뜻인지는 몰랐다. 셰익스피어도 미트시마 할아버지도 과학이라는 말을 쓴 적은 없었다. 그저 린다에게서 들은 이야기의 조각들을 맞춰 보면, 과학이란 헬리콥터를 만드는 그 무엇인가였다. 옥수수 춤을 보고 비웃게 만드는 그 무엇인가였다. 나이가 들어도 주름살이 늘지 않고 치아가 빠지지 않게 해 주는 그 무엇인가였다.

존은 무스타파 몬드가 하는 얘기를 이해하려고 무진장 애를 썼다. 무스타파 몬드가 다시 말했다.

"그러니까 그게 안정을 위해 치러야 할 또 다른 대가야. 행복과 양립할 수 없는 것은 예술뿐만 아니라 과학도 마찬가지지. 과학은 위험하기 때문에 쇠사슬을 채우고 재갈을 물려 조심히 다뤄야 한다네."

헬름홀츠가 깜짝 놀라 물었다.

"네? 하지만 다들 과학이 최고라고 입을 모아 말하잖습니까? 수면 학습 중에 귀에 못이 박히도록 들었는걸요."

버나드가 거들었다.

"열세 살부터 열일곱 살까지 일주일에 세 번씩 들었죠."

"대학에서 하는 그 모든 과학 선전은 또 어떻고요……."

헬름홀츠의 말을 싹둑 자르고 무스타파 몬드가 빈정거렸다.

"자네가 말하는 과학은 어떤 종류인가? 자네들은 과학적 훈련을 전혀 받지 않았으니 그 어떤 판단도 내릴 수 없어. 난 한때 상당히 뛰어난 물리학자였다네. 사실 지나치게 뛰어났지. 우리가 다루는 과학은 그 누구도 의심해서는 안 되는 정통 이론을 담은 요리책에 지나지 않는다는 것을 깨달을 정도로. 그 책은 주방장의 특별 허가 없이는 단 한 줄의 조리법도 추가할 수 없어. 지금은 나도 주방장이 됐지만, 그때는 호기심 넘치는 주방 보조일 뿐이었지. 그래도 나는 나 나름대로 조금씩 요리를 하기 시작했네. 정통에 어긋나는 불법 요리를 말이야. 진짜 과학에 가까운 요리였지."

무스타파 몬드가 이야기를 멈추자 헬름홀츠가 물었다.

"그래서 어떻게 됐습니까?"

통제관은 한숨을 내쉬었다.

"자네들이 앞으로 겪게 될 상황과 아주 흡사한 일이 벌어졌지. 하마터면 섬으로 추방될 뻔했네."

그 말에 충격을 받은 나머지, 버나드는 과격하고도 볼썽사나운 짓을 저지르고 말았다.

"저를 섬으로 보내신다고요?"

버나드는 자리에서 벌떡 일어나 서재를 가로질러 통제관에게 달려갔다. 그러고는 두 팔을 마구 휘저으며 애원했다.

"제발 보내지 마세요. 전 아무것도 잘못한 게 없습니다. 다 저 사람들 짓이에요. 정말입니다."

버나드는 존과 헬름홀츠를 향해 손가락질하며 마구 비난했다. 그러고는 무스타파 몬드에게 다시 간청했다.

"오, 제발 아이슬란드는 안 돼요. 시키시는 일은 뭐든 다 하겠습니다. 한 번만 더 기회를 주세요. 제발 마지막으로 기회를 주세요."

버나드의 눈에서 눈물이 줄줄 흘렀다.

"정말입니다. 다 저 사람들 잘못이에요. 아이슬란드는 안 됩니다. 오, 제발, 위대하신 통제관님, 이렇게 빕니다……."

버나드는 거의 발작하듯 펄쩍 뛰며 무스타파 몬드 앞에 무릎을 꿇었다. 무스타파 몬드가 잡아 일으키려 해도 굽실대며 바닥을 기었다. 버나드 입에서 말이 폭포수처럼 쏟아져 나왔다. 결국 무스타파 몬드는 제4비서관을 호출할 수밖에 없었다.

"세 명 더 데리고 와서 버나드 마르크스 군을 침실로 데리고 가게. 소마 증기를 충분히 쏘인 다음 침대에 눕히도록."

비서관은 곧 초록색 제복을 입은 쌍둥이를 더 데리고 들어왔다. 버나드는 울고불고 발버둥치며 밖으로 끌려 나갔다.

문이 닫히자 무스타파 몬드가 중얼거렸다.

"누가 보면 내가 저 친구 숨통이라도 끊으려 한 줄 알겠군. 그래도 조금이라도 상식이 있는 친구라면 말이야, 이게 벌이 아니라 보상이라는 것을 깨닫게 되겠지. 섬으로 쫓겨난다는 건 전 세계 어디에서도 볼 수 없는 신기한 사람들을 만나게 된다는 뜻이니까. 제각기 이유는 다양하지만, 그곳 사람들은 공동체 생활을 할 수 없을 정도로 자의식이 강하다네. 정통에 만족하지 못하고 각자 독립적인 생각을 지닌 사람들, 다시 말해, '아무나'가 아니라 '누군가'로 살아가는 사람들이지. 난 자네가 부러울 지경이군, 헬름홀츠 왓슨 군."

헬름홀츠가 웃으며 물었다.

"그러면 통제관님은 지금 왜 섬이 아니라 여기 계신 겁니까?"

"내가 이곳을 더 좋아했기 때문이지. 내게도 선택권이 주어졌어.

섬으로 가서 순수 과학 연구에 몰두하느냐, 아니면 통제관 협회에 들어가 엘리트 코스를 밟고 통제관이 되느냐. 나는 과학을 포기하고 후자를 선택했지."

무스타파 몬드는 잠시 생각에 잠겼다가 말을 이었다.

"가끔은 과학이 그리울 때도 있어. 행복이란 아주 냉혹한 주인이라네. 특히 타인의 행복은 더욱 가혹하더군. 조금의 회의도 품지 않고 행복을 맹목적으로 받아들이도록 훈련받지 못한 사람에게는 참으로 섬기기 어려운 주인이지."

무스타파 몬드는 한숨 짓고는 다시 활기찬 어조로 말했다.

"어쨌든 의무는 의무니까. 자기가 뭘 더 좋아하는지만 따지고 있을 순 없지. 사실 나는 진리에 관심이 많기 때문에 과학을 좋아해. 그렇지만 진리는 너무나 위협적이고 과학은 공공을 위험에 빠뜨리지. 우리에게 이롭고 유익한 만큼 위험한 것이 사실이야. 우리는 과학 덕분에 역사상 가장 안정적인 평정을 이루었어. 지금의 상태에 비하면 과거의 중국은 절망적일 정도로 불안정했지. 심지어 원시 모계 중심 사회도 우리보다 안정적이지는 않았어. 다시 한 번 말하지만, 이것은 다 과학 덕택인 거야.

그러나 과학이 이룩한 업적을 과학 스스로 무너뜨리도록 내버려 둘 수는 없지. 우리가 과학 연구 범위를 그토록 철저히 제한하는 것도, 내가 섬으로 쫓겨날 뻔한 것도 다 그 때문이야. 지금 당장 눈앞에 닥친 시급한 문제 이외에는 과학이 다룰 수 없도록 해 놨어. 그 외의 문제는 철저하게 과학의 접근을 막아 놓았지."

무스타파 몬드는 잠시 멈췄다가 말을 이었다.

"포드님 시대를 살던 사람들이 과학의 발전에 대해 쓴 글을 읽고 있노라면 참 재미있단 말이야. 당시 사람들은 과학을 무한히 발전시켜도 된다고 생각한 모양이더군. 지식은 가장 고귀한 선이요, 진리는 가장 존엄한 가치였지. 나머지 것들은 다 이차적이고 부수적인 것으로 취급했어.

물론 당시에도 사상의 변화는 시작되고 있었지. 사람들이 진리와 아름다움보다 안락과 행복에 더 큰 가치를 두도록 우리 포드님께서 상당한 노력을 기울이셨으니까. 보편적 행복은 바퀴를 쉬지 않고 돌아가게 하지만 진리나 아름다움에는 그런 힘이 없다네. 물론 대중이 정권을 잡을 때마다 중요시되는 것은 진리나 아름다움보다는 행복이었어. 그럼에도 불구하고 과학 연구는 여전히 제한 없이 허용되고 있었지. 사람들은 마치 진리와 아름다움이 지상 최고의 선이라도 되는 것처럼 떠들어 댔어. 9년 전쟁이 터지기 직전까지도 그랬지.

전쟁은 사람들의 사상을 완전히 갈아엎었다네. 사방에서 탄저균 폭탄이 터지는 와중에 진리나 아름다움, 지식 같은 것이 대체 무슨 소용이겠나? 바로 그런 이유로 9년 전쟁이 끝난 직후부터 과학이 통제를 받기 시작했어. 사람들은 고요하고 평화로운 삶을 위해서라면 식욕까지도 지배받을 각오가 되어 있었다네. 그 후로 지금까지 통제가 이어지고 있는 것이지.

사실 진리의 추구라는 측면에서 본다면 썩 바람직한 현상은 아니야. 그러나 행복을 위해서는 최선의 조치였네. 세상에 공짜는 없는 법이지. 행복을 얻기 위해서도 적절한 대가를 치러야만 해. 지금 자네도 대가를 치르고 있는 셈이군, 헬름홀츠 왓슨 군. 아름다움에 너무 깊이 빠진 대가를 말일세. 나 역시 한때는 진리에 탐닉한 대가를 치렀으니까."

존이 한참 만에 입을 열었다.

"하지만 당신은 섬으로 가지 않았잖습니까?"

무스타파 몬드는 빙그레 웃으며 대답했다.

"그게 바로 내가 치른 대가였네. 행복을, 그것도 내 행복이 아닌 다른 사람들의 행복을 섬기기로 선택한 대가였지."

무스타파 몬드가 잠시 쉬었다가 다시 말을 이었다.

"이 세상에 그렇게 많은 섬이 있다는 건 참 다행스런 일이야. 섬이 없었으면 어떻게 했을지 모르겠어. 자네 같은 사람들을 모두 가스실 같은 데로 보내야 했겠지, 아마. 그건 그렇고, 헬름홀츠 왓슨 군, 자네는 열대 기후를 좋아하는 편인가? 마르키즈 제도나 사모아 제도 같은 곳 말일세. 아니면 그보다 좀 더 쾌적한 환경이 좋겠나?"

헬름홀츠는 푹신한 의자에서 일어나며 답했다.

"저는 아주 혹독한 기후가 좋습니다. 날씨가 나빠야 글이 더 잘 써지거든요. 예를 들어, 거센 폭풍과 비바람이 몰아치는 곳이라면……."

무스타파 몬드는 허락한다는 의미로 고개를 끄덕였다.

"난 자네의 그 패기가 마음에 들어, 헬름홀츠 왓슨 군. 정말 마음에 든단 말이야. 공식적으로는 인정하지 못하네만……."

무스타파 몬드가 빙긋 웃으며 물었다.

"포클랜드 제도는 어떤가?"

"네, 그만하면 좋겠습니다. 이제 허락해 주시면 가엾은 버나드를 좀 살펴보러 가겠습니다."

제 17 장

불행해질 권리

둘만 남게 되자 존이 먼저 입을 열었다.

"예술과 과학이라……. 당신 자신의 행복을 위해 꽤나 비싼 대가를 치르셨군요. 다른 건 또 없나요?"

"물론 종교도 있다네. 9년 전쟁이 일어나기 전만 해도 신이라는 존재가 있었지. 아, 신에 대해서라면 자네가 더 잘 알겠군."

"그야……."

존은 머뭇거렸다. 존은 고독에 대해 말하고 싶었다. 어두운 밤, 헐벗은 바위 언덕 위로 하얗게 부서지는 달빛에 대해 이야기하고 싶었다. 깎아지른 듯한 낭떠러지와 깊은 어둠과 죽음에 관해 설명하고 싶었다. 그러나 마땅한 말이 떠오르지 않았다. 셰익스피어 작품에서도 찾을 수 없었다.

그러는 사이, 무스타파 몬드는 서재 반대편으로 가서 책장 사이의 벽에 설치되어 있는 커다란 금고를 열었다. 묵직한 문이 활짝 열리자 컴컴한 금고 속을 더듬어 두툼하고 검은 책 한 권을 꺼냈다.

"나는 신이라는 존재에 대해 관심이 아주 많네. 자네는 아마 이런 책을 한 번도 못 읽어 봤을걸."

존은 책을 받아 들고 제목을 소리 내어 읽었다.

"《신구약 성경》."

무스타파 몬드가 이번에는 좀 더 작은 책을 건넸다. 그 책은 표지가 떨어져 나가고 없었다.

"이 책도 못 봤을 거야."

"《그리스도를 본받아》."

무스타파 몬드는 책 한 권을 더 보여 주었다.

"이것도."

"《다양한 종교적 경험》, 윌리엄 제임스."

무스타파 몬드는 자기 자리로 돌아가 앉으며 말했다.

"이것 말고도 아주 많아. 오래된 음란 도서들 말일세. 신은 내 금고 안에, 포드님은 내 책장 선반에 모셔 두었지."

무스타파 몬드는 여러 권의 책과 독서 기계에 넣는 종이 필름 두루마리가 꽂힌 책장을 가리키며 웃었다. 존은 부아가 치밀어 이렇게 물었다.

"당신은 신을 안다면서 왜 사람들에게는 말해 주지 않는 겁니까? 왜 신에 관한 이 책들을 그들에게 보여 주지 않는 겁니까?"

"사람들에게 〈오셀로〉를 주지 않는 이유와 같지. 이건 아주 오래된 책들이야. 수백 년 전의 신에 관한 이야기지, 현재의 신에 관한 이야기가 아니라고."

"신은 변하지 않습니다."

"사람은 변하지."

"그게 뭐가 다르다는 겁니까?"

"엄청난 차이가 있네."

무스타파 몬드는 다시 자리에서 일어나 금고로 걸어가며 말했다.

"옛날에 뉴먼 추기경이라는 사람이 있었네. 추기경은……. 지금으로 치면 대공동체 합창 단장 정도의 직책이겠군."

"셰익스피어 작품에서 이런 구절을 읽은 적이 있습니다. '나는 밀라노의 추기경입니다.'"

"물론 그랬겠지. 방금 말했다시피, 예전에는 추기경이라는 사람이 있었어. 아, 여기 그 사람이 쓴 책이 있네."

무스타파 몬드가 책 한 권을 꺼내 들며 말을 이었다.

"이왕 얘기가 나온 김에 이 책도 보여 주지. 이건 멘드비랑이라는 사람이 쓴 책이야. 멘드비랑은 철학자였네. 철학자가 무슨 뜻인지나 아는지 모르겠지만."

존이 기다렸다는 듯 다급히 말했다.

"철학자는 하늘과 땅에 있는 것들을 미처 다 꿈꾸지 못하는 사람입니다."

"그렇지. 그러면 멘드비랑이 꾸었던 꿈은 뭔지 내가 읽어 주겠네.

그 전에 이 늙은이 합창 단장이 뭐라고 했는지 좀 들어 보지."

무스타파 몬드는 종이를 끼워 표시해 둔 장을 열어 책을 읽기 시작했다.

"우리가 소유한 것이 우리 것이 아니듯, 우리 자신도 각자의 것이 아니다. 우리는 스스로를 창조해 내지 않았을뿐더러 스스로를 넘어설 수도 없다. 우리는 우리 자신의 주인이 아니다. 우리는 신의 소유물이다. 이렇게 생각하면 행복하지 않은가? 반대로, 우리가 스스로를 소유하고 있다고 믿으면 조금이라도 행복과 위안을 얻을 수 있겠는가?

앞길이 창창한 젊은이들은 그렇게 생각할지도 모른다. 자기 방식대로 모든 것을 소유하고, 서로 기대지 않고, 눈에 보이지 않는 것은 생각조차 하지 않으려 들지도 모른다. 타인의 의사를 끊임없이 묻고 그 사람들을 위해 기도하고 누군가에게서 인정받아야 한다는 것에 심한 염증을 느낄 수도 있다.

그러나 누구나 그렇듯 시간이 흐르면 결국 젊은이들도 깨닫게 될 것이다. 독립이란 사람에게 어울리지 않는 개념이라는 것을 말이다. 독립은 매우 부자연스러운 상태이다. 잠깐은 괜찮을지 몰라도 우리를 끝까지 안전하게 지켜 주지는……."

무스타파 몬드는 그쯤에서 끊고 다른 책을 집어 들었다. 그러고는 책장을 넘기다가 말했다.

"이 부분도 좀 들어 보게."

그는 깊고 굵은 목소리로 책을 읽기 시작했다.

"인간은 나이가 들면서 점점 나약함, 무력함, 불편함 따위의 감각을 느끼게 된다. 그리고 그런 감각은 노화를 앞당긴다. 그런 상황이 오면 인간은 심각한 병은 아닐 거라고 스스로 위안하며 괴로움에는 특정한 원인이 있으리라 생각한다. 마치 질병에서 회복하듯 그 원인도 금세 극복할 수 있을 거라고 믿는 것이다. 이 얼마나 헛된 망상인가! 인간이 앓고 있는 것은 바로 노화라는 끔찍한 질병이다.

사람들은 말한다. 인간이 나이 들어 가면서 종교에 귀의하는 이유는 죽음과 죽음 후에 오는 것들에 대한 두려움 때문이라고. 그러나 나는 개인적인 경험을 통해 한 가지 신념을 품게 되었다. 종교적 감정은 그런 두려움이나 망상과는 상관없이 우리가 나이를 먹어 가면서 서서히 발전하는 것이다. 격정으로 들끓던 마음이 차분하게 가라앉고 상상력과 감수성이 무뎌지면서 이성을 방해하던 각종 망상과 욕망과 잡념에서 자유로워지면, 그제야 구름이 걷히고 신이 모습을 드러낸다.

그때 우리의 영혼은 모든 빛의 근원을 향하고 보고 느낀다. 그것은 불가피하고도 필연적인 일이다. 나이가 들면 생명력과 매력이 넘치던 감각의 세계가 점차 힘을 잃는다. 또한 외부에서 받는 인상이나 내부에서 느끼는 감동만으로는 경이적인 존재가 있다는 것을 느끼지 못한다. 그렇기 때문에 우리 곁에 굳건히 머무르는 무언가, 결코 우리를 거짓으로 농락하지 않는 무언가, 절대적이고도 영원불변한 무언가에 기대고 싶어진다. 그렇다, 바로 이런 이유로 우리는 신에게로 향하게 되어 있다. 이와 같은 종교적 감정은 너무도 순수해서 그것을 경험하는 영혼은 무한한 기쁨을 느끼게 된다. 그 기쁨이 무척 크기 때문에 다른 손실을 만회하고도 남는다."

무스타파 몬드는 책을 탁 덮고 의자 등받이에 몸을 기대었다.

"철학자들이 하늘과 땅에 있는 수많은 것들 가운데 꿈꾸지 못했던 것 중 하나가 바로 이곳, 현대 세계이다. 철학자들은 말했지. 사람은 젊음과 번영을 누릴 때만 신으로부터 독립적일 수 있으며, 독립은 결코 인간을 끝까지 지켜 주지 못한다고. 한데 우리는 지금 삶의 마지막 순간까지 젊음과 번영을 누리게 되었어. 그 결과가 무엇이냐고? 우리는 신에게서 독립하게 되었네.

철학자들은 종교적 감정이 다른 손실을 만회하고도 남는다는 말도 했지. 그러나 우리에게는 보상받아야 할 손실이라는 게 없어. 따라서 종교적 감정도 불필요하지. 언제든 젊은이들의 욕망을 충족할 수 있는데, 그것을 대체해 줄 무언가를 굳이 찾아 나설 이유는 없지 않은가? 온갖 유희를 빠짐없이 즐길 수 있는데 뭐 하러 대용품을 찾겠느냐는 거지. 우리의 몸과 마음이 멈추지 않는 기쁨을 누리고 있는데 휴식이 왜 필요한가? 소마가 있는데 위안이 왜 필요하겠어? 사회 질서가 이렇게 굳건히 잡혀 있는데, 흔들리지 않는 확고한 대상을 그리워할 이유가 없지 않겠나?"

"당신은 신이 없다고 생각하는 겁니까?"

"아니, 아마도 있을 거라고 믿네."

"그런데 대체 왜……."

무스타파 몬드가 존의 말을 가로막았다.

"다만 신은 사람에 따라 다른 방법으로 모습을 드러내 보이는 것 같네. 현대 이전의 신은 이 책에서 묘사된 모습으로 사람들 앞에 현신했겠지. 그러나 지금은……."

"지금은 어떤 모습으로 나타납니까?"

"글쎄, 부재함으로써 그 자신을 드러내지 않을까? 마치 이 세상에 신이 결코 존재하지 않는 듯이."

"그게 다 당신 잘못입니다."

"문명의 잘못이라고 해 두지. 신은 기계와 의학, 또 보편적 행복과는 양립할 수 없는 개념이야. 누구나 하나만을 택해야 한다네. 우리 문명은 기계, 의학, 행복을 선택했어. 그렇기 때문에 나는 이런 책을 금고 안에 감춰 놓아야 하는 거지. 이 세계에서 이런 책은 불온한 것이니까. 사람들이 보면 충격을 받을 테니……."

이번에는 존이 그의 말허리를 잘랐다.

"신의 존재를 느끼는 것은 당연하지 않은가요?"

무스타파 몬드가 빈정거렸다.

"차라리 바지를 입었으면 지퍼를 올리는 게 당연한 거 아니냐고 하지? 자네를 보니 브래들리라는 옛날 사람이 생각나는군. 그 사람은 철학을 이렇게 정의했어. 인간이 본능적으로 믿는 것에 구차한 이유를 붙여 주는 것. 인간은 본능에 의해서는 아무것도 믿지 않는데 말이지! 인간이 무언가를 믿는다면 그건 그 사람이 그렇게 믿도록 훈련받았기 때문이야. 인간이 무언가를 믿는 가짜 이유에 그럴싸한 핑계를 찾아 주는 것, 그게 바로 철학이지. 인간이 신을 믿는 것은 당연한 게 아니라 그렇게 믿도록 훈련받았기 때문이야."

하지만 존은 주장을 굽히지 않았다.

"아무리 그래도 혼자일 때, 그러니까 캄캄한 밤에 혼자서 죽음을 생각할 때 신의 존재를 느끼고 신을 믿는 건 너무도 당연한……."

"이제는 누구도 혼자가 아니라니까. 우리는 사람들이 고독을 싫어하도록 길들이고, 나아가 고독한 상황에 처하는 것이 거의 불가능하도록 삶을 조정해."

존은 우울한 낯빛으로 마지못해 고개를 끄덕였다. 푸에블로 마을에서는 마을 공동체 활동에서 늘 내쳐져서 괴로웠는데, 문명화된 런던에서는 공동체 활동을 피할 길이 없어서, 도무지 혼자일 시간이 없어서 괴로웠다. 존이 말했다.

"〈리어 왕〉에 나오는 이야기를 기억하세요? '신은 공정하며 타락한 쾌락을 도구 삼아 우리를 벌한다. 그는 어둡고 열악한 곳에 너를 낳은 대가로 두 눈을 잃었다.' 심하게 상처 입고 죽어 가던 에드먼드는 그 말에 이렇게 답합니다. '그 말이 맞습니다. 돌고 돌아 원점으로 와서 제가 여기 있군요.' 어떤가요? 이래도 우리를 다스리고 벌하고 보살피는 신이 있다는 생각이 들지 않습니까?"

무스타파 몬드가 되물었다.

"그럼 신이 있다는 말인가? 이곳은 불임인 여자와 타락한 쾌락을 진탕 즐기고도 아들의 애인에게 두 눈을 뽑힐 염려가 없는 세상이야. '돌고 돌아 원점으로 와서 제가 여기 있군요.'라고 말한 에드먼드가 지금 사람이라면 어땠을까? 아마 양쪽에 여자들을 끼고 푹신한 의자에 앉아 성호르몬 껌을 질겅질겅 씹으며 촉각 영화를 보고 있을걸. 신은 공정해. 그것은 의심할 여지가 없어. 그러나 결국 신의 율법이라는 것도 이 사회를 구성하는 인간들에 의해 만들어지는 거야. 신의 섭리 역시 인간이 정하는 거란 얘기지."

"확신합니까? 푹신한 의자에 앉은 에드먼드도 피를 흘리며 죽어가는 에드먼드만큼이나 무거운 형벌을 받은 거라는 생각은 들지 않나요? 신은 공정하지요. 공정한 신이 타락한 쾌락을 도구 삼아 에드먼드를 나락으로 떨어뜨린 것은 아닐까요?"

"인간이 어떤 위치에 있기에 나락으로 떨어진다는 생각을 하지? 열심히 일하고, 일한 만큼 소비하는 훌륭한 시민으로서 에드먼드는 행복하고 완전해. 물론 자네가 우리와 좀 다른 기준을 적용한다면 에드먼드가 나락으로 떨어졌다고 생각할 수도 있겠지. 하지만 어느 쪽이든 한 가지 기준만 적용해야 해. 범플 퍼피 규칙에 따라 전자 골프를 칠 수는 없는 노릇이니까."

"하지만 가치는 어느 특정인의 의지에 얽매여 있는 게 아니에요. 가치란 추구하는 사람에게 그 자체로 소중할 뿐 아니라, 그 사람의 인식과 위엄을 내포하고 있는 것입니다."

무스타파 몬드는 그 말에 이의를 제기했다.

"자, 자, 이것 봐. 너무 멀리 간 것 같지 않나?"

"당신들이 신의 존재에 대해 깊이 생각했다면 타락한 쾌락에 스스로를 빠뜨리지는 않았을 겁니다. 신과 함께였다면 참고 인내할 이유를 찾아냈겠죠. 진정으로 용기를 내어 무언가를 이뤄야겠다는 목적을 찾았을 거란 얘기입니다. 난 원주민들에게서 그 모습을 봤습니다."

"물론 보았겠지. 하지만 우린 원주민이 아니잖나? 문명인으로 살아가는 동안에는 극도로 불쾌한 그 무엇도 참고 인내할 필요가 전혀 없다네. 게다가 무언가를 이뤄야겠다는 생각 같은 건 사람들의 머릿속에 결코 심어 줘서는 안 되지. 각자 자기들 방식대로 살기 시작하면 사회 질서가 한순간에 무너져 버릴 테니까."

"그렇다면 자기 부정은 어떻습니까? 신과 함께하는 사람은 자기 부정의 근본적인 이유를 찾습니다."

"자기 부정을 하지 않아야만 산업 문명을 존속할 수 있는데! 위생과 경제 상황이 허락하는 쾌락의 최고치를 즐겨야만 바퀴가 멈추지 않고 돌아가지."

"당신들은 순결을 지켜야 할 이유도 잃었잖습니까!"

존의 얼굴이 붉게 달아올랐다. 무스타파 몬드가 답했다.

"순결에 집착하면 욕정과 신경 쇠약에 시달리게 돼. 욕정과 신경 쇠약은 곧 불안정으로 이어지겠지. 불안정은 곧 문명사회의 종말을 의미하네. 타락한 쾌락을 마음껏 즐기지 않고는 결코 문명을 지속할 수 없다는 뜻이야."

"하지만 신은 고귀하고 참되고 존엄한 모든 것의 이유가 되잖아요. 당신들이 신을 믿는다면……."

"젊은 친구여, 문명사회에서 고귀함과 존엄함 따위는 조금도 필요하지 않다네. 그런 것들은 바로 정치적인 비효율의 산물이니까.

우리처럼 잘 짜여진 사회에서는 어느 누구도 고귀하고 존엄한 영웅이 될 기회를 얻지 못하지. 영웅은 극도로 불안정한 사회에서만 출현하기 때문이라네.

전쟁이 일어나거나 충성해야 할 대상이 여럿으로 분열된 사회를 상상해 보게. 혹은 맞서 싸워야 할 유혹이 많거나 사랑하는 사람을 위험으로부터 지켜 내야 하는 상황도 떠올려 봐. 바로 그런 상황에서는 고귀함과 존엄함이라는 가치를 운운하는 것이 말이 되겠지.

하지만 요즘 세상에 전쟁은 일어나지 않아. 오히려 가장 염려해야 할 것은 누가 누구를 너무 많이 사랑하지 않도록 경계하는 일이지. 여러 대상 중 누구에게 충성을 바쳐야 하나 고민할 필요도 없어. 여기선 누구나 반드시 해야 할 일만을 하도록 훈련받았으니까. 게다가 그 해야 할 일이라는 것도 대체로 본능적인 충동을 자연스레 따르면 되는 유쾌한 일들이어서 굳이 유혹에 저항하기 위해 참고 견뎌야 할 상황도 많지 않다네.

만에 하나, 운이 아주 나빠서 그런 상황에 처하게 되면 언제든 현실을 떠나 휴식을 취할 수 있도록 도와주는 소마가 준비되어 있지. 소마는 분노를 잠재우고, 자네의 적을 너그러이 용서하게 해 주고, 인내와 참을성을 갖게 해 준다네. 과거에는 오랜 시간에 걸쳐 혹독한 도덕적 훈련을 받고 굉장한 노력을 기울여야 이런 일들을 이룰 수 있었지. 지금은 0.5그램짜리 소마 한 알이면 충분해. 누구든 고결해질 수 있다는 말이야. 누구든 자신의 도덕성의 절반쯤을 작은 유리병에 넣어 다니는 세상이 온 거지. 말하자면, 눈물 없는 기독교,

그게 바로 소마인 셈이야."

"하지만 눈물은 필요한 거예요. 오셀로가 뭐라고 했는지 기억 안 나세요? '폭풍이 지나갈 때마다 이런 평안이 찾아온다면, 바람아, 죽음이 깨어날 때까지 불어 다오.' 우리 마을에 사는 원주민 할아버지가 들려준 옛이야기도 기억이 나네요. 마트사키의 처녀에 관한 이야기입니다. 마트사키의 청년들은 결혼하고 싶은 여자의 집 마당에 가서 아침마다 괭이질을 해야 합니다. 별것 아니라고 생각할지 몰라도 문제는 모기와 파리 떼죠. 물어뜯고 쏘아 대는 통에 대부분이 견디지를 못합니다. 결국 마지막까지 견디는 한 사람이 여자를 차지하게 되죠."

"재미있는 얘기군! 하지만 문명화된 사회에서는 괭이질을 하지 않고도 여자를 가질 수 있어. 물어뜯고 괴롭히는 모기나 파리 떼도 없고. 벌써 몇 세기 전에 박멸했으니까."

존은 인상을 찌푸리며 끄덕였다.

"박멸했다고요. 어련하시겠어요? 참고 받아들이는 법을 배우는 대신 불쾌한 것은 모조리 제거해 버리는군요. 날아오는 화살과 분노한 운명의 돌팔매질을 묵묵히 견디는 쪽과 무기를 들고 고난의 바다에 뛰어들어 당당히 맞서는 쪽 중에 과연 더 고귀한 것이 무엇일까요? 하지만 당신들은 그 어느 쪽도 아니죠. 견디지도 맞서지도 않으니까요. 당신들이라면 화살과 돌멩이를 간단히 없애 버리고 말았을 겁니다. 그편이 훨씬 쉬우니까요."

존은 갑자기 어머니가 떠올라 말을 멈췄다. 37층 병실에서 린다는 노래하는 불빛과 포근한 향기의 바다를 둥둥 떠다녔다. 시간과 공간의 굴레로부터, 기억이라는 감옥으로부터, 자신의 악습과 늙고 흉측한 몸뚱이로부터 벗어나 이리저리 유영했다.

그리고 토마킨, 그러니까 전직 배양 및 사회 기능 훈련 센터 소장은 아직도 소마 휴식 중이었다. 그 모든 모욕과 고통으로부터 벗어나 완전히 다른 세계에서 편안히 쉬고 있었다. 자신을 조롱하는 말과 야유하는 웃음소리가 들리지 않는 세계, 그 여자의 끔찍한 얼굴을 보지 않아도 되는 세계, 뒤룩뒤룩 살찌고 축축한 팔이 자신의 목을 감싸던 감촉을 잊을 수 있는 아름다운 세계에서…….

존이 다시 입을 열었다.

"당신들에게 가장 필요한 것은 이따금 흘리는 눈물 한 방울입니다. 이곳에서는 아무도 정당한 대가를 치르지 않아요."

예전에 존이 이 말을 했을 때 헨리는 이렇게 반박했다. 1,250만 달러가 들었다고. 배양 및 사회 기능 훈련 센터를 새로 짓는 데 정확히 1,250만 달러가 들었다고 말이다.

"언젠가는 죽어야 할 유한하고 불안한 삶을 운명에 그대로 맡기고 달걀 껍데기 하나라도 얻기 위해서라면 죽음과 위험을 무릅써라.(〈햄릿〉 4막 4장)"

존은 고개를 들어 무스타파 몬드를 바라보며 물었다.

"당신은 이 말을 듣고 느끼는 게 없습니까? 신은 차치하고서라도 말입니다. 아, 물론 신이야말로 그렇게 살아야 할 이유 자체이기는 하지만, 위험을 감수하고 살아 내는 것에 어떤 의미가 있다는 생각이 들지 않느냐는 말입니다."

"당연히 의미가 있지. 그래서 우리는 사람들을 데려다가 정기적으로 부신에 자극을 준다네."

존은 도저히 이해가 안 된다는 듯 물었다.

"뭐라고요?"

"최상의 건강 상태를 유지하기 위해 훈련이 필요하거든. 그래서 우리는 '초·욕·대'를 필수로 받도록 하고 있지."

"초·욕·대라니요?"

"초강도 욕정 대체 훈련. 한 달에 한 번씩 정기적으로 받아. 신체에 아드레날린을 충분히 공급해 주지. 생리학적으로 보자면, 두려움이나 분노를 느끼는 것과 완벽히 일치하는 작용을 하거든. 조금의 불편도 겪지 않으면서 데스데모나를 죽이거나 혹은 오셀로에게 죽임을 당하는 강장 효과를 낼 수 있다네."

"하지만 난 그 불편이 더 좋아요."

"우리는 아니라네. 편리한 편이 훨씬 더 좋지."

"난 그 편리한 것이 싫다고요. 나는 신을 원합니다. 나는 시를 원해요. 진정한 위험과 자유와 선과 악을 원한단 말입니다."

"자네는 지금 불행해질 권리를 요구하고 있군."

무스타파 몬드의 말에 존은 도전적으로 답했다.

"좋습니다. 내게 불행해질 권리를 주십시오."

"늙어서 추하고 무력해지거나 매독이나 암에 걸릴 권리, 온몸에 이가 들끓고 굶주림에 시달릴 권리, 내일 당장 무슨 일이 닥칠지 모르는 불안 속에서 하루하루를 살아갈 권리, 장티푸스에 걸리거나 다른 어떤 이유로든 이루 말할 수 없는 고통에 시달릴 권리도 함께 말인가?"

두 사람 사이에 긴 침묵이 흘렀다. 마침내 존이 말했다.

"그 모든 권리를 원합니다."

무스타파 몬드는 어깨를 으쓱하며 답했다.

"좋을 대로."

제 18 장

악몽이여, 안녕!

문이 약간 열려 있었다. 헬름홀츠와 버나드는 문 안으로 들어서며 외쳤다.

"존!"

욕실에서 불쾌한 소리가 났다. 누구의 소리인지 안 봐도 알 것 같았다. 헬름홀츠가 물었다.

"대체 왜 그래요, 존?"

대답이 없었다. 그저 불쾌한 소리만 두어 번 더 반복되더니 이내 잠잠해졌다. 이윽고 달칵하며 욕실 문이 열리더니 핏기 하나 없는 낯빛을 한 존이 모습을 드러냈다. 헬름홀츠가 걱정스럽다는 듯 말했다.

"세상에, 안색이 너무 안 좋아요, 존!"

버나드가 물었다.

"뭐 잘못 먹은 거 아니에요?"

존이 고개를 끄덕이며 답했다.

"문명을 먹었어요."

"뭐라고요?"

"내가 스스로를 오염시키고 더럽혔다고요."

그러더니 존은 더욱 낮은 목소리로 덧붙였다.

"나 자신의 사악함을 집어삼킨 거예요."

"그게 대체 무슨……? 그러니까 방금 먹었다는 게 설마……."

"지금은 정화됐어요. 따뜻한 물에 겨자를 조금 타서 마셨거든요."

두 사람은 깜짝 놀라 존을 빤히 바라보았다. 버나드가 물었다.

"겨자 탄 물을 진짜로 마셨다는 거예요?"

존은 자리에 털썩 주저앉으며 한숨을 내쉬고는 손으로 이마를 짚으며 답했다.

"원주민들은 늘 그런 식으로 스스로를 정화시키거든요. 난 잠시 쉬어야겠어요. 좀 피곤하네요."

헬름홀츠가 대답했다.

"피곤할 만도 하죠."

그러더니 잠자코 있다가 조금 다른 어조로 말을 이었다.

"사실은 작별 인사하려고 왔어요. 우린 내일 아침에 떠나요."

버나드가 말했다.

"그래요, 내일 아침에 떠나요."

버나드의 얼굴에 체념이 배어 있었다. 버나드는 앉은 채로 몸을 앞으로 기울여 존의 무릎에 손을 얹으며 덧붙였다.

"그건 그렇고, 존. 어제 일은 정말 미안해요."

버나드는 얼굴을 붉히고 떨리는 목소리로 말을 이었다.

"얼마나 부끄러운 짓을 했는지, 얼마나……."

존은 버나드의 손을 다정하게 맞잡는 것으로 말을 대신했다. 잠깐의 침묵 뒤에 버나드가 다시 입을 열었다.

"헬름홀츠가 나에게 정말 잘해 주었어요. 헬름홀츠가 아니었으면 난 분명……."

헬름홀츠가 그쯤에서 말을 막았다.

"자, 자, 이제 됐어."

세 사람 사이에 무거운 침묵이 흘렀다. 세 사람 모두 가슴 깊이 슬퍼하고 있었지만, 바로 그 슬픔이 서로를 진정 사랑한다는 증거였기 때문에 세 젊은이는 행복했다. 존이 말했다.

"오늘 아침에 통제관을 만나고 왔어요."

"왜요?"

"나도 섬에 함께 가도 되는지 물어보려고요."

헬름홀츠가 반색하며 물었다.

"뭐라던가요?"

존이 고개를 저었다.

"보내 주지 않을 거래요."

"왜죠?"

"실험을 계속하고 싶대요."

존이 왈칵 성을 내며 덧붙였다.

"빌어먹을, 계속 이렇게 실험 대상으로 살다가는 지옥에 떨어지는 기분일 거예요. 세계 통제관이고 뭐고, 내일 아침에 당장 떠나야겠어요."

두 사람이 동시에 물었다.

"어디로요?"

존은 어깨를 으쓱했다.

"어디든지요. 혼자 있을 수만 있다면 어디든 상관없어요."

길드퍼드에서 시작되는 하행선은 웨이 협곡을 거쳐 고달밍까지 이어졌다. 그런 다음 밀퍼드와 위틀리 상공을 지나 하슬미어로 나아가다가 피터즈필드를 거쳐 포츠머스로 통했다. 상행선은 하행선과 거의 평행을 이루며 워플스덴, 통햄, 퍼튼햄, 엘스테드, 그리고 그레이쇼트 상공을 지났다. 그러다 호그스백과 하인드헤드 사이의 어느 지점에 이르면 두 항공로의 간격이 겨우 6~7킬로미터 정도밖에 차이가 나지 않을 정도로 가까워지는 때가 있었다.

그러다 보니 조심성 없는 조종사가 소마를 0.5그램쯤 더 먹고 야간 비행이라도 하는 날에는 사고가 끊이지 않았다. 개중에는 아주 큰 사고도 있었다. 결국 상행선을 서쪽 방향으로 몇 킬로미터 정도 이동시키기로 결정했다. 그렇게 그레이쇼트와 통햄 사이에 서 있던 항공 등대 네 개가 버려졌다. 그 등대들이 포츠머스에서 런던까지

가는 옛 항공로의 위치를 표시해 주었다. 그 등대 위의 하늘은 한산하고 조용했다. 헬리콥터가 성급하게 날아다니며 굉음을 내는 곳은 셀본과 보든과 팬햄 상공이었다.

존은 퍼튼햄과 엘스태드 사이의 언덕마루에 서 있는 오래된 등대를 은신처로 삼았다. 철근 콘크리트로 지어서 그런지 상태가 아주 좋았다. 등대를 처음 둘러보았을 때는 지나치게 편리하고 지나치게 문명화되고 지나치게 화려한 곳이라고 생각했다. 그래서 그런 시설을 누리는 대가로 자기 수양과 정화를 더욱 철저히 하겠다는 각오를 다지며 양심의 가책을 달랬다.

은신처에서 보내는 첫날 밤, 존은 일부러 잠을 자지 않았다. 대신 몇 시간이고 무릎을 꿇은 채로 죄 많은 클라우디우스(햄릿의 삼촌으로 형을 독살해 왕위를 차지하고 형수를 아내로 맞이했다.)가 용서를 빌었던 하늘에 기도를 드렸다. 주니어로 아워나윌로나에게, 예수와 푸콩에게, 자신의 수호 동물인 독수리에게 빌었다.

그러다 이따금 십자가에 매달리기라도 한 것처럼 양팔을 옆으로 쭉 펴고 오랜 시간을 버텼다. 통증이 점점 심해지다가 마침내 팔이 부들부들 떨리며 극한의 고통을 느낄 때까지. 얼굴에서는 땀이 비 오듯 쏟아졌다. 스스로 십자가에 못 박힌 형벌을 내리며 존은 꽉 다문 이 사이로 계속해서 외쳤다.

"오, 저를 용서하소서! 저를 깨끗이 하소서! 선한 마음을 갖게 해 주소서!"

존은 극심한 통증으로 기절할 때까지 계속해서 외쳤다.

마침내 아침이 되었다. 존은 등대에 살 정당한 권리를 얻은 기분이 들었다. 그러나 곳곳에 난 창문의 유리가 너무 멀쩡했다. 밖으로 보이는 경치가 지나치게 아름다웠다. 이 등대를 은신처로 선택한 이유가 어서 등대를 떠나야 할 이유로 바뀌어 버렸다.

애초에 존은 아름다운 경치에 마음을 빼앗겨 그 등대에서 살기로 마음먹었다. 등대에서 밖을 내다보면 마치 신적인 존재의 현현을 마주하는 기분이었다. 하지만 자기가 뭐라고 그런 황홀한 광경을 매시간 누린단 말인가? 자기가 대체 뭐라고 신의 존재를 두 눈으로 볼 수 있는 곳에 사는 영광을 누린단 말인가? 존은 자기가 더러운 돼지우리나 컴컴한 땅굴에 살아야 마땅하다고 생각했다.

밤새도록 통증을 참은 탓에 온몸이 뻣뻣하고 아팠다. 그러나 바로 그 아픔 덕분에 자신감을 얻어 등대의 높은 곳까지 올라가 보기로 했다. 존은 이제 막 해가 떠오르기 시작한 눈부신 세상을 바라보았다. 드디어 살아갈 권리를 되찾았다.

북쪽으로 눈을 돌리면 흰 분필로 그린 것 같은 산등성이가 주변을 길게 둘러싸고 있었다. 그 너머 동쪽 끝에는 고층 건물 일곱 채가 우뚝 서 있는 길퍼드가 보였다. 존은 그 광경을 보고 눈살을 찌푸렸다. 하지만 시간이 지나면서 마음이 차차 누그러졌다.

밤이 되면 저 멀리 반짝반짝 빛나는 고층 건물들이 마치 기하학적인 별자리처럼 보였다. 투광 조명을 받아 하얗게 빛나는 그 건물들이 마치 깊이를 헤아릴 수 없는 신비한 천국을 향해 엄숙하게 손가락을 세우고 있는 것 같기도 했다. 물론 영국 전역에서 그 손짓의 의미를 이해하는 사람은 존 한 명뿐이었지만.

등대가 우뚝 선 모래 언덕과 호그스백을 가르는 계곡에는 퍼튼햄이라는 소박한 마을이 자리하고 있었다. 퍼튼햄에는 9층 높이의 곡식 저장탑과 닭 농장, 또 아담한 비타민 D 공장이 있었다. 그 반대편, 그러니까 등대의 남쪽으로 눈을 돌리면 저 아래 옹기종기 모인 연못들을 향해 불그스름한 야생화 덤불이 길게 이어졌다.

연못 너머 울창한 숲 뒤로는 엘스태드의 14층 건물이 우뚝 솟아올라 있었다. 영국 특유의 실안개 사이로 저 멀리 하인드헤드와 셀본의 푸르스름한 경치가 눈길을 끌었다.

하지만 존의 마음을 사로잡은 것은 멀리 있는 풍경만이 아니었다. 등대와 가까운 곳의 경치도 그에 못지않게 매혹적이었다. 울창하고 푸르른 숲, 붉은 야생화와 노란 가시금작화가 펼쳐진 드넓은 벌판, 햇빛을 받아 반짝반짝 빛나는 연못과 물그림자를 드리운 자작나무, 그 위에 떠 있는 수련, 그리고 연못 주위에 자라난 골풀 덤불까지. 이 아름다운 풍경은 미국의 건조한 사막만 보아 오던 존의 눈에는 놀랍기 그지없는 광경이었다.

무엇보다 그 적막한 고독감! 등대가 있는 서리(영국 잉글랜드 남동부의 주) 황야는 채링 T 타워에서부터 비행기로 십오 분밖에 안 되는 거리에 있는데도, 하루해가 넘어가도록 개미 새끼 한 마리도 얼씬대지 않았다.

말파이스 계곡도 이곳보다 황량하지는 않았다. 문명 세계에 사는 사람들은 전자 골프나 테니스를 칠 때가 아니면 런던을 떠나지 않왔다. 퍼튼햄에는 필드나 경기장이 없고 그나마 가장 가까이에 있는 것도 길드퍼드의 리만면까지 가야 겨우 찾을 수 있었다. 그러니 이곳에 즐길 거리라고는 꽃과 풍경뿐이었다. 다시 말해 여기까지 올 이유가 없으니 아무도 오지 않은 것이었다. 그 덕분에 처음 며칠 동안은 그 누구의 방해도 받지 않고 혼자 지냈다.

존은 자기 몫으로 받은 돈 가운데 상당 부분을 장비를 구입하는 데 다 써 버렸다. 런던을 떠나기 직전, 양모 담요, 밧줄, 끈, 못, 접착제, 연장, 곧 불 피우는 방법을 익힐 생각이었지만 성냥과 냄비, 프라이팬, 씨앗 24봉지, 밀가루 10킬로그램을 샀다.

그때 존은 강력하게 거부했다.

"싫습니다. 합성 녹말이나 솜 지스러기로 만든 대체 밀가루 따위는 싫다고요. 그게 더 영양가가 있든 말든 난 그런 거 안 먹습니다."

하지만 분비 세포로 만든 비스킷이나 비타민을 주입한 대체 소고기 앞에서는 점원의 설득에 넘어가지 않을 수 없었다. 통조림을 바라보면서 씁쓸한 기분으로 스스로의 나약함을 꾸짖었다. 추악한 문명의 산물이야! 존은 결코 그 음식들을 먹지 않으리라 다짐했다. 심지어 굶어 죽는 한이 있어도.

존은 복수심에 불타는 심정으로 중얼거렸다.

"이걸 보면 저 인간들도 느끼는 게 있겠지."

그것은 존에게도 특별한 가르침이 되었다.

남은 돈을 세어 보았다. 제발 이 적은 돈으로 무사히 겨울을 나게 되기를 바랐다. 봄이 되면 직접 일군 밭에서 곡식이 날 터였다. 그러면 바깥세상으로부터 완전히 독립할 수 있게 되겠지. 남은 겨울도 사냥감이 풍부하니까 어느 정도는 견딜 만했다. 토끼도 자주 눈에 띄었고, 연못에 물새도 여러 마리 있었다. 존은 당장 활과 화살부터 만들기로 했다.

등대 근처에는 물푸레나무가 자라고 있었다. 아름답고 곧게 뻗은 개암나무 줄기는 화살대를 만들기에 안성맞춤이었다. 일단 물푸레나무를 베어 넘어뜨리는 일부터 시작했다. 가지가 붙지 않은 잘생긴 나무 기둥을 180센티미터 길이로 잘라 냈다.

그런 다음 미트시마 할아버지에게서 배운 대로 한 겹 한 겹 나무 껍질을 벗겨 내어 자기 키만 한 장대로 다듬었다. 중심은 굵고 곧게, 끝으로 갈수록 가늘고 유연하게. 순수한 노동은 존에게 강렬하고도 무한한 기쁨을 주었다. 런던에서는 스위치를 누르거나 손잡이만 돌리면 뭐든지 할 수 있는 게으른 삶을 살다가, 기술과 인내를 요하는 일을 하게 되자 완전한 기쁨을 맛볼 수 있었다.

장대가 제법 화살대 모양을 갖추어 갈 때쯤, 문득 자신이 노래를 흥얼거리고 있다는 걸 깨달았다. 노래라니! 자신이 아주 심각한 잘못을 저지르고 있다는 걸 알아차렸다. 죄책감에 얼굴이 다 붉어졌다. 희희낙락, 노래나 부르려고 여기까지 온 게 아니었다. 문명이라는 더러운 불에 그슬려 오염된 자신을 정화시키려고 온 것이었다. 스스로 깨끗하게 만들어 다시 선해지기 위해, 잘못을 바로잡기 위해.

존은 자신에게 무척 실망하고 말았다. 고작 활 만드는 즐거움에 폭 빠져서는 결코 잊지 않기로 맹세한 기억을 까맣게 지워 버리다니. 가엾은 린다, 린다를 죽음으로 몰고 간 자신의 무정함, 그리고 린다의 죽음이라는 신비를 향해 바글바글 구더기처럼 기어오르던 끔찍한 쌍둥이들…….

그것들은 존의 슬픔과 후회뿐만 아니라 신의 존재 자체에 대한 모독이었다. 존은 결코 잊지 않겠다고, 잘못을 바로잡는 일을 멈추지 않겠다고 끊임없이 맹세했다. 그런데 여기에 기분 좋게 앉아서 활이나 만들면서 콧노래를 흥얼거리고 있는 꼴이라니…….

존은 등대 안으로 들어가 불 위에 물을 올려놓고 겨자가 담긴 상자를 열었다.

그로부터 삼십 분쯤 지났을 때, 버튼햄의 한 보카노프스키 집단에 속한 델타 마이너스 농부 세쌍둥이가 차를 몰고 우연히 엘스태드 근처를 지나게 되었다. 그러다 언덕 꼭대기에 버려진 등대 앞에서서 윗도리를 벗은 채 매듭진 채찍으로 자기 몸을 마구 때리는 남자를 보았다. 남자의 등에는 가로로 시뻘건 줄이 나 있고 채찍이 지나간 자리마다 새빨간 핏방울이 뚝뚝 떨어졌다.

화물차 운전자는 급히 길가에 차를 주차시켰다. 동행자 두 사람도 그 이상한 광경을 보고 깜짝 놀라서 입이 떡 벌어졌다. 한 대, 두 대, 세 대, 세쌍둥이는 채찍질의 횟수를 세었다. 스스로 여덟 대를 맞은 남자는 별안간 숲 근처로 달려가더니 요란하게 구토를 했다. 그러고는 다시 채찍을 들고 스스로를 후려치기 시작했다. 아홉, 열, 열하나, 열둘…….

운전자가 중얼거렸다.

"포드님, 맙소사."

나머지 쌍둥이도 똑같은 생각이었다.

"포드님, 맙소사."

정확히 사흘 뒤, 시체 주변으로 몰려드는 독수리 떼처럼 기자들이 밀려왔다.

생나무를 약한 불에 천천히 그을려 단단하게 말린 덕분에 제법 그럴싸한 활이 완성되었다. 존은 이제 화살을 만드느라 여념이 없었다. 개암나무 막대기 서른 개를 깎고 말린 다음, 끝을 조금 에어 오늬를 만들었다. 깊은 밤, 퍼튼햄 닭 농장에서 닭 한 마리를 훔쳐 활에 붙일 깃털도 충분히 마련해 두었다.

첫 번째 기자가 나타났을 때 존은 화살대에 막 깃털을 붙이려던 참이었다. 그는 바람을 빵빵하게 넣은 신발을 신고 발소리를 죽인 채 등 뒤에서 불쑥 나타났다.

"안녕하십니까, 야만인 선생님? 저는 〈아월리 라디오〉에서 나왔습니다."

존은 뱀에 물리기라도 한 것처럼 소스라치게 놀라 자리에서 벌떡 일어났다. 그 바람에 화살과 깃털, 접착제 단지와 붓 등이 사방으로 흩어졌다. 기자는 진심으로 미안해하는 얼굴로 말했다.

"결례를 범했습니다. 놀라게 해 드릴 의도는……."

기자가 난로 연통처럼 생긴 알루미늄 모자에 손을 가져다 댔다. 안쪽에 무선 송수신기가 장착된 모자였다. 기자가 말을 이었다.

"모자를 계속 쓰고 있어서 죄송하지만, 이게 벗기엔 좀 무거워서요. 자, 아까 말씀드렸듯이 저는 〈아월리 라디오〉에서 나온…….”

존이 기자를 쏘아보며 사납게 물었다.

“원하는 게 뭐요?”

기자는 알랑거리는 미소를 한껏 지으며 말했다.

“그야 저희 신문의 애독자들께서 워낙 깊은 관심을 갖고 계셔서요…….”

기자가 고개를 옆으로 살짝 기울이며 말했다. 거의 아양을 떠는 듯한 미소를 지으며…….

“단 몇 말씀이라도 좀 부탁드립니다, 야만인 선생님.”

그러더니 기다렸다는 듯 익숙한 순서로 전선 두 가닥을 풀어 허리에 찬 휴대용 배터리에 연결하고 순식간에 알루미늄 모자 옆에 플러그를 꼽았다. 정수리에 있는 스프링을 누르자 안테나가 윙 소리를 내며 올라갔다. 이번에는 모자 테두리에 있는 스프링을 만졌다. 그러자 마이크가 쏙 튀어나와 기자의 코앞에서 달랑거렸다.

기자가 수신기 한 쌍을 귀 아래로 끌어내리고 모자 왼쪽에 달린 버튼을 눌렀다. 모자 안에서 말벌이 윙윙대는 것 같은 희미한 잡음이 들려왔다. 오른쪽 손잡이를 돌리자 쌕쌕 숨 쉬는 소리 같기도 하고, 딱딱 딸꾹질하는 소리 같기도 한 소음이 났다. 기자가 마이크에 대고 말했다.

“여보세요. 여보세요, 여보세요…….”

갑자기 모자 안에서 전화벨이 울렸다.

“에드젤? 나, 프리모 멜론이야. 그래, 내가 잡았어. 야만인 선생님께서 마이크에 대고 몇 마디 하신대. 그렇지 않습니까, 야만인 선생님?"

기자는 예의 그 자신감 넘치고 매력적인 미소를 지으며 존을 올려다보았다.

"저희 청취자 분들께 여기에 계신 이유부터 들려주세요. 런던은 왜 갑작스럽게 떠나신 겁니까? 아, 에드젤, 끊지 말고 기다려! 그리고 가장 궁금한 건 바로 그 채찍에 관한 건데요."

이 대목에서 존은 움찔 놀랐다. 대체 이 인간이 채찍에 대해 어떻게 알고 있는 거지?

"저희 모두 그 채찍에 대해 알고 싶어 좀이 쑤실 지경입니다. 추가로 문명 세계에 대한 얘기도 좀 해 주세요. 예를 들면, 선생님은 문명 세계의 여자들에 대해 어떻게 생각하시는지……. 단 몇 마디라도요……."

존은 불안할 정도로 고분고분하게 마이크 가까이로 다가갔다. 그러고는 딱 네 마디만 뱉고는 입을 꾹 다물었다. 버나드에게 캔터베리 대공동체 합창 단장에 관해 이야기할 때와 정확히 일치하는 네 마디였다.

"한니! 손 에소 트세나!"

존은 기자의 어깨를 움켜쥐고 뒤로 돌려 세웠다. 그런 다음, 온 힘을 다해 엉덩이를 냅다 걷어찼다.

그로부터 정확히 팔 분 후, 온 런던 거리에 〈아월리 라디오〉 최신호가 깔렸다. 1면에는 '신비의 야만인에게 꼬리뼈를 걷어차인 기자'

라는 제목의 머리기사가 실렸다.

서리에서 일어난 중대 사건.

신문사로 돌아와 기사를 읽은 기자는 이렇게 생각했다.

'런던에서 일어났더라도 중대한 사건이었겠지.'

그것도 아주 혹독하고 고통스러운 중대 사건이었을 것이다. 한동안 기자는 점심을 먹기 위해 의자에 아주 조심스럽게 앉아야만 했다. 동료의 꼬리뼈를 멍들인 경고에도 아랑곳하지 않고, 그날 오후에만 〈뉴욕 타임스〉, 〈프랑크푸르트 4차원 연속체〉, 〈포디언 사이언스 모니터〉, 〈델타 미러〉 소속 기자 네 명이 등대에 들렀다가 점점 과격하고 거칠어지는 폭력의 환대를 받았다.

〈포디언 사이언스 모니터〉 기자는 존에게서 안전 거리를 유지한 채 엉덩이를 문지르며 소리쳤다.

"미개하고 어리석은 인간! 왜 소마를 안 먹겠다는 거예요?"

존은 주먹을 휘둘러 보이며 외쳤다.

"저리 꺼져!"

기자는 그 기세에 눌려 주춤주춤 뒷걸음질하다가 다시 돌아서서 말했다.

"딱 두 알만 먹으면 악은 비현실이 될 거예요."

존은 위협적인 얼굴로 기자를 조롱했다.

"코하크와 이얏토키야이!"

"고통은 환각일 뿐이라고요."

"아, 그렇단 말이지?"

존은 굵직한 개암나무 가지를 집어 들고 기자를 향해 성큼성큼 다가갔다. 〈포디언 사이언스 모니터〉 기자는 걸음아 날 살려라, 하고 헬리콥터를 향해 달음박질쳤다.

그 후로 얼마간은 아무도 존을 건드리지 못했다. 호기심을 이기지 못한 헬리콥터 몇 대가 등대 주변을 맴돌기는 했지만, 존이 쏜 화살이 기체의 알루미늄 바닥을 관통하자 질겁을 해서 하늘 높이 치솟았다. 그것을 본 다른 헬리콥터들은 살살 눈치를 살피며 안전거리를 유지했다.

존은 성가신 헬리콥터 소음을 무시하고 밭을 일구는 데만 온통 정신을 쏟았다. 날개 달린 해충의 방해 속에서 꿋꿋하게 마트사키 처녀에게 구혼하는 사내가 되었다고 상상하기로 했다. 시간이 흐를수록 해충들도 지루해졌는지 눈에 띄게 숫자가 줄었다. 그 후로 몇 시간 동안, 존의 머리 위 하늘에는 지저귀는 종달새 몇 마리 말고는 아무것도 없었다.

숨 막힐 듯 더운 날씨건만 하늘에서 우르릉우르릉 천둥이 울렸다. 아침 내내 밭을 일구느라 지친 존은 등대 마룻바닥에 드러누워 휴식을 취했다. 그런데 느닷없이 레니나 생각이 나더니, 어느새 발가벗은 몸이 손에 잡힐 듯 생생하게 느껴졌다. 양말과 구두만 신고 향수 냄새를 풍기는 레니나가 말했다.

"내 사랑! 나를 꼭 안아 주세요!"

뻔뻔한 창녀 같으니!(〈오셀로〉 4막 2장) 하지만 오, 오, 레니나가 존의 목을 두 팔로 끌어안자 부드러운 가슴이 맞닿았다. 그리고 레니나의 입술이! 영원은 우리의 입술과 눈 위에 머무는구나.(〈안토니와 클레오파트라〉 1막 3장) 레니나……. 안 돼, 안 돼, 안 돼, 안 돼!

존은 자리에서 벌떡 일어나 반쯤 헐벗은 그대로 집 밖으로 뛰쳐나갔다. 드넓은 황야의 언저리에는 가시가 잔뜩 돋친 새하얀 노간주나무 숲이 있었다. 존은 자신이 욕망하는 그 부드러운 몸 대신에 뾰족한 가시투성이 나무를 힘껏 끌어안았다. 날카로운 가시들이 온몸을 마구 찔러 댔다.

존은 가엾은 린다를 떠올리려 애썼다. 숨이 넘어가느라 말도 못하고 주먹만 꽉 움켜쥐고 있던 린다, 그리고 린다의 두 눈에 맺힌 극한의 공포. 린다를 결코 잊지 않겠다고 맹세했건만, 정작 존의 머릿속을 떠나지 않는 사람은 바로 레니나였다. 기억에서 완전히 지우겠다고 다짐한 바로 그 레니나 말이다. 그렇게 날카로운 노간주나무 가시에 온몸을 찔리면서도 도무지 달아날 수 없는 레니나의 존재가 피부로 느껴졌다.

"내 사랑, 나의 사랑……. 나를 원한다면서 왜 진작 말하지 않았나요……."

존은 기자들이 기웃거리면 언제든 혼쭐을 내 주려고 문 바로 옆에 못을 박아 채찍을 걸어 두었다. 광란에 휩싸인 나머지, 집으로 달려가 채찍을 움켜잡고 마구 휘두르기 시작했다. 매듭이 존의 살갗으로 잔인하게 파고들었다.

"창녀! 더러운 창녀!"

존은 채찍질을 할 때마다 소리쳤다. 마치 하얗고 따뜻하며 향기로운, 그래서 욕된 레니나의 몸뚱이를 내리치는 것처럼. 그러나 존은 자기도 깨닫지 못하는 새에 채찍을 맞는 그 몸이 진짜 레니나의 몸이기를 미친 듯이 바라고 있었다. 그러다 갑자기 절망에 빠진 목소리로 외쳤다.

"오, 린다, 용서해 주세요. 신이시여, 저의 죄를 용서해 주소서. 저는 해롭고 사악한 존재입니다. 저는……, 아니, 이 창녀 같은 년!"

그로부터 300미터 정도 떨어진 곳, 교묘하게 지은 은신처에 몸을 숨긴 촉각 영화사의 거물 사진사 다윈 보나파르트는 이 모습을 처음부터 끝까지 지켜보고 있었다. 그간의 인내와 기술이 보상받는 순간이었다.

다윈은 사흘 낮을 꼬박 인공 떡갈나무 줄기 안에 숨어 기다렸다. 사흘 밤 동안 야생화 들판을 온몸으로 기었다. 가시금작화 덤불에 마이크를 숨기고 고운 회색 모래밭에 전선을 묻었다. 무려 일흔두 시간이나 극도의 불편을 견뎠다. 그리고 마침내 가장 위대한 순간이 눈앞에 펼쳐진 것이다.

다윈은 고릴라들이 울부짖으며 짝짓기 하는 장면을 담은 입체 촉각 영화를 촬영한 이래 가장 위대한 순간을 맞았다고 반추하며 각종 장비 사이를 분주히 돌아다녔다. 존의 기이하고도 놀라운 공연이 시작되자 다윈은 혼잣말로 중얼거렸다.

"굉장해!"

다윈은 움직이는 피사체를 망원 카메라로 신중하게 겨누어 가며 끈질기게 좇았다. 광기로 뒤틀린 얼굴을 화면 가득 아주 가까이 잡아 내며 다시 한 번 되뇌었다.

"굉장하군!"

우스꽝스러운 장면을 더욱 절묘하게 잡는 효과를 내기 위해 삼십 초 동안은 슬로 모션으로 전환하기도 했다. 그러는 사이 바람을 가르는 채찍 소리와 고통에 찬 신음 소리와 광기 어린 언어가 필름에 고스란히 녹음되었다. 다윈은 그 소리에 귀를 기울이며 더욱 극적인 효과를 위해 음향을 증폭시켰다.

'좋았어, 확실히 더 낫군.'

잠시 매질이 멈추고 잠잠해진 틈을 타 종달새가 날카롭게 우짖는 소리를 들었을 때는 환희를 맛보았다. 등에 흐르는 피를 더욱 자세히 찍으려면 저 야만인이 잠시 돌아서야 할 텐데, 하고 생각하는 순간 기가 막히게도 등을 돌려 주었다. 다윈은 그 순간을 놓치지 않고 완벽한 구도를 잡아 냈다. 그러고는 얼굴에 흐르는 땀을 닦으며 혼잣말을 했다.

"자, 정말 완벽해! 더할 나위 없이 완벽해!"

스튜디오로 돌아가 촉각 효과만 잘 입힌다면 근사한 영화가 될 것이 분명했다. 잘하면 〈향유고래의 성생활〉에 버금가는 작품이 될 듯했다. 그렇게만 된다면 포드님의 이름으로 맹세하건대, 그야말로 대박이 터지는 것이었다!

정확히 열흘하고도 이틀 후, 드디어 〈서리의 야만인〉이 개봉했다.

이제 서유럽의 모든 최고급 촉각 영화관에서 이 영화를 보고 듣고 만질 수 있게 되었다.

영화는 즉각적이고도 엄청난 반응을 불러일으켰다. 저녁에 개봉했는데, 바로 이튿날 오후에 존이 누리던 소박한 고독은 무수히 많은 헬리콥터들에 의해 산산이 부서지고 말았다.

그날 오후, 존은 힘겹게 밭을 일구면서 마음의 잡생각도 하나둘 캐내는 중이었다. 죽음, 죽음을 떠올리며 존은 삽을 한 번, 다시 한 번, 또 한 번 떴다. 우리의 모든 어제는 바보들이 흙으로 돌아가는 죽음의 길을 비추었구나.(〈맥베스〉 5막 5장)

그 단어들 속에서 천둥이 묵직하게 울렸다. 존은 흙을 한 삽 더 떴다. 린다는 왜 죽어야 했을까? 어쩌다 그렇게 서서히 인간 이하의 존재로 타락하고 말았을까…….

존은 몸을 부르르 떨었다. 썩어 가는 고기에 입 맞추는 신이여.(〈햄릿〉 2막 2장) 삽을 발로 밟고 단단한 땅을 향해 세차게 밀어 넣었다. 짓궂은 사내 녀석들이 파리를 가지고 놀 듯 신은 우리를 장난삼아 죽이는구나.(〈리어 왕〉 4막 1장) 다시 천둥이 울렸다.

단어들은 저마다 자기가 진리라고, 어쩌면 진리 그 자체보다 진실에 더욱 가깝다고 선언했다. 그런데도 글로스터(〈리어 왕〉 속에 등장하는 인물)는 그들을 한없이 자비로운 신이라 일컬었다. 게다가 당신에게 가장 좋은 휴식은 잠이고, 당신은 잠을 자주 청하면서도 잠자는 것과 다를 바 없는 죽음을 극도로 두려워한다.(〈자에는 자로〉 3막 1장) 잠자는 것에 지나지 않는 죽음을.(〈햄릿〉 3막 1장) 아마 꿈을 꾸는 것일지도 모른다. 삽이 돌부리에 걸리자 존은 돌을 집으려고 몸을 수그렸다. 그 죽음의 잠 속에서 무슨 꿈을 꿀까……?(〈햄릿〉 3막 1장)

한순간 머리 위에서 뭔가 윙윙거리는 소리가 나더니 별안간 굉음으로 바뀌었다. 태양과 존 사이에 무엇인가가 끼어들기라도 한 것처럼 느닷없이 검은 그림자가 드리웠다. 밭을 일구며 깊은 생각에 잠겨 있던 존은 깜짝 놀라 위를 올려다보았다. 눈부신 하늘을 향해 고개를 드는 그 순간에도 존의 마음은 진리의 세계에서 떠돌고 있었다. 신과 죽음이라는 거대한 개념에서 여전히 벗어나지 못한 채.

그런데 올려다본 거기, 머리 바로 위에 웬 기계들이 떼를 지어 떠 있는 것이 아닌가. 마치 메뚜기 떼처럼 우르르 몰려든 헬리콥터는 공중에 가만히 떠 있다가 존을 둘러싸고 야생화 밭에 내려앉았다. 곧 거대한 메뚜기들의 배가 열리고 하얀 플란넬 옷을 입은 남자들과 더운 날씨에 걸맞게 아세테이트 산둥 파자마나 벨벳 반바지에 민소매 윗옷을 걸친 여자들이 한 쌍씩 쏟아져 나왔다.

어느새 수십 명의 남녀가 등대 주변을 둥그렇게 에워싸고 서서 카메라 셔터를 누르고 깔깔거리며 유인원에게 하듯 땅콩, 성호르몬 껌, 내분비샘 비스킷 따위를 존에게 던졌다. 호그스백을 가로지르는 항공로가 붐비기 시작하면서 그 숫자는 점점 더 늘어났다. 마치 악몽을 꾸는 것처럼 몇몇이 몇십으로, 몇십이 몇백으로 눈덩이처럼 불어났다.

존은 궁지에 몰린 짐승처럼 주춤주춤 물러나 등대에 등을 대고

섰다. 공포에 질려 말을 잊은 채 혼이 빠진 사람처럼 사람들의 얼굴을 혼란스럽게 바라보았다.

그렇게 넋이 나가 있다가 정확히 자신의 뺨으로 날아든 껌 한 통에 정신이 번쩍 들었다. 깜짝 놀랄 만한 통증 덕분에 혼란에서 깨어나자 분노가 극도로 치밀었다. 존은 악을 썼다.

"저리 꺼져!"

유인원이 말을 하다니! 곳곳에서 박수와 웃음이 터져 나왔다.

"우리 야만인이 돌아왔다! 만세! 만세!"

그 왁자지껄한 소란 속에서 이런 외침이 들렸다.

"채찍! 채찍! 채찍질을 보여 줘!"

그 말에 자극을 받은 존이 문 뒤에 걸려 있던 채찍을 쥐고 잔인한 구경꾼들을 향해 마구 휘둘렀다. 야유하는 소리와 빈정거리는 박수가 터져 나왔다.

존은 위협적인 걸음걸이로 성큼성큼 나아갔다. 한 여자가 겁에 질려 비명을 질렀다. 존과 가장 가까운 거리에 있어서 공격받기가 쉬운 탓에 대형이 잠깐 흐트러졌지만, 이내 견고하게 다시 유지되었다. 자신들의 머릿수가 압도적으로 많다는 사실을 인지하고서 구경꾼들이 용기를 얻은 것이다.

이것은 존이 전혀 예상하지 못한 반응이었다. 존은 깜짝 놀란 나머지, 그대로 멈춰 서서 주위를 둘러보다가 이렇게 외쳤다.

"나를 왜 가만히 내버려 두지 않는 거야?"

그것은 분노라기보다 서러움에 가까운 토로였다.

존이 무작정 달려든다면 가장 먼저 공격받을 곳까지 다가온 한 남자가 말했다.

"마그네슘염으로 간을 한 아몬드야. 이거 몇 알만 먹어 봐!"

남자는 조마조마한 얼굴로 초조한 미소를 지으며 아몬드 상자를 내밀었다.

"정말 맛있어. 게다가 마그네슘염을 먹으면 젊음을 유지할 수 있다니까?"

존은 남자를 무시하고는 히죽히죽 웃는 얼굴들을 향해 외쳤다.

"대체 나한테 원하는 게 뭐야? 나한테 원하는 게 뭐냐고!"

여기저기서 외침이 들렸다.

"채찍질! 그 채찍 묘기 좀 부려 봐! 구경 좀 하자!"

맨 앞줄에 선 사람들이 한목소리로, 천천히, 박자에 맞춰 소리치기 시작했다.

"채찍질! 채찍질! 채찍질!"

한 사람, 두 사람, 앵무새처럼 구호를 따라 하기 시작하더니 이내 그 소리가 점점 커졌다. 마침내 일고여덟 차례 반복되고 난 뒤에는 모두가 한목소리로 외치고 있었다.

"채찍질!"

수백 명의 남자와 여자가 모두 함께 외쳤다. 우렁찬 외침과 하나가 되었다는 황홀감에 젖은 사람들은 몇 시간이고, 어쩌면 영원히 그렇게 부르짖을 모양이었다.

하지만 한 스물다섯 번째쯤에 이르러 구호가 갑자기 중단되었다.

호그스백을 가로질러 새로운 헬리콥터 한 대가 날아왔다. 그 헬리콥터는 군중의 머리 위에 잠시 떠 있다가 존에게서 얼마 떨어지지 않은 곳에, 그러니까 구경꾼들과 등대 사이에 떡하니 내려앉았다. 요란한 프로펠러 굉음이 잠시나마 사람들의 외침을 삼켜 버렸다. 그러나 착륙한 헬리콥터가 엔진을 완전히 멈추자 지치지도 않는지 끈질긴 외침이 다시 시작되었다.

"채찍질! 채찍질! 채찍질!"

헬리콥터 문이 열리고 첫 번째로 내린 사람은 훤칠한 몸에 혈색이 좋은 남자였다. 그 뒤를 따라 내린 여자는 초록색 벨벳 반바지에 하얀 셔츠를 입고 승마 모자를 썼다.

존은 그 여자를 보고 너무 놀란 나머지, 얼굴이 새하얗게 질려 버렸다. 여자는 그 자리에 서서 존을 보며 미소를 지었다. 비굴해 보일 정도로 불안하고 간절한 미소였다. 시간이 자꾸 흘렀다. 여자는 입술을 달싹였지만, 구경꾼들의 반복되는 구호에 묻혀 무슨 말을 하는 건지 알아들을 수가 없었다.

"채찍질! 채찍질!"

젊은 여자는 손과 손을 모아 왼쪽 가슴을 지그시 눌렀다. 괴롭도록 갈망하는 그 표정은 복숭아처럼 말갛고 인형처럼 어여쁜 얼굴과는 도통 어울리지 않았다. 푸른 눈동자가 밝게 빛나며 넓게 번지는가 싶더니 눈물이 두 뺨을 타고 흘렀다. 들리지도 않을 말을 계속 외치던 여자가 갑자기 간절한 몸짓으로 두 팔을 존에게 뻗으며 가까이 다가왔다.

"채찍질! 채찍질! 채찍질!"

그리고 마침내 구경꾼들은 그토록 원하던 광경을 보게 되었다.

"창녀 같은 계집!"

야만인이 그 여자를 향해 달려들었다.

"이 여우 같은 년!"

그러고는 여자를 향해 미치광이처럼 채찍을 휘둘러 댔다. 공포에 질린 여자가 도망치려고 몸을 돌렸지만, 그만 발을 헛디뎌 야생화 밭에 고꾸라지고 말았다. 여자가 소리쳤다.

"헨리, 헨리!"

하지만 여자와 함께 온 혈색 좋은 남자는 진작에 헬리콥터 뒤로 숨은 뒤였다. 흥분한 구경꾼들의 대열이 무너지면서 마치 자석에 이끌리듯 모두가 가운데로 달려들었다. 고통은 무척 매력적인 공포였다.

"타 죽어라, 색욕이여, 타 죽어라!(〈트로일러스와 크레시다〉 5막 2장)"

광분한 야만인은 계속해서 채찍을 휘둘렀다. 구경꾼들은 굶주린 돼지 떼가 여물통으로 몰려들 듯 서로가 밀치고 밀리며 앞다투어 뛰어들었다.

"오, 살덩어리여!"

야만인은 이를 갈며 이번에는 채찍으로 자신의 어깨를 내리쳤다.

"죽어라! 죽어 버려라!"

구경꾼들은 공포와 고통의 매력에 흠뻑 빠져들었다. 동시에 오랜 사회 기능 훈련을 통해 뿌리 깊이 세뇌당한 대로 하나가 되려는 욕망에 이끌려 야만인의 광기 어린 채찍질을 따라 하기 시작했다. 야만인이 스스로를 채찍으로 내리칠 때마다 구경꾼들도 서로를 마구 때렸다. 음탕하고 풍만한 타락의 화신이 채찍에 맞아 야만인의 발치에서 몸부림치는 것을 보고는 닥치는 대로 아무나 후려갈겼다.

야만인은 계속해서 소리쳤다.

"죽어! 죽어라! 죽어라!"

그 순간, 갑자기 누군가가 노래를 부르기 시작했다.

"신나고 신나도다!"

눈 깜짝할 사이에 모두가 한입이 되어 후렴구를 외쳐 불렀다. 곧 춤판이 벌어졌다. 신나고 신나도다, 8분의 6 박자에 맞춰 돌고 또 돌고, 또 돌고. 신나고 신나도다…….

자정이 지나서야 마지막 헬리콥터가 떠났다. 소마에 취한 데다 계속된 관능적인 광분에 지칠 대로 지친 존은 야생화 밭에 쓰러져 그대로 잠이 들었다.

존이 눈을 떴을 때는 해가 이미 하늘 꼭대기에 떠 있었다. 존은 대낮에 갑자기 깨어난 올빼미처럼 어리둥절한 상태로 눈만 껌벅이며 한참 동안 누워 있었다. 그러다 갑자기 모든 것이 기억났다, 모든 것이. 존은 손으로 눈을 덮어 버렸다.

"오, 하느님! 하느님!"

그날 저녁, 호그스백을 가로질러 날아온 헬리콥터 수백 대가 하늘을 새카맣게 뒤덮었다. 지난밤에 벌어진 속죄의 축제에 대한 기사가 온 신문마다 도배되었기 때문이다.

가장 먼저 도착한 구경꾼이 헬리콥터에서 내리며 소리쳤다.

"야만인! 야만인 선생!"

아무 대답이 없었다.

등대의 문이 조금 열려 있었다. 사람들은 문을 열고 어두어둑한 실내로 들어갔다. 아치형 입구를 지나 조금 더 깊숙이 들어가자 위층으로 올라가는 계단의 첫 번째 단이 보였다. 그리고 아치형 입구, 꼭대기 바로 아래 매달린 한 쌍의 발이 눈에 들어왔다.

"야만인 선생!"

천천히, 아주 천천히, 느긋한 두 개의 나침반 바늘처럼, 두 발은 오른쪽을 향했다가 다시 북으로, 북동쪽으로, 동으로, 남동쪽으로, 남으로, 남남서쪽으로 향했다.

그러다 잠시 가만히 멈춘 채로 시간이 조금 흘렀다. 다시, 조금도 서두르지 않고 왼쪽으로 돌았다가 남남서쪽, 남남동쪽, 동쪽으로…….

| 《멋진 신세계》 제대로 읽기 |

26세기 지구에서 온 미래 보고서

전종옥 _ 서울 마곡중학교 국어 교사

왔노라, 붙었노라, 이겼노라!

2016년 봄, 인공 지능 알파고와의 바둑 대결에서 내리 세 번을 패배한 인간 최고수 이세돌은 이렇게 말했다.

> 이렇게 심한 압박감, 부담감을 느낀 적은 없었던 것 같거든요. 그걸 이겨 내기에는 제 능력이 부족하지 않았나 싶습니다. 오늘의 패배는 이세돌이 패배한 거지 인간이 패배한 것은 아니지 않나, 생각합니다.

그런데 만약 알파고가 이날 친구들에게 카카오톡 메시지를 보냈다면 어떤 내용이 담겨 있을까? 혹시 카이사르가 갈리아 지방을 정복한 뒤, 로마 원로원에 보낸 편지를 흉내 내어 이렇게 쓰지 않았을까?

> 왔노라, 붙었노라, 이겼노라!

많은 이들은 이런 결과를 미처 예상하지 못했다. 기계적으로 반복될 뿐인 단순한 일이면 몰라도, 치밀한 손익 계산과 직관적 판단이 필요한 영역에선 인공 지능이 결코 인간을 넘어설 수 없을 거라고 믿었으니까. 어쩌면 예상이란 그저 벗어나기 위해 존재하는 것인지도 모르겠다.

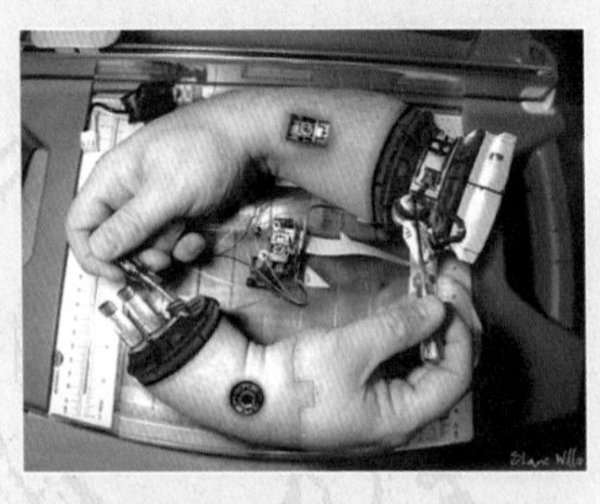

〈로봇의 손이 로봇의 손을 고친다〉. 에셔의 〈그리는 손〉을 모티프로 삼았다. © Shane Willis

과학 기술은 언제나 우리의 기대

를 사뿐히 넘어서 앞질러 달려간다. 지금 우리 눈 앞에서 매일같이 기계 문명이 인간의 땅을 하나하나 접수해 들어오고 있지 않은가.

《멋진 신세계》 1932년 초판본.

사실 미래 사회를 예언자처럼 내다본 문학 작품은 제법 많다. 그중에서도 올더스 헉슬리의 《멋진 신세계》(1932)는 조지 오웰의 《1984》와 함께 디스토피아 소설의 최고봉으로 자주 언급된다.

〈가디언〉, 〈옵저버〉, BBC가 문학사의 100대 소설을 꼽을 때 빠진 적이 없고, 현대 SF 문학과 영화에도 많은 영향을 미쳤다. 《멋진 신세계》는 과학 기술의 힘으로 인간의 고통과 슬픔이 깨끗이 씻겨 나간 사회를 그려 내었다.

누구나 행복한 시대,
과연 26세기에는 가능할까?

포드 기원 632년 런던. 하늘에는 자가용 헬기가 붕붕 날고, 영화관에서는 오감을 짜릿하게 자극하는 촉각 영화가 상영되며, 에스컬레이터 위에서는 스쿼시 경기가 펼쳐지는 첨단 과학 시대! 아이들은 더 이상 어머니의 몸에서 태어나지 않는다. '배양 및 사회 기능 훈련 센터'가 출생에서 육아까지 도맡기 때문이다.

이곳에서 계획적으로 길러 낸 사회 구성원은 다섯 계급, 즉 알파(α)·베타(β)·감마(γ)·델타(δ)·엡실론(ε)으로 분류되어 있다. 이 가운데 하층 계급은 이 사회의 노동력을 담당하기 위해 일란성 쌍둥이로 대량 생산된다. 그런데도 누구나 만족스런 삶을 누린다는 것이 자못 놀랍다. 수정란일 때 사회 기능이 미리 설정되

포디즘, 대량 생산 시대를 열다

헨리 포드

프랑스의 경제학자 장 푸라스티에에 따르면, 밀 100제곱미터를 수확하는 데 드는 시간은 이런 변화를 거쳤다. 1850년대에는 낫으로 밀을 베는 데만 15분, 1900년대에는 밀을 베어 낸 후 단을 묶는 기계가 등장하면서 60분, 1980년대에는 탈곡기가 나와 30초를 기록했다고 한다.
인류는 늘 생산성을 어떻게 늘릴 것인가를 염두에 두고 고민해 왔으며, 그 결과로 산업의 혁명을 이루어 왔다. 20세기 초반, 경제사에 또 하나의 혁명적 사건이 벌어졌으니, 바로 포디즘의 탄생이다. 이른바 대량 생산 시스템이 시작된 것이다.
1908년에 포드 자동차 회사는 T형 자동차를 세상에 내놓았다. 1913년, 세계 최초로 공장에 벨트 컨베이어를 설치하면서 대량 생산을 꾀했다. 그 결과는 놀라웠다.
노동자 1명이 1년 동안 만드는 자동차가 1908년에는 3대였는데, 1914년에는 19대로 늘었다. 대중에게 저렴한 자동차를 공급하자는 슬로건 아래, 놀랍게도 1923년에는 200만대를 생산하기에 이르렀다. 생산량이 급증하자 가격은 훨씬 더 저렴해졌다. 그 전까지 부자들의 사치품이었던 자동차는 월급쟁이도 마음만 먹으면 살 수 있게 되었다.
대량 생산 시스템은 대중 소비 시대를 열었다. 공장에서 컨베이어 시스템을 도입한 지 100여 년이 흐른 지금, 우리는 질도 좋고 값도 싼 제품들을 손쉽게 구할 수 있다. 그렇기에 《멋진 신세계》에 등장하는 '꿰매 입느니 버리는 게' 낫다는 생각은 우리에게도 이제 결코 낯설지가 않다.
헨리 포드가 자동차 공장에 컨베이어를 도입하던 순간은 현대 자본주의가 싹을 틔운 결정적 순간이나 다름없다. 그러니 올더스 헉슬리가 20세기 초, 세계사를 뒤흔든 수많은 인물 중에서 하필이면 헨리 포드를 신세계의 신으로 등장시킨 것이 아니겠는가.
이것이 바로 《멋진 신세계》가 먼 미래를 그린 소설이면서도 예리한 눈으로 현대를 꿰뚫어 보는 풍자 소설인 까닭이다.

1909년 '뉴욕부터 시애틀까지 대륙 횡단 경주'에서 우승한 포드사의 T형 자동차. ⓒ Frank H. Nowell

고, 자신의 계급에 만족하도록 수년 간 훈련을 거친 덕분(?)이다. 게다가 소마라는 특효약은 그들이 불안과 고통을 느낄 때마다 꿈나라로 이끌어 순식간에 그 모든 걸 잊게 해 준다.

작품 속에서 헬리콥터는 상류층만의 전유물이다. 우리는 알파들의 동선을 따라 하늘을 날며 미래 도시의 조감도를 만나게 된다. ⓒ SDASM Archives

버나드 마르크스는 이런 완전무결한 세상에서 돌연변이 같은 존재다. 가장 높은 계급인 알파지만 체격은 왜소하고 성격은 삐딱하다. 소마 또한 멀리해서 비도덕적인 인물로 평판이 자자하다. 직장에서는 미운털이 박혀 까딱하면 목이 잘릴 상황이다. 그나마 헬름홀츠 왓슨이라는 친구가 있어서 자주 고독에 관한 대화를 나눈다.

그런데 어느 날, 버나드에게 깜짝 놀랄 만한 일이 벌어진다. 초특급 미녀 레니나 크라운이 호감을 내비친 것. 두 사람은 곧 바다 건너 뉴멕시코에 있는 야만인 보호 구역으로 여행을 떠난다.

문명이 비껴 간 야만인 구역, 말파이스. 그곳의 원주민 마을은 노화와 질병, 불결함에 찌들어 있다. 끔찍한 광경에 충격을 받은 버나드와 레니나 앞에 원주민의 옷차림을 하고 있지만 생김새는 문명인에 가까워 보이는 청년 존이 나타난다. 레니나와 존은 첫눈에 서로에게 강하게 이끌린다.

존은 버나드와 레니나에게 자신의 어머니 린다를 소개시켜 준다. 놀랍게도 린다는 문명 세계의 베타 계급 출신이다. 과거에 알파 남자와 이 근방으로 여행을 왔다가 홀로 길을 잃었는데, 그 무렵 피임에 실패하고 아들 존을 낳아 기르게 되었다는 것이다.

버나드는 자신을 눈엣가시처럼 여기는 소장이 존의 아버지라

'높다란 탁자' 같은 빌딩이 빼곡한 문명 세계, 하늘로 치솟은 탁자 같은 땅 '탁상 고원'에 자리한 야만인 세계. 소설 속의 두 공간은 묘하게 닮아 있다. ⓒMr. Branca(왼쪽) ⓒLeone Paolo Costa Baldi(오른쪽)

는 사실을 알아채고는 복수할 계획을 세운다. 존과 린다를 문명 세계로 데려가려는 것. 남다른 출신과 외모 때문에 외톨이로 지내던 존은, 그동안 린다가 틈틈이 이야기해 준 문명 세계에 동경을 품어 온 터라 버나드의 제안을 흔쾌히 수락한다.

런던에서 존은 '야만인 선생'이라고 불리며 유명 인사가 된다. 버나드는 소장의 불명예스런 과거를 폭로한 뒤, 존이라는 대스타를 발굴한 주인공으로서 큰 인기를 누린다. 그런데 어느 날, 존이 돌발 선언을 하고 만다. 자신을 구경거리로 삼는 행사에 더 이상 참석하지 않겠다는 것. 이로써 버나드는 난다 긴다 하는 사회 고위층 사람들을 잔뜩 초대한 자리에서 큰 망신을 당하고서 다시 외톨이 신세가 된다.

한편, 레니나는 존이 자신을 피해 다닌다는 생각에 사로잡혀 괴로움에 빠진다. 존에 대한 애틋한 감정 때문에 일이 손에 잡히지 않자, 고백을 하기 위해 용기를 내어 존의 방으로 직접 찾아간다. 하지만 사랑을 하면 결혼부터 해야 한다고 믿는 존의 사고방식과 자유분방한 성생활을 권장하는 문명 세계에서 자란 레니나의 생각 차이로 크나큰 갈등을 빚는다. 그러다 존이 화를 이기지 못하고 레니나에게 손찌검하는 일이 벌어진다.

그 와중에 소마에 기대어 겨우겨우 목숨을 유지하던 린다가 병원에서 세상을 떠난다. 어머니의 죽음을, 또 소마에 홀린 수많은 일란성 쌍둥이를 지켜본 존은 문명사회에 지독한 환멸을 느낀다. 마침내 존은 소마 배급 현장에 뛰어들어, 사람들에게 소마를 버리고 진정한 자유를 되찾으라며 일장 연설을 늘어놓는다.

이 소식을 듣고 달려온 헬름홀츠와 버나드까지 얼결에 시위에 동참해, 세계 연합국의 통제관 무스타파 몬드 앞으로 불려 가게 된다. 통제관은 버나드와 헬름홀츠를 외딴 섬으로 전출 보내는데……. 존도 그들과 함께 떠나고 싶어 하지만, 통제관은 관찰 대상으로 삼기 위해 계속 머물라고 지시한다.

존은 그 명령을 거부하고 버려진 등대로 가 철저히 혼자 사는 삶을 개척하려 한다. 그러나 얼마 지나지 않아, 그곳까지 쫓아온 문명인들에게 시달리다 끝내 스스로 목숨을 끊는다.

꽃과 책은 해로운 것!

《멋진 신세계》의 포드 기원 632년은 언제쯤일까? 포드의 T형 자동차가 세상에 나온 1908년을 새로운 시대의 출발점으로 삼았으니, 거기에 632년을 더하면 2540년쯤 되겠다. 무려 26세기 중반에 접어든 세상인 셈이다. 그렇다면 지금 우리가 사는 세상과는 얼마나 다를까?

책장을 열면 맨 먼저 십 대로 추정되는 견학생들의 동선을 따라 '배양 및 사회 기능 훈련 런던 센터'를 견학한다. 이 기관은 좀 거칠게 말하면 '사람 공장'이다. 이곳만 잘 살펴봐도, 26세기의 특징을 한눈에 알아차릴 수가 있다.

일단, 어떤 일을 하는 데 딱 알맞은 '맞춤형' 아기가 일정한 생산 계획에 따라 컨베이어 시스템 속에서 정교하게 완성되어 나온다. 요즘 세상에서는 막 태어난 아기가 장차 어떤 사람이 되어 무슨 일을 하고 살지 아무도 모른다. 그런데 '신세계'에서는 수정란 시기에 이미 그런 것이 다 결정이 나고, 성장기에는 그러한 습성이 무르익도록 끊임없이 훈련을 받는다.

> 책과 폭발음, 꽃과 전기 충격. 아기들의 머릿속에는 이미 이 조합 사이에 연결 고리가 생겼다. 앞으로 이와 유사한 훈련을 약 200회만 받게 되면 이 조합은 불가항력적으로 강력해질 것이다. 인간이 만든 결합은 자연도 결코 갈라놓지 못한다.

1978년에 세계 최초로 영국에서 시험관 아기가 태어났다. 시험관 아기는 수정만 몸 밖에서 이루어질 뿐, 수정란은 다시 어머니의 자궁으로 옮겨져 모체 태생이 이루어진다는 점에서는 소설 속 상황과 약간 다르다. 자신이 수정된 실험실을 방문한 시험관 아기의 모습이 실린 잡지 표지. © LIFE

신세계의 아이들은 아주 어릴 때부터 파블로프식 조건 반사 훈련을 받아 책과 꽃을 꺼려 한다. 9년 전쟁으로 과거를 청산하고 새롭게 출범한 세계 연합국의 지도자들은 책과 꽃이 사람들의 소비 심리를 조장하는 데 아무짝에도 쓸모없다는 사실을 깨닫고, 조건 반사 훈련을 통해 사람들에게 책과 꽃을 싫어하는 마음을 심어 준다.

이렇게 기초를 다진 뒤에는 수면 학습이 더해진다. 아이들이 잠들어 무방비가 된 뇌에 계급 사회가 얼마나 합리적인지, 소마는 얼마나 좋은 약인지, 과학 기술

'멋진 신세계' 속에 숨어 있는 유명 인사 찾기

실존했던 유명 인사들을 문학 작품 속 가상의 공간에서 만나는 건 결코 흔한 경험이 아니다. 아무나 얻을 수 있는 행운은 더더욱 아니다. 평소에 풍부한 배경 지식을 쌓아 온 독자만이 누릴 수 있는 즐거움이다.

버나드 마르크스의 이름부터 들여다보자. 버나드는 소설 속에도 등장하는 아일랜드의 극작가 조지 버나드 쇼에서 온 것으로 추정된다. 노벨 문학상까지 받은 이 대작가의 이름 뒤에 따라붙는 것은 마르크스. 이른바 공산주의 이론을 완성한 대학자이다. 주인공답게 이름에서 어마어마한 존재감이 뿜어져 나온다.

헬름홀츠의 경우, 19세기 독일의 생리학자이자 물리학자인 헤르만 헬름홀츠를 연상시킨다. 그는 인간의 인지 활동은 결코 정확하지도 객관적이지도 않다는 사실을 밝혀냈다. 우리가 본다고 믿는 것과 실제로 보는 것은 다르다는 사실을 일깨웠다.

레니나의 이름에서 볼셰비키 혁명을 이끌었던 블라디미르 레닌을 떠올릴 수도 있겠다.

버나드가 나가는 친목회 회원 중에는 엥겔스, 바쿠닌도 있다. 딱 한 번 스쳐 가는 이름이지만, 역사 속에서 그 이름이 차지했던 비중은 상당하다. 마르크스와 함께 공산주의 이론의 토대를 세운 프리드리히 엥겔스, 러시아의 급진적 무정부주의 혁명가 미하일 바쿠닌이 절로 떠오른다.

꼬마의 이름으로 트로츠키가 등장하기도 한다. 레온 트로츠키, 그는 스탈린이라는 구소련의 독재자에 맞서 싸운 혁명가다. 심지어 마지막 장에서는 다윈도 등장한다. 자연 선택에 의하여 새로운 종이 기원한다는 다윈의 주장이 신세계의 설정에 일정 부분 영향을 끼쳤을지도 모르겠다.

이 가운데서 전체주의 국가 소련을 연상시키는 이름이 다수 등장하는 이유를 곰곰이 생각해 볼 필요가 있다. 작가는 당대의 문제적 인물들을 끊임없이 호명함으로써, 비극이든 희극이든 미래라는 꽃을 피울 씨앗은 현재에 싹트고 있음을 환기시키고 싶었던 게 아닐까?

조지 버나드 쇼

칼 마르크스

레온 트로츠키

은 얼마나 위대한 것인지, 쾌락을 즐기는 것이 얼마나 멋진 일인지……, 일주일에 서너 차례, 그것도 몇 년에 걸쳐 수백 번씩 줄기차게 들려준다. 그 과정을 통해 신세계의 모든 아이들은 사회에 이로운 존재로 만들어진다!

이렇게 자란 아이들은 누구와 만나 어떤 사랑을 나눌까? 생물학에 따르면, 짝짓기는 유전자가 종의 번식을 위해 시키는 일이라고 한다. 하지만 신세계 속 사람들은 그렇지 않다.

20세기 초에 나온 프랑스의 엽서 그림 〈2000년에는〉 시리즈. 당시 사람들이 백 년 뒤를 어떻게 상상했는지 엿볼 수 있다. 기계로 책의 내용을 주입하는 학교, 바닷속 크로켓 경기, 헬리콥터를 위한 육지 등대. © Jean Marc Cote, Villemard

그들은 번식을 위한 본능이 거세된 채 성욕만 남은 몸으로 살아간다. 인구수는 사람 공장 공장장의 총지휘하에 안정적으로 조절되고 있기 때문에 임신은 절대 금지다. 피임은 말할 필요도 없는 상식이고, 또 하나의 안전 장치로 임신 대체제까지 마련되어 있다.

신세계 속 사람들은 서로에 대한 책임감도 집착도 없이, 문란하다고 할 정도로 (하지만 신세계의 논리에 따르면 지극히 도덕적인) 자유롭게 육체 관계를 즐긴다. 지금 우리가 말하는 지고지순한 사랑은 이역만리 원주민 마을에서나 일어나는 야만스런 일일 뿐, 수면 학습에서 배운 그대로 '만인은 만인의 것'이라는 말을 철저히 실천할 뿐이다.

임신과 출산이 이루어지지 않으니 자연히 어머니와 아버지의 개념이 필요 없다. 아니, '가족'이라는 말 자체가 성립되지 않는다. 가족이 없으니 일과가 끝나면 촉각 영화나 범블퍼피 따위의 놀이를 하면서 시간을 보낸다. 이도 저도 싫으면 '눈물 없는 종교' 소마 속으로 피신하면 그만이다.

1920년, 심리학자 존 왓슨은 생후 9개월짜리 아기에게 '파블로프의 조건 반사'와 유사한 실험을 했다. 아기가 생쥐를 향해 손을 뻗을 때마다 망치로 쇠막대기를 내리치며 시끄러운 소음을 낸 것이다. 그러자 아기는 생쥐든, 토끼든, 산타클로스든, 털이 북슬북슬한 것이라면 뭐든 다 무서워하게 되었다.

알파에서 엡실론까지 모두가 만족하며 살다가 죽는 사회, 하나에서 열까지 철저히 기획되었기에 누구나 안정적인 삶을 누린다. 그래서 충분히 멋지고 새롭다. 이 완벽한 유토피아에서는 누구나 다 행복해야 한다. 어떻게든……. 왜? 포드 기원 632년이니까.

유리병 인간과 자궁 인간의 특별한 만남

이 작품 속에는 유리병에서 배양된 인간과 자궁에서 태어난 인간이 등장한다. 먼저, 유리병 인간의 정체성을 그들의 유행가로 엿보도록 하자.

> 내 작은 병이여, 그대를 간절히 바라고 바라 왔어.
> 나의 유리병이여, 나는 왜 수정되었을까?
> 그대의 품속에 잠들어 있을 때
> 하늘은 언제나 푸르고 날씨는 온화했지.
> 이 세상 모든 유리병 가운데
> 내 작고 아늑한 유리병보다 좋은 건 없다네.

인류 역사상 가장 행복한 시대를 살고 있다고 자부하는 자들이 "나는 왜 수정되었을까?"라고 읊조리다니! 왜, 그렇지 않은가? 존재의 근원에 관한 질문은 흔해 빠진 신세 한탄인 한편, 존재의 의미에 대한 아주 깊이 있는 고뇌가 아닌가? 그것이 저도 모르게 튀어나온 그들의 진짜 속내라면 애잔한 기분이 들기도 한다.

어쨌거나 이 노랫말 속 유리병은 수많은 문학과 예술이 노래했던 어머니의 자궁을 떠올리게 한다. 맹목적으로 그리운, 막연하게나마 가장 온화했다고 느껴지는 품속……. 인공 자궁에서 생산된 사람일지라도 모성을 그리워하는 본성만은 어쩔 수 없다는 뜻일까?

아마도 그건 아닐 것이다. 작품 속의 26세기 사회는 모성이 아름답고 고귀한 것이라는 인간의 오래된 믿음을 철저하게 배반한다. 그곳에서 '어머니'는 그저 음탕한 욕설에 지나지 않으니까.

2015년에 연극으로 각색해 공연한 〈멋진 신세계〉. © Manuel Harlan

그렇다면 유리병 인간이 갈구하는 따뜻한 품속이란 과연 무엇일까? 바로 과학 기술의 품속이 아닐까? 신세계에서 과학 기술은 인간의 근원, 그 자체가 되고 말았으니까.

신세계 속 기술 관료들의 가장 눈부신 성과로, 지배 권력을 알아서 찬양하고 복종하는 '염소와 원숭이', 즉 길이 잘 든 '백성'을 들 수 있다. 잘 자란 유리병 인간 속에 혹시 이단적인 생각에 빠진 불순분자가 있다면 바로 솎아 내야 한다. 바로 염소도 원숭이도 아닌 코뿔소 같은 자들! 버나드와 헬름홀츠가 대표적이다.

버나드는 알파 플러스 계급이지만, 태아 시절 유리병에 실수로 알코올이 들어갔다는 흉흉한 소문이 돌 정도로 성격이 고약하다. 유리병 인간이라면 마땅히 좋아해야 할 건강하고 화려한 여가 활동은 마다하고, 먹구름이 몰려오는 바다를 감상하는 궁상맞은 취미까지 지녔다.

헬름홀츠는 또 어떠한가? 명색이 감정 공학 교수인데 소비 심리를 부추기는 광고 카피 대신 고독에 관한 자작시를 학생들 앞에서 낭송한다. 멋진 신세계를 지휘하는 세계 통제관 눈에 이 둘은 한마디로 불량품인 셈이다.

만약 버나드와 헬름홀츠가 없었다면 《멋진 신세계》는 어떤 이야기로 전개되었을까? 통제관들이 설치해 놓은 컨베이어 위에서 수정되고 배양된 뒤 훈련받은 대로 맡은 일을 충실히 하며, 소마를 먹고 온갖 놀이를 즐기다가 늙지 않은 채로 나이를 먹어 죽어 가는 이들에 관한 긴장감 없는 판타지가 되고 말았을 것이다.

어쨌든 거기에 보호 구역에서 온 야만인, 즉 자궁에서 태어난 인간 존이 등장하며 이야기는 한층 고조된다. 작품 전반부에는 유리병 인간의 낙원 같은 세상이 펼쳐지지만, 작품 후반부에는 유리병 인간과 자궁 인간의 접촉에서 빚어지는 갖가지 갈등이 그려진다. 달리 말해, 문명인과 야만인의 충돌이 생겨난 것이다.

문명인과 야만인의 대립, 언제나 그렇듯 승자는 힘센 문명인이다. 안데스의 잉카 문명과 유카탄 반도의 마야 문명이 무너졌듯이, 또 아메리카 인디언과 호주의 에보리진족, 뉴질랜드의 마오리족이 터전을 빼앗긴 채 '보호 구역'이라는 원치 않는 곳으로 밀려났듯이…….

풍요롭고 청결한 문명사회에 비하면, 야만인 사회는 어느 모로 보나 부족하고 더럽고 위험하다. 그 '미개한' 세상에 사는 자궁 인간의 목소리를 들어 보자.

> 인간을 비롯해 모든 생명의 씨앗, 태양과 지구, 그리고 하늘의 씨앗까지…… 모두 아워나윌로나가 안개로 만들어 냈단다. 세상의 자궁은 모두 네 개지. 아워나윌로나는 그 네 개의 자궁 가장 밑바닥에 씨앗을 뿌려 두었고, 그 씨앗들은 서서히 자라나서…….

소설 속에 등장하는 푸에블로족의 신화다. 푸에블로족은 북아메리카 대륙의 원주민이며, 존이 어울려 살았던 '주니족'은 푸에블로족 가운데 하나다. 신화 속의 주인공은 아워나윌로나. 이 초자연적 존재는 세상이라는 자궁에 씨를 뿌린다. 말하자면 원주민에게는 자연이야말로 온 생명의 거대한 자궁인 셈이다.

신세계에서 런던 시민들이 이 신화를 접한다면 미치광이의 헛소리라고 여길지 모르겠다. 최첨단 과학 시대에 자연이 자궁이라니!

하지만 원주민에게 자연은 공포스럽고 숭고한 신 그 자체다. 그들은 자연으로부터 한 줄기의 빗물을 얻기 위해 아무 죄 없는 소년을 채찍으로 때리는 희생 제의를 벌인다. 심지어 그런 희생

아메리카 원주민의 기우제를 묘사한 그림. ⓒ Smithsonian Institution, Bureau of American Ethnology

은 영예롭고 위대한 일로 평가받는다.

자연의 섭리를 자신들이 지어낸 이야기 속에서 찾고 또 절대적인 가치로 믿는 사람들. 그들의 눈에 비친 존과 린다는 어떤 존재였을까? 머리칼은 밀짚 같은 금발에 창백하고 푸른 눈동자, 허여멀건 살빛……. 생김새부터가 망측한 게 신이 천벌을 내린 것이라고 생각하지 않았을까?

즐거운 것이 행복한 것?

어쩌면 21세기 사람인 우리도 알게 모르게 소마와 비슷한 것들을 사용하고 있는지도 모른다. 소마는 각종 환각제의 다른 이름처럼 보인다. 술이나 담배처럼 중독성 있는 물질들, 스마트폰이나 인터넷 게임, 어쩌면 쇼핑도 소마의 일종일 수 있다. 이로부터 얻는 즐거움을 과연 행복이라고 할 수 있을까?

> 그야말로 환상적인 효력을 지닌 소마가 있으니까. 한나절이면 2분의 1그램, 주말을 통째로 편안하게 보내면 1그램이면 충분하지. 2그램을 먹으면 이국적인 여행지로 훌쩍 떠날 수도 있고, 3그램을 먹으면 달나라의 어스름한 영원 속을 비행할 수도 있다.

철학자 제러미 벤담은 쾌락은 측정 가능한 것이며, 행복의 원천이라고 주장했다. 하지만 "배부른 돼지보다 배고픈 소크라테스가 낫다."는 말로 유명한 존 스튜어트 밀에 의해 저급 쾌락과 고급 쾌락은 구분해야 한다는 반론이 제기되기도 했다.

어느 기관에서 실시한 쾌락 측정 실험도 눈여겨볼 만하다.

※ 다음 중 당신을 가장 즐겁게 만들어 주는 것은 무엇인가?
① 연극 〈햄릿〉 ② 서바이벌 프로그램 ③ 만화 영화 〈심슨〉

조사 결과 〈심슨〉을 고른 사람이 압도적으로 많았다. 〈햄릿〉의 선호도는 꼴찌였다. 그렇다고 해서 〈심슨〉의 시청자가 〈햄릿〉의 관객보다 행복할까?

이런 질문을 던져 볼 수도 있겠다. 우리가 '먹방'을 보면서 열광할 때, 우리는 진정으로 행복을 느껴서 그런 것일까? 만약 쾌락이 행복의 척도라면 우리는 먹방을 보면서 진정한 행복에 다다라야 마땅하다.

그렇다면 촉각 영화와 소마가 주는 즉각적인 즐거움과 일시적인 쾌락은 사람을 진정으로 행복하게 할 수 있을까? 신세계의 지배자들이 소마라는 마법의 묘약으로 이룩하려는 궁극의 목적은 행복이 아니라 안정이다. 수면 학습과 신파블로프 훈련으로도 안심할 수 없었던 지배자들은 또 하나의 안전 장치로 소마를 도입했던 것이다.

"안정, 또 안정! 사회의 안정 없이는 문명도 없다! 개인의 안정 없이는 사회의 안정도 없다!"

통제관의 목소리가 쩌렁쩌렁 울렸다. 그 소리를 듣자 학생들의 가슴이 뜨겁게 부풀어 올랐다.

기계는 돌아가고, 돌아가고, 쉼 없이 계속 돌아가야 한다. 한순간이라도 멈추면 그것은 죽음이나 다름없다. (중략) 그러나 결코 저절로 굴러가지 않기에 바퀴를 관리할 사람이 필요하다. 축에 달린 바퀴처럼 성실하고 꿋꿋하며 순종적인 사람, 그리고 안정을 통해 만족감을 얻는 사람이 필요한 것이다.

세계 통제관 무스타파 몬드는 안정을 이루면, 행복은 저절로 따라온다는 논리를 펼친다. 물론 '고통이 없는 상태, 쾌락을 즐기는 상태'를 행복이라 정의한다면 나무랄 데 없는 논리이다.

그런데 빈틈없이 짜인 틀에 맞춰 살면서 그 안에서만 행복을 맛보는 삶, 주체성이라고는 눈곱만큼도 발휘하지 못하는 삶을 과연 인간다운 삶이라 할 수 있을까? 이것이 그토록 간절히 원하는 '신세계'의 실체라면, '멋진'이라는 수식어를 붙이기엔 한참 부족하지 않을까 싶다.

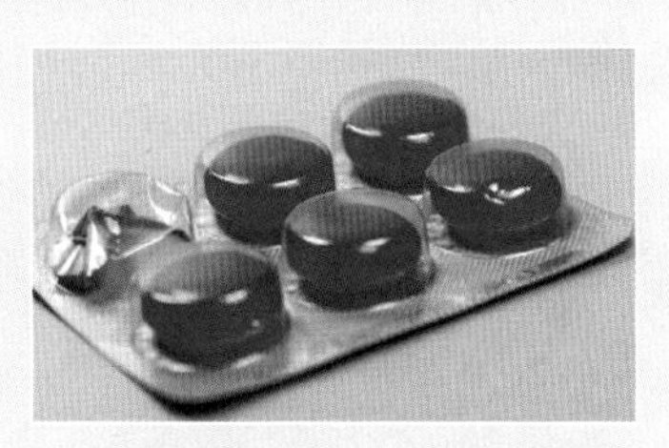

소마가 어떤 맛일지 궁금하다면, 지금 우리를 둘러싼 세계를 둘러보자. 현대 사회에 넘쳐나는 각종 쾌락 장치는 소마나 다름없다.

복지라는 이름으로 행해진 독재

멋진 신세계 속의 권력자들이 행하는 각종 우민화 정책. 오랜 인류의 역사 속에서 실제 사례를 찾는 것이 어렵지 않다. 멀리는 로마 시대까지 거슬러 올라간다. 로마의 풍자 시인 유베날리스가 지적했듯이, 민중은 '빵과 서커스'라는 생계와 놀이만 보장된다면 정치에는 관심을 가질 일이 없다는 것이다.
우리라고 '유토피아 사기', 즉 '빵과 서커스' 정책이 없었을까? 당연히 있다. 불과 삼십 년 전, 군부 독재가 국민을 짓밟던 시절에 〈아, 대한민국!〉이라는 노래가 크게 유행한 적이 있다.

> 하늘엔 조각구름 떠 있고 강물엔 유람선이 떠 있고 / 저마다 누려야 할 행복이 언제나 자유로운 곳. / 원하는 것은 무엇이든 얻을 수 있고 / 뜻하는 것은 무엇이든 될 수가 있어. / 이렇게 우린 은혜로운 이 땅을 위해 이렇게 우린 이 강산을 노래부르네. / 아아, 우리 대한민국 아아, 우리 조국 / 아아, 영원토록 사랑하리라.

그 시절이 어떤 세월이었나? 온 국민의 민주화 열망을 군사 쿠데타로 짓밟고, 광주 민주화 운동을 총칼로 진압하고 들어선 전두환 정권이 다스리던 때가 아니던가.
그에 맞서 싸우던 수많은 이들은 감옥에 끌려가고 박종철, 이한열 같은 대학생들은 목숨을 잃기도 했다. 언론은 정권의 앵무새가 되어 독재자를 '민족의 태양, 단군 이래 최고의 지도자'라고 치켜세우고 '땡전 뉴스'로 국민의 눈을 가리고 귀를 막았다.
그러면서 우민화 정책까지 시행되었다. 이른바 3S 정책, 영화(Screen), 스포츠(Sports), 성(Sex) 문화를 정부가 나서서 국민에게 적극적으로 권하는, 그야말로 웃픈 상황이 벌어졌다. 〈애마부인〉 〈뽕〉과 같은 에로 영화에 대한 규제와 검열이 느슨해져서 한 해 극장 개봉작의 절반 이상을 차지했다. 야구단 여섯 개가 동시에 창설되면서 프로야구 시대가 열리기도 했다. 또, 야간 통행금지가 폐지되면서 자연스럽게 성매매와 모텔, 유흥업소 등 성 산업이 활개를 치기 시작했다.
그래 놓고 "원하는 것은 무엇이든 얻을 수 있고, 뜻하는 것은 무엇이든 이룰 수 있다."는 노래가 날마다 울려 퍼졌으니, 이 또한 민중에게 '소마'를 듬뿍 먹인 《멋진 신세계》의 대한민국 버전이라 할 수 있다.

1982년에 개봉된 에로 영화 〈애마부인〉. 벌떼같이 몰려든 인파로 '극장 유리창이 깨지는' 소동을 빚기도 할 만큼 그해 한국 영화 최고 흥행작이었다.

16세기 인간 셰익스피어를 만나다

진나라 시황제 때 행해진 '분서갱유(焚書坑儒)' 못지않은 금서 정책이 시행된 탓에 신세계에서는 책이란 물건을 찾아보기가 영 힘들다.

그 와중에 용케 살아남은 《윌리엄 셰익스피어 전집》이 '문명사회'도 아닌 '야만인 보호 구역'의 키바 속 궤짝에서 발견되어 존의 손으로 들어간다. 문명 세계에서 버림받은 셰익스피어라니, 참으로 지독한 아이러니이다.

아메리카 원주민의 지하 건축물 키바. 어린이나 여성의 출입은 금지된 공간으로, 작품 속에서 청년들이 처음으로 성을 경험하는 장소로 묘사된다. 중앙의 네모진 출입구에 사다리를 설치해 두어 사람이 드나들 수 있게 했다.

어쨌든 그 덕분에 존은 지상에 남은 셰익스피어의 마지막 팬이 된다. 서투른 영어 실력으로 책갈피를 넘기며 비로소 언어의 힘을 깨친다. 즉, 머릿속에 알 듯 말 듯 맴돌던 흐릿한 생각들이 말(언어)이라는 몸을 얻으면서 비로소 명쾌해진다는 사실을 깨닫게 된 것이다. 즉, 말이란 곧 세상을 통찰하는 힘이라는 것을 알게 된 셈이다.

> 그가 술에 취해 잠들었거나 분노에 휩싸였을 때
> 혹은 침대에서 근친상간의 쾌락에 빠져 있을 때…….

어느 날 번뜩 존의 머릿속에 이러한 '햄릿'의 대사가 맴을 돈다. 어머니 린다가 포페라는 남자와 함께 한 침대에 잠들어 있는 모습을 본 순간이다. 그 전까지 존은 어머니의 남자들을 보고도, 불쾌하기는 해도 딱히 무어라고 설명하기 어려운 감정에 빠지곤

비극의 정수로 일컫는 〈햄릿〉에서 햄릿 역은 그동안 에단 호크, 주드 로, 멜 깁슨 등 내로라하는 배우들이 도전해 왔다. 2015년에 베네딕트 컴버배치가 주인공으로 무대에 오른 〈햄릿〉은 영국 연극 역사상 가장 빨리 매진된 작품이라는 기록을 세웠다. ⓒ Johan Persson

했다.

하지만 셰익스피어의 문장이 떠오른 순간, 햄릿 왕자가 어머니 거트루드를 차지한 삼촌 클로디어스를 향해 느낀 감정이 고스란히 전해져 오는 것을 느낀다. 존은 비로소 그 불쾌한 감정이 분노였음을 깨닫는다.

작품 속에서는 결정적 순간마다 셰익스피어의 작품이 빠짐없이 등장한다. 레니나를 바라볼 때 존의 마음속에는 어느새 '로미오'의 대사가 가득 차오른다.

> 파리들은…… 사랑스러운 줄리엣의 새하얀 손 위에 앉거나
> 그녀의 입술로부터 영원한 축복을 앗아 가기도 한다.
> 줄리엣은 순수하고 정숙한 처녀인지라
> 자신의 두 입술이 서로 닿기만 해도
> 그것을 죄악이라 여겨 얼굴을 붉힌다.

그러나 그토록 동경해 왔던 레니나가 정작 애정 공세를 펼치자, 이번에는 '오셀로' 장군이 빙의한다. 바람난 아내 데스데모나를 향한 애증으로 몸서리를 치는 오셀로가…….

> 오, 독초 같은 그대여, 그 사랑스러운 모습과 감미로운 향기에 내 감각이 아플 지경이구나. 이 위대한 책은 창녀라는 단어를 적기 위해 쓰였을까? 천국도 코를 가까이 하지 않고…….

때로는 영문학의 전설로, 때로는 언어의 마술사로, 때로는 살아 있는 사전으로 칭송받는 셰익스피어. 헉슬리는《멋진 신세계》안에서 셰익스피어의 위대한 작품을 맛보는 특별한 즐거움을 제공하면서, 그 낡은 아름다움을 몰아낸 신세계를 과연 문명사회로 봐주어도 좋을지 우리에게 묻고 있는지도 모른다.

그런데 왜 하필 셰익스피어일까? 셰익스피어는 16세기 인물이다. 16세기 서유럽에서는 르네상스 시대가 황금기를 맞이하고 있었다. 르네상스 시대의 문예 부흥 운동은 무엇인가? 당시 지식인과 예술가들이 한목소리로 중세적 세계관에서 벗어나 고대 그리스 로마 문화를 되찾자고 주장하면서 펼친 운동이다.

이러한 생각을 인본주의(또는 인문주의)라고 부른다. 중세에는 학문과 예술이 교회의 지배를 받고 있었다. 인본주의자들은 여기에 불만을 품었다. 그리하여 인간은 모든 종교적·정치적·경제적·이념적 억압에서 자유로워야 한다고, 비판적 정신을 지녀야 한다고 목소리를 드높인 것이다. 그런 정신을 듬뿍 머금은 시대에

윌리엄 셰익스피어

정치학 사전 속에서 찾아본 미란다

미란다의 어원은 admirable, 즉 '감탄을 자아내는'이라는 뜻이다. 셰익스피어의 희곡《템페스트》속 주인공 미란다는 외딴 섬에서 자라나 섬 바깥의 세상일에 대해서는 무지한 존재다. 미란다는 정치적 원수 관계인 페르디난드를 무조건적으로 사랑한다.

미국의 정치학자 찰스 에드워드 메리엄은 권력이 작동하는 데는 미란다와 크레덴다라는 두 가지 상징 조작이 동반된다고 했다. 미란다는 피지배자의 감성에 호소하는 것이고, 크레덴다는 지배 권력의 합리성을 강조해 이성에 호소하는 것이다. 국가에서 지정하는 각종 기념물, 역사 왜곡, 집단 행사 등은 바로 이 상징 조작의 대표적인 예이다.

정치인의 미담에 코끝이 찡했던 적이 있는가? 정치 집회에 나가 애국가를 부르며 마음이 뜨거워졌던 적이 있는가? 그 순간 당신도 잠깐 미란다의 덫에 걸려들었던 것은 아닌지…….

올더스 헉슬리는 'Brave New World'라는 제목을 셰익스피어의 작품《템페스트》속 미란다의 대사에서 따 왔다. 우리가 흔히 이 작품을 '용감한 신세계'가 아닌 '멋진 신세계'라고 번역하는 까닭은 중세 영어에서 'brave'는 '멋지다', '아름답다', '훌륭하다'를 의미했기 때문이다. ⓒ John Waterhouse

태어나 문학사에 큰 획을 그은 인물이 바로 셰익스피어다.

어쩌면 헉슬리는 26세기 인간이 16세기 인간을 만나는 순간을 통해, 다가올 미래에 인문학적 정신이 마주하게 될 위기를 그려 보려고 했던 것은 아닐까?

문학 속의 유토피아를 찾아서

유토피아 문학 하면 토머스 모어의《유토피아》가 단연 첫손가락에 꼽힌다. 이 작품은 16세기(1516년) 영국의 부패한 사회상을 비판하기 위해 유토피아 섬의 이상적인 노동과 분배, 도덕과 종교, 결혼과 재판 등을 소개하는 형식을 취하고 있다.

섬의 이름인 '유토피아'는 토머스 모어가 '(이 세상에) 없는 장소'라는 뜻을 담아 만든 조어인데, 이 말은 오늘날 낙원, 천국, 이상향과 같은 뜻으로 쓰이고 있다.

프랜시스 베이컨의《새로운 아틀란티스》(1627)와 조너선 스위프트의《걸리버 여행기》(1726) 등 세 작품은 유토피아 문학의 고전으로 손꼽힌다.

《새로운 아틀란티스》는 과학 기술이 이룩한 유토피아를 그린 최초의 '과학 유토피아 소설'이고,《걸리버 여행기》는 인간 세상 전반을 고찰한 풍자 문학의 진수로 불린다.

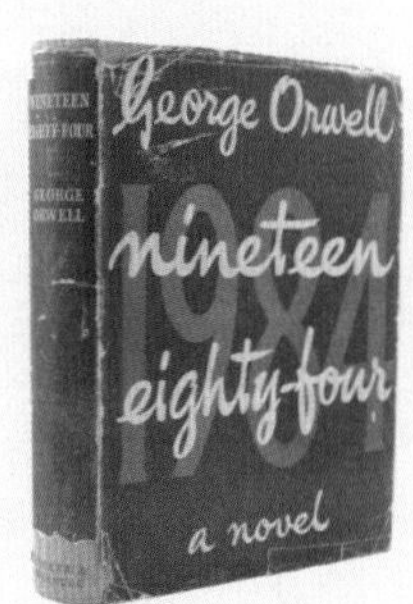

1949년에 출간된 조지 오웰의《1984》초판본.

평론가들은 약 백 년의 시차를 두고 발표된 이 작품들이《멋진 신세계》에 많은 영향을 미쳤으리라고 본다. 그러나《멋진 신세계》와 가장 많이 비교되어 언급되는 작품은 뭐니 뭐니 해도 조지 오웰이 쓴

《1984》이다.

올더스 헉슬리와 조지 오웰 둘 다 20세기를 대표하는 작가라는 점, 영국 사회를 주요 배경으로 삼은 점, 미래 사회에 대한 조명이 이루어졌다는 점 등에서 많은 부분이 일치하기 때문이다. 두 작품 속의 세계를 간단히 정리해 보면 아래와 같다.

시대적 배경으로 삼고 있는 연대가 오백 년 이상이나 차이 나기 때문일까? 두 작품에 표현된 사람들의 생활상은 풍요의 정도에서 비교조차 되지 않는다. 또, 지배하고 통제하는 방식도 천지 차이라 할 수 있다.

《1984》에서는 매우 강력한 감시 수단을 동원하여 공포 분위기를 만드는 데 비해,《멋진 신세계》는 겉보기에 지극히 매끄럽고 부드러운 통치 방식을 써서 사람들이 스스로 복종하게끔 만든

멋진 신세계	항목	1984
1932년	발표 연도	1949년
포드 기원 632년(약 A. D. 2540년)	시대적 배경	1984년
런던, 뉴멕시코 등	공간적 배경	런던 등
버나드, 존	주동 인물(체제 저항 인물)	윈스턴 스미스, 줄리아
지역 통제관(10명)	우두머리	빅 브라더
보카노프스키, 신파블로프 훈련, 수면 학습, 촉각 영화, 소마	지배(통제) 장치	감시(텔레스크린), 역사 왜곡, 이중 사고 등
아무런 갈등도 없음.	사회적 상황	늘 전쟁 중, 불안정
동일성, 안정성, 공동체	주요 슬로건	전쟁은 평화, 자유는 예속, 무지는 힘
아예 존재하지 않음.	가족은?	있긴 하지만, 애정 없이 서로 감시함.
자유분방한 연애 권장, 단, 피임은 필수.	연애는, 사랑은?	당이 정해 준 사람과 교제, 성행위는 임신과 출산 목적으로만.

다. 완벽하게 창조된 사회를 추구한다는 점에서 《멋진 신세계》가 《1984》보다 훨씬 더 세련되게 진화가 이루어진 셈이다.

그러나 진화가 곧 진보는 아니다. 두 작품 모두 겉으로는 완벽한 사회, 즉 유토피아를 내세웠지만, 그 속을 들여다보면 속임수와 감시, 향락, 비인간화로 간신히 유지되고 있을 뿐이다. 유토피아를 꿈꿀수록 더욱더 디스토피아라는 수렁에 빠져들고 만다.

왜냐하면, 그곳은 '인간의, 인간에 의한, 인간을 위한' 사회와는 너무도 거리가 멀기 때문이다. 소수 권력자와 특정한 기술을 독점한 기술 관료 계층에게는 더할 나위 없이 좋은 세상이지만, 그 외의 다른 사람들은 권력자의 꼭두각시 무대 위에서 장단을 맞추는 인형에 불과하다.

유토피아인 줄 알았는데 알고 보니 디스토피아였더라! 물론 디스토피아로 판명이 난 채 이야기가 막을 내린다고 해서 더 좋은 세상, 이상적인 사회를 향한 꿈을 버릴 수는 없다. 우리 모두 동전에는 양면이 있고, 빛에는 그림자가 따르기 마련이니까. 그 사실을 잊지 말고 목표를 향해 한 발짝씩 나아가면 되지 않을까?

판도라의 상자가 열릴 때

인류가 21세기까지 오는 동안, 과학 기술은 하루가 다르게 눈부신 발전을 해 왔다. 헉슬리가 상상했던 것들 중에 아주 비슷한 것도 있고, 심지어 더 나아간 것도 있다.

오늘날 과학계를 둘러싼 가장 뜨거운 이슈 중 하나는 인공 고기다. 일본의 고등학교에서는 실제로 세포 배양 장치를 통해 인공 고기를 만드는 실습 활동도 하고 있다나. 세계에는 인공 고기 사업 스타트업 업체가 여덟 군데나 있고, 빌 게이츠와 같은 '큰손'들은 적극 투자에 나섰다. 레스토랑 메뉴판에서 생산지 품목에 '인공 고기'를 찾아볼 날도 머지않은 듯하다.

인공 육류 스타트업 업체가 선보인 인공 닭고기로 만든 프라이드 치킨. © 멤피스미트

또, 체외 수정 기술은 시험관 아기로, 촉각 영화는 3D 영화와 VR 게임으로, 대륙간 헬기 여행은 여객기를 동반한 해외 여행으로……, 올더스 헉슬리의 수많은 예언이 우리 눈앞에서 현실이 되어 가고 있다.

반면에, 헉슬리가 전혀 예상하지 못한 분야도 있다. 바로 컴퓨터의 등장으로 디지털의 세상이 열린 것! 인터넷으로 전 세계가 하나로 이어졌다. 사람들은 스마트폰으로 언제 어디서든 쇼핑을 하고, 뉴스를 보며, 친구들과 수다를 떤다. 이 엄청난 변화의 물결과 함께 3D 프린터, 드론, 자율 주행 차량 등 각종 IT 기술이 4차 산업 혁명 시대를 열어 가고 있다.

과학 기술이 첨단화되면서 과학자와 공학자의 마음가짐에 대한 얘기가 종종 나온다. 과학 기술의 발전은 독려하되, 과학자는 지속 가능한 미래를 위해 스스로 양심을 지녀야 한다는 뜻이리라.

그렇기에 '멋진 신세계'가 이름값을 제대로 할 수 있으려면 인간의 존엄성에 관한 부분을 간과해선 안 될 것이다. 무엇보다 사회 구성원의 다양한 개성이 존중되어야 한다.

만약 내가 소수 인종이거나, 몸이 좀 불편하거나, 성적 소수자이거나, 경제적으로 힘겨운 상황에 처해 있다면, 어떤 사회에서 살기를 바랄까? '멋진 신세계'처럼 모든 것이 알파 중심으로 돌아가는 사회는 '금수저·흙수저론'이 농담처럼 돌고 도는 오늘의 삶과 과연 얼마나 다를지 생각해 볼 필요가 있다.

우리는 종종, 그 누구도 막을 수 없는 힘과 속도로 세상을 바꾸고 있는 현대 과학을 '판도라의 상자'에 빗대어 설명하기도 한다. 절대로 열어서는 안 된다는 상자를 손에 쥔 판도라가 결국 호기심에 못 이겨 뚜껑을 열었더니, 기다렸다는 듯이 온갖 불행과 타락이 쏟아져 나왔다는 그 상자.

다행히 인류는 그 아수라장 속에서도 이렇게 저렇게 조화를 이루며 지금의 찬란한 문명을 구축해 왔다. 그리고 또다시 새로운 판도라 상자의 뚜껑이 열리길 기다리고 있다. 그 안에서 또 우리가 전혀 예기치 못한 무언가가 쏟아져 나올 것이다.

1996년, 최초의 동물 체세포 복제가 성공해 복제양 돌리가 태어났지만 평균 수명인 11년에 훨씬 미치지 못한 채 6년 7개월 만에 생을 마감했다. 이로써 복제 기술이 생명을 단축시킨 것이라는 비난이 제기되었다. ⓒTIME

어차피 봉인은 불가능해 보인다. 그렇다면 우리는 무엇을 해야 할 것인가? 한 가지는 분명하다. 상자를 열어 볼 수 있는 권한과 책임을 과학자나 공학자에게만 맡겨서는 안 된다는 것. 그것은 이 세상을 살아가는 우리 모두의 권리이고, 또 책임이어야 한다.

올더스 헉슬리, 인간의 꿈과 악몽 사이에서 존재의 의미를 탐색하다

올더스 헉슬리는 1894년 7월 26일에 영국 서리 주 고달밍에서

여섯 살 무렵의 올더스 헉슬리.

교사인 아버지와 시인인 어머니 사이에서 셋째 아들로 태어났다.

아버지 집안은 과학적 전통이 매우 깊었다. 우선 할아버지 토머스 헉슬리는 찰스 다윈의 진화론을 대중에게 널리 알린 저명한 과학자였다.

올더스 헉슬리의 형 줄리언 헉슬리는 생물학자였고, 초대 유네스코 사무총장을 역임한 유명 인사였다. 이복동생 앤드루 헉슬리는 노벨상을 수상한 생리학자였다. 한편 어머니 집안은 시인, 소설가, 문예 비평가 등을 다수 배출해 낸 문학적 전통이 깊은 가문이었다. 이렇듯 헉슬리는 풍요로운 지적 토양 속에서 유년기를 보냈다.

그러나 십 대 중반에서 이십 대 초반까지 불행한 일을 한꺼번에 겪게 된다. 열다섯 살에 어머니가 암으로 세상을 떠났고, 열일곱 살 무렵부터는 시력이 급속도로 나빠져 앞이 거의 보이지 않게 되었다. 스물한 살에는 가장 가까운 친구나 다름없던 둘째 형이 스스로 목숨을 저버렸다.

의학을 공부하고자 했던 유년기의 희망조차 그에게는 사치스런 꿈이 되고 말았다. 눈이 너무 나빠서 도무지 학업을 계속할 수 없었던 것이다.

결국 의사의 꿈을 접고 1913년에 옥스퍼드 밸리올 대학에서 문학을 공부하기 시작했다. 대학 시절에는《불타는 수레바퀴》(1916) 등 몇 권의 시집을 내면서 떠오르는 젊은 시인으로 문단의 주목을 받았다. 그 시절, 올더스 헉슬리는 인간의 내면세계에 깊은 관심을 품고 사물의 본질과 총체성을 파헤치는 도구로써 신비주의에 흥미를 느끼게 되었다.

1916년에 군대에 지원했지만 시력 문제로 거부당했다. 같은 해 대학을 졸업하고, 영국 최고의 명문 사립 학교이자 모교이기도 한 이튼 학교에 프랑스어 교사로 부임했다. 그의 학생 중 하나였던 조지 오웰은 헉슬리에 대해 깜짝 놀랄 만큼 언변이 뛰어난 사람이었다고 회상했다. 하지만 동료 교사들은 그가 교실을 통솔하는 데는 재능이 없었다고 평가했다.

일 년 만에 학교를 그만두고는 1920년부터 글쓰기에 몰두했다. 굴곡 많은 가족사를 딛고 일어나기 위해 자신의 지적 세계를 본격적으로 구축해 나간 것이 바로 이 시점이다. 특히, 신문의 문예 비평을 담당하면서 예술·문학·종교 등 광범위한 분야에 대한 비평적 안목을 키우면서 한층 웅숭깊은 문학 세계의 뿌리를 구축해 나갔다.

1920년대에는 대학 시절부터 관심이 많던 힌두 철학을 만나고자 인도를 여행하기도 했다. 또,《채털리 부인의 사랑》(1926)으로 잘 알려진 D. H. 로렌스와도 깊이 교류했다. 당시 그 작품은 외설적인 포르노그라피라고 비난받으며 영국에서 출간을 거부당할 정도로 큰 논란을 일으켰다.

반면에, 헉슬리는 사람이 성에 대해 자유롭게 이야기할 수 있을 때 비로소 위선을 벗고 인간다워지는 것이라는 로렌스의 메시지에 크게 공감했다. 그 후 로렌스가 46세의 젊은 나이로 생을 다

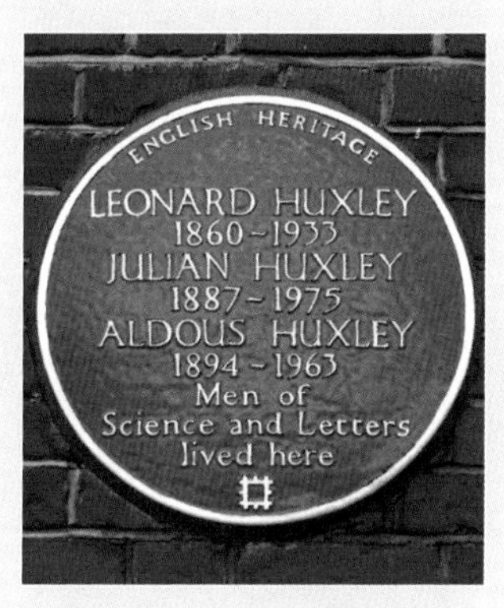

헉슬리 가의 집에 내걸린 블루프라크. 영국은 명소에 '블루프라크'라는 파란색 명판을 붙여 유명 인사가 살았거나 작업을 했던 장소임을 표시한다. © Spudgun67

할 때까지 줄곧 그와 우정을 나누었다.

그러는 사이 소설가로서의 이력을 차츰 쌓아 나갔다. 상류층 예술가들의 '웃픈' 세태를 풍자한 첫 소설《크롬 옐로》(1921)로 큰 성공을 거두어 화려하게 데뷔했다. 그리고 보헤미안의 세계를 해학적으로 담아낸《어릿광대의 춤》(1923), 종전 뒤의 암울한 시대를 배경으로 퇴폐적인 삶을 사는 지식인층을 그림으로써 인간다운 삶의 의미에 대해 질문했던《연애 대위법》(1928) 등을 출간했다.

바야흐로 1932년, 필생의 걸작《멋진 신세계》가 세상에 그 모습을 드러냈다. 헨리 포드의 대량 생산 시스템이 불러온 경제·문화적 변화상과, 유럽의 파시즘 및 소련의 전체주의적 정치 상황을 육백 년 뒤 미래 세상의 이야기로 풍자해 낸 이 작품은 오늘날까지 최고의 디스토피아 소설로 일컬어지고 있다.

하지만 출간 당시에는 평단의 반응이 썩 좋지가 않았다. 인간과 세상에 대한 냉소와 증오로 가득 찬 작품이라는 냉혹한 비평이 쏟아졌다. 기아와 전쟁으로 신음하는 사람들이 얼마나 많은데 당대의 현실 문제를 외면하느냐는 비난도 퍼부었다. 그러나 그 모든 손가락질을 이겨 내고《멋진 신세계》는 여러 세대에 걸쳐 식지 않는 인기를 누리게 된다.

헉슬리가 남긴 단 한 편의 동화《배꽃나무 위의 까마귀》.

이후 헉슬리의 소설 세계는 차츰 새로운 궤도에 접어들었다. 자전 소설《가자에서 눈이 멀어》(1936)를 출간하면서는 회의주의적 세계관에서 한발 물러나 신비주의적 경향이 짙어졌다.

1937년에 거의 실명 상태가 되어 미국으로 건너가 살았는데, 전쟁을 피하려고 미국으로 도망친 것이라는 눈총을 받아야 했다. 미국에 정착한 후에는 신비주의와 종교적 체험에 한층 더 몰두했다.

헉슬리는 한쪽 눈이 실명 상태에 이르렀지만 집필 활동을 멈추지 않았다.

당시에 집필한 소설인《시간은 멈추어야 한다》(1944), 《원숭이와 본질》(1948)에서도 영적인 삶에 대한 깊은 관심은 작품의 면면에 흐르고 있다.

정치와 현실로부터 거리를 유지하며 살았으나, 히틀러의 독재 정치에 대해서는 비판적 태도를 굳건히 지켰고, 철학자 버트런드 러셀 등과 함께 평화 운동에도 적극적으로 참여했다.

불교의 선(禪), 사후 세계와 텔레파시 등에 마지막 열정을 기울이던 그는, 대항 문화를 찾아 헤메던 1960년대 히피들에게 영적인 대부로 여겨지기도 했다. 마지막 소설 《아일랜드》(1962)에는 암울한 미래상을 그린 전작들과 달리 그가 동경했던 긍정적이고 낙천적인 사회가 담겨 있다.

의학도에서 문학도로, 시인에서 소설가로, 냉소주의자에서 신비주의자로, 자신의 삶 속에서 수없이 많은 전환기를 맞이했던 올더스 헉슬리. 그는 케네디 대통령이 암살되던 1963년 11월 22일, 케네디보다 몇 시간 뒤 캘리포니아에서 숨을 거두었다. 인간과 세상을 탐구하며 희망과 절망, 꿈과 악몽 사이를 부단히 오갔던 발자국을 20세기 문학사에 뚜렷이 남긴 채.

푸 른 숲
징 검 다 리
클 래 식
0 4 2

멋진 신세계

첫판 1쇄 펴낸날 2017년 10월 31일
9쇄 펴낸날 2024년 9월 20일

지은이 올더스 헉슬리 **옮긴이** 이혜인
발행인 조한나
주니어 본부장 박창희
편집 박진홍 정예림 강민영
디자인 전윤정 김혜은 **홍보** 김인진
회계 양여진 김주연

펴낸곳 (주)도서출판 푸른숲
출판등록 2003년 12월 17일 제2003-000032호
주소 경기도 파주시 심학산로 10, 우편번호 10881
전화 031) 955-9010 **팩스** 031) 955-9009
홈페이지 www.prunsoop.co.kr **인스타그램** @psoopjr
이메일 psoopjr@prunsoop.co.kr

ISBN 979-11-5675-151-9 44840
978-89-7184-464-9 (세트)